潘大明文集系列丛书

海上四书

潘大明 著

散文随笔特写卷

上海三联书店

字码成的空间堆陈过往（代序）

1. 说实在的，《海上四书》并非是什么刻意设计的产儿。事实上，任何的设计往往比较脆弱，经不起时间击打，容易崩溃。而且，四十年前撰稿写文时，没有此般愿景，预设一个写作计划完成这样一套书，应该说彼时缺乏这般的智慧、能力和意志。即便将来，都无法奢望自己，写成这些作品和文章。

这不是什么谦辞，一切纯粹始于无意识的自觉行为，由兴趣而发轫，喜欢写什么便写什么，写成的样式也非设定，而是根据不同的材料做成不同的文章，犹如厨师视采撷的食材，做成怎样的菜蔬，须符合食材特点，是一种自觉的拿捏。与之相适应的便是要求语言风格的不同，这恐怕与写作前的思维方法有关。于是，便有了编辑时以文体分类的小说、纪实文学、文论、散文随笔特写四卷。在我看来，这四种文体差别化的表达，综合起来可以比较完整地反映思想感情，对人与事情的认知、理解和看法，在广度和深度上具有某种价值。其实，这样的归类有些牵强，某些作品和文章难以用文体归纳，小说不像小说，似散文；纪实不像纪实，似小说；文论不像文论，似散文；散文不像散文，似小说、文论、纪实。这并不奇怪，泾渭分明的分类，过于简单机械。何况，我喜欢混搭着写，笔下的作品和文章时常有些不伦不类——文体难辨。

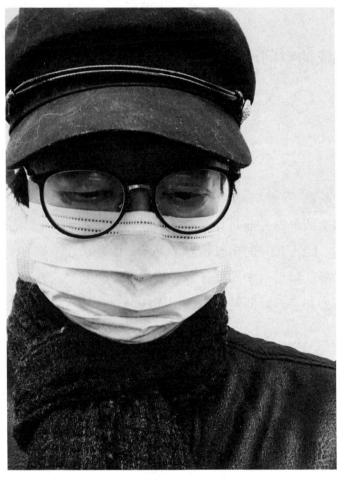

作者近影

我是一个不喜迁徙的人，漫长的日子里并未久离或者移居他地，长年的生活圈半径没有超过 10 公里，而 20 岁以前几乎没有走出 5 公里之外，出生的妇产医院在家对面，就读的学校在这范围里，即使后来换了好几样工作，也在家的附近。这样，导致我耳闻目睹的人与事大都集中在这一狭小的空间里，这里有洋房、弄堂、棚户；有街宇、河流、铁路、公交、渡轮；有工厂、商店、医院、学校，生活着各色人等，熟悉他们的过往和喜怒哀乐，笔下反映的人与事，自然而然有了聚焦，大部分写的是这一区域的现实与历史，成了一种巧合。于是，书名顺理成章用了"海上"两字。

文字通常需要以某一种视角来反映自然与社会，局限成了必然，而由文字形成的文体，容量始终有限，无法包容全部，即便是瀚浩文字构成的鸿篇巨制，也无法如愿。人无法超越文字、文体的桎梏，进行无限制地码字，实施创作与写作。这样的局限和无奈，反映出人认识外部事物和表达的软肋。这样，就需要克服，进行多视角、多层面、多种文体方式、多种语言风格的表达，用不同文体对同一人物、事件行文，以不同视角、层面加以认识反映，表现的方法技巧也不尽同。这样的探索，我称为"交互式表达"，彼此交错可以使读者，获得一种立体的感受，对人物、事件的认识，可谓客观、多面、生动起来。交互式的表达，在书中得以体现。在文论卷里，有对于现代七君子思想形成的特点及人格现实意义的理论探索，同时在纪实文学卷中以形象生动的方法写就他们人生的轨迹和最后的命运；二十世纪八九十年代的赴日留学潮，不仅通过小说，还有报告文学、人物特写不同的文体加以反映，构成一种的立体感。这样的文字在书中还有不少，比如，在散文随笔中，可以找到形成小说、论文、纪实文学作品的思路和认识问题的方式方法；为普通人撰写的特写，人物可以在小说中找到影子。这种交互式的表达，反映同一时空中出现的纷繁的人与事，依靠文字建立一个形象生动、透彻、明晰，逻辑可循的曾经世界，以告诉未来，使读者对人与事的认识生出立体感。

　　然而，即便这样有意无意的力争，最终仅能解决某一时空内发生的故事，揭示其中的必然联系，根本上挣不脱文字文体的束缚，四十年的无意识的探索结果可想而知。尽管有朋友认为，这样的"一种无意识的探索和形成的作品，经过四十余年的积累，有其独特的文化和历史价值"。我想它的价值，恐怕还是历史价值大些，不管是感性还是理性的文字，都留下一段历史，渗透着自身的喜怒哀乐和理性的思考，无疑是对那些渐行渐远的大历史的细节诠释，哪怕是小说塑造的一系列人物，他们的所思所感所为，也多多少少能折射出时代的影子。

　　以现实主义写作方法而形成的小说，呈现读者面前的是人物形象，底色必须符合生活逻辑和社会常识，小说中的人物、故事如此，连塑造人物形象的细节也不能逃脱，可以虚构，不能违背逻辑、常识、小说营造的氛围和人物自身的发展规律。那么，纪实文学所形成的人物、事件，依托于史料和研究，本身是在某一个特定时空中发生过的真实存在，不能违背历史事实进行虚构。它的思维活动和创作过程以理性思考为主，非以感性为主体的创作。而文论纯粹是建筑在大量资料及前人的研究成果基础上，形成的具有作者自身独特见解的抽象思维的产物，它可以直接反映作者的主体思想意识。散文特写，似乎是作者在某一种特定时空中产生的思想感情火花式的流露。基于上述的思考，四十年的创作和写作似乎没有白费，自觉构成了一个内部循环的体系，不仅表达了自己的认知、感情等，同时，又形成了自身的一种循环体系，有助于读者认识作者的孜孜以求所付出的心血，而这些心血与文字融合在一起，传达给读者的是一种怎样的情状和心态？这只能由读者阅读之后萌发的感受而定。

2. 大概与早年的兴趣、偏好和文化积累相关，形成观察社会、认识社会、反映社会的方法，自然选择小说。本想以此为谋生手段，而梦想往往被现实打破，发表几篇小说后，再难以变成铅字，生存变成首屈一指的事情。在小说创作的途中，我没有像同辈的作家一样坚持不懈地努力耕耘，中途打断了很长时间，这种间断性的努力，使我有得有失，失去的是我没有一鼓作气地成就自己，而间断性的努力使我变得成熟，对小说这种艺术形态的文字要求也顺理成章地达到心里想要的预期。人可以一鼓作气成就自己，而间断性的努力也是一种磨炼，我想未来也许不会轻易放弃这门手艺，会在长时间里间断或趁热打铁完成一些作品，可能会得到读者的青睐，也可能得不到读者的喜欢，一切只能随缘。

应该说，我尝试过不同的小说创作方法，浪漫主义、意识流、象征主义、荒诞主义的手法，终究逃不脱自己的个性和擅长，用一种现实主义的方法来从事。现实主义的方法，贴近生活，反映生活实际，强调作品的真实性和客观性，通过艺术的典型化，真实地再现生活，忠实于生活的本来面貌，注重细节的真实描写。

确立以现实主义的方法进行小说创作，笔下大都为生活在周边的小人物，题材大概可以分为三类，文化知识界、产业工人和工厂、弄堂与棚户居民，反映了他们在历史转型时期的生活情状、心理变化；人物细节源自生活，合乎生活逻辑，又丰富了人物形象，构成二十世纪中叶至本世纪初的上海众相谱。早期的小说写工厂工人生活的不少，原因是我熟悉。这类作品可以说是二十世纪五十至七十年代工厂文学的延续，与其不同的是，如何站在人性和时代变革的基点上，塑造他们的形象，留下那个时代他们的细节，为未来提供有价值的材料，这是非小说之外其他样式的文体难以做到的。我喜欢把人物置于事件、特定环境中加以塑造，如发还资本家定息、发行国债、第一次股票发行、第一批个体户出现、赴日留学潮、企业改制、城市改造等，都是上海人经历过的事情，由此人们产生的心态和应对。这些大都自己碰到过，涉及的人与事至今活动在我心里。

这些四十年间留下的小说，保留下当时的社会风情和人物的细节，令我感到欣喜，因为它为那个时期留下一份真实。但是，小说的价值不仅单纯于此，还必须具有独特的艺术表现的形态，抹去这一点，单纯肯定它留下的历史痕迹，不足以肯定全部，这也是我试图把这些作品整理成篇，进行加工和完善的一个原因。

小说除去人物形象的塑造，情节的设置，为人物活动和情节发展提供典型环境，语言占据重要的地位，语言是否有特色，一定程度上决定了作品成功与否。小说卷中不少作品用沪语写成，而沪语的应用恰恰是我擅长的事情。我是比较早使用沪语写作的，几乎与写作同步。记得，用沪语写过一篇小说，发表在上海一家文学杂志上，北方的某个评论机构，说是混沌难懂，意义不大，就不知他们读懂与否。沪语具有一定的复杂性，一方面它是发展的、多变的，在同一的时期表达相同的意思，可以用不同的词汇；比较多地吸纳外来词汇，有英文、日语、俄罗斯语，更多的是国内其他地方的词汇。另一方面，使用沪语时需要过滤，一些低俗、晦涩、过时久远的词汇须去掉，保持叙述语言的气韵，免于庸俗。

现代小说是新文化运动向西方学来的，它的手法技巧，如人物塑造、故事结构、环境创设，自成一体，值得借鉴。晚清传统意义上的小说以故事为主体，叙述如行云流水自然流畅，细节信手拈来，人物含蓄耐读，可惜到了二十世纪二十年代，逐步衰而微，淡出人们视野，现代小说让人爱不释手。大概到了八十年代末，晚清传统意义上的小说一度让我着迷，大量阅读这一时期的小说，一定程度上，影响了我的创作。

如今写成的小说，不似早期写的小说那样具有冲突的场景和戏剧性的效果，渐渐地趋于平静和散淡，塑造更接近于真实的人物。同时，赋予小说某种散文化，符合生活的实际，可能也是自己对生活的认识、生活实际发生了某种变化，平静的叙说成了后期创作的特点。

3. 写的小说难以付梓，拿什么抵敌表达的欲望，加上谋生手段发生变化，我去了一家文化单位上班，开始了历史研究，写成历史纪实文学一路的作品。这样的作品，由历史人物研究着手，这似乎与小说创作有着某种关联，内在的都离不开人，只不过来源不同，一个直接源于生活，一个源自史料、采访、考察等，强调真人真事为依据，人物、事件都需要依据，而小说可以虚构人物、情节和环境。二者都可以反映社会现象，纪实的直接通过真实事例反映，小说则通过虚构的故事隐喻或象征社会现实。它们都需要叙事技巧，纪实文学为了使故事吸引人，叙事方法可以借鉴小说的倒叙、插叙等。

这一类型的写作，自觉比小说创作容易，在占有一定的史料后，把握史实、事件、人物，进行文学加工，便可以写出纪实文学形态的文字。它不同于小说创作云里雾里的虚构，以形象说话，又避免论文之类的枯燥，只有抽象的逻辑思维，干巴巴的立论与论证过程。应该说，纪实文学在文学与论文之间，占据一种中间的位置，既有思辨的考量又有形象的表述，它可以把描写、抒情、说理熔于一炉，洒脱地运用。它的许多的手法在小说创作时已经得到历练。这样，开辟了一条写作的新途径，成了一种新的门类。后来，事实也证明了这一点，小说难以发表后，接二连三地刊出的是纪实类作品，直至长篇历史纪实文学的出版。

历史纪实文学作品以研究为基础，在掌握史料的同时，我喜欢采访、实地考察，走访相关地区和人员，寻找体验感和鲜活的材料。读书行路并举，这应该是古人倡导的一种状态，其实，外国的一些先贤也这般提倡，只不过不被人说起。在行的过程中，发现一个有趣的现象，虽然过去几百年甚至上千年，坟茔依然是丘墓，只不过有兴衰之变；兵营依然是驻军，有的变成了公安、巡捕房；学校依旧是学校，样子变了，名字变了，根本却没有变；还有官府，那里出没的人变了，所办事务大同小异；村舍依然是人的聚居地，基本格局没变，历史的信息依然存在。所以，实地察看，成了我写纪实文学的一个必要条件。挖掘史料，也成了一桩有趣的活计，记得某年去上海档案馆，工作人员告诉我，要查的史料，别人已查过无数遍，不会有新发现。我执意，她无奈拿出卷宗，在乏味之际，突然发现一张当年公安局发放津贴的单子，上面写明分兵几路、几时、几人，每次多少钱，还有人员签名。我欣喜，直接把它写到书里。挖史料，还有一种，对当事人有过交往的人的采访，以及后人（包括研究者）。没有新的史料、感受、想法，千万别动笔开写。这样，提供不了新的东西给读者。

概括地说，纪实历史文学以历史研究为基础，实地考察为支撑，纪实文学的笔法，反映的人和事，以上海为主，涉及江南和淮河流域。呈现一种以研究为主，另一种以行走为主，二者兼用，仅有主次之分。以研究为主，比如，《1936'腥风血雨的中国》以上海为原点，俯瞰处于全面抗战爆发前夕中国各种政治势力的角逐，各式人物的运作，各种事件的爆发，与上海的关系，尤其写了一批中产阶级知识分子，他们在历史裂变时的所作所为，涉及的人物有鲁迅、沈钧儒、章乃器、邹韬奋、李公朴、陶行知、王造时、史良、沙千里、胡愈之等，在掌握大量史料的基础上，进行实地寻访和采访，进行研究，他们的思想成因、为什么会出现在彼时，他们的共性和差异，彼此关系，命运结局为什么不同。通过文学加工，把史实与文学性糅合在一起。

另一种以行走为主，形成的关于淮河流域的纪实作品大体属于这一类型，以考察、走访调查为基本方法，行走为线索，串联起沿途的古物遗址、人文历史、风土人情、民俗习惯、美食饮酒等，同时，加上自身思考、研究，比如《"淮夷"的星穹》《湖畔对话以及帝王的诞生》《昆明，明朝的那些故事》等等。这些作品，不需要借助特定的环境、人物、故事塑造的形象让人感知，无需婉转隐晦表达，可以直抒胸怀，这可能与我的性格有关系，直白的表述也是一种表现的手法。

以真实为基础，实地考察为支撑，纪实的笔法表达，形成一种含有研究、思考、形象、感人、走访等多种元素在内的作品，我把它归纳为纪实文学，若是说大散文也无妨，界别难以厘清。

4. 历史上，小说长期被视为不入流的文字，纪实类的作品既不被小说家看好，又不被专家认可，它的地位有点尴尬。而小说与纪实作品，在专家眼睛中都得不到垂青。我不得不做些论文，比如毕业、评定职称、参加一些学术会议，论文不可或缺。我没有经过学院派写论文的严格训练，总以为模式化的东西，写起来束手束脚，而常人稍许认真照着模式套用，大致可以达到目的。有时候，故意不按套路，自顾自写，一次应邀参加一个学术活动，由一家著名大学召集组织，结果论文没被发表在论文集中，大概是编辑者认为不合规制。

这次在编辑论文卷时，我回顾收入集子的文章，总觉得有些别扭，有的按照学院派的路数来做，关键词、索引、注释一应俱全；有的洋洋洒洒，一路说论，虽有悖学院派的规制，却有一些古风气韵。改哪种都于心不忍，用在论文卷中，恐怕读者生出误解。苦恼之际，打电话请教友人，他说不用论文卷，改用文论卷便可。两字掉个儿，好像服帖了许多。于是，把原来合乎规矩的论文要素全部删去。

论文是可以通过课堂教育训练出来的，治学态度严谨、严密的理性思维、具有独特性、论点新颖独到、材料具有独特性。我的视野依然囿于上海，聚焦近现代史出现的人物、思潮事件、团体、出版物等对象，例如《救国会：一个消失的政党》一文，探讨仅存现代史上十四年的中国人民救国会，它在上海诞生的原因、社会属性、纲领的形成和对全民抗战的促成作用，以及在力求民族独立、民主自由解放运动中的贡献。在《现代七君子精神之探》一文中，首次在史学界对七君子的精神作了归纳总结，并指出了它的现实意义。《现代七君子：一个专门名词》一文，初次提出了用现代七君子命名七君子事件的当事人。《以邹韬奋为例：论二十世纪初知识分子对中西文化的兼收并蓄和自我更新》，详细分析了邹韬奋在新文化运动期间，思想转换过程，由原先接受传统的儒家思想，如何转向接受西方文化，继而形成自己的人格。应该说，此文史料充足且丰富，分析细致且丝丝紧扣。我想它对今天的知识分子依然具有某种借鉴作用和参考价值。

这些文字更似学院派的论文，或者写作时，就是按套路来的，后来删去摘要、关键词、部分注释和引文出处。而下列的文章，起写时就是论述文，带着一些率性。陶行知与上海有千丝万缕的关系，他的教育方法特色鲜明，我在《解读陶行知的方法论》一文中，没有长篇大论地论述，而是就他的一句话，进行了解读，读来轻松。《抗战胜利：是中国近现代社会民主进程的必然》没有做具体的论证，而是提出了一个观点：二十世纪三十年代至四十年代中期，中国战胜外来民族的入侵，赢得了胜利。原因何在？帝王专制的统治模式已成过去，而处在民主进程中的中国现代社会，在维护民族利益的旗帜下必然战胜外来入侵。这是抗战胜利的内在因素，过去被人忽略。有限的论证也是粗线条的，比如说到晚清后期至二十世纪二三十年代，中国社会开始发育，结构中出现了中产阶级群体，他们向海外学习政治制度、思想流派、教育方式、文化艺术、科学技术、市场经济，自觉或不自觉地运用于中国社会实际，重新架构起社会价值体系。这一时期，民主思想的宣传和普及持续不断，高潮迭起。1912年后，国家进入立宪、总统、国会、多党、舆论出版自由的民主实验期，经济运行以市场自由经济为模式。虽然有政治强人闹复辟、玩贿选、搞暗杀、图割据、欲独裁，都没能挡住中国社会的民主要求和对共和的渴求，民主共和成了多数人的共识，国家权力归人民已深入到小学课本。民主共和的国家观念植入国人心中，客观上为抗日胜利作了精神、物质、人才上的准备。由于，证明这一观点的史料丰富且为人熟知，无需太多的举例，也省略了。

在文论卷中，《回眸，1995年世界经济》《外资流入邻近国家》两篇，比较另类，涉及世界经济，超出我的研究范围。其实，那时我兼任着电视台财经栏目的特约撰稿人。对于经济的关注，一向长久，我的小说不少题材与经济有关，而作为财经类栏目的撰稿人，自然需要大量研读相关资料、与行业专家为伍，请教、访问，不断学习，研究的方法为同一个原理。收录的这两篇非学院派模式的论文，是一种说论，恐怕是当年观众所需要的，而学院派的论文模式恰恰是学院需要的，另有一功。

5. 散文随笔特写专访之类，写起来比较自由，可以是对生活感悟、自然景色的描写，或写真人真事，或基于想象的情感表露，手法灵活多样，描写、叙述、象征、托物言志、借景抒情等十八般武艺都可派上用场；文采斐然追求语言的优美和意境的营造，朴实无华反映人与事的本原，道理通俗易懂亦可。一般而言此类文字，是作者对外界、内心的短兵快的反映，需要敏感的触点，一气呵成。特写是一种新闻文体，写这一类的文章，无疑是我由研究近现代史，转身去了新闻工作的第一线，做起了编辑和记者。我一直以为，特写是新闻文体中，文学含量高的一种，通常可以围绕一个特定的事件、人物、场景等进行深入细致的描绘，生动的细节描写增强表现和感染力。大概是写过小说的缘故，写起来也就没有碰到太多的障碍。应该说，不管散文随笔，还是特写专访，以短文居多，长文为鲜，但不拘泥于此，有话则长，无话则短。

为方便阅读，此卷分为散文随笔篇和特写篇，否则就会生出乱蓬蓬堆放的感觉。散文随笔篇反映对生活、文史的思考和感受以及书评，林林总总的短文，写出我的所思所感，从中可以看到自己成长的经历和追求。特写篇主要对上海出现的潮流、风尚和人物的剖析、怀念、记述等。

散文随笔篇中生活感悟类的有《难说观旭楼》《放歌的代价》《如歌的叫卖》《文学改变人生》《等待新生儿》等，有的感悟现在拿出，恐怕有些不合时宜；文史思考类的有《王充也知道》《青云谱的眼睛》《大师的力量》《辜鸿铭：百年轮回有好运？》《郑板桥与金农（外一篇）》等；书评类的有《书缘·书争》《豪门尽碎》《中国商人阶层为何如此缺乏力量》《在上海的哭与不哭》等，我写过不少书评，加上拙著出版时写的前言、后记、心得之类，能够收录此卷的毕竟少数。

这部分中，也有篇幅较长的《江南烟雨曾经的泪》《看云起·乡村有故事》《醉纸——那些并没走远的往事》。末篇，有点像自传，从童年时如何醉心于读书、看画，到青少年时痴迷纸上写文画画习字的一些事情。写得有些散乱，并不完整，以待后续。

特写篇不少是关于人物的，写的多半是普通人，笔下的书画家、摄影家、拍卖师、京剧票友、纹样设计师，不是业内高大上的人物，普通且平凡的上海人，他们的故事具有地方特点。

另类的是《一个美国人的创业历程》，写的是一个来自犹他州普洛沃市（Provo）的美国人，带领他的团队到上海创业的事情，之后在江苏、浙江、福建、广东、上海四省一市开设 108 家专卖店，以网络、规模化的经销形式，开始了他们在中国大陆超常规的发展。有趣的是，在散文随笔篇中收录了《看云起·乡村有故事》，写的是来自安徽一个叫古庵村的三兄弟，几乎赤手空拳，靠着帮人推销茶叶开车拉货，逐步走入他们以前闻所未闻的国际货代、港口物流领域，最后办成集团公司的历程。一中一西、一土一洋，在上海这片土地上神奇地成就了各自的事业。他们之间的同与不同，可以看出一些名堂。

特写中包含着一些小型的报告文学，如《一份来自赴日淘金归来者的报告》《旗袍——中国女性的霓裳》《绚丽多彩装点居室》《渗向人才市场的浊流》等，对于曾经出现的潮流、风尚进行剖析。这些文章，让人读到具体且真实的包括作者自身在内的上海人的思想感情和社会更变的情态、崇尚，不能反映全部也能窥一斑而见全豹。

6. 从开始写作算起的许多日子里，我换过不少工作，写过许多简报、讲话稿、总结、调查报告、论文、新闻稿、电视专题片脚本、舞台剧剧本，这些与谋生有关的文字，回头再看，大部分意义不大，难以收进这套文集。

小说的创作，凌驾于我的职业之上，原因出自对于它的热爱，而纪实文学、散文随笔之类，是小说创作搁置后，无奈之下的举措。小说创作在我心目中具有崇高的位置，始终认为它在其他以文字构建的文艺作品中地位独特。为什么这么说？小说往往是作者个体劳动的智慧结晶，以纯文字创造形象和艺术氛围，追求自身的完美，成为一部完整的文学艺术作品，戏剧、电视剧、电影通过文字的架构，需要导演、演员的演绎才能完成。优秀的小说，内含创造力和丰富的想象能力，宝贵的是创造力。尊重小说是我所提倡的，所以在编辑文集时把它列为第一位，为的是彰显创造力的价值。

以小说、纪实文学、文论、散文不同样式的文体表现、纪录、研究过往，文体不同，语言风格自然不同，而内在的关联无疑相一致，即使笔下的小说，坚持社会生活的逻辑和符合实际规律的构想，恪守着现实主义的创作原则，而这种创作的本身不可能超越认知，违背实际以及对人物、故事、环境做逻辑混乱、细节错误的刻画和描写。留下这些细节和故事、人物与环境，可以弥补历史的细节，让人读到更丰富的过往。无论创作还是写作的码字活动，伴随着人的思辨、情感活动而存在，不管它形成的样式如何，就作者而言总是期盼自身塑造的人物符合人性，以人为本探寻本质、反映事物的本来面貌。

同一种题材，以不同的文体进行码字，自鸣得意地称为"交互式表达"，是不是有江郎才尽之嫌？我不好说。需要考量的是这种彼此交互到底能够实现多少，能否达到对人物、事件客观、多面、生动的表述，获得一种立体的感受，塑造一个多维的世界，饱含理性思考和感性感悟，这种无意识的尝试值得与否。我不敢有太多的奢求，不过可以继续下去。另则，以不同语言风格进行表达，小说，纪实文学、文论、散文的语言本该如此，小说语言感性、形象，文论中的语言理性严密，以一种科学研究的方法揭示事件和历史人物形成的规律，使文章变得可读性强、史实事实笃实、内在逻辑严密。但对于小说中出现的上海方言的运用是否有价值，似乎还是有不少争议。这样，苦苦追求的意义又何在呢？

其实，我一直试图探索形象思维与理性思维相融合的方法进行创作与写作，甚至语言表达上也寻求一种相济融合、含量多少不同，形成自己的特色，这样的路难以走通达到预期。我不敢说，自己写成的这些文字都是出色的，可以肯定的是这些创作与写作，无疑促使我掌握用另一种方法感悟人世，这样的方法颇为神奇，充满鲜活的体验和理性的解析。

这四十年间，放到历史长河里来观察，可谓是罕见的熹色初起渐入高光的时期，恐怕这种现象长远才能遇上一次，虽有不尽如人意之处，多半与人的认知局限、利益索求以及自身的努力相关。就总体而言，这个时期，人性一定程度上得到唤醒、个体得以相对的尊重，文化趋于多元，触动经济引擎的转运，推进社会经济的发展，催生生存环境发生变化，城市的快速成长，乡村巨变。激荡的变化，引发人的思想感情行为产生剧烈的变化，身处上海这座城市，这让人感触颇多，无论自己的亲身遭遇，还是他人的经历故事，令人有感而言。

以绵力用字码起的世界，可以视为与宏观叙事的"大历史"相互印证、互为表里的微观"小历史"，展现大时代背景下具体的人的活动，这是鲜活的生活图景和历史画面，也是触及实际之后的思辨和理性的反射，即使是自身的经历，也是这"小历史"渺小的一分子。

我只是过往的行路人，思考感悟后反刍出不同样式的文字作品亦真亦假，恐怕还是真实的成分多了一些，即使表达的某种特殊感受、独特的思考，也是在特定时期、特定环境中个性化的反映。

热衷创作和写作的四十年已经过去，我不知道以后还有多少的激情去满足这一爱好，或者说长期养成的癖好，本身会变得淡漠甚至戒欲，不再有火焰。毕竟，一切都在发生变化，自己在变，外部的世界也在变。而不变的是对这座生我养我的城市的挚爱，正是它的魅力，促使我完成书中搜罗的这些文章。而下步如何走，需静观其变。

潘大明

2024 年 9 月沪上

目　录

特写篇

附录 部分评论与报道

散文随笔篇

江南烟雨曾经的泪

1. 坐上高铁去蚌埠，已经是春风送暖、万物复苏的时节。从那儿再去凤阳，只有短短十几分钟的车程。复兴号开得飞快，掠过一片连着一片的楼宇，道口停顿的车辆以及不知道还在运营与否的企业，似乎很少有农田映入眼帘，"乡村四月闲人少，才了蚕桑又插田"的旧景已经不复。这是工业和城市化进程的必然，田园牧歌成了惆怅之后的叹息……

友人望着窗外说："当年，朱元璋仇视这里的人，尤其是那些有钱有文化的，大肆打击，导致大量人员被迫流放，课税天下第一。"我明白，他说的是元末明初朱元璋大规模迁移苏淞常地区的富户到凤阳以及淮河中游地区定居，对这片土地实施高额征收税赋和海禁。

"你说，那些被迫迁徙的人，走的路线与我们一样吗？"我问。

友人悠然地表示，如果走陆路，在江南的大致差不离。过了南京，恐怕由滁州直奔去了凤阳，不会绕道蚌埠。这样，节省路程。当然，也不排斥从水路到凤阳，那恐怕要经过蚌埠。不过，那时蚌埠是个小村落，近代铁路的兴起才有它如今的格局。

列车奔驰在苏锡平原上，历史上的苏州地域包括现在除崇明以外的上海和嘉兴。南宋初年，民间就有"苏常熟，天下足"的说法，全国主要的粮食生产基地，丰产可以确保南宋的粮食供应，经济地位居全国之首。元灭南宋时，江南未发生多少战事，入元后依然是全国经济的重镇。随着黄道婆的回归，棉花种植和棉纺织业的崛起，松江府逐渐成为棉布的主要产地，以至有"衣被天下"之称。而且，这片土地面临一段绵长的海岸线，海产品和对外贸易丰富了人们的生活。

"朱元璋为什么要这样做？"友人问。

"稳固政权呗。"

这一带曾是张士诚的大本营，他在这片土地上经营了十年之久。盐贩子出身的他没什么雄才大略，但是对乡村大户、知识分子颇为友善，具有一定的影响力。朱张大战时，朱元璋久攻不下苏州城可见军民的齐心协力，后来张士诚被俘至应天府自缢，苏州民间暗地里纪念不绝。朱元璋占领了后，民间反抗活动不断，遭到血腥镇压。朱元璋意识到，这一地区经济发达、人文思想丰富，不利于统治。打击、限制它的发展，由经济而及文化，使其不再形成反抗的基础。于是，他一手把那些大户赶出原居住地，让他们失去抱团成势的客观条件；另一手便是征收高额的税赋，让生活在这片土地上的人没有更多的铜钿留在手里，丧失经济能力，无力反抗。这个地区的富户、文人被迫迁至三百多公里外的淮河中游，客观上失去了耕地所有权，以致这一地区破天荒地出现大量土地被抛荒的局面，需要实行"见丁授田一十六亩"的政策，来拯救经济。

与我相识的明史专家陈梧桐先生，在与人合著的《明史十讲》中说："明太祖采取一些抑制豪强的措施。豪强地主占有大量土地，在乡里横行霸道，并隐瞒丁口和土地，向农民转嫁赋役负担，是造成社会动乱的一个祸根。当时的江南是经济最发达的地区，豪强地主的势力也最为强大。明朝建立前后，朱元璋几次下令将依附于陈友谅、张士诚、方国珍的江南豪强和元朝孤臣孽子迁到凤阳。他还下令把江南一些富户迁到南京。"我不以为然。如果，仅用官方修订的"正史"，冠以这部分人为"乡里横行霸道，并隐瞒丁口和土地，向农民转嫁赋役负担"的豪强恶霸，恐怕以偏概全。根本的问题是这批富户、文人，在朱元璋心目中是敌对势力，构成天下不太平的根源。

朱元璋出重拳打击的江南富户，写就了一部血泪史。松江人朱孟闻"家饶于赀"，洪武初则"徙居濠梁"（明郑真《荥阳外史集·乐胜云间记》）；"大姓谢伯理氏，繇云间（松江）徙临淮之东园"（明贝琼《清江文集·中都稿·归耕处记》），而且当时的强迫遣送，似乎无须什么罪名和理由，只要家中有钱就有可能成为打击对象。清人杨复吉在《梦阑琐笔》中，谈及明初松江的流放："岂独（华亭）陆氏，就松属若曹、瞿、吕、陶、金、倪诸家，非有叛逆反乱谋也，徒以拥厚资而罹极祸，覆宗湛族，三世不宥。"松江拥有雄厚财产的家族，在明初无一例外地遭受朱元璋的惩罚，牵连甚至延续几代人。

江南的广义可延及浙东南，明方孝孺在《逊志斋集》卷二十二《采苓子郑处士墓碣》说："当是时，浙东、西巨室故家，多以罪倾其宗"遭到遣送。朱元璋还将所有直接或间接曾与张士诚有往来的江南文人押解到金陵，后又发配濠州。杨基、徐贲、余尧臣等曾经在张士诚政权任职的文人被遣送濠州，后虽被起用，但很少有善终：徐贲下狱死；杨基被谗夺官，死于公所。明初，缙绅士大夫"谪居临淮"成了普遍现象。"杭、湖、嘉兴、松江等府官吏家属，以及郡流寓之人，凡二十余万并元宗室神保大王黑汉等皆送建康（南京）。"（《明太祖实录》卷之二十五）

昆山人顾德辉，一名瑛，又名阿瑛，号金粟道人。早年经商致富，而立之年折节向学。轻财好义，善结宾客，筑别业曰玉山佳处，与客赋诗其中。著有《玉山璞稿》《玉山逸稿》，编有《草堂雅集》《玉山胜集》等。洪武元年（1368），他一家被迫迁徙临濠，越年便在贫困和屈辱中死去，时年不足六十岁。迁徙途中，他途经虎丘悲戚地吟唱：

柳条折尽尚东风，
杼轴人家户户空。
只有虎丘山色好，
不堪又在客愁中。

徙置凤阳的江南士人的命运凄惨，郑真在《荥阳外史集·东涧草堂记》中，描绘松江文人夏文彦在凤阳的境况时说，"松江夏氏士良，系名谪籍，得而乐之，构草堂以居，耕田饭牛，温饱仅足"。贝琼洪武六年任国子助教，后奉命到凤阳中都教学，在凤阳度过了人生最后四年，了解到迁入此地的文人生活状况，在他所著的《清江文集·中都稿》中有大量凤阳情状的描述，"冻馁疾殁，不可胜数"，恶劣的生存环境更加深了人们对故乡的思念。管讷在《蚓窍集》卷六《送兄勉翁自凤阳回淞》写道：

把酒灯前醉复倾，别离无限异乡情。
一身千里久为客，百岁几时长见兄。
春雨园庐青草遍，暮云丘陇紫芝生。
白头遂我东辕日，数亩圭田得耦耕。

董纪《贺张季自临濠还乡》诗云：

十年淮甸叹离居，喜得归来有敝庐。
衣裂去时慈母线，囊留别后故人书。
四邻访旧多为鬼，三径开荒半是墟。
且把钓竿重整理，江南还有四腮鱼。

谢应芳在《考妣祝文》中说："伏念某儿子木，屯田临濠，如落陷阱。"

我问友人："你还记得朱元璋在鼓楼上留下的四个大字吗？"

"当然。'万世根本'。"

"这个根本本应包含着人、人性和人民。如果没有，一味强调紧握政权不放手，朱姓王朝注定没有了万世。迁徙，应该是人的自觉行为，一旦演绎成强迫，便是眼泪和血腥。"我说。

"帝王总是在今生与万世之间游走，寻找一种平衡。朱元璋似乎走偏了。"友人自言自语。

朱元璋清查全国户口、建立了严格的户籍制度，《大明律》规定：如有逃户，依律问罪。这样，把移民牢牢地拴在土地上，移民在抗争中屈服了强权，在淮河中游两岸贫瘠和自然灾害频发的土地上繁衍生息，煞是艰难。但是，移民的逃跑几乎天天在上演，尤其遇到自然灾害时。

道凤阳，道凤阳，凤阳本是好地方。自从出了朱皇帝，十年倒有九年荒。
大户人家卖骡马，小户人家卖儿郎。奴家没有儿郎卖，身背花鼓走四方。

这首传唱五六百年的《凤阳花鼓》，可以告诉今天的人们，当时的残酷。据说，它是由逃难的人唱遍中国的，而逃难的人群中，不乏"大迁徙"者或他们的后人。

2. 征收高额的税赋，让生活在这片土地上的人们没有更多的资金留存在自己的手里，失去经济能力，无力形成反抗势力，客观上迫使江南富户、文人背井离乡抛弃故土，造成区域经济、文化毁灭性的崩溃，对于朱元璋而言，有效地铲除了对新生王朝可能存在的威胁。他对这一地区实行惩罚性赋税政策，明人谢肇淛《五杂俎·地部》曰："三吴赋税之重甲于天下，一县可敌江北一大郡,破家之身者往往有之。"洪武年间苏松常地区的赋税,约占全国的六分之一,仅松江一府约合浙江赋税的一半。重赋造成百姓流离失所,被迫接受朱元璋的"大迁徙"。同时,严厉的海禁使这一地区的沿海居民失去生活来源,彻底消除这一地区危害统治的力量存在。明末清初思想家顾炎武在《日知录》卷十"苏松二府田赋之重"条有统计说:"考洪武中,天下夏税秋粮以石计者,总二千九百四十三万余,而浙江布政司二百七十五万二千余,苏州府二百八十万九千余,松江府一百二十万九千余,常州府五十五万二千余。是此一藩三府之地,其田租比天下为重,其粮额比天下为多。"

巨额的赋税给百姓套上了沉重的枷锁,直接导致"苏、松二府之民则因赋重而流移失所者多矣"的局面出现,有这样的记载:"至洪武以来,一府税粮共一百二十余万石,租既太重,民不能堪,于是皇上怜民重困,屡降德音,将天下系官田地粮额递减三分、二分外,松江一府税粮尚不下一百二万九千余石。愚历观往古,自有田税以来,未有若是之重者也。以农夫蚕妇冻而织、馁而耕,供税不足,则卖儿鬻女。又不足,然后不得已而逃。"

清末民初曹允源辑《吴县志》中记载,明初曾有官员对不堪重负的百姓表示同情,上疏给朱元璋"请减重额"。朱元璋不仅拒谏,甚至罗织罪名,将上疏官员"赐死"。洪武初,朱元璋赐死倡议者苏州知府金炯,罢免户部尚书滕德懋,且因此严禁苏、松人士任户部官员。

友人说:"充满血腥味的移民和毫无人性的税赋政策,严重摧残了江南经济和文化。"

"从这些做法中就可以看出,朱元璋本源上是为维护自身专制统治的需要,而并非以恢复耕地,促进经济,走出低谷为真正目的。如果以恢复经济为终极目标,他会有其他更好的办法,达到经济提升的目的。" 我说。

"但是，我们不应该忽视，朱元璋的'大迁徙'有他的客观需要。"朋友说。

的确，历史上黄河决堤通过泗水进入淮河，淮河水系遭到破坏，中下游地区出现连续的灾害；又由于抗元的兴起，许多人口随着征战的大军离开故土，淮河中游尤其是凤阳地区出现了人烟稀少、土地荒芜、百姓生活极端贫穷的局面。至正二十六年（1366）四月，朱元璋回到故乡，心情沉重，对中书省臣说："吾往濠州，所经州县，见百姓稀少，田野荒芜，由兵兴以来，人民死亡，或流徙他郡，不得以归乡里，骨肉离散，生业荡尽，此辈宁无怨嗟？怨嗟之起，皆是以伤和气。尔中书其命有司，遍加体访，俾之各还乡土，仍复旧业，以逐生息，庶几斯民不至失所。"（《明太祖实录》卷之二十）在这些地区，税源几近枯竭，陷入"租税无所从出""积年逋赋"的困境。洪武二年（1369）九月，朱元璋确定凤阳为中都。中都的建设，不可能在荒芜中进行，它需要人，这一生产力的第一要素。这些客观因素，决定了朱元璋必须实行移民政策。他诏令从全国各地向凤阳移民，其民族有汉、回、蒙、瑶等，人员成分贫民、富民、文人、军士、罪官、罪民等，总数约五十五万（包括军卫人数约三十万），其中洪武七年（1374）一次移江南民达十四万，再加上正统年间北方流民流入凤阳府，移民人数占总人口的百分之八十。

在我国移民史上，大规模的移民一般由北方向南方迁徙。元末明初出现了江南人口向淮河流域迁徙的逆流现象，数量高达十六万人，苏（州）松（江）太（仓）地区首当其冲。中都罢建后，朱元璋把南京作为主要的人力资源导入地，洪武十三年（1380），取苏、浙等地四五千余户富民，填实南京，洪武二十四年（1391），徙天下富民五千三百户以壮京畿。

应该看到，朱元璋的"大迁徙"以及相配套的政策促进了耕地的恢复。比如，战争中被抛荒的耕地，已被他人耕垦成熟的，就成为耕垦者的产业。

他还下令将北方州县近城的荒地分给无田的乡民耕种，"户率十五亩，又给地二亩与之种蔬，有余力者不限顷亩，皆免三年租税"（《明太祖实录》卷之五十三）。这一政策在苏州府太仓也得到实施"见丁授田一十六亩"。后来，还规定陕西、河南、山东、北平等布政司及凤阳、淮安、扬州、庐州等府，允许农民尽力垦荒，官府不得征税。洪武二十八年（1395），明朝政府又颁发法令："凡民间开垦荒田，从其自首。首实，三年后官为收科。"（《明会典·田土》）虽然取消原先永不起科的规定，但农民还是取得了土地所有权，使许多农民获得小块耕地，成为自耕农，拥有扩大再生产的能力，比佃农经济具有更大适应性和灵活性。

一系列政策的出台和提倡"安民为本""藏富于民"的主张，实行休养生息，与恢复和发展生产有着紧密的联系。由于明朝政府无法在这些地区实现税收，迫切需要实行开垦荒田、授田男丁，推行屯田、水利，提高农民的生产积极性、鼓励农业生产，出现人口增加、耕地增加的局面。

"大迁徙"扩大了凤阳、南京地区的耕地，明初凤阳府田地共有十九万八千六百五十五余顷，到洪武二十六年（1393）有四十一万顷耕地。就全国的耕地而言，洪武十四年（1381）到二十四年（1391）间，增加了二十万七千零三十一顷余。朱元璋的政策促进了耕地的恢复，虽然没有达到历史的峰值，但是也出现耕地增长迅速的局面，对经济发展起到一定积极的作用，同时，有效稳定了朱元璋的极权统治。

高铁过了长江，距蚌埠就不远了。车窗外农田连片，还有远处的农舍，乡村的况味油然而起。

我说："似乎还是少了些什么，比如炊烟。"友人说："算了吧，这里的农户已不烧柴火、秸秆了。"我无言以对。

这时，田野上起了薄雾，面前的景致有了一些朦胧。

"大概是江南飘来的。"朋友说。

　　我说："兴许挟带血腥。"

　　话题回到先前，友人问我怎么看待朱元璋对江南实行的一系列政策。

　　我回答："就一定程度而言，有利于恢复、拓展了淮河中游地区的耕地，促进这一个地区的经济、文化的发展。但这只是一种表象，耕地的扩大，并非意味着产能的提高，如果生产第一要素的人缺乏积极性，产能势必低下，大致勉强供给自身温饱，产生的经济效益不会高，文化的创造更无从谈起。你想想，强迫迁来的人口能有多少能动性？"

　　友人说："这些做法，一定程度上促进了不同地区发展上的平衡，是牺牲个体或小群体利益，实现整体进步和发展的战略部署。"

　　"谬也。"我回答。儒学长期倡导的价值观以牺牲个体或局部群体利益而服从于人群，这种价值观左右了中国社会二千多年，在帝王极权时，这样的道德与价值观往往直接服务于帝王和依附于帝王的小集团，或者说，在强调所谓的群体利益时，直接满足了帝王和他主导的小团体的利益。元末明初江南的大迁徙，最后的结局朱元璋成了赢家，这个赢在于他的政治目的实现，在经济上的意义并不显著。所谓的地区发展平衡和人口导入地区的经济繁荣，只是一种假象，隐藏的是帝王的政治目的和核心价值。

　　"在淮河泛滥不解决的前提下，单纯的人口导入，解决不了贫困；中都的罢建又使这片土地失去了一次发展的机会，迁移过来的人，发挥着低效能，继续着贫困。"

　　我告诉友人。我以为，淮河中游与江南经济发达地区之间，经人为的迁移，在某一个时期出现相对的平衡，这是以原本繁荣地区的倒退、崩溃和贫困地区的有限增长为代价而形成的不可持续性的局面，实际上它们之间的绝对差距依然存在，这是自然地理位置、人文精神、生产技能等众多因素所致，并非简单的迁移可以解决。另则，一个经济繁荣、文化发达的地区，孕育的创新能力显而易见，而它的衰弱甚至倒退，阻碍了创新能力的形成，继而使一个地区乃至一个国家陷入迟滞发展的怪胎中。可以说，朱元璋在元末明初对江南人口的大迁徙，政治意义远远超过了经济意义，是一种对被迁移人群的惩罚，目的是千年江山。

然而，不屈的江南在明中期，再次崛起，领先于全国经济文化的发展，且成为南明抗清的重要战场，表现出江南人的坚毅、豁达、智慧、勤劳。

3. 这时凤阳的朋友郑夏来电话，询问到了哪里。相告后，他说已和西泉镇联系过了，那边会安排好采访。他因其他公务不能陪同前往。这样，汽车就不必进凤阳县城，直接朝镇上奔去。

那里有两座祠堂，经过长久破败之后得以修缮。友人说："祠堂在淮河边颇为稀罕，现存不多，不像在浙闽粤一些乡村，移步可见。"

我想这也许与频繁的战争、自然灾害有关，又或人们忙着应对战乱和自然灾害，几乎没有更多的空暇去回忆先人。

来到简朴的镇政府院子，正有农民高声与什么人在吵嚷，知道我们要来的镇干部跑来说不能陪了，有突发情况。他嘟哝了一句，好像说干乡镇的就是这个样，突发事不少。原来，一户农民因为动迁的事找政府来理论，闹得动静大了些。

友人说："乡镇经常会碰到突发情况，不好干。"

好在镇里已安排了人员领着去考城，车子驾轻就熟地停在老街口，一行人踩青石铺成的古老街道，走着去探访张氏的后人。

张氏后人的宅子紧挨着小巷，门敞开着，一老人与一中年壮汉正在门口迎着。老人指着身旁的壮汉说，知道你们来，让村主任从上海赶回来了。张姓村主任是他本家后辈，笑着说："现在，从上海回家一趟也快。"

"在上海做什么呢？"友人问。

"也就做些生意。两头跑。"村主任回答。友人没有继续追问。

进入张宅，家什不多，给人空荡荡的感觉，左侧靠墙摆放着长条椅，上方挂着一些条幅和横匾，显得与别家有所不同。

老人说，自家一向重视文化教育，出了不少读书人，现在还有在北京搞高科技的，是个领军人物，家族的荣光。老人一直在这里生活，曾经担任过乡村教师，口音有点难懂，细细辨析还是能听出他的与众不同。

"张氏原籍在浙江金华兰溪。洪武初年，迁往定远炉桥，传至六世祖张智义，于明嘉靖年间迁到此地，六世祖被尊为始迁祖。"老人说。

"祖上怎么搬来的，可有说法？"我问。

"都过去这么多年了，没人说起。只是听说，老祖宗在南边有不少水田。"

史料显示，朱元璋当年从浙江向自己的老家一带进行移民，浙江是他另外一个死对头方国珍的地盘。方虽然后来投降了朱元璋，得了个虚位，客死南京。但是，方国珍影响力在当地还在。朱元璋认为这将影响朱氏政权的统治，铲除地方势力，是他必须做的功课。

张氏一位叫张晓钟的后人在他的博客《凤阳考城张氏由来考略》中说，炉桥营里张村的徐老太君墓志铭上写道："公元 1368 年前元明战争，定（远）、凤（阳）惨遭战伤，尸横遍野，人烟稀少。洪武四年，国家命令迁移士农工商，始祖张兴携妻带子，背井离乡，跋山涉水，夷然北上。由浙江兰溪竹林村，押赴临北炉桥东定居，村取名'营里张'。始祖志强，为子孙造福。"继而叙述，洪武时人胡干，在浙江人吴季可的墓志铭中提到了这次移民。吴氏为浙江兰溪人："洪武八年春，有旨遣贫民无田者至中都凤阳养之。遣之者不以道，械系相疾视，皆有难色。独公所遣，掉臂走道上。公且戒其子，宜体上德意，无以私废义。公临事有为，类多如此。"

依此，我告诉老人："当年的移民，相当的残酷和血腥。"

老人说："那就不晓得了。"

继续聊了一会，老人与村主任领着去不远处的祠堂。张氏六世祖在明朝嘉靖年间（1522—1566）移居此地，在这里修建祠堂，经道光十九年（1839）、光绪元年（1875）两次续建，颇具规模，《重修祠堂碑记》用了"甚为壮观"的文句。由于后来的战争和人为的破坏，祠堂损坏严重，即便这样，它依然是淮河中段保存比较完整的祠堂，得益于这里办过乡村小学堂。现在仅为一进的祠堂，系2011年重修后的模样。

在院子里仔细读完重修碑记，跨入厅堂，映入眼帘的是"百忍堂"三个大字。我问身边的老人："是留下的老名儿？"

"自然。"老人说："这名儿好，张姓是外来户，要忍；另则，也是告诉后人，做人要忍。"

"忍字头上一把刀呀。"友人说。

村主任极有感触地说："不忍办不成大事，尤其出门在外。老祖宗是有道理的。"

几个边聊边移步来到邻近的王氏宗祠……

到达县城已是傍晚时分，晚上的餐会已预订，由我请郑夏等凤阳的朋友一块聚一聚。他们大部分住在老城区，来我的住地交通不便。于是，友人便重新安排在县委老招待所门口一个不大的酒馆里。

比较新城区，老城区还是蛮热闹的，街上熙熙攘攘。

上了酒楼，顾客稀少，空空荡荡，只有我们的包房热闹。座中大都是熟人，郑夏正调侃坐在近旁的一位当地作家，说像某某著名作家。这位作家显然挺开心。他新近在省文艺社出版了一本长篇小说，次日要去蚌埠开新书研讨会。我们也是熟人，之前到凤阳，好几次他都在场。于是问："你写的是本地故事，又在本地任职，研讨会咋放到蚌埠呢？"他没有吭声。

郑夏说，作家主持的县作协和刊物都挂在了其他机构下面，本事极大。他回答："无奈，无奈。"

　　在座的只有一位满头留有长长的银发，笑容可掬的老者不曾谋过面。郑夏介绍，是本地有名的文史专家，对凤阳故实了如指掌。"他到过所有的村镇，凤阳首屈一指的专家。"友人说读过他的书有印象。

　　银发老者脸上浮出谦逊的笑容，一味说自己钟爱地名志研究。见我由上海而来，便说自己的女儿女婿在上海工作，女婿还在一所著名大学担任学科带头人。聊了一下上海的事情，说起凤阳的地名，自然讲到考城的祠堂。银发老者告诉我："凤阳原本还有柳氏、胡氏、汤氏宗祠五六处，现在已不复存在。你们去过张氏宗祠，过去有门楼、大殿、寝殿三进，现如今只是原来的三分之一。张氏到了清朝嘉庆年间，出了个叫张敦厚的人，是钦点的翰林院检讨。官不大，从七品，但学问不小。"

　　我发现银发老者的手时不时地会微微颤动，又不好问明原委，回应说："明清时，翰林院检讨常以三甲进士出身的庶吉士担任，那必须得有学问。一般而言，还应该有诗文集吧？"

　　"对这个人，了解不多。有文集也未必存世。"银发老者回答，"它一旁有王氏宗祠。王氏一族在乾隆年间出过武进士，官至浙江总兵。近代又出了文人叫王传燮，工书法、解音律，有《庄子发微》《中国大旅行记》等著作，另加十余种小说。这个人，曾去日本留学，因身体病弱回国，后死在上海。回考城安葬。"

　　"王氏是朱元璋建中都时，从苏州吴县宝带桥迁徙过来的，那可是出了名的鱼米之乡，富甲之地。"

　　"不错。"银发老者说，"他们祖上六百多年前到了这里，祠堂是乾隆三十年（1765 年）建造，清代风格。当时，也为三进，每进面宽差不多都在十米"。

　　"多半为家族出了总兵后的产物。"我说。

　　"那总兵一定拿了不少钱，给盖的。"友人插话。

这时，厨房出菜了，上酒。于是，大家伙儿喝上了。我赶紧吃锅仔里的羊肉，垫饥好喝酒。银发老者喝了几杯酒后手不颤抖了，脸色红润，自告奋勇说："明天，陪你去淮河边走一趟。"

朋友鼓起掌来。

郑夏饮酒节制。但是，还是有些激动，说了一长段话，大意是凤阳四方杂处，结果是交融和借鉴，给这片土地带来了南北文化兼收并蓄的特点，集中表现在语言、文化方式上；民风民俗特色鲜明，集中表现在花鼓戏、凤画和民俗中。一晃数百年过去，龙兴之地帝王文化对当地社会的种种影响，看似渺无，却一直都在。

面对跟前的酒杯，不经意之间，我把凤阳花鼓戏的凄凉悲怆、凤画中的痛苦冷漠与江南的烟雨融合在一起，构成了一幅不可磨灭的画卷，不禁暗自问道，之间有关联吗？假若有，又是什么？

席间，好几位说，他们祖上是来自江南……

（作于 2023 年 12 月 8 日锦园观旭楼）

淮河边的古代战争

曾经的硝烟，在淮河边连绵不绝。战争可以追溯至上古时期，蚩尤与炎黄部落交战失败部落瓦解后，一部分融入炎黄部落，另一部分举家南迁，至淮河流域一带定居。他们或许通过战争与原住族群融合在一起。殷商时代统称为夷，史称为夷方。而淮夷恰是夷的重要组成部分。

淮夷与商的关系，时好时坏，在武丁中晚期，著名的女性军事首领妇好曾率领军队前往征讨，古文字学家、考古学家陈梦家认为殷墟卜辞中记录的"征人（夷）方"，指的是征伐生活在淮水边的淮夷。据卜辞记载，商末重要战事有十祀和十五祀两次，帝乙、辛都曾率领军队征伐了夷方。

时至西周初年，淮夷参与了周王族之间的内乱，跟随管叔等人反对周公姬旦的摄政，于是姬旦东征三年，将其扑灭。归顺后的淮夷，社会组织机构、管理方法没有发生根本性的变化，经济、文化、习俗依旧。也许正是周公的东征，使夷方长期与周王朝处于敌对状态。周厉王三年（前876），淮夷发兵进逼洛邑，周厉王派虢公长父征讨淮夷，虢公长父没能取胜，对峙而望。之后，淮夷和东夷部落参与了噩国（在今河南南阳东北一带）反对周王朝统治的战争，声势浩大，一直打到成周（今河南洛阳）附近。厉王调集大军，形成夹击之势，歼灭噩国的军队，淮夷也遭受打击。淮夷不屈，再次发兵向周朝进攻。周厉王命虢公长父率兵反击，未能取胜。淮夷气势高涨，一路浩浩荡荡，深入到周朝的中心地带。周厉王亲临成周指挥，令精兵反击。淮夷无法招架败退。周军乘胜追击，最后击败淮夷，斩俘一百四十余人，夺回被淮夷掳去的周民。淮夷臣服，《诗经》记载着这样的诗句，"憬彼淮夷，来献其琛"（《鲁颂·泮水》）。在与中原王朝的抗争中，淮夷输了。

后来，淮夷的命运与齐、楚、吴捆绑在一起。大约在齐桓公称霸时，淮夷的江、黄部落依仗齐国势力，拒绝向楚国纳贡，却没有得到齐国保护，这两个部落不久就被楚国吞灭。楚国继而又灭六、蓼、舒蓼部落。大国徐国在齐、楚对抗中采取联齐抗楚的立场，但终不敢强楚，将政治重心东移。吴国称霸东南时，许多已经被楚国占领的淮夷部落，又被吴国侵占。吴楚两国抗衡时，楚国灭舒庸、舒鸠；吴国灭徐国。泗上淮夷莒等几个小国苟延至战国。春秋后期徐国灭亡，淮夷作为一个有影响的政治、文化集团，基本上退出了历史舞台。

有学者统计，自有人类活动到1949年底，历史上大小战争接连不断，著名的战役有二百余次，发生在淮河流域的约占四分之一。先秦时期，淮河流域战争最为频繁，著名战役总数约占全国同期的二分之一以上。楚汉战争历时四年，著名的彭城之战、成皋之战、垓下之战等都发生在淮河流域。

西汉初年，周亚夫平定吴楚七国之乱，战区在淮泗合流地区。东汉初年，刘秀灭王莽的昆阳之战，发生在叶县、禹县、郾县一带；关东之战，战区在沂沭泗淮濉诸水之间。东汉末年，曹操挟天子以令诸侯，拥献帝移都许昌，一时间淮河流域群雄四起，拥兵割据。在此期间，著名战役有发生在鲁苏皖交界处的曹操、吕布争夺兖州之战，发生在中牟、封丘一带曹操与袁绍之间的官渡之战。两战以后，淮河流域皆属曹魏。

距司马氏建晋不足半个世纪的永嘉五年（311）四月的宁平之战，北方匈奴军攻破晋都洛阳，十余万晋军全军覆没。这一大战就爆发在淮河流域的鹿邑，直接导致中原人口大量迁往长江中下游，是我国古代出现的第一次人口南迁高潮，客观上促进了中国南北大融合、长江中下游经济的发展和古代经济中心的南迁，改变了中国发展的走向。

两晋南北朝是中国历史上动荡及分裂的三百年，淮河流域成了南北双方角逐的场所，战火熊熊。如司马昭围攻寿春（今安徽寿县）之战，西晋末年的祖逖北伐，东晋时期的桓温攻前燕之战，谢安、谢玄以八万军力大胜八十余万前秦军的淝水之战，南梁与北魏间的钟离之战。钟离之战与淝水之战都是以少胜多的战例，王夫之在《读通鉴论》中说，"钟离之胜，功相当于淝水之战"。

金兵南下时，宋金相约以淮河为界，淮北属金，淮南为宋。淮河长期是南北政权的分水岭，战争的交锋带，给这片自然灾害频发的土地雪上加霜，天灾人祸俱至。

淮河流域为什么成为南北对峙分界线？一般而言，北方地处平原，游牧民族的骑兵占据很大优势，到了秦岭与水系纵横交错的淮河，构成一道天然的屏障，南方政权占据有利的地势，士兵善于水路船战，而北方骑兵的灵活和机动不能发挥出来，南北双方战事往往陷入僵局，这就形成了历史中延续多年的南北战争。

又由于政治、经济、文化、宗教等，淮河流域还发生过大量农民军起事引发的战争。陈胜、吴广宿州大泽乡揭竿而起；新莽末年，山东莒县爆发了赤眉军；东汉末年，黄巾军起事，战火遍布徐、扬、兖、豫等八州；隋末的瓦岗军、杜伏威军活跃在黄淮、江淮地区；唐末菏泽人黄巢领导的农民军，举行北伐之战；元末，郭子兴和他的义女婿朱元璋，活跃在淮河流域的红巾军，直接成就了朱元璋建立明朝。明末，李自成的起义军与明军展开了朱仙镇战役、汝州战役；晚清时，太平天国北伐，曾在淮河流域激战两月之久。几乎同时，涡阳人张乐行领导的捻军，也活跃在这一地区。

流水般的兴亡事，如淮水一泻而东。太多的战争，使这片土地孕育出的传说、诗词、民谣，染着血腥、沧桑和悲凉⋯⋯

（原载《文汇报》 2023 年 9 月 26 日）

长淮当歌　盘古血脉

如果说黄河，孕育的文化教导华夏儿女如何修身立命；长江文化教会人们精耕细作。那么，淮河文化告诉您的是什么？思辨和创新。这里诞生了老子、庄子、管仲、刘安、曹操、费祎、王粲、嵇康、阮籍、杜甫、李商隐、吴承恩等哲学家、思想家、诗人、文学家，筑起淮河流域独特的文化符号，与黄河、长江等其他流域的文化共同架构起中华民族精神世界，创建了悠久连绵不断的中华文明。

淮水汤汤，桐柏发端，穿峡过陵，恣肆汪洋，千里入海。淮河，古称淮水，与长江、黄河、济水并称"四渎"，由西向东。据《水经注》记载："淮，始于大复，潜行地中，见于阳口。"这里的大复指的是桐柏山主峰太白顶，海拔1140米，周边涓涓细流从石缝隙而出，汇合成四条溪流，溪下为河。在这里拥有丰富的盘古传说，三国人徐整在《五运历年纪》里记载："盘古龙首蛇身，嘘为风雨，吹为雷电，开目为昼，闭目为夜，死后骨节为山林，体为江海，血为淮渎，毛发为草木。"盘古开天的故事最早也见于他著的《三五历纪》，盘古"万八千岁，天地开辟。阳清为天，阴浊为地，盘古在其中……天日高一丈，地日厚一丈，盘古日长一丈，如此万八千岁。天数极高，地数极深，盘古极长，故天去地九万里。后乃有三皇。"

淮河流经河南、湖北，至安徽正阳关，接淠纳颍，三水归一，滔滔滚滚，一路浩荡，进入江苏后分入江水道、入海水道、苏北灌溉总渠和分淮入沂四条出路，全长一千多公里，是中国一条重要的南北分界线。

在东汉时期文字学家、《说文解字》著作者许慎笔下，汇聚无数短尾巴鸟的淮水是个美丽富饶的地方，孕育了灿烂的文化，两岸集聚丰富的古人类遗址，三、四万年前的下草湾人和西尤等旧石器时代遗址，八千年前淮河流域的人们创造了贾湖、小山口等新石器时代早期氏族文化，出现了双墩与侯家寨遗址、尉迟寺古人类遗址等；诞生了"淮夷"族群、法家开创者管仲，叔孙敖、陈胜、刘邦、项羽、刘秀、曹操、朱元璋等古代一大批政治家、军事家、经济学家、水利专家……淮河流域是中华文明的重要发源地。

由于，战争和自然灾害，使这片土地变得贫瘠，文化衰弱。历史上一系列的著名战役在淮水边发生，南北对峙的烽火狼烟四起，成了兵戎相见的前线。自南宋绍熙五年（1194年）黄河夺淮后，在700多年的漫长历史中，淮河河道泥沙淤垫，为祸一方。

新中国成立后，淮河是第一条得以治理的大河，迎来了新生。改革开放以来，淮河流域经济、文化得到迅猛发展，两岸崛起了盐城、淮安、滁州、蚌埠、淮南、阜阳、信阳、南阳等现代化城市群，星罗棋布的县镇级城市在绿色田野中熠熠生辉，呈现出社会经济繁荣、文化生活丰富，一派祥和的新貌。

俗话说"走千走万，不如淮河两岸"，我们发起的"爱我中华·淮河流域系列寻访活动"是一项全新的市民体验型的公益文化之旅，融合社会经济、人文历史、地理水文、民风民俗的考察于一体。通过寻访使参与者读懂淮河文化，感受淮河的变迁，在弘扬中华民族优秀传统文化同时，讴歌新中国成立以来淮河两岸取得的成就，使参与寻访者切身感受到淮河人身上表现出的坚忍不拔敢于克服艰难险阻的意志，不怕牺牲敢于为天下先的创新精神，勇往直前敢于追求卓越的精神，激励今天的人们踔厉前行。

　　这一系列寻访活动，于 2023 年 4 月在上海启动，沿淮水而东行，历经桐柏县、淮滨县、阜南县、寿县、凤阳县、明光市、天长市以及淮安、扬州、盐城市相关区县，寻访人员在实地考察的同时，与当地文史专家、考古学家、机关企事业人士进行探讨、交流学习，获益匪浅。

　　　　　　　　　　（原载《文汇报》 2023 年 6 月 27 日）

风雨先贤在　精神承未来

因热爱而靠近

大约是在 20 世纪 80 年代的后期，我主动要求从政府机关调动到一家文化机构工作，为的是靠近自己钟爱的历史文化。自此，便接触到"七君子"事件和事件的当事人，对章乃器产生了极大的兴趣。他在救国会初创时期、"七君子"事件中占有重要的位置，何况在不少人眼中他不是纯粹的"文人"，以一个银行界人士的思维方法，写出一系列视角独特、语言尖锐、触及社会本质的文章，读来酣畅淋漓，而且他还是一位个性鲜明、命运多舛的历史人物。

记得那时，我每天骑着自行车到地处沪上西南角的徐家汇藏书楼看旧书，阅读封尘已久的他编著的《新评论》《激流集》《中国金融货币问题》《救亡情报》等，中午以小铺子里卖的包子充饥。此后，我特意出差到北京，住在大栅栏的小旅馆里，冒着酷暑采访了罗叔章、徐雪寒、吴大琨等人。记得采访章乃器的女儿章畹是在她住的筒子楼里，她的丈夫和儿子都在，快人快语地她讲述了许多她与父亲的往事；采访孙采苹是在她家的客厅里，老人眉清目秀，一看便知系江南闺秀出身，她很少回答我的提问，许多由她的儿子回复。他声音不大，语速缓慢，一字一句似乎都经过深思熟虑。

回到上海后，我相继发表了《真君子章乃器》《女中豪杰胡子婴》《从〈新评论〉到〈救亡情报〉》等文章。1995年我的第一部专著《七君子之死》出版，其中一部分内容涉及章乃器，书中对这一历史人物进行了梳理。掐指算来，我把章乃器作为研究对象，已经有三十余年了，其间也有搁置，中途转行从事电视新闻第一线的采编，此项研究只能告一段落。不过，我依旧关注着七君子研究，公开的相关出版物和新的研究成果始终在我的视野中。

重回研究七君子的队列

一晃过去了许多年，时值2015年末，出版社的朋友来电说，明年就是"七君子"事件发生80周年，你过去写的《七君子之死》可以做个修订本。这样，我又回归研究七君子的队列中。我在原书稿的基础上重新写的《长河秋歌七君子——1936年七君子事件与他们的命运》，很快摆放到了编辑的面前，并入选上海重大文艺创作项目。出版后社会反响不错，有学者评价该书以七人为集合体的独特视角，在丰富的史料、缜密的分析和研究基础上，通过纪实文学与论述相结合的手法，把文学、历史学、哲学、社会学融于一体，感性地还原历史，理性地揭示历史的必然，是一部可读性强的探索现代知识分子心路历程的著作。之后，又举办了研讨会。值此，韬奋纪念馆负责人上官消波找到我，说是要办七君子的实物图片展览，此事正合我心意，一拍即合。于是，决定去青田、嘉兴、常州、安福拍摄一些照片，收集一些资料。

初春，我们到达瓯江畔的鹤城，天气有些反常，出奇的闷热，我脱了棉外套，走进政府大院。青田章乃器研究会负责人赵君皓还以为我们是来推销什么产品的，有些迟疑。当我们说明来意后，他便十分热情地接待了我们。此后，开始了数度合作：办展览，出图文录，开研讨会。

2019 年秋冬，我建议在青田举办章乃器研讨会，提前一天到达开会的地方，与新老朋友见面自然高兴，话题聚焦到章乃器研究上。我表示，现在一般研究者苦于缺乏新的史料，一些基础性的研究书籍也缺，比如年谱，现在能够看到的只是简谱、大事记，有的还错误百出，如能做一本年谱恰合时宜。在一旁的不少朋友表示赞同，也有朋友表示无力完成。

反映完整真实的面貌

回沪不久，新冠肺炎病毒肆虐，我写字、看书，几乎每天两点一线地从家里跑到办公室，作《湮没的帝都：淮河访古行纪》。该书稿进入尾声时的某个傍晚，我站在办公室的窗前，俯瞰城市空落落的街景，突然想到上年末与朋友的对话，于是与赵君皓联系，设定编写 10 万字的《章乃器年谱》。春夏之交，年谱的立项工作已经完成，进入了实施阶段，我制定了编撰的方案、体例，做出样稿，明确分工；对自己长期积累的资料进行梳理、摘要，派出工作人员去上海图书馆查阅相关图书、报刊。不久，10 万字的《章乃器年谱》已成雏形。

事情总在发生变化，在走访民建、工商联研究专家王昌范时，他谈及新近出版的《施复亮年谱》在三十余万字，《章乃器年谱》10 万字的容量显然小了。我的老友冯勤正在上海交通大学出版社主持"晚清以来人物年谱长编"丛书的工作，他建议扩大容量，将"章乃器年谱"列入长编系列出版。

章乃器经历三个历史时期，人生跨度 80 年，一生跌宕起伏，又是一些有影响的历史事件的重要当事人和参与者，留有数量不少的纪念文章、回忆录，且自身勤于笔耕，著作颇丰，又善于演说，留有一部分演讲稿。

纪念、回忆文章可以让今天的人了解他不同时期的活动；他的著作文章、讲话，清晰地反映了他的思想发展脉络、人生追求，做成长编具有一定的客观条件。同时，充分使用好这一个题材，不浪费大量的珍贵史料，以年谱长编的形式反映这位历史人物较为完整、真实的面貌，也是我们这一代学人身上肩负的责任。

这样，我把朋友们的建议、自己的想法与赵君皓沟通，在达成共识后，依照年谱长编的要求去做。

探寻接近真相的历史

做年谱是一桩很花力气的事情，不查阅大量资料榨不出满满的干货。而且，容不得半点的想象和假设，只能用科学的方法进行排列、比对、分析、判断，去伪存真、去芜存菁，探寻最接近真相的历史。

这件事做起来是蛮枯燥的，为了求证章乃器某一天的活动，需要查阅不同的资料。如果没有当初对这一位历史人物的喜爱，是无法继续的。例如，对于他的文章的写作、发表日期，需要考证。除了收录集子已标明发表或写作日期的外，还有一部分仅标明发表在某某周刊、月刊的第几辑上，需要考证当期的出版日期，或查阅原发表的刊物，或对周刊、月刊出版日期进行推断。当然，每次枯燥乏味的考证过后，能够得以验证、发现新的史料，亦足以令人开怀。

抗战胜利后，章乃器由重庆返沪的时间，以往不少回忆录都认为在1946年的五六月份，据我掌握的史料分析，应在4月中旬。4月12日民建中央迁至上海，召开了迁沪第一次常务理监事联席会议；4月18日《华南报》报道了章乃器参加《上海文化界声援南通惨案，向当局抗议提五项要求》的活动，确认4月中旬似乎无可非议。但是，是否可以再准确一些呢？我便电询王昌范：章乃器是否参加了 4 月 12 日民建在沪召开的会议？他查阅了《黄炎培日记》和相关史料，均没有出席人员的名单，反倒在《黄炎培日记》4 月 12 日的记载中发现了 4 月 10 日上午，黄炎培和章乃器一起，与周孝怀等人进行长谈的记录。这样，确定了章返沪的相对准确时间，修正了以前的说法。

年谱还新发现了一些章乃器的活动，1938 年初，他由香港赴安徽就职，在武汉作停留，参加了由马相伯、邹韬奋等人发起的国际反侵略运动大会中国分会成立大会，并被推为理事。这在以前的传记、回忆文章中没有写到过。

年谱以年、月、日纪事，这样可以自然而然屏蔽掉一些以讹传讹的说法，还原历史真相；也可复原被研究者、回忆者在特定社会环境下有意无意回避的事实；矫正因当事人模糊的回忆而引发的错误。例如，过去常有回忆文章说章乃器在中华人民共和国成立初期随毛泽东、周恩来去了苏联访问，但我发现毛泽东等在苏联期间，章乃器依然在北京活动。他到底是何时去苏联的？许多资料并没有确切的表述，他的回忆录也没有涉及这一点。我在查阅 20 世纪 50 年代初出访苏联的代表团资料时，终于搞清楚他去苏联访问的时间、原因、身份……

遗憾成了过去

这部年谱长编尽量收集章乃器在各个历史时期公开发表的文章、著作，以此为主要依据，进行概述或摘要，重要的文章"双管齐下"，既做概述又做摘录，不做评说，力求客观、准确、完整地反映他在各个历史时期的思想观点的发展和变化，让读者对这一过程有充分的了解；以他的社会活动为主线索，辅以生活状况的表述，将某年某月某日发生的具体事情进行体现。我在查阅大量相关史料时，发现不同时期的回忆者、写作者或褒奖或贬抑，编者仅取事实部分，删除褒贬，以求客观。

书稿送交出版社后，他们认为它体现了资料性、学术性、传记性相统一的特点，是首部反映章乃器一生经历的年谱长编，并成功申报 2021 年度上海市图书出版专项基金资助项目，这更激发了我们继续努力做好编撰的工作。为什么说是"我们"呢？这本年谱大部分内容由我撰写完成，也有朋友百忙中抽出时间参与，更令人欣喜的是一些年轻的学子在他们导师的推荐下加入撰写团队，有复旦大学马克思主义学院、兰州大学新闻学院的研究生，他们整理、摘编了章乃器在《新评论》、重庆《大公报》《华商报》《人民日报》上发表的文章以及相关报道，我根据年谱的要求进行取舍和编写，他们的认真劲，让我感到这一研究后继有人。现在六十余万字的《章乃器年谱长编》终于问世了，曾经的遗憾成了过去。

（原载《解放日报》 2023 年 5 月 28 日）

美，是一种力量

　　2022年，注定在上海城市发展史上留有厚重的一笔。这是我在策划"发现您身边的美丽系列寻访活动"时，始料不及的。初春，突如其来的疫情，改变了生活在这座都市里的人的生活方式，同时也改变了本次寻访活动的轨迹。许多普通的市民穿上防护服成了志愿者，为社区居民提供生活保障和便利，他们的感人事迹，筑起了城市一道亮丽的风景线，透射出真、善、美的人性之光，体现出城市的温度。于是，我在线上与朋友们联系，他们有的穿上防护服勇敢前行，正与所在社区的志愿者一起奋斗在防疫抗疫的第一线，用手中的笔和相机聚焦疫情下平凡人的不平凡的生活。于是，向他们征集文章和摄影作品。在全面静态管控结束后，从千余幅（篇）来稿中，选出了部分，编辑成抗疫篇，反映市民在那些特殊的日子里涌现的动人事迹，展现人与城市患难与共、相融共生的图景，为本次系列寻访活动增光添彩。之后，我依照筹划的初衷，迅速组织线下集体寻访活动，完成社区篇、家园篇、绿化景观篇、书香篇。介绍上述活动的图文，陆续发表在《文汇报》专刊上，同时也构成了本图文录的内容。

　　美，是一种力量。发现上海的美丽，可以使我们更加热爱自己生活的城市。由此，产生力量，为城市的经济繁荣、文化发展贡献更多的聪明才智，让明天的生活更美丽。这便是我策划、组织这一系列寻访活动的初心。

（原载《2022'发现您身边的美丽系列寻访活动图文录》 2022 年 11 月 22 日版）

看云起·乡村有故事

1. 2021年11月11日，说是已经进入冬季，江南依旧似初秋一般阳光灿烂，没有一丝寒意。我们一行沿着京沪高速，去距离上海三百多公里外的皖东第一门户天长市，驾着黑色沃尔沃 XC90 的是董彬，他沿途话语不多，专注地驾驶，车开得颇为稳当，每当遇到开快车抢道的车辆，从从容容地放慢速度，让对方先行，似乎并没有什么抱怨，从反光镜中可以看到他一笑了之。

我结识董彬不久。之前，友人打来电话告诉我，他的企业想做一本书。我将信将疑，过去一般是跨国公司、大型国企找来做书，很少有民企问津。况且，云丰从事的并非高新技术或知识含量高的产业，以物流运输、仓储为主要业态，偏重劳动密集型，给许多人的印象这一行当的从业人员文化程度普遍不怎么高，为何要做书呢？这究竟是一家怎样的物流企业，值得洋洋洒洒地写一本书？带着这些疑问，我倒了三辆地铁，坐了近二十站，从市区赶到位于黄浦江东岸的港城路，在满目皆为集装箱堆场和仓库的地方找到云丰的办公楼。楼并不新，外观看起来没有什么亮点，蛮是普通，还有几分陈旧感。走进办公楼的大门，沿墙挂着许多字画，楼道边的墙上，张贴着名人名言，有荀况、巴金、冰心……

见到董彬是在他宽敞的办公室里，面前的办公桌上摆放着不少书籍，座椅背后的玻璃柜里也陈列着许多图书，我记得有人说过，老板办公室里的书籍大都是用来装点门面的，眼前的景象也如此？

董彬离开办公桌，走过来与我稍作寒暄，几个人便围坐在茶案旁品茗聊天，说的是历史、文学、社会学、心理学，谈书法似乎更多一些，从古代书圣王羲之说到现代沈尹默，和活跃在当今书坛上的名家以及风气，其中不乏他的独到见解，显然他对此稔熟且具心得。整个聊天，几乎没有说到云丰的经营和企业管理，好像他的本业不是这家企业的领导人。谈兴过后，他兴致勃勃地领着我和朋友一起去参观他办的四海书画院和字画收藏室。在书画院的书案上，我看到了他业已完成的书法习作，凑近细瞅，他笑着说，练着玩的。之后，我才知道他习字已有三四十年，颇具功力。

途经企业陈列室，推门入内。满墙展陈的奖牌、锦旗、照片五彩纷呈，这些没有吸引我驻足观看，反倒是摆放在会议桌上装订整齐的企业报——《文化云丰》和林林总总的印刷物成了聚焦的对象。《文化云丰》是一份云丰人自己撰写编辑的双月企业报，从 2016 年 4 月起延续至今，加上特刊已付梓近四十期。

在一旁的工作人员介绍说，"《创刊词》出自董彬总之手"。继而，她告诉我公司还有许多纸质的档案，顺手抽出一盒递给我。我问像这样的档案大概有多少盒？"按编的盒号来看，人事档案到目前为止有五六十盒，物业档案五十多盒，再加上业务档案，应该接近两百盒。基本以纸质为主，但我们有电子名录，查阅方便。"

我有些感慨，如此完整的档案出自一个民企，似乎不可想象。我转身问站在一旁的董彬，是什么动力促使他这样做的，健全档案可以方便企业的经营管理，方便日后的工作，也有约束企业行为的作用，有的企业并不愿这样做。董彬回答，"这可能与工作经历有关"。

我想知道他的经历，欲问又止。边走边聊，不经意间他对我说，"文化的力量像一只看不见摸不着的手，能够在人们认识世界、改造世界的过程中创造生产力、提高竞争力、增强吸引力、形成凝聚力，转化为强大的力量"。他继续说："你看中西方文明的形成有一个共同点，财富积累到一定的程度，必然去推动文化发展，而文化又会反过来促进经济的繁荣。我们熟悉的扬州、苏州、松江、湖州、嘉兴这些地方，历史上富人多，文化水平高，创新能力强，道德约束力大。人，具有文化，文化里蕴含着道德约束力，可以使人不瞎折腾、胡作为，把家底搞没有了。"

这时，我终于理解他做书的目的了。

2. 车朝着董彬老家的方向继续行驶，那个叫着天长的地方犹如一把锁子嵌入江苏境内，与南京、扬州毗邻，它的民风民俗更受到江南文化的影响。历史上天长先后遭吴、越、楚文化的覆盖，单独设县治是公元742年，唐玄宗李隆基为纪念自己生日千秋节而设立。如今，它成了江淮平原上的一颗明珠。

过了南京，很快到了天长。此时，天色已近黄昏，董彬事前安排好了下榻处，稍事歇息，便去不远处一家酒业公司自办的餐厅就餐，董彬说："朋友自己开的，不对外做生意。味道绝对家乡，卤鹅肉质酥嫩，喷香扑鼻；藕夹子外脆内软、藕嫩馅美，都是孩提时的记忆。在上海，常常想到它们……"

聚餐者大都是他相熟的朋友，还有孩提时的玩伴，谈的都是一些过去的事情和熟人。餐后，我便与其中的一位作专门的访谈，他在古庵村时与董彬是邻居，现在是天长一家医院的外科主任医师——何爱兵。他的父亲何大治是董彬心目中的启蒙老师。董彬认为，何大治的学识、文学、书法影响了自己，更影响了自己的人格形成，"他教会了我看事情不能光看当下，要看长远。我确实是受他的影响，受益终生"。董彬这样告诉我。

何爱兵对我讲了许多关于他父亲的故事，也说到了与董彬的关系，"我父亲很器重董彬，他对我说过，教董彬书法时他学的兴致很高，教自己的儿女时我们兴致不高，父亲只能作罢。董彬喜欢看我父亲写字，十分专注，看了以后我的父亲就教他怎么写，董彬学得认真"。

夜已深。由于，明天一早要去十几公里外的石梁镇古庵村，采访也就结束了。

3. 翌日，阳光极佳，离开宾馆不久便到了石梁镇地界。石梁古称卑梁，典故"卑梁之衅、血流吴楚"的发生地。据《史记·楚世家》记载：春秋后期，卑梁系吴国的城邑与楚国的钟离一界之隔。有一天，卑梁与钟离的两个女孩采桑叶，双方发生争抢，两家大人听说后随即赶来，相互指责，继而大打出手，结果钟离人打死了卑梁人。为此，卑梁的百姓怒不可遏，守城的长官率领大兵扫荡了钟离。楚平王接到钟离遭到攻击的报告后，不问曲直是非，当即调拨军队攻占了卑梁。而吴王对楚国领土早有觊觎之心，正愁没有攻占的借口，自然不会放过这个难得的机会，于是派公子光率领大军进攻楚国。最后，吴军攻占了钟离和另一处重镇。由此，后人把这场因争抢桑叶而引发的规模性战争，称为"卑梁之衅"，借以讽喻因无谓的小事而引起的争端和杀戮。

城池的遗址今犹在，且已被确定为文物保护单位。董彬领着我去看了事发地上竖着的牌子，他念着上面的文字，不由得发出："人处理事情要冷静、客观，从长远着眼。楚王因小失大，不可取。以史为镜，可知是非；以事为镜，可戒后人。"

我问："你小时候就知道这个故事吧？"

"很小。这里离我的老家不远，还有亲戚住在这里，从小就听他们讲过。小时候只有记忆，理解不深，慢慢地遇事多了，便理解得越深，从中明白一个道理：人不能因小失大，凡事要看长远。"

石梁为千年古镇，历史悠久，宋孝武帝大明五年，石梁置沛郡，北周时期为石梁郡，石梁镇人文荟萃，整理民歌《茉莉花》歌词、记谱的军旅作曲家何仿的家乡就在何庄村。旋律婉转流畅的《茉莉花》宛如一幅风土人情浓郁的故乡画卷，留存在人们的脑际，即使浪迹天涯也不能忘却。

与中国村镇现状一样，石梁街头行人寥寥，车行许久才能看到一两个老人的身影，许多小店铺关门歇业。人们离开了故土，到上海、南京、合肥等大城市闯天下了，就像董彬与他的兄弟们在二十世纪九十年代初通过各种渠道流向了大城市，乡镇平日里少了许多烟火……

董彬熟门熟路地驾车驶过镇上的街道，去老家古庵村。在途经石梁九年制学校门口时，他告诉我自己当年就是在这里读的初中，从古庵村的家，跑到这里上学，来回要有六七公里，遇上下雨天，常常弄湿了鞋子，两脚湿漉漉的，有时干脆脱掉鞋子光脚走，农村长大的孩子吃得起苦。"我们还不是最苦的，看看大山里的孩子，读书要爬陡峭的山路，坐滑轮过江，我会流泪。"

车里，我们继续聊着天。我问："你在学校时，哪门功课学得最好？"

"语文、政治、历史。课余听刘兰芳的评书杨家将、岳飞传，讲的都是历史。"

"读书的时候和老师的关系处得怎样？"董彬回答："老师都喜欢我，从初一到初三全当班长。当班长的话，要让同学听话，就需要想办法说服他们，我从来不用打架的方法迫使同学听话，而是以理服人，讲得让同学心服口服。现在搞企业管理，恐怕就从那时候积累起来的经验。所以，我初中时的同学讲，你会做员工的思想工作，底子就是当班长时打下的。"

大概是交谈的缘故，车开得极慢，到了一处丁字路口，董彬指着车窗外的沿街建筑说，这里原来是石梁镇派出所，他在这里上过班，派出所聘用人员。"在这里，我学到不少东西，处理盗窃案、调解邻里纠纷，都做笔录。所长是镇党委副书记，每年要做年终总结，由我给他写报告，之后他修改，也慢慢地学会了写公文的路数。那时候，我还要做档案管理工作，档案记录、装订、分类编目，都要学、都要做。档案在立案、审讯中有着重要作用，对老百姓的日常生活也有帮助，比如迁入迁出、生育登记、死亡注销等。所以，我在管理企业时，注重发挥档案的功能。"于是，我想起在他公司陈列室见到的档案，由此恍然大悟。

我问："高中毕业了吗？"

"普通高中考上了没去。我爸爸讲，上高中，将来不一定能考上大学，去上班吧。起先在一家乡镇企业，一年后，派出所招聘，通过考试，就去工作了。"董彬回答。

"后来有没有再去读书呢？"

他回答没有，"靠自学，不管在家务农、乡镇企业上班、派出所工作，就爱看书学习。书看不少，也杂。我这个学历，不继续学习，不充电肯定跟不上。自学的结果，让许多人不相信我是初中毕业。"

"主要自学哪些方面？"我有一些好奇。

"涉猎不少不同的领域，比如哲学、心理学、经济学。历史，像《三国演义》我看了两遍，《水浒传》《上下五千年》都看过，还看了一些玄学的书，很杂。做了不少的笔记，从十八岁到现在，足足有二十多本。回上海后，哪天我拿来给你看看。"我心想，这话说过也就说过了，回到上海，他事情一定不少。

他告诉我，年轻的时候他还学着写过社会发展简史，写一遍对历史了解就深了许多。社会是怎么发展来的，生产力、生产关系，生产关系阻碍生产力的发展，会造成国家动乱、矛盾突出，导致一个朝代一个朝代的更替。现在，生产力发展了，国家出现繁荣富强的局面，可以说是生产关系适合生产力需要的必然结果，值得珍惜。原理懂得了，认识问题就深刻了。

其实，继续读书一直是他心心念念的事。刚到上海打拼时，他没有闲暇去学校读书，到了企业办得稍许有些起色后，来到上海交通大学海外管理学院，先后学习了现代物流供应链管理、书画艺术品鉴赏、国学，还参加了华中师范大学网络教育学院工商管理专科的学习。这些学习，不是为了学历，更多的是为了解决工作实际中遇到的问题和增加个人素养。"一个人，重要的是能不能坚持不懈地学习。学历、文凭并非至高无上，比它们更重要的还有经历，经历不能被学历所取代。"董彬这样说。"经历很重要。学历只不过是一个标志。学历再高，用不好，半途不再去读更多的书了，也是不行的。"

我说，"过去有一句老话，活到老学到老。经历也是一个学习过程"。

4. 古庵村位于石梁镇西北部，东临十八集，北接张铺，西连汉涧，南靠白塔河，人口不足 5 千人，乡风淳朴，入选 2020 年度安徽省森林村庄。它因修建于道光十七年（1837 年）的古家庵而得名。

当董彬把车停靠在庵堂前面的空地上，我意识到这座昔日曾经辉煌过的古庵已经破落，感慨的是沧桑岁月，物非当年，其中必然有不少故事。面前庵堂没有围墙山门、钟鼓楼、侧殿，只剩下一座平房式的前殿和供奉着菩萨的正殿，东侧的平房居住着一位老尼，门口有块嵌入墙砖里的石碑，字迹已经依稀。老尼用碗在上面泼了一些水，阴文方可辨认，读到了它的过去。

董彬与老尼相识。说起修建古庵的事，她有些激动，表示过去这庵如何大，有多少个殿。现在，正在动脑筋想办法集资回购地，重新修。董彬冷静地说："过去我也这样想的，后来与市宗教局联系，这事做起来麻烦，涉及国家宗教政策，要恢复原貌很难。"他告诉我，自己对这庵堂还是蛮有感情的，二十世纪八十年代初他的祖母过世后，庵里还送了一些木板做了一副棺材。他指着正殿门楣上的古家庵三个字，说"这还是我写的呢"。

与老尼告别时，他特意绕到轿车的右侧，从放在副驾驶座位上的外套口袋里掏出一叠大面额的纸币相赠。然后，与老尼拱手作别。

车在田埂路上行驶，很快便到了董家老宅——一座普通的农家小院，灰瓦红墙，朝南的平房为正屋，东西两侧大致为厨房和库房之类，小院背后植有高大的树木，显得苍劲挺拔，衬托得小院有着几分浑厚的感觉。据董彬介绍，原先是泥墙草顶的房子，三兄弟都出生在这里。1971 年 6 月董彬出生，1974 年 3 月董云出生，1977 年 5 月董平出生。六年间董家添了三个男孩，可谓是喜事，到了二十世纪八十年代初，父亲董瑞华节衣缩食花了八千多元，翻盖了四间砖瓦房。树木也是当年种下的，盼着成材，派上用场，日后家里一定还是要盖房子的，毕竟是三个男孩，没房难成家。

董瑞华起先是生产队的团支部书记，后来担任村党支部书记。这样的身份转换，需要大多数村民的认同，实现起来不容易。可见，董瑞华是个能人。当我把书稿给友人江正行阅读时，熟悉那片土地的他对我说："村支书，不是那么容易干的，他需要有足够的心智、能力，才能把乡村工作做好，摆平许多让人无法想象的事情。在实行土地承包制后，村支书在农业生产上话语权小了，但在村的范围内管理权仍然很强，他的所作所为直接关系到村子的发展。"

那时，这里的农村依然贫穷，村支书一年的工资三百多块钱，董家一年全部的收入也就是三千多块钱。王秀兰——董家三兄弟的母亲，曾经在云丰总部大楼里，与我聊起十八岁时嫁到董家后的生活状况。

71 岁的她端坐在我对面，从她的脸上可以看出她年轻时的艰辛和抚育孩子的艰难。她为董家接连生了三个孩子，家里的主要劳动力就是她和她的丈夫。那时候，她的公公婆婆还健在，一家七口人的生活主要由她承担。丈夫忙于村上的工作，有时候要到深更半夜才回家，下田干农活都由她挑起来。当时，每天的工分很少，要养活全家人相当的艰辛，需要不停地劳作才能勉强维持家庭的温饱。每到青黄不接的时候，稻子还没收起来，出现断粮的困境，就靠胡萝卜、杂粮等充饥。孩子们是不愿意吃的，她和丈夫省下粮食，尽量让孩子、老人多吃一些，而肉食成了家里的稀罕客，一年大致只有两次进家门，才能吃上。这样的日子，给她的脸上增添了许多皱纹，带来了满身的伤痛。但是，她把爱给了这一个家庭。

丈夫董瑞华没有在乎钱不钱的，带领古庵村二三百户人家修路、建小学，把一个小乡村搞得风生水起。他思维活跃，考虑问题能摆脱眼前利益束缚，着眼于将来；办事果断且务实。他在村里是领头人，在家里是当家人，对三个儿子要求严格，认为管教不好孩子，将来他们长大了连媳妇都找不到。他要求孩子一个是好好读书，另一个是做好人。记得我采访董瑞华时，他告诉我：孩子们"放假、休息时，我都要叫他们参加田间劳动，孩子拔秧，母亲栽秧。记得老三董平十三四岁时长得矮小，让他挑柴火，怎么都挑不动，我让他动脑筋想办法，终于挑起来了"。

董瑞华注重孩子们从小养成勤俭节约的习惯和建立金钱来之不易的观念，经济上不给他们铺张浪费，一星期或者十天给零花钱两角。那时候他家的确经济拮据，采访中董瑞华直接使用的是一个穷字，而且使用频率颇高。这也是上世纪七八十年代，江淮地区农民生活的真实写照。虽然，在二百多公里之外、同属一个地区的凤阳小岗村 18 户农民已在 1978 年 12 月以"敢为天下先"的胆识，按下了红手印，搞起了"大包干"，揭开了中国农村改革的序幕，"大包干"如火如荼地在全国实施。但是，经济模式的改变并不能立马出现经济效益的突飞猛进，这需要过程。

大概也是因为贫穷，务实的董瑞华没有主张三个孩子继续学业。当时，董彬初中毕业考取了高中，未来能不能考上高一级学校是个未知数，他并不怎么想去读，就安排他去了一家乡镇企业上班。约摸一年之后，他考取派出所协警。老二、老三初中读完后，董瑞华无可奈何地说，"考不上师范就算了吧，你们就不读书了吧，回家劳动一年后再安排工作"。对于董瑞华而言，董彬在镇派出所工作挺不错的，他准备安排老二董云学建筑设计，老三董平 16 岁时，董瑞华让他去滁城的驾校学开车，做驾驶员。当时，驾驶员是比较吃香的职业。"目的是让他学开车，跟在人家后面拉拉货，自己不需要投入钱，净赚些辛苦钱。可是，他不安分，非要我买车。当时凑了一万五千块钱买了一辆南京 131，拉拉货还可以。不久，他把这车子卖掉了，又跑去帮别人开车。"董瑞华这样告诉我。

站在铁门紧闭的院子外，望了一会，想到曾经住在小院里的一家人，他们的故事总会有些令人唏嘘。转身问董彬，"这院子还住着人？"

"应该是的，早些年我们就把它卖了。"这时，他指着边上的一处农舍告诉我，"那就是何爱兵的家"。

顺着他手指的方向望去，何家院子与董家仅隔二三米宽的过道，院子略微小了一些。"这倒是紧挨着的哩。"我说。

"他家与我家不一样，有文化。过去院子里栽花四季开，很是好看。最不同的地方是黄梅天过去后，他老爸——我管他叫何爷爷，会把家里藏的书拿出来晒。当时在农村，书是家里的稀罕物，而且一晒就是一片。我很好奇和羡慕，常常趴在院墙上朝里望，心想那上面写的是什么呢？"

"你喜欢阅读与何家的影响有关。"

董彬肯定，继续说："何爷爷写字很好，我从小就在一旁看着。春节前村民来到他的院子里，请他写春联，也让我钦佩。"

我俩围着何家的院子走了一圈，见灰色的铁门紧锁着，也就打消进去瞧一瞧的念头。

此时，已近午晌，董彬的表姐夫在临近镇子的地方开了一个小杂货铺，由他安排在一家不大的饭店里吃午饭。席间，我与表姐夫聊天，他告诉我：认识董彬时，他已经在派出所工作，"很好的一个小伙子，干劲十足。与外面的人交往比较多，关系处理得也好"。

我问："在派出所工作了几年呢？"

董彬回答："六年。"

"如果一直在里面做也可以转编制来的。"

"有编制，干到顶就是个所长。"董彬笑着回答。

董彬的表姐夫说："当时，他写字写得不错，在村里小有名气。"

"你这个表姐夫，看他们三兄弟以后谁最有出息啊？"我笑着问。

表姐夫指着坐在一旁的董彬说，"他嘛，行的"。董彬谦虚地说，那时自己已经定型了，不像其他兄弟还有发展空间。

闲聊之际，石梁学校的书记和一位副校长来了，看上去模样与乡村干部一般朴实，说的是云丰在学校设立的奖学金和捐助校园亭子的事情。等这事说得有些眉目后，又聊了乡村教育遇到的问题，如人口外流，导致不少学校招不到学生，虽然在石梁这问题还不突出，但迹象也在；还有留不住好的学生的问题，好的生源都往其他学校跑，导致毕业生考入重点学校的人数稀少。此外，还谈到了教师安心教学，需要不断提高他们的福利待遇，市、镇经济财力毕竟有限，待遇提高不多；教师在岗时还要不断进修，提高自身的业务能力，凡此种种，也都牵涉到财力。乡村学校办起来难，各方各面大家都挺努力，但是要办好困难挺大，尤其是办成名校。董彬听得认真，表示可以从提高教学质量入手，加大提升老师的教学能力，去上海这样的大城市学习、考察，教学交流办校经验，云丰可以在这方面提供帮助，好老师是办好学校的关键。

5. 此时，来了一位清瘦的老人，董彬介绍说是当年的班主任姚万祥老师，姚老师谦和地说，退休在家里，还有一些农田需要料理，故来迟了。在董彬的招呼下，大伙儿轮番给姚老师敬酒，他频频起身回应，嘴里说着不胜酒力。几轮下来，他的脸颊上泛起红晕，也就很安静地端坐着不作声了。他自然是我采访的重点。于是，餐后找了一个小房间单独进行。

在我的提问下，姚老师陷入回忆，他告诉我，董彬是在 14 岁时，来镇上读初中的，个头不高，善于表达，并不像老实巴交的农家孩子，不敢把自己的想法告诉老师。一上学，他就是班长。

"这也是你选他做班长的一个原因？"

"对。做老师的面对新生，扫视一下就能知道这个班上哪几个学生可以派用处，看眼神，眼睛闪光、精神抖擞的有做学生干部的基础，精神状态不怎么样的小孩成不了气候。"姚老师说起他的从教经验。

我问："事实证明你的眼光正确吗？"

"当然。你要知道，当时在农村，村支书的小孩总有一些娇生惯养，或者有一点高高在上的优越感。董彬身上没有，对自己要求严格，学习蛮刻苦，从来不迟到早退。他的家离镇上的学校有好几里地，全是烂泥路，上学来回很辛苦。我问过他，在家里是自己早起做饭吃了来上学，还是父母烧好了，喊你起来吃了来上学？他回答：五点多钟起床，自己搞饭吃。要给家里的弟弟做个榜样，他爸也是这样要求的。他说：'老师让我当班长，我不能迟到早退，让老师丢脸。'我觉得他不大的年纪就知道为老师争光了，自然能成为学生的榜样。"

"当时，他父亲是村支部书记，家里也穷？"

"都穷，在农村里没有谁家好的。中午，学生在学校食堂里搭伙，一个青菜汤，一点米饭五分，后来涨到一毛钱，菜汤里放两块豆腐。学生可以拿米来换菜票。"

"有什么荤腥没有？"

"隔三差五的有点塘里捞的小鱼。"

"你对董彬印象深刻的是什么事情？"

"老师下达的任务，他得交代同学。有时下课晚了，像擦黑板的事情值日同学没有完成，董彬不是命令其他同学去擦，而是主动在老师来上课之前擦干净。之后，对值日的同学说：我给你擦了，下一次你可不能这样。每人轮流一天擦黑板，你要把一天的事情做好。这样，他不仅自己做了，又一次给同学作了交代。这让我印象比较深，对人对事负责。还一件事情，就是一些课代表，有时会忘记收作业本交给老师，他就督促那些课代表，等着同学一做完作业，赶紧收本子。小小年纪做事有条有理，是做班长的料。"

"农村孩子，在学校打架是经常的事，他怎么来处理，告状到你这里了？"

"他会了解情况，弄明白是非，然后进行说服、批评。他批评那些喜欢打架，又打不过别的同学的孩子，'你打不过人家，还要和人家打架，现在人家稍微打重了些，你又哭着来告状，又要找老师了。那么，当时为什么要动手打人呢？吃亏的还是自己'。他擅于做同学的思想工作，为我这个班主任省去许多事情。我在学校教书，家里面还有十几多亩地，一边上课一边种地，好多事情就靠他处理了。他处理不了了，才告诉我，事情已经不多了。"姚老师这样对我说。

"他哪门功课学得最好？"

"语文。数学也不差。"

"你就是教他语文的？"

"对。我们师生之间有感情，感情可以促进学生学习。在班上，他的作文写得最好。"

"会当作示范在课堂上念吗？"

"这个肯定有。他的作文，我的印象是语言朴素，语气中肯，含有情感。他会把自己的父亲写到作文里，读了后，他父亲的形象就会站在了我的面前。"

"学校给过他什么荣誉？"

"每学期他都评为三好学生、优秀学生干部。"

"你从他初一开始做他的班主任，一直做到初三，对这个学生的总体印象？给他一个评价。"

"一个勤奋、有志向、严格要求自己、对人有爱心的人。他离开石梁之后，在上海搞物流，公司做得蛮大，回到石梁搞同学聚会，凡是跟他同学都请吃，大部分都是农民，他从来没有看不起他们。"

"后来，他还在母校设立了奖学金。"

"我们学校领导告诉我的，这是他对母校表示的一点心意，奖励品学兼优的学生。"

"听到这个消息后，你心里是怎么想的？"

"一个教初中的普通教师，能培养出好学生，不仅搞好了自己的小家庭，做好了自己的企业，回过头来，拿着自己辛苦挣来的钱回报母校，作为班主任自然高兴。"姚老师脸上荡漾起欣慰和自豪。

6. 回天长市区的途中，绕道去看了一下白塔河——天长的母亲河，河水清澈，河道整治得颇为干净。它是淮河入江水道高邮湖的西岸支流，源自安徽来安东部丘陵，由西向东，贯穿天长境内，原至关东、大王庙注入高邮湖，1968 年开挖新白塔河，将白塔河上游来水自石梁截流引向东，经天长城北朝东北流，由万寿至大圩圩农场的齐丫湖流入高邮湖。由于白塔河截引工程的需要，董彬家从何庄村搬迁到白塔河北岸的古庵村，一同搬迁过来的还有老邻居何家。

那一夜，采访何爱兵时他曾经告诉我，董、何两家小院挨着，是抬头不见低头见的近邻。这已经被实地察看时所证实，更准确一些说是紧邻。搬到古庵村之后不久，隔壁董家生了第一个男孩董彬，董家的喜悦自然而然传递到何家，两家人为此高兴。"那时，我9岁，后来就与他一起玩。我读中学暑假回家，董彬已经是村里小学的学生，我们俩玩在一起，处得很好。那时候，乡下孩子没啥玩具，在河塘里游泳、打黄牛，再就是用木头做一个土陀螺，我教他打陀螺玩耍。"何爱兵清楚地记得这些。那时，董彬喜欢与大孩子一起玩，在游戏中可以学到知识。

采访何爱兵时董彬也在现场，他插话说："小时候，都是他带我玩，他懂的东西多。我那时才五六岁，他已是少年。虽然比我大了没多少，我叫他叔叔。因为我管他爸叫爷爷。"

"我不让他这样叫，虽然按辈分他是晚辈，其实我们是一起长大的赤膊兄弟。你喊我名字也行、何主任也行。我们一直是邻居，我和他爸爸以兄弟相称，但不论辈分。"

我说："小时跟年龄大的人玩，可以学到不少知识，有助知识的积累和经验养成。"

董彬表示赞同。我问何爱兵："他几岁开始跟着你父亲学写字的？"他告诉我是1980年代，十来岁时。

"不光是书法。何爷爷对我怎样做人做事，影响很大。我很崇拜他父亲。"董彬说。

7. 何爱兵的祖父是天长早期的共产党员，大革命后期入党；父亲何大治（何平）1926年出生，高小毕业，任乡村教师，18岁加入共产党，抗日民主政权时期担任过汉涧区宣传委员，在当时的人们眼中："少年英俊，颇富才干。"解放战争时期，受组织派遣，未能北撤，后经叛徒告密被捕。

1949年以后，背上历史包袱的何大治回老家当农民，经历了多次政治运动，频繁遭受冲击，1995年去世。他是一个怎么样的人，为什么在董彬心目中会是影响自己一生的人？

何爱兵自豪地告诉我："父亲性格豁达、为人讲义气，一生遭挫折而不放弃对美好的追求。他本质上是个文化人，在家务农时从耕地开始学起，十分艰辛，他没有抱怨，凭借着一双手做到了自食其力，而且养活了全家。同时，诗歌文学、书法、中医样样没有落下，达到精通的程度。在那个年代，他活得真不容易。我佩服父亲，对他感情很深。"我从他的眼睛中看到了闪动的泪花。

何大治的一位学生周一纯在为老师的诗集《鸿爪集》作小引时表示："何君本是一个有才华、有理想、有抱负而非平庸之辈，当处于政治高压，生活潦倒之逆境，尚能安贫守道，不废耕读，托物言志，寄情诗词；陶冶情操，明洁素怀，实乃仁人雅士之风也。"

在当地的文化人看来，何大治学问功底深厚，诗歌创作不仅韵味可嘉，尤堪赞许，情真意切，动人心弦，从这些诗作中可以看到他思想情感的变化。在《生辰有感》一诗中，他写道："甲子重新又回春，有怜病痛日俱增。承欢儿女殷勤意，偕老夫妻伴侣情。怀旧空吟闻笛赋，过从愁对白头人。风光满眼侬憔悴，寂寞残年度此生。"这首律诗应该写于他六十岁时，时间为1986年左右，步入老年的他，开始了一个新的轮回，身患病疾，妻儿对他都好，自己却是"怀旧空吟闻笛赋，过从愁对白头人"。这里的"怀旧空吟闻笛赋"一句，出自唐代大诗人刘禹锡的名篇《酬乐天扬州初逢席上见赠》，是诗人被贬谪到巴山楚水荒凉的地区，度过了二十三年归来，怀念故去旧友徒然吟诵忽闻笛声而起，感叹久谪的光景。刘禹锡因为被谪已召回，诗显得比较阳光"沉舟侧畔千帆过，病树前头万木春。今日听君歌一曲，暂凭杯酒长精神"。而何大治的诗最后两句是"风光满眼侬憔悴，寂寞残年度此生"，怀有明显的失落、悲戚。二十世纪八十年代中期，干部离休政策已经落地，大批新中国成立之前参加革命的人员，沐浴到这一政策的阳光。显然，何大治没能进入范围，朋友也劝他"勿以往事为介，应放眼宽怀"。

何大治的另一首诗作《酬天长周、张二君诗书佳作见赠》，显然写在上一首之后，应该是他晚年之作。诗云："旧雨重逢喜欲狂，惠余佳作墨痕香。周君诗赋称风雅，炼句清新意味长。张老挥毫惊里俗，行书流丽杂端庄。神州盛世多吟兴，愿伴良朋颂富强。"诗作开头是对友人相逢赠送诗书的喜悦和赞美，最后两句"神州盛世多吟兴，愿伴良朋颂富强"，唱出了心声，传递出阳光，充满希望和热情。从这一首律诗来看，晚年的何大治看待历史、个人经历已是通透、豁达，没有沉浸在个人的恩怨得失中，而是更多地把神州大地的盛兴，作为自己命运的归宿，劝说朋友多多赞颂。这样的变化董彬能感受到吗？至少，后来他是悟到老人心境的变化，用了大度两字进行概括。

何爱兵说，自己的父亲文化素养高，"我虽然是本科毕业，但人文方面及不上他，没有他好"。何大治经常背诵唐诗宋词给孩子们听，并且解析古人的诗句。作诗，张口就吟。

那么，在董彬心目中何大治到底是怎样的人，与自己建立了怎样的感情呢？何家跟董家不一样，小小的院落中充满了文化气息，门前的小院子终日收拾得井井有条、干干净净，四季总有花儿开放，这是在何大治亲自主持下全家人辛勤劳动的成果，也是他的爱好和对美好生活的追求，使得自家小院在四邻八村，别具一格，令村民刮目相待，啧啧称赞。何家小院还有一个景象，在众多的农家小院中极为罕见，也令隔壁院子里的小董彬百思不解。雨过天晴，何家常常会在小院里晾晒书籍，花花绿绿的书本，使董彬看得有些陶醉，悄悄地跑去拿起一本，怎么也看不懂。

　　何大治能诗会书，到了农历腊月时，何家小院热闹起来，村民带上红纸、墨汁，有的还捎上腌肉蔬菜，请何大治写春联。何大治热情接待，为村民写对联，忙得不亦乐乎。这些，小董彬看在眼里，记在心里。在好奇之余，他的心中会升起一种羡慕和向往。

　　何大治认为人要从小就学写毛笔字。他崇拜的是赵孟頫，南宋晚期至元朝初期书法家、诗人，其书法秀逸，结体严整、笔法圆熟，自创"赵体"，书法对后代影响深远。但是，何大治没有专门学哪家的书体，没有模仿哪一个。

　　何家的孩子似乎并不怎么喜欢写毛笔字，练字的兴致不高，董彬喜欢看何大治写毛笔字，到了入迷程度，虽然他不能理解字句的含义，但书者在一撇一捺之际透射出的气韵，让他不愿离去。看到董彬如此迷恋，何大治手把手地教他怎么写，后来写成的字跟何大治的相像。

　　在以后的交往中，董彬逐渐由少年成长为青年，肯学习、爱思考。此时，何大治已年近七旬，他们成了忘年之交。董彬与何大治之间有一种说不清、道不明的特殊感情，交融着老人对孩子、师长与爱徒的双重成分。何大治对他讲授了许多一般农村人不具备的文学、历史、诗歌、书法知识和与其他人不说的人生道理。乡邻到何大治家里去聊天，由于文化、想法、兴趣爱好不同，他闭口不谈这些，但是也不会流露出你们听不懂的意思，只是不跟他们讲而已。

　　他希望董彬长大后能够成为栋梁之才，倾注了许多的关爱。

　　董彬得到何大治的器重，他回忆："在天长，何爷爷的文学、书法等方面的造诣都是第一流的。他在生命的最后时候，把我叫去，让我把写的字给他看。他告诉我，写字一定要有自己的特点，心里能想到、手里能做到。这不是单纯靠别人的教导和指点可以达到的境界，需要自己的历练。不然，达不到书法的要求，只能停留在一个写字匠的水平上。他的眼光很高，对我期望也高。"

一位哲人曾经说过，人的文化启蒙，一定程度上决定了他的人生走向，影响一个人的未来。董彬在人生启蒙的关键时刻，耳濡目染了何大治老人具有的文化、学识，聆听老人对他的教诲和期待，作为生活在农村的孩子他是幸运的，如果没有遇到何大治这样的邻居，他的人生恐怕会呈现另一番景象。

董彬表述得十分明了："没有何爷爷，可能也没有今天的我。我是觉得，如果自己是一个没有想法、不能独立思考、不愿动脑筋解决问题，缺乏文化和文学修养、历史知识的人，做什么事情都不可能成功。"

8. 我曾经问过董彬，贫困的农村家庭，给他早年的心理带来什么影响？董彬这样告诉我："小时候不会感觉到贫困，等到懂事了，知道贫困是怎么一回事。贫困，可使人变得坚韧不屈，自律可以战胜困难；家庭里母亲的善良、慈爱，父亲的严厉和对生活的看法，时时影响着我，还有就是自小形成的对文化的倾羡。"他强调了母亲的善良。

"我们兄弟三人很小时爷爷奶奶相继去世，父母亲就挑起了家庭的重担。二十世纪八十年代初，父亲忙于生产队工作，农活都靠母亲一个人在田干，又要照顾三个孩子生活。家里再穷，每逢春节时她总会给三个孩子每人一双新布鞋，体面地过年。这是她一针一线亲手做的。到了青黄不接时，村子里总会有一些乞讨的人，母亲都会给他们一些粮食。"在董彬心目中，母亲是心地善良的人，家里日子过得稍稍好一点，别人家日子不好过，能帮别人家就帮。母亲对孩子的影响很大，母亲怎么做，孩子就知道怎么做。假设母亲违法犯罪，对孩子负面影响巨大；母亲正能量，亲戚朋友都尊重。"

作为村干部的家属，村民碰到一些难题会找王秀兰商量，她或伸出援手给予帮助，或给他们支招想办法。那时候，计划生育执行得严格，怀二胎三胎要做人流；超生要罚款、砸锅、扒房。而在当地，每家每户都喜欢要男孩，很多生了女孩的家庭总想生男孩，即使有男孩的家庭，也想着多几个。怀二胎三胎的人家不少，有的孩子在娘肚子里已经待了五六个月，一旦被发现会被逮了去做人流。孕妇和家人都害怕被人告发，跑来问计。其实，同在一片田里劳作的王秀兰，也早已看了个究竟，此时她会说没看仔细，不知道怀没怀上。然后，说可以把孕妇送到远一些的亲戚家里避一避，不行的话就躲在家里不出门，等孩子生下来后再说。无非事后罚些款。在国家政策和生育的两难境地当中，她选择沉默，不告诉做村支书的丈夫，那么也就保全了孩子。为此，丈夫董瑞华还遭到上级组织的批评，叱问：为什么不报告？董瑞华回答：我们不知道她已经怀孕，需要做绝育手术。现在，只能生下来了。王秀兰回忆起这些事情，眼睛里含着泪水，"那可是条生命，在娘肚子里已经成人，不能打掉了"。

有一次，我在采访董瑞华时问"你的家庭对三个孩子的成长有怎样的影响？"董瑞华不加思索地回答："我和别的家长不大一样，对他们要求比较严格。给他们灌输能吃苦的思想，任何人想要成功必须吃得苦中苦，如果说吃不起苦，就会浮而不实，容易栽跟头；做人做事与人为善。善，就是不与人为敌，一切善待他人。另外，就是要识人，什么是善良的人，什么是恶人，尤其是要远离奸诈的小人；在社会上行事要低调，自己有一点成绩或者有一点积蓄就大肆张扬，这点千万要不得，一定要注意自己的言行举止，包括自己的性格都要低调一点。认真做事，踏实做人。那个时候，他们才出校门，还没走向社会，接触社会上的东西太少，告诉他们一个人不能全听别人捧场的话，要听正反两方面的意见。直到现在，每到过年的时候，我都忆苦思甜，讲我们这个家过去受了多少苦，要他们勤俭持家。所以，他们仨不抽烟、喝酒适可而止，身上也不见奢侈品，赌钱根本不参与。"

董家遵循着中国传统式的家风——父严母慈，三兄弟在这样的氛围中长大，形成了心存善良、严格要求自己的行事作风。董彬告诉我，人生的路无法单凭个人意志设计出来，也不是说自己想怎么样就能怎么样的，从小生活的环境氛围和接触到的事情，冥冥中左右着一个人的人生路。当然，路还要靠自己走。努力去走了，很多的变化自己想象不到，开始时想得很好，努力之后可能比想象得还要好，运气一个接着一个，这个运气，靠着善良、努力、低调，需要几代人的修炼，修炼到一定的时候，该得的肯定得到；不该得的别去强求，修炼积累的越多，福报越多。"不害人，也是善良的表现，可以问心无愧，路会走得很顺。我们从小知道善良待人。恶毒的，结果一定不会好。就像现在，我们在处理公司的一些事务时，宁愿吃亏，也不搞极端，非要把对方逼得没有退路，最后害了自己。仁慈一点，对一个人或者一个企业都有必要。"

9. 董彬出生的那一年，石梁来了知青，他们大都来自黄浦江畔繁华的南京路附近，带着大城市知识青年的气息，响应国家的号召来到贫瘠的农村接受贫下中农的教育。知青点设在东涧生产队，距离董彬出生的地方不远。那天，上海知识青年来到知青点，吸引了不少乡亲们跑来看热闹。知青们讲的话乡亲们听不懂；着装也与当地人迥然不同；手提肩背的大小包囊，有些洋气。在乡亲们眼中，他们浑身上下透射一股知识分子气息，对于当时的农村而言初中毕业就算是知识分子了。这些生活在大城市的知青见多识广，给贫困、落后的乡村带来一股新风，甚至更深远的影响。

安置点设立在最穷的生产队，一天的工分仅仅九分铜钿，与条件好些的生产队六角钱的工分相差很大。这些年轻人似乎不在乎，心里想着上山下乡就是来接受教育的，越艰苦越好，每天高高兴兴地出工收工，弄一些粗粮当三餐，好在他们都经历过"三年自然灾害"，眼下能填饱肚皮已经心满意足。不过，他们正是长身体的时候，对村里哪家伙房里冒出肉香味，还是十分在意的，有的馋得流口水。有时候，他们也会想家，想念在上海的亲人，那里有割舍不断的亲情，还有自来水、水门汀和各式各样的商店，而在这里整个的是泥路泥地泥屋，想家了便躲在被窝里哭泣……

董瑞华与知青打交道比较多，他喜欢与他们交往，他们有朝气、有热情、有知识，视野开阔，谈说的一些事情是自己从未听说过的。交往多了，他也渐渐地明白了知青的想法、要求，乡亲们家里一有婚丧喜事办宴席，他总会叫上几个关系好的知青一起去打牙祭，其中一个叫汪自鹏的知青，戴一副眼镜，斯斯文文的样子，脑子活络有想法，农活干得好，而且酒量大，他俩经常在一起喝酒聊天。

在汪自鹏心目中，董瑞华"思维活跃，意识超前，喜欢交朋友，是个热心肠的人。对上海知青相当好"。

董彬曾经告诉我，汪自鹏是自己家的贵人。如果不是他的出现，董家人很难在上海生根，有现在的局面。至少，在时间上会推迟许多，或者说会错过一定的时间节点，失去许多机会，机会的丧失无疑会影响到结果。这激发了我的好奇心，想着见见这位董家的"贵人"，到底是一个怎样的人物？在我的要求下，董彬安排我与汪自鹏见面。坐在我对面的汪自鹏年近七旬，身材魁梧，厚厚的眼镜片后一双眼睛告诉我，他是一个有故事的人，身上带着一种豪气和自信，不是小家子气的那种男人，干过一番事业。

我请他先介绍一下自己，汪自鹏说："我生于1954年，小学四年级时文化大革命开始，学农两年，就毕业了。上初中时也没有读多少书，17岁从九江中学毕业。1971年插队落户到石梁公社联合大队东涧生产队，董彬的家在陆庄，相隔距离不远。种了三四年地后，在当地做了乡村教师，考过大学，学校也招了，可惜我高度近视没能念上。那时念大学不容易，要生产队所有人的盖章推荐。"

我问:"你在插队落户时和董家人是怎么相处的?"

"我喜欢跟农村有点文化知识和有能力的人交往,所以我认识了董瑞华,比我大几岁,应该说是年龄相仿。他脑子好使,看问题比较长远,执行力强,人也爽快。我们经常往来,坐下来一起喝酒,像朋友一样聊得开心。不过,那时候我们热络没有图什么利益、得什么好处,纯粹是朋友一样处着。后来,我调到大队里的学校当老师,与他交集就更加多了。"

大概在 1978 年,汪自鹏看到知青点里有的同伴已经回上海了,家里人催着他回去,加上自己当年上山下乡的热情已被农村的艰苦生活消磨了,也动了回上海的念头,办了病退。第二年全国出现了知青回城的大潮。

"回上海后,一般都是蛮艰苦的。"我问。

"先去街道生产组,一年后顶替母亲到一家茶叶店上班,成了国营企业的正式职工。做了一年多后,当上经理。当了四五年后,上级公司就把我调到金陵路上的汪怡记茶庄任经理。"

"回过天长吗?"

"去过好几趟,频率蛮高。"

"衣锦还乡呀。"我半开玩笑地说。

"我这个人念旧,想着见见当年的老乡,与他们说说话,喝喝酒,看望一下留在那里成了家的知青。毕竟在那片土地上我们付出了青春和汗水。"

汪自鹏再回到插队落户的地方,农村正在发生翻天覆地的变化,生产大队已经被村取代;农舍由单一的茅草土墙,逐渐出现瓦房;许多青壮年怀揣着梦想,离开乡村奔赴城市,掀开了新的人生一页。与当年汪自鹏他们这样的知青,恰构成一种逆行。这种时隔二十多年出现的反向行驶,给农村带来更多的发展空间和物质保障。彼时,董瑞华已经是古庵村的支部书记,热情地接待了他。酒酣耳热之际,董瑞华说起了自己三个儿子的状况，老大这工作还不错，在镇上派出所里当协警，以后能转编制，大小也是个干部；老三学成驾驶员，跑运输，以后生活不成问题。"老二初中毕业，没能考上师范学校，就不读了，他也没表示反对。不读书就去打工，跟人家学做瓦匠。我想着花些钱让他到哪个建筑学校去学一下，搞建筑设计。他去了山东，学建筑预算、搞房地产销售，现在回家歇着，想到上海锻炼锻炼，是不是给他一个机会？"

汪自鹏有些迟疑，他回忆说："从我的角度来说，按照国营企业的用工制度，安排一个户口在外地的农民入职是不允许的，做临时工也要通过街道，公司把钱支付给街道，街道再付他工资。优先照顾的是户口在本地的无业人员。"不过，办法还是有的，需要动一番脑筋。汪自鹏心里还有一个疙瘩，害怕他半途而废，忙活了半天，临了说一句不干了，弄得自己难堪。

之后，董云特意跑到汪自鹏的住处介绍自己在山东工作的情况，表示去上海打工学本领的决心。对董云而言，他是这样考虑的，"当初想得比较简单，第一个目标必须离开农村，请汪叔引路去上海。为什么想着离开农村，老家没有多少地可种，种地勉强能过日子，改变不了家境。我种过地，插秧、种菜都做得好，在父母眼里一直是个乖孩子，我的想法是父母之命不可违，尽量把事情做好，让他们放心。其实，从内心深处来讲，不想种地。所以，一直惦记着离开老家，在山东待了一年，后来准备去伊拉克，没有去成。如果当年留在山东，一定是去做房地产；去了伊拉克呢？可能又是另外一个世界。第二个目标，既然走出去了，那肯定要在外面发展，必须发展好，我会有规划地去做"。

董云来上海还有一个原因，电视台正在播放电视连续剧《上海滩》，剧中故事深深吸引了他，令他着迷，觉得"上海蛮好玩的"。他问汪自鹏，上海真的像电视剧里的一样吗？汪自鹏笑着回答，"差不多，还有冯程程"。

1994 年董云来到上海，成了董家第一个踏上这片热土的人。

10. 回沪不久，董彬在微信上告诉我，他从家里把日记本带到了公司，让我有闲暇过去看看。二十多本笔记簿摆放在办公桌上，我翻阅。他拿起一本硬纸封面的本子，告诉我这应该是第一本，扉页上写有 1988 年 9 月的字样，这年他才十七八岁。我翻阅起来，见上面写有这样的文字："在人生的旅途上，除了阳光和鲜花同行，也常常有逆境作伴。没有平衡的生态，世界不会美丽，没有逆境的衬托，生活会显得苍白单调，没有经历过困苦的人，来世会在安逸幸福中不朽？在厄运中奋起的人，则不会在忧患痛苦中消殒。逆境是有益的导师，教导信念坚定者向往光明，启迪在厄运中求生者去赢得真谛成熟。逆境绝不意味着沉沦……"

在另一页上，我读到题为《初入公司的感想》一文："我是初入社会的青年，不知社会的旋钮是怎样旋转的，社交方面的问题还一无所知。我初来乍到三友实业总公司，不了解内部情况，怀着试试看的心理在探索三友实业总公司的秘密，进厂也三四天了，经过魏经理、张书记的介绍大致了解一些三友公司实况，了解了怎样实现 550 万产值的全部过程，和亲眼看到公司里的职工领导按时上下班的厂风……"

董彬告诉我，刚开始做笔记时，记的是书中的观点、名言名句、读后感，生活、工作的体会、思考，其中不少是心灵鸡汤。到上海创业后，记录的主要内容是与企业有关，也有一些感悟、警句，鞭策、激励自己。

我拿起一册画有许多不易看懂的字符的本子，问这记的是什么？他告诉我，"当年在农村时，用录音机录下一些道士、风水先生的说词。然后，转为文字记录在本子上"。

"这倒有些意思。"

"从中可以看到人和人是不一样的，认识外部对象的方法也不同。他们用自己的观点、思想、逻辑来解释世界，有他们自身的特点。联想到做人的思想工作，一定要因人而异，切不可一刀切。"董彬这样说。

（原载长篇纪实文学《看云起》 2022 年 11 月版）

窒息的爱恋（外一篇）

窒息的爱恋

在这里，有过您的童年，镌刻着全部的稚趣。曾经的季候风，吹落了多少的美丽，没有恐惧。暴雨后的积水里，划着木盆，如同荡起双桨般的惬意；北来的大雪，也能堆成雪人，用扫把替代它的手，指向苍穹。还有过甲肝、非典的入侵，您从未胆怯，因为您是海的女儿，经历了太多的狂风暴雨。

如今失去从容的您，有了恐惧，盘旋在脑际，无法散去，那是空中的幽灵，无影无息，飘坠时无所顾忌，窒息生命，一切变得死寂，僵直的躯体，没了激情的欢愉，已死去。

在这个夜里，耳畔的私语，可不可以爱您，唤回您的记忆，让每一根血管，流淌曾经的热情和爱恋。您没有回应，令人流泪。寂静中孱弱的呼吸，让人心碎。

重创的您，内伤集聚；低垂的头颅，以示卑微，那是衰竭的示意，蹂躏您的是毒株也有无知。有人开始检讨，说一声抱歉，您品味出敷衍，却无力驳回。

您已死去，需要多久才能重生，会不会永远？

也许此后，窒息会一次又一次地降临，人们真的不想，您有下一次的窒息危及生命，失去您没有意义。

那是您在浦东

用我的手，抚慰您的脸，两颊满是爱恋。没有过往的间隙，只是今朝的分离，恨饮浦江水。

往昔的您，有过踩踏的记忆，那是没桥的日子，生命如碎片。如今大桥飞架，隧道成衢，往来如抬足般便利。可惜抚摸您的脸颊，如同云烟，两厢不着边际。

那是病毒的阻挡，不能相拥，没有摆渡的欢愉。试问，您走过的桥，再走时算不算相遇？您吹过的风，再相迎，算不算是密接？

生命里有多少别离的故事，让泪已成涸，如今的分离是第一回。爱过的您，那是美丽的半爿，本不能分离，叙说着今昔，相拥才是诠释，那是依恋，分离是罪恶，相恋才有真情。

请思量，该不该分离。桥上的相拥，那是昨天与今天的密接。

（2022 年 3 月于沪上锦园观旭楼）

寻访上海成长轨迹

　　上海有着悠久的历史，吴越文化和楚文化曾经覆盖在这片土地上，秦汉以后府县治制的建立，1843年后上海成为对外开放的商埠并迅速发展成为远东第一大城市；上海是中国共产党的诞生之地，留有大量红色印迹，反映早期共产党人的艰苦卓绝的奋斗历程；新中国成立后上海得以长足的发展，尤其是改革开放以来的腾飞，使这座城市屹立在世界都市之林。

　　但是，生活在这座城市里的不少市民，对上海城市形成、成长过程并不十分了解；许多新上海人对此了解更少。这种状况的改变，用简单的说教告知，效果并不理想，请新上海人和市民亲身参与寻访它的成长轨迹，获得感受，从中得到启发，不失为良策。我们为寻访路线设置了启动、寻根、近代工业、百年建筑、红色印迹、腾飞篇等六个系列，基本上能够展示上海发展的脉络，达到了以历史进程为线索深度解读上海，让市民形象、生动地了解这座城市、热爱这座城市的目的。

　　本图文录收入的图文，集中反映了这一系列活动开展过程中寻访者的风采，记录下他们的快乐、感悟。

　　（原载《寻访上海成长轨迹之旅系列活动图文录》 2021年11月8日版）

醉纸——那些并没走远的往事

1. 醉纸？纸也能让你沉醉，莫非你是造纸或以贩纸谋生的人。所谓醉，即沉迷；而纸的诠释便实实在在，由含植物纤维的原材料经过制浆、调制、抄造、加工等工艺流程制成，可用于写画、印刷书报、包装等。沉迷于此，固然它自身有可爱可亲的一面，白如皎月、薄似蝉翼、细若凝脂、闻可沁脾，且呈现在这物态之上的精神产品文章、绘画、书法、摄影……更令人着迷和陶醉。我的醉纸，大概包含上述两个部分，而后者更甚。

假如说醉书，只能包含著书写文、做书排字、绘画写毛笔字，不能包括做设计、拍照片、搞展览，而后者实在也需要落实到纸上——展板多半是纸的变异。如果说写作、醉画、醉字等，自然也不能包含我所想要的全部。故此，我以为自己是醉心于纸上工作的人比较妥帖，尤其是喝一些小酒，有三四分醉意时沉浸在纸上写作、绘画、写字、设计，可谓是灵感云起，下笔有神。说来也可笑，在很长的一段时间内，我不熟练在电脑上写作，喜欢手写，然后请人录入电脑，直到手写输入的技术成熟后，才结束这一状态。却依然保持着凡在电脑中形成的作品都必须输出纸质的保存……

2. 我的醉纸由阅读发端，阅读一直陪伴着我至今，由阅读呼之而出的是写作，贯穿了长远。俗话说三岁看到老，可见三岁是人生的一个重要节点。其实一个人对三岁之前发生的事情，记忆极其有限，出生时间、地点、抓周、第一次开口说的话，一定是后来由别人告知才储存在记忆里的，比如我出生的那一家妇产科医院，在我居住的裕庆里的斜对门，就是外祖母告诉我的。那天，天象肯定平常，没有什么异样，只不过是一户普通人家生了一个男孩，而男孩对于我早年丧夫与独女相依为命的外祖母而言至关重要。

说是普通，其实这个家庭与周围别人家有所不同，父亲随大军南下后留在了上海，与1949年5月前从事护厂罢工运动的母亲在1956年结婚成家，他们没有把家安置在机关分配的住房里，而是外祖母居住的老房子——石库门弄堂里。

弄堂承载着沪上诸多层面的文化，市井文化层坚硬且结实的存在，一定程度上左右着弄堂的价值取向。我生活的弄堂在大自鸣钟颇具名气，住着附近大纺织厂中高级职员，旧时的工部局、巡捕房中下层雇员，原中小企业主、白相人，他们碰在一起交头接耳的是老底子的文化、子女的教育和出息、今昔薪资，暗中也会说些香港、台湾、美金、旧社会的事情，对我的"革命干部"家庭表面上客客气气，骨子里并不怎么瞧得起，这我能感受。

小时候我喜欢由父亲领着去市外事办（原华东局外事处，办公地为永安公司郭家在南京路上的两幢三层法式豪宅）、上海大厦、锦江宾馆；去父母主持工作的工厂、学校，工人、教师、职员都十分热情地接待我。秘而不示人的是家里藏着的三八大盖枪的弹壳、渡江战役纪念章、褐色牛皮军用公文包……

1966年夏天的季候风吹散了这一切。那天晚上，暴雨后积水的马路上出现不少三轮车，隔壁邻居家的女儿小包裤被人剪开，高跟鞋后跟敲脱；对门人家的儿子大包头被剃成了阴阳头，皮鞋剪掉尖头……他们有的哭泣着，有的叫喊着，捂脸抱头奔回家，路灯下他们的影子被扭曲，场景令人恐惧和凄惨。

不久，弄堂传来什么人跳楼撞破脑壳，脑浆外流；那家男主人割腕自尽，血流一床；某家被抄，金银珠宝钱币古玩字画被洗劫一空。于是，人们从垃圾桶里能捡到金条首饰、名人字画。弄堂里的那些人也不再聚在一起嘀嘀咕咕了。

父母关照少出去轧闹猛看热闹，他们乘人不备，在一个晚上把家里藏的一些旧版老书全部烧光，留下的是革命书籍防备抄家。

我的家没有被抄，虽然父母是"当权派"，但根正苗红。不过，家里却成了派性斗争的前沿阵地，走资派、保皇派、造反派轮番找上门来辩论，尤其是父亲工作的学校来得人最多，争论激烈。父亲生怕惊吓到我，抱着我坐在他腿上，一直到深夜。我望着来人的争辩，听不懂他们所说的意思，似乎觉得与政治斗争有关。

也就是那年的九月，刚满五岁的我便进了弄堂小学读一年级。语文书开篇就是敬颂万岁的课文，这五个字大街小巷都贴着，学起来简单，上学也就没有什么适应不适应的问题了。那时，上课大都在上午，下午便放了鸭子。一次，跑到苏州河边上的第一印染厂门口，轧闹猛看武斗。一群"文攻武卫"身着蓝色背带裤、头戴藤条帽、腰间挎着灌满汽油的啤酒瓶，个个面目狰狞，手持长铁矛，与另一拨装束相仿的人在厂门口角斗。他们手臂上戴着红袖箍，上面印的字各不相同，标明不同派系，你追我打煞似像一回事，我目睹了他们用铁长矛拼杀，有人倒在血泊中，也看见有人拔出啤酒瓶点燃引火线，朝对方掷去。血腥的场面，引起我内心恐惧、焦虑和不安。

弄堂小学的三楼住着一对年逾六旬的老夫妻，老先生是旧时的大律师，赚了一些钱，买了这幢带有左右厢房的大石库门办小学堂，老太好像就是学堂的校长，身上蛮有一股书卷气。49 年过后，学校渐渐地办不下去归了公家。老太自然不再参与学校的管理，也就做起了家庭主妇。老夫妻每天两趟下楼，老先生一手拄着精致的拐杖一手挽着老太，早上一趟老太会携一只元宝篮买些菜回家；晚上一趟是饭后散步。路上逢人便打招呼，十分客气。不久，他俩再出行时常遭小孩子嬉弄、谩骂……渐渐地不见了他们在弄堂里行走。即使这样，他们的家还是经常遭到楼下高年级学生骚扰，门仿佛永远关闭了。一天早上，两老人出门去买菜，在回家的路上遭人泼粪，老太躲避不及摔倒在地，不仅大股骨骨折，还中了风。时隔不久，人便由火葬场车子拉走了。后来，我常常会在放学后跑到通往三楼的楼梯口，看着那扇黑漆漆的门犯愣，思索着什么，比如死亡……

这年末，父母被造反派认定为走资本主义道路的当权派，进了牛棚。只有外祖母在傍晚的那一声"大明，回来吃饭喽"，充满爱意。

此后，发生的一件事令我刻骨铭心，在弄堂里玩耍时，被问及长大后要做什么，我脱口而出"要当解放军"。这话不知怎的传成了"打"解放军，可能是沪语的当与打谐音，小孩难以表达清楚，误传也不能算过。下午，里弄的治保主任一个瘦瘪的老头找到正在水门汀上用粉笔画画的我，说是反革命言论，要抓去坐牢监的。这应该是我人生中第一次遭遇的"组织"谈话。从与他谈话开始起，我一直没敢看他的脸，眼睛盯着他脚上穿的翻毛大头皮鞋，旁边便是洒落的一抹阳光，想着他一脚便可把它踩着了，心里害怕。从此，我落下一个毛病，不敢看着对方的脸说话；不敢自信地在大庭广众面前表示什么，这种状况一直延续到我三十多岁时才有所改变。

我像换了一个人，沉默、敏感、胆怯，喜欢一个人独自跑到后弄堂口的筑路工地白相，爬上五六米高的黄沙堆挖坑修地道；钻进堆放在工地上直径一米多高的排水管道里奔跑；到不远处的苏州河边游水，排遣心中的不安。当然，更喜欢一个人涂鸦、看小人书、画小人书，喜欢看印在纸上的文字、临摹纸上的画……这样，开启了我醉纸的人生。而我能走出来，与我成年后的醉书又有着密切的联系。

当时家里的藏书集中在底楼由灶披间改成的小卧室里，放在搁板上，距地面有一定的高度，要在床上放上骨牌凳才能够得着，后来我想这大概是父母不希望我过早地阅读这些书籍而采取的措施。可是，这一小小的障碍，怎么能敌抵好奇心？这些书用旧单被蒙着，一溜有四五十本的样子，《牛虻》《奥斯托洛夫斯基日记》《一个拖拉机手的故事》《卓娅与舒拉》《斯大林传》《青年毛泽东》《欧阳海之歌》《新名词辞典》，还有一些专业书籍如怎样做好公方代表、侦查工作以及一些薄薄的小册子。这些书不少是竖排繁体字版，读来十分吃力，年幼的我也不感兴趣。唯独1953年出版的《新名词辞典》令我爱不释手，它比砖厚，靛蓝色精装本，尤其辞典中的历史人物部分配有人物白描肖像，文字浅显易懂，我会在一些人物像边上打下五角星、勾、大叉，以表稚嫩的心迹。

大概是喜欢上人物白描的缘故，我恋上了连环画。我住的弄堂对面有一家新华书店，成了我每天光顾的地方，把外祖母给的零花钱全部换成了小人书。再说那些店员也喜欢我，有一个绰号叫"长帮头"的中年人，一有新的连环画上架，便会给我留着；另一个叫"大眼睛"的阿姨，看到我会送一些包书的纸给我拿去写字画画。

有人说那个荒诞动荡的年代，使你喜欢上读书，值得庆幸。我不这么认为，"如果不是在那样的背景下喜欢上阅读、绘画、写作，恐怕我的笔会阳光许多；我的知识构成会更全面"。那个年代不足以称道，挑动一部分人斗另一部分人以维护自己权威的做法，具有反人性的特征，背叛了人的本性，给人造成焦虑、骚乱、动荡不安的阴影，影响人的一生。这是我作为一个亲历者的感受和日后思考这一历史时期的基本立脚点。应该说，与我同时代的许多人没能从这样的阴影中走出来，人生毁于此。

除了阅读，听故事对写作也有许多帮助，这似乎与纸没有多大关系。记得，住在后楼的沈家主人旧时是"包打听"，屋里用梳头娘姨，49年中期男主人死脱了，留下老婆与几个子女，一个大女儿高中毕业后被送去了新疆，我小辰光管她叫"大阿姨"。大阿姨每次回上海总要讲故事，听来曲折、凄美，狸猫换太子、卖油郎独占花魁……后来才知她讲的大都取自"三言二拍"。

让人听得特别扎劲的是亭子间里老杨讲的故事，他有点冷面滑稽，原来在铜棒厂做工程师，工厂搬迁天津后，每年回沪探亲一次。他喜欢讲鬼故事，一帮小孩围着听他绘声绘色地道来，讲到吓人之处不知什么人拉灭电灯，漆黑里一片鬼哭狼嚎。后来到了一九七几年，听的主要是《高玉宝》《艳阳天》《金光大道》《虹南作战史》《李自成》等，有时听得人如痴如醉木桩似的站在收音机旁不肯移步，傻傻地出神入化。记得有一段时间，我听人群中的某些人讲话，都能听出他腔调里的韵律……

从小学三年级到整个高中，我的作文在班级里一直名列前茅。所以，当红小兵时是排（当时以军队编制来称呼班级）里的宣传委员，红卫兵时也是排里的宣传委员，共青团时还是宣传委员，有十几年的做宣传委员的经验，那时宣传工作主要是写稿、出黑板报、墙报、画画。初中时，去嘉定黄渡学农，我担任连部通讯员，就是骑自行车到各个排去采访好人好事，回到连部编简报。所幸的是我的小学班主任是语文老师，初中班主任是历史老师、副班主任是语文老师，高中班主任是政治、历史老师，他们都比较重视我在班级里的存在。有朋友讲这对你有影响。

我在小学四五年还被选为学校锣鼓队，常被派往市少年宫欢迎外宾，记得有一次去欢迎"一代雄狮"埃塞俄比亚皇帝海尔·塞拉西，见他黑黑的手上戴着一枚金光耀眼的大戒指。独裁的他在来中国第三年后，因一张在皇宫内喂食宠物狮子生肉的照片流出，造成饱受饥荒之苦的人民严重不满，国内爆发内战，被人用枕头活活闷死，这位"社会主义"国家的皇帝死于非命，可惜了当年锣鼓齐鸣地欢迎他的热情。

记得当时陪同他参观访问的是周恩来。再见周恩来时是他陪同尼克松来沪访问，车队经过我就读的小学弄堂口，人们等候在马路两侧夹道欢迎，周恩来隔着车窗玻璃频频向人群挥手致意。我身后便是没被清除干净的打倒美帝国主义的大幅标语。我想政治这东西前后是不一样的，颇为蹊跷。

战争的阴影也笼罩了我的心，"备战备荒为人民""深挖洞、广积粮、不称霸"的标语满天飞，其间在北方边陲的一座小岛上，中苏发生了小规范的冲突，据说我方大获全胜。大概是防备来自北方更大规模的入侵，搞得小学生上课拉警报去做防空演习，课上得好好的，突然警报响起来，钻进课桌下的、跑到走廊上趴墙根的、躲进厕所的都有。在家里，外祖母告诉我钻到八仙桌下，桌面盖上淋湿的棉絮。外祖母经历过"一二八""八一三"，之前住在闸北的三层楼，被日寇轰炸后才逃进租界。到1971年9月，林彪事件发生后所谓的战争这根弦绷得更紧。也就在这一年的九月里，瘦成皮包骨头的外祖母在家中病故。前一天，她颤抖地拿出五元纸币塞到我手里，没有交代什么。我想她也许是让我在饥饿的时候可以买阳春面填肚，也许是让我买小人书、纸笔……最后，那五元钱全部兑成了后者。

外祖母的离世，使我思考人的生死的问题，心中蒙上了一层悲伤，因为再也没人唤我回家吃饭了。

战争的风声依在，弄堂里每家每户都要义务做砖坯修建防空洞，每人大概要上缴25块，自外祖母去世后我家变成五口人，要上缴125块砖。于是跟着父亲去附近取泥，联排式洋房的中心花园已开膛破肚，说是要建防空洞，挖出的泥堆得比人高。我们运回泥巴，去杂质、和上水、脚踩手捣，烂泥透熟，放进木模里压出砖形。木模不牢，用不了多久便会散架，母亲请厂里的机修工做了一副钢板模子，用起来结实了许多。泥砖坯做成后，放在弄堂里阴干，干透了用黄鱼车送到窑场烧制，窑场设在另一处的别墅前的大花园里。

这两处的花园洋房以前我都去白相过，联排是日式的，二层楼的房子，精致典雅，之前是日本纱厂高级管理和技术人员的住所，1949年后住着纺织系统的一批领导；另一处，有一幢极大的欧式别墅，面前的花园树木高大，灌木有形，四季鲜花开放，日伪时期成了日军电台的所在地。此时已模样大变，树木成了柴火，一座大窑建在花园中央，高耸的烟囱冒着黑烟，把别墅紫酱色的外墙熏得发黑。这一建筑在二十世纪八十年代被拆除，原址上盖了几幢简陋、粗糙的公房。之后，公房拆了，建了高楼。拆了建，建了拆，人似乎在拆建之间打发辰光，与孩子做游戏一般，可惜毁掉的一些东西却再也找不回来了，比如童年时的美好记忆……

到了1972年我接触到了一些古籍经典《荀子》《韩非子》《盐铁论》等，次年家里又添上了马克思、恩格斯的4卷选集（精装）和单行本的白皮书《共产党宣言》《国家与革命》《反杜林论》。能够见到这些书，大概与父母结合进革委会班子，有资格购买有关联。

对于这些书我表现出浓厚的兴趣，没一本能读懂，只是翻翻而已，最多也就是摘录几句感兴趣的文句，但为以后的阅读开启了一扇门。不过，这些书的用纸不错、印刷质量上乘，尤其马恩四卷本，纸张、印刷、装帧很是考究。

小学上了七八年，进入中学居然又上了五年。这倒不是读得好读得不好的问题，而是因为在"读书无用论"的主导下教育成了摆设，没人在意，或者根据需要人为设置学年。

进中学不久，年级成立马列主义理论学习小组，凭着曾经看过一些马列的书，学校让我担任小组负责人。小组活动时整个乱哄哄，没有人愿读原著，写个心得体会找来《毛主席语录》东抄一段西抄一段，而两个当时的政治大红人写的两本小册子又不是我想要学的，什么反对、打破资产阶级法权和土围子。干了不到半年，我便主动请辞，回家闷头阅读过去没读懂的书，比如《牛虻》《一个拖拉机手的故事》《奥斯特洛夫斯基日记》《卓娅与舒拉》，那里有我共鸣，好像与人性、人格、意志相扣。

1976 年下半年启头的唐山大地震，似乎预示着即将到来的大变动。起先是领袖离世，那天班上的女同学在默哀时晕倒了好几个，也有哭得呼天抢地，比死了亲爹娘还悲伤。没几天，学校组织去人民广场参加追悼大会，来的人极多，黑压压的一大片，市里一帮头头脑脑在那里领头默哀鞠躬，远远望去个头也就筷子一样高。大概是这十年里听过不少死人的事，目睹了残杀的场面和外祖母的病逝，对死人的事有些麻木，只是平静看着眼前发生的一切。

悲未尽，喜便来。不久，又去了一趟人民广场，参加的是庆祝集会，领头的还是那帮人，他们口颂什么英明领袖粉碎了"四人帮"。没几日，这些人被指为"四人帮"的爪牙，抓了起来。宣布此消息的人来自北京，指责那班人马要搞巴黎公社。我又去了一趟人民广场参加热烈拥护的集会。一切宛如发生在梦幻里，令人茫然无所适从，只能躲进小屋去看书写字作画。

有一天，弄堂对门的那家书店门前突然排起买书的长队，问了相熟的店员"长帮头"，他悄悄告诉我：有《安娜卡列妮娜》《战争与和平》《静静的顿河》《红与黑》《基督山伯爵》等。我没有排队，付了钱，从"长帮头"手里接过七八本书。又有一天，母亲说吃完饭后赶紧到对面的书店排队，明天有《家》《春》《秋》买。那时，我还是一个想法很多的少年，抱着书有点意气风发的样子，便一头扎进自己的小屋读了起来，产生了写一些什么的冲动。不久，便开始实施起来。无视随后到来的分班、摸底考、高考。

后来，回顾这一段往事，细思量其实当时我正处在走什么路的人生关口，随着性子无意间选择了一条与他人不同的路，后来的实践验证了它的坎坷。但既然走上了这条路，走好便是。只要用十二分的坚持抵御十分的艰难，一定能走好，而这好字，可以用笔书写在纸上……

3. 我的醉纸生涯源发于阅读，然而阅读毕竟可以忽略纸的存在，直接关注文字传达的意思，即使后来的写作，对纸张的要求也不高，当然洁白光滑、手感细腻的纸张会带来写作的愉悦和热情。而绘画就不同了，不同的绘画作品需要使用不同的纸张，比如素描、速写、水彩、水粉、水墨，使用的纸张都不同，产生的效果大相径庭。绘画迫使人对纸张产生浓厚的兴趣，以至于要求达到精准使用的程度，求得艺术效果。中国水墨画对纸张更讲究，生宣、熟宣、半生半熟，甚至对纸张产自哪里、手工还是机制都有一定的要求，使用不当影响绘画的效果。

我的醉纸生涯重要的一环是对绘画的沉醉，起先是对连环画的痴迷，用透明纸描摹，后来打格子临摹，再后来徒手也能画了，临摹过《白求恩》《孙悟空三打白骨精》《欧仁·鲍狄埃》。大约在六七岁时，蔡姓邻居家在南京读美术系的儿子回家待业，在弄堂中间的一面大空墙壁上画了一幅《毛主席去安源》的油画，我每天去看他是怎么画的，从打格子到用浅褐色勾勒轮廓，着色、画背景，让我羡慕不已。

我小学美术老师姓马，谦和耐性，他画水墨画，还指导业余木工组，我是木工组成员，手上气力小，刨不动大木头，做个小板凳还是马马虎虎。他十分喜欢我。后来，尝试画水粉，我外祖母的干儿子蒋道银送了一个铁皮做的调色盒，颜料、笔，让我画的第一幅彩色的习作是临摹他的画作《椰岛风光》。他学的是舞台美术，此时在上海博物馆修复古陶瓷。我从他那里可以看到阿尔巴尼亚画报，和欧美博物馆馆藏的精美图册，这些在当时很少有人能够见到，而且纸张用得考究，道林纸或铜版纸，摸上去手感极好。

上中学时的美术老师留学苏联，正值中年，腔势有点艺术家的味道，心高气傲。他学的是苏联学院派的那一套，强调画石膏像、写生、速写、色彩，教学上按部就班，一副套路极深的样子。我虽能够画好石膏像，但是就不喜欢照他的路子走，自然也不讨他的喜欢。但是，这不影响我对绘画的热爱。

在我住的弄堂附近，还住着一个姓戴的画水彩画的画家、一个写隶书的书法家，当时名气不大，现在已蛮出名了。当时都是我暗中学习的榜样。

到了二十世纪七十年代末，以理工科参加高考的我名落孙山，试图去报考美术学院或工科的设计类专业。于是，变得十分努力地去学绘画，主要是自学，由临摹、到画石膏像、写生、速写、水粉，走上了苏联学院派的路子。其间，短期拜了旧时已有名声的周作湘为师，投在他门下，他曾在二十世纪五十年代指导过刘文西报考美院。他住在离我家不远的康定路一带，石库门的客堂间，好像已从中学美术老师的教职上退下来，在家辅导学生。他身着中式双襟棉袄，料子蛮考究，讲话细声细气。但眼神中有一些忧伤。那时，他的儿子在一家工厂做工人，好像在搞版画，创作的风格似延安的那种。突然有一天，我对绘画的想法改变了，以为它不能够完整、直接表达自己的想法和感悟，于是逐渐放弃了考美术专业的念头，更多的精力放在写作上了。这样，绘画就被搁置起来，直到前些年才又重新拾起，以修身养性，自然相伴而来的还有写字。

4. 书画界有句术语——书画同源，道出了中国画和书法相辅相成的关系，但不能误读为能画者就能书，或者反之。能画者能书居多，而能书者亦能画稀少。但能画者能书，也是需要练习的，没有天生那回事。

　　我的写字练字，起因是字写得蹩脚遭人耻笑和父亲的叮嘱要把字写写好。于是，在二十世纪七十年代中期，干脆找来家藏的柳公权《玄秘塔碑》，练得枯燥乏味时就临摹周慧珺的行书《鲁迅诗歌摘抄》和一本也是抄录鲁迅诗歌的隶书字帖。后来，画作得少了，题款自然也少了，毛笔字派用场的地方越来越小，渐渐地与画画一起被束之高阁。

　　回忆喜欢上写字的原因，还有一个便是写毛笔字时能嗅到纸的草味。练毛笔字大都用的是毛边纸，手感粗糙，气味草草，有一种对纸的别样感觉，粗犷中你可以感觉到草原和森林的气息，而笔犹如脱缰之马……

　　5. 在我眼里展板是纸的变异，展览就是书的立体化，与我的醉纸休戚相关。关于展览，这大概可以追溯到我小学三年级担任班级的宣传委员负责出墙报时，当时教室里只有一块黑板供上课使用，也就没有办法出黑板报。只能在黑板对面的墙上，张贴四五张白报纸或粉红色纸拼接起来出墙报，在上面进行设计排版、画图美化，如同现在做 KT 板展板设计一样。KT 板是现代化工产品，虽然如纸一样洁白，却没有纸张的气息，一股类似塑料的味道。

　　2006 年起，我便与展览结下了缘。老友在沪西南设立了一个七百平方米的展厅，正需要办由政府采购的各类文化性公益展览。他对我讲了，我当即允诺。背后的原因是我承包的电视软广告栏目被电视台砍掉了，广告部门认为盘子太小，要与大公司合并。为此，我的公司有逾百万的合同损失。有人建议我打官司，我拒绝了，担心耗时耗力耗钱且得不偿失。这样，需要由项目填补，维护公司运行。

　　展览是我钟爱的一种文化传播方法，却没做过。起先仅是参与一些展览，完成部分项目，如版面、邀请函的设计制作。不久进了一步，从展览的构想到组织实施，整套地操作。展览是个系统工程，不像写书稿只是案头一项便可完成，要调动你广泛的社会资源，绝非独个在书房里能够完成，而出墙报的那些经验远远不够。怎么办？且做且学。展陈提纲、版面设计、布展、实物征集等等，每一个细节都需要做到位，我总是凡事亲躬，布展时必在现场，发现一个错字都要把整块板幅换掉。

自 2006 年以来，我与我的公司策划、主承办各类文化性展览近百场，形成历史文化名城系列、中华文化系列、民间工艺品系列、书籍装帧系列等，这些展览集知识性、趣味性、观赏性、参与性于一体，深受参观者的喜欢。

我策划的展览有一个特点，从书中来，又回到书中去。有的展览题材来自书本，比如"星河璀璨——中国历代著名文化人物图片、书籍、实物系列展"内容取材于历史书；"《永乐大典》600 年揭秘展"的内容来自《永乐大典》，七君子的展览取材于《长河秋歌七君子》。有的展览办完后成了书，比如《串起撒落的珍珠》一书的内容来自"徐汇区历史风貌——暨近代优秀历史建筑模型展""星河璀璨——中国历代著名文化人物图片、书籍、实物系列展"展完后，也变成了历史文化普及读本等等。

办展是一桩综合性的工作。展陈的手段涉及多种门类，展名可以自己写，避免了电脑系统里规范化字体的呆板；图片可以自己修复、放大使用。但展览需要大量拍摄照片用于展示，为了减轻办展的成本，只能自己学摄影。好在我学过绘画，懂得构图与光线，在电视台做编导时对场景还是有些感觉，只要掌握一些摄影技术就可以过关，何况摄影设备的更新、便捷，让人学起来更容易。同时，我还有一批摄影家朋友，可以及时向他们求教，获得帮助。一次，在与他们交谈中，说道："摄影者关键的是你有没有一双善于发现的眼睛，从取材、构图、光线……"

6. 关于醉纸的故事，暂时先讲到这里，后续还有许多故事没有讲，或许它更精彩、重要。因为，做《醉纸——那些并没走远的往事》这本小册子是临时起意，于是仓促动笔，也就挂一漏万了。又想，未来还有许多事情要做，这样的回顾文字，注定只能成为往昔的定格。

现在，我已经看到一扇新开启的门矗立在地平线上，就看自己有没有勇气跨进去，来一通奔跑。某天独酌微醺，想起来了一句话，拿起笔，在纸上写下：只要躯体能匹配你的灵魂，你可以走得很远。回眸曾经，我说的是灵魂走多远，躯体必将支持多久。一切时过境迁，也许不得不关注体能，量力而行。那么，别样且不屈的灵魂又能安放何处？

（原载自选集《醉纸——那些并没走远的往事》 2021年9月版）

淮河边有酒有故事

淮河边的意外总是让人生出惊喜，如果有悲伤，也就让它过去……看着面前呈现浅蓝色的淮水我会这么想。因为印象中河水没有那么蓝，而且《湮没的帝都：淮河访古行纪》也是一个意外，就像我原本以为那水是浑浊的一样。

记得 2014 年酷夏，接到友人江君的来电，告诉我滁州一家文化研究团体正着手拍摄以明中都城为题材的历史文献片，脚本已有，苦于阮囊羞涩，望能以低廉的成本进行制作。当即赶往滁城，一口气通读万余字的脚本到凌晨。一早便去了凤阳，在当地文史专家陪同下走访淮河边的明中都城遗址。

乍见中都城遗址动了心。站立在午门上，身旁的文史专家诉述六百多年前的景象，鳞次栉比的黄色琉璃宫殿和平整坦荡的街道，波光潋滟的内金水河和装饰华丽的金水桥，令人肃然的高墙深院和雕梁画栋的精美回廊。眼前却是一片庄稼地，生机勃发的庄稼和树木，掩遮不住那蔓延的沧桑与悲凉，令人不由得发出雕栏玉砌今犹在的感叹。

穿过午门，一行人沿着曾经的中轴线大道，当下的田埂泥路行走。不多时西拐，去看那里的残垣断壁。途中遇见一位老农，六十多岁显得格外苍老和疲惫，正拎着一桶水往不远处破败的小屋吃力地走去，那便是他的家。见到我和江君一行，他放下水桶，站着与我们交谈。老农说："打小就听老辈人说，这里是一片皇城，随随便便便能拾到琉璃瓦碎片，地里挖出的石础两个人都合抱不过来，上面还有花纹。"

之后，询问上西华门的路径，他说在他的小屋背面有一条小道，可以直通。果然，陡坡上的杂草间有一条人行的踪迹，大伙儿挨个爬了上去。

到了西华门顶上，一行人行走在破损厉害的城墙上朝北而去。一路上聊的是朱元璋为什么建都故里，耗费了六年的国税弃置而去呢。凭直觉，这块儿一定有文章可做。做六集历史文献片更不成问题。即使资金匮乏精打细算也能应付得来。

翌日，回滁城座谈。建议以中都城的兴衰为主线，从历史、文化、建筑角度，引发人们的思考，并把文献片定名为《湮没的帝都》。于是，接下来的五年时间里，近十次去凤阳，走过那里旮旯的村子，还有几趟紧贴淮河的行走。

意外的问题还是出在经费上，脚本重新做好后没能进入拍摄制作阶段，不了了之。江君表示歉意，我虽然有不爽，但是还是表示："不碍事，还可以做成其他的文化样式呀，比如书。"这底气源自行走和阅读，所遇到的人和事，看到的历史与现实，觉得自己应该记录下来，写好这些时空交融、穿越反复的故事，或许比历史文献片更为厚重和具有时代气息。

我早年习作小说，之后一段时间从事近现代史研究，更长的时间做的是新闻采编，这三样捏合在一起，已经可以构成一种特色。问题是要做好淮河这篇文章，从思想意识到知识结构都需要重新调整和架构。解决这一难题，还要遵循古人的办法——读书与行走，进行田野调查和考察，行脚遍及南京、淮安、盱眙、定远、蒙城、来安、明光、蚌埠、滁州、常州、金坛、苏州、松江、嘉定等市县，也到过兰州、南昌、西安、昆明等地进行采风，以行万里路感悟历史。

淮河文化的源起、发展和形成特质需要弄明白，特意安排了一次从蚌埠双墩遗址到蒙城的行走，一路没有上高速，走的都是县道，道路几乎都贴近淮河或者它的支流而筑。傍晚，来到蒙城毕集村寻找被史学界誉为中国原始第一村的尉迟寺遗址，车子来来回回好几趟，才在公路边看见制作粗糙的鸟形神器雕塑立在路口，问了村民，经指点，来到一片玉米地前犯了难，如何上土墩？另一侧是小河，搞不好会跌入河里。最后，和江君还是决定沿着玉米地的边缘，拉住地里长出的根茎，小心翼翼地往上爬。上了土墩，令人失望，四处皆为玉米地，中间一个大坑爬满藤蔓。扫兴而下，有老农骑车而来。老农说："当年挖出来的东西全带走了，发掘现场填了。那坑可能是当时没填平。"再问，老农答村东边有块石头竖着。江君驾车速往，果然见一石碑立在那里，上书全国重点文物保护单位。江君笑说："全填了，啥也看不到了。"次日，去县博物馆。尉迟寺的许多文物陈列在这里，鸟形神器单独立在精美的展柜中，显示出它独尊的地位。壁柜中还展陈出同时出土的鸟形陶鬶，形态各异，但是一眼便知是鸟形的演绎。精美的展陈形式，让人无法感悟到历史的天空，获取更多的先民生存的信息，失去许多历史的真实。

江君问："什么感受？""他们是一群崇拜鸟的人，这可以在出土的陶器中得到验证。"我答道。我告诉友人，一次路过江苏金坛，得悉境内有早期人类生活的遗址，便去了博物馆，那里陈列着一个叫作西岗的地方出土的器物。西岗三星村遗址与尉迟寺遗址均属新石器时代，距今五千年以上。三星村出土各类陶制器物 4000 多件，鲜见鸟形器，仅有一件疑似，制作工艺比尉迟寺的简单、粗糙。地处江南的三星村水系发达，水鸟应该不少，三星村人对鸟并不动心，没有在日常用具中融入它们的特质，说明了什么？"可能是由审美、寄托、向往而引发的崇拜问题。"江君回答。"三星村遗址发现的陶制品，大都是日用品，比如陶盂、陶罐等，与同时期的遗址出土物比较，丝毫不逊色，有的甚至超过其他地方。一定程度上反映了他们的务实态度。"我分析道。"这是长江流域下游，尤其是江南农耕社会的一种文化现象。"这种现象在同处长江下游环太湖地区、与西岗三星村属同一时期的崧泽遗址出土的陶器中也得到反映，崧泽遗址陈列中几乎没有一件与鸟相关的器具。巧的是，那次路过金坛，到常州办完事，又经南京飞抵兰州，参加一个学术研讨会。会议期间抽空去了趟甘肃省博物馆，目睹了黄河边出土的大量精美的陶器。

"那里鸟形器多不多？"江君问。"我原本以为生活在黄河边的祖先们也会崇拜飞鸟，却有些失望。"应该说那里也是祖先们喜欢居住的地方，聚集仰韶、马家窑、齐家等文化，陶艺水平较同时期其他地区略胜一筹，比如距今五千至七千年前，属仰韶文化的人头形器口彩陶瓶，让人叫绝。人头的形状、神情与双墩出土的纹面泥塑人头像颇为相似，且精美许多。双墩遗址的年份在距今七千年左右，与仰韶文化相近。

在兰州，看到的祖先制作的陶器数量多、品质高，具有较高的艺术价值。以鸟形为体型的却不多，印象颇深的是红陶刻画纹鸟形器，器形两侧刻有鱼状、水珠、水波之类的纹饰，属于新石器时期的齐家文化，距今四千年前，再有一些陶罐的纹饰与鸟形有关，仅此而已。这种现象不仅在黄河上游出现，在陕西也类似，那里的祖先也很少把鸟的形象运用到他们的日常器皿中。江君说："这样，把黄河长江边的人类文化遗址与淮河边的尉迟寺遗址一作比较，可以看到许多有趣的现象呀。""不仅是现象，实质是不同地区形成的精神文化的不同，地域文化的独特性。正可谓一方水土养一方人。"这样的比较十分感性，却能有效地说明问题，且比较生动、易懂。

一边实地行走、观察、思考；一边发现、挖掘、研读史料，以此为主要线索，架构起淮河文化、中原文化、江南文化的不同和它们的碰撞、融合，自然灾害与战争对朱元璋出现在淮河边的必然，朱元璋性格的特点形成，对淮河文化创新能力的摧残，和打击江南经济文化的发展，以及他建立的明王朝的最后命运。

这期间，陆续完成了一些片段，有的在行程间的小车里、高铁上直接在手机的备忘录里进行录入，形成了书稿的雏形，不完整，有些破碎。

时值庚子伊始，新冠病毒如闷棍般打在木知木觉的人们头上，一时竟然不知所措。无奈之际，便想到这部没完成的书稿，预备在疫情期间弄成样子，这也是写作者在避疫时通常的做法——写字看书。于是，几乎每天两点一线地从家里跑到办公室。办公室居"魔都"交通要津的大楼里，能够俯瞰城市的街景，没有车辆、没有行人，城市真的好静，静得让人窒息。

独自闷在办公室里写稿改稿统稿，无非重新搭框架、砌新墙、批腻子、喷涂料，使书稿呈现全新的面貌。江君来电话询问在干什么，答复是在做"泥水匠"。中午吃些方便面，馋酒时添一些花生仁之类的坚果，独自小酌。

饮酒之风，在淮河边蛮是盛行，许多交流、切磋、碰撞都在酒桌进行，书稿中大大小小的酒事写了二十一次，似乎构成淮河边行走不可或缺的一部分。有一天，我对江君表示，想去看看淮河。于是，驾车去了淮河南岸的河滩村。静静地看着阳光下波光粼粼的淮水，想到淮河流域在几千年的历史进程中没有成为专制王朝的政治中心，而是以自己独特的创造力和鲜明的个性屹立于世，但在帝王专制的中央集权支撑下的儒学，重重地覆盖在淮夷文化、楚文化之上，旷日持久，使淮河文明在政治、经济、科学、文化、艺术等方方面面处在窒息状态，创新已成过去，衰弱渐露端倪。

由河岸往上行，来到岗坡上的农家小院，小院收拾得颇干净，小屋的烟囱冒着青烟，空气中飘浮着一丝饭菜香。主人七十多岁，利利落落的样子，捧来一大圆口瓶的土酒，说是已经存放了二年好喝。酒很纯，喝到嗓子里有些辛辣，蛮够劲。老人喝酒很慢，几乎在抿，与江君拉家常。我呆呆地望着远处流淌的淮河，战争、自然灾害、思想禁锢，使这片土地逐渐消沉。尤其是朱元璋崛起后,中都的兴废,把淮河流域置于更深的悲剧中,两岸沉睡了多年,较之魏晋南北朝之前,它形成的文化,远远落后长江文化、黄河的中原文化以及以后的珠江文化。当这些文化,与海洋文明相交融时,淮河文化——尤其在中上游,更失去优势,这优势包括自身的吸纳性、融合力和地域优势。曾经燦璨的淮河文化,陨落于华夏。直到晚清,洋务运动的兴起,才出现了复苏的迹象。

在定远一个不知名的小镇上,喝酒谈的是淮河边的战争;在府城吃鱼煮饭、"炸雷子"时,评说朱元璋"是一个病态的理想主义执政者。理想便是万世江山,病态就是无底线地使用残酷手段实现自己不可实现的理想";在临淮关边喝边聊的是自然灾害后,帝王专制的中央集权政府的救助办法……

淮河边的那些酒事令人难忘,人文也成自然。这时,坊间有传言说酒能抵御新冠,行文时的小酌也顺理成章了。

疫情的后期,武汉的疑似病例已进入十位数,许多地方已清零。病毒在人们共同阻击下,范围缩小,中招的人数下降。但担心它会卷土重来。这时,这部书稿已经到了编辑的手里……

（原载《滁州日报》 2021年6月24日 人民网人民资讯转发）

书缘·书争

　　记得大半年之前，在上海的一家书店里购得法国汉学家马骊著的《朱元璋的政权及统治哲学：专制与合法性》，阅读且做了一些批注。她在书中认为朱元璋无论在夺取政权时，还是在他统治时期，始终维护民众的利益，给民众带来一个和平、统一、稳定、经济繁荣的社会。为此，他不惜对官员使用残忍的手段。她认为朱氏的专制政权具有合法性："任何政权，无论它是否专制，原理上都必须具有一定的合法性，无论它维持多久，这是政权存在的基础。有些专制政权是短命的，原因是专制政权运转失灵。"马骊基于朱元璋和他的政权的表象研究，有她一家之言之理由，给人的整体感觉，好像在给朱元璋辩护着什么……

　　此后的夏末，我在凤阳举办的朱元璋国际论坛上遇见了她，很是有一些来自异国的风采。那天，她登上大礼堂的舞台，作《蜂蚁论与朱元璋的理想社会模式》的主题报告，大概是她个子矮小的缘故，显得舞台更为空旷。她解读了《明太祖御制文集》中朱元璋关于蜂蚁的一小段文字，认为朱元璋以蜂蚁的习性喻示治国之理，希望自己能像母蚁和蜂后一样，让人们各司其职、纪律严明、顺从服从，有序地全面地统治社会。她认为这是朱元璋所要建立的理想社会模式及其极权统治的目的。

　　在我看来，建立有序顺从的理想社会模式并非朱元璋的终极目的，只是手段而已。坐在会场里，我认真听了她的报告，并在别人发言时仔细看了她的论稿，她依然坚持朱元璋建立的独裁统治具有合法性的观点。在文末，她注明"参会急就稿，还需修改"，我想她的主要观点自己是不会修改掉的。

当晚，主办方设宴接待与会者，我找到她，讨论起朱元璋统治的合法性问题。直截了当地亮出自己的观点："政权的合法性是现代社会才形成的观念，它是指一个国家的公民对政权权威的认同与遵从。朱元璋时代完全没有公民概念，老百姓是臣民、黎民、庶民。但是，政权的合法性恰恰基于公民的存在，没有公民很难判断朱氏政权的合法性。"

同时，我还告诉她，政权的合法性主要关心的问题是统治、政府或政权能否在社会成员心理认同的基础上进行有效运行，获得公共舆论承认。公共舆论在特务、文字狱肆虐的朱元璋时代受到残酷的压制，现在能够看的公共舆论是那时候留在民间的文字，几乎大部分是对朱元璋统治的否定，直接挑战了朱氏政权所谓的合法性。显然，在失去公民和公共舆论的前提下，认定古代某一个政权具有合法性，恐怕不合适。另则，政权能够在多大的范围内拥有公民的认同与遵从，以及行使权威，就是合法性程度高低的区别。以武力夺取天下的朱元璋，在他统辖的区域内，以暴力、洗脑迫使百姓臣服，对此，我们不能视为他的政权具有合法性吧？

"强权之下，无法套用合法性这个词。"我说。

她眨着一双蛮有灵气的眼睛，笑着回答："我们要好好讨论。"

会议结束后，她去了北方讲学或作学术交流，彼此的互动主要依靠微信继续。有一次，问她：您著作的主标题是"专制与合法性"，还是"朱元璋的政权以及统治哲学"？她回复："朱元璋的政权与统治哲学"是主标题，但真正的问题在于"专制与合法性"。

我告诉她，我是倒过来理解的。您的书论述的是"专制与合法性"的问题。虽然，我对"合法性"存疑。那么，朱的合法性是什么呢？

她回复我，每个政权只要能存在就是被大多数人认可了，这就是所谓的合法。但是，有些合法性是操控出来的，希特勒的政权就是一个例子。如果依照公民和公共舆论的背景，判别希特勒的统治，它没有合法性。

那么，朱元璋的合法性就不是操控出来的吗？"您说的关键词'存在'，就是被大多数人'认可'，这样的认可一般而言是法的制定者和贯彻者；站在国家机器面前的百姓没有人身自由，或被操控，没有话语权，怎么就能确定他们便是认可呢？"

我告诉她，中国古代只有王法，它的制定者是帝王和他的利益集团，根本没有老百姓参与，这样的法直接服务于统治集团，最终服从于帝王的核心目标。朱元璋就是制定王法的高手。王法的制定者，也是贯彻者，他们开动国家机器，加以实施。用自己立的法来证明自己建立的政权具有合法性，似乎很难解释得通。

我以为可用符合古代社会实际的合理性更为妥帖，比如，打江山、坐江山，合乎古代老百姓的一般逻辑，也是几千年来，老百姓认知可及的常识。何况，一定时期的相对和平和温饱的实现，为某个皇帝以及他所建立的政权在古代社会存在建立了一定程度上的合理性。这还表现在它合乎专制统治的道德要求，比如皇帝是不能骂的，骂了会引来杀身之祸；皇族生来享有高人一等的地位，老百姓天生就是被他们奴役的工具；等等。这些构成中国古代社会改朝换代后新生的专制统治长期能够存在的基本价值观，具有政权道德合理性的原始特征。但是，古代社会后期的先进思想家已经认识到政权合理性的基础，必须符合道德，它包括生民之生死高于一姓之兴亡的人道主义原则；可禅可继可革不可使异类间之的民族主义原则；公天下而私存，因天下用而用天下的三个方面的重要内容。这三个原则有着内在的逻辑关系，其中最高最普遍的是人道主义原则；人道主义和民族主义原则二者存在着冲突和紧张，而民族主义和民主主义原则二者有着辩证的联结。人道主义、民主主义、民族主义三大原则是具有近代性因素的重要体现。朱元璋的政权在处理这三大问题时，停留在古代政权道德合理性初始状态，一切的运营都是从属于他的核心利益——永坐江山。

她告诉我："我的译者也跟我讨论过合理这个词，其实合法更为准确，因为是有法律认可的。但是，这种暴力政权是'不合理'的。极权体制下，不存在抗衡势力。无处不在的官僚机构控制一切，力图全知全能，掌控社会的所有方面。意识形态通过一整套宣教机器，包装宣传，将暴力掩饰起来，'洗脑'人为地创造出政权的合法性。统治者摒弃一切传统价值和社会共同福祉目标，官员欺上瞒下，腐化堕落。政权遂与社会现实脱节，逐渐分化瓦解。想哭！我不能为他们做点什么，所以难过。"

显然，她曾经为使用合理性和合法性纠结过，合法性的使用是她两相比较之后的选择，或许经历了痛苦。

我知道没能说服她，或许彼此都没有找到一个妥帖的名词，诠释朱元璋建立的政权存在的必然性。但是，我执着地认为朱元璋和他的继承者的核心利益是朱氏政权永在，其他诸如为民众带来一个和平、统一、稳定、经济繁荣的社会，不惜对官员使用残忍的手段、扼制社会新兴阶层发展、社会创新，仅仅是服务核心利益的手段。当社会发展、民众不从，或者统治者以为不服从时，杀戮是他必然的选择。不从这关键处出发认识朱元璋和他的继承者，无疑会出现认知上的谬误。

我向她明确表示，作为有良知的学者，必须用积累的一切历史证据，否定朱元璋式的极权统治。这种统治的本质，损害了我们民族的自觉和自信，使民族陷入无法自拔的泥潭里。"您著作的译本，成了对古代极权统治存在的所谓合法性的证明……可能是翻译、出版的差错？这一切，也许不是您的本意。思想者的不朽，是探索事物的本源和对未来的关怀，这是我们必须坚守的底线和具有的基本素质。否则，皆为生拉硬扯。极权仅仅是人类发展过程中的一个节点，而古老中华让它延续了那么长的时间，朱元璋是罪人之一。"

不久，她结束了北方的活动，来上海讲学。我特意宴请了她，潜在的意识是消除争论带来的不快。那天，没忘记带上那本著作请她签名。席间，不知不觉话题又回到了合理性与合法性上。我表示，朱氏极权在特定的历史时期，具有相对的合理性。合法性，另当别论。依什么法，很是重要。

"是有合法性啊，每个政权都必须有合法性才能生存。"她有一些着急。

我告诉她，中国古代许多的王朝没有现代人理解的法，仅是依照古代社会的"理"在行使。政权的沿袭，重要的是在一定的历史时期，释放了劳动力，成了最重要的合理性。但从长久看朱氏建立的极权统治祸国殃民。如果，您的书以"朱元璋的专制政权是具有合法性"为结论的话，整个弄错了，正确的表达应该是，朱元璋的极权统治在特定的历史时期有其合理性，但在民族的发展过程中，他的统治是反人性的，很大程度地扼杀了中华民族优秀的性格特征。

"朱元璋杀的官员、反对者和潜在的敌人，维护着大多数人的利益。"她这样说。

问题又回到"大多数人的利益"这个纠结中国社会两千多年的老大难问题上。我说：在极权下倡导的大多数人的利益，本质上是服务于帝王以及他从属的利益集团的需要，是对个人利益极端的侵害。极权不为大多数人的利益服务，而是直接、有效地服务了他和他的子孙后代。朱氏集团的核心利益是政权的万世，形成一个和平、统一、稳定、经济繁荣的社会只不过是他的手段。而且，和平、统一、稳定、经济繁荣，朱元璋和他子孙做不到，就像他们做不到江山万世一样。"从某种意义上来说，朱是民族的罪人，而非英雄。"

"这是你的认识。"显然我没能再一次说服她。

我拿出她写的书，请她签名，她十分认真地看了我在书上作的一些批注，其中在她论述法儒两家对极权统治的作用时，我写了"这样考量似乎太浅肤了"的评语，可以看出，她有些生气，继而又恢复了她爽朗的笑，在扉页上写下了"请批评指正"几个字，并告诉我说，这是她第一次在自己的著作上写下这样的字句。我说，我经常是这样写的。

"虚伪吧？"她反诘。

……

那天深夜，想到白天的争论，脑际闪出"必然性"三个字，也许用这三个字更容易让人理解和接受——朱氏政权的出现并存在于中国古代社会，具有必然性。

（原载《湮没的帝都》 中西书局 2020 年 10 月版）

《岁月印痕》后记（节选）

　　历史的浩荡，犹如不息的大江大河交汇后奔向一望无际的汪洋。而在编写这本书时，并不觉得仅仅是在为一个地区一个机关工作，而是浓缩了一段跌宕起伏的历史。

　　宝山，一个具有独特地理位置的地方，面临江、河、海，背依近代开埠最早的上海，汇聚过近现史上众多的文化名人，他们或生于斯，或工作、学习于斯，在这里留下印痕。由于宝山长期在人们印象中是工业区，似乎掩盖了这一切。然而，这又都是历史的真实，并不随着人们意志转移而被不存在。

　　2019 年末，承蒙民盟宝山区委员会的信任，由上海万联文化传播有限公司与他们共同承担本书的策划、撰稿、编辑的工作，使我们获得了一次深入了解宝山人文历史、宝山民盟发展史的机会。

　　在策划本书时，我们坚持以宝山为基础，用民盟的视角选择那些与之相关的历史人物作为撰写对象。我们注意到历史上行政区划变动比较大，收录的历史人物必须遵循怎样的标准呢？比如陈望道，他在担任复旦大学校长时，学校的校址属宝山行政区划，之后，五角场地区划入杨浦区，我们便决定以现行的宝山行政区划为标准，确定录入本书的人物。

　　另当别论的是张君劢的录入，我们基于这样的思考，张家七世祖衡公时迁居到江苏省宝山县真茹镇（后划归上海，于二十世纪八十年代初划归上海市普陀区）。至张君劢祖父时，又移居嘉定，张君劢生于江苏省嘉定县城关镇。但是籍贯却在宝山。母亲刘氏为宝山大场镇人，张君劢少时经常到宝山走亲访友。因为籍贯的关系，张君劢参加宝山县院试。后来，又获得宝山县官费名额前往日本留学。武昌起义爆发，张君劢返回家乡宝山，出任县议会议长。同时，"宝山人张君劢"已经约定俗成，他便无可非议地成为本书收录的重要人物之一。

我们也注重新发现的民盟历史人物与宝山的关系在书中的体现。在研究沈钧儒时，我们意外地发现他少年时曾在宝山有过一段生活、学习经历，这在宝山现有史料中没有任何的记载。据此，我们将这位民盟重要的缔造者之一的事迹收录本书，增添了它的厚重感。

在撰写过程中，我们不仅尽量收集相关资料，以便全面、系统地准确反映这些撰写对象，还到他们的生活、工作过的地方进行实地的走访，对有关人士进行重点采访。比如，我们走访了山海工学团当年的所在地；在撰写费孝通的文章时，我们先后两次组织写作人员赴苏州市吴江区开弦弓村进行实地考察，参观费孝通江村纪念馆；后又来到上海大学费孝通研究中心参观交流，并采访了费孝通当年的学生。

应该说，在本书的策划、撰稿、编辑过程中，我们所持的态度是认真、负责的。这是对历史的尊重，和对未来的责任。但是，由于时间比较仓促、水平有限，本书会存在瑕疵和不尽如人意之处，欢迎专家学者和广大读者提出宝贵意见。

（原载《岁月印痕》 学林出版社 2019 年 7 月）

如细流，滋润了一小片土地

年难留，时易逝。十年匆匆而去，一切历历在目。

记得那年 7 月，我应玄陵之邀赴贵州省松桃县参加由彭心潮基金会捐赠的图书馆和小学校落成典礼，回沪不久玄陵约我在他下榻的酒店见面，表露出为文化事业做一些贡献的心愿。当即，我想到了出版业，比如对收入不多的编辑给予奖励，使他们安心从事编辑工作，多编好书。这个提议，基于玄陵已故的父亲彭心潮先生曾是一位编辑，具有纪念意义。玄陵极为高兴，马上吩咐身边工作人员记录在案，笑着说：这样可以做到有案可查。

一晃数月过去，到了次年春节前，玄陵让他设在香港办事机构的工作人员联系我，询问落实情况。我找到上海出版工作者协会，他们表示评奖操作起来难度大，方案被否定了。这样，我便与时任《文汇报》主持工作的副总编何建华报告，并把合作构想与玄陵说了。玄陵表示与《文汇报》合作好，父亲生前喜欢阅读。

一切开展得非常顺利。五月，彭心潮基金会、《文汇报》社、万联文化签订三方协议。但在征求曾任中宣部分管新闻出版的副部长龚心瀚意见时，他提议设立资助出版基金比奖励编辑更有意义，一些缺乏资金而无法出版的优秀图书将得到出版。这个建议得到大家的赞同，我们连夜重做方案、修改协议，三方很快签了字，资金也到了位。

于是，国内首创的"民间资金、媒体主办、专业评审"的优秀图书出版基金,在上海这个曾经的出版重镇诞生了,无疑具有开拓意义和引领作用。

基金组建了管理委员会,聘请国内新闻出版界老领导、老专家和一批活跃在新闻出版、文化、教育领域的领军人物,组成顾问、评委团队。严格执行初评、二评、终评的"三评"制度,初评由秘书处负责,主要进行资格确认、原创的认定、同类型项目筛选等基础性工作,评出的书稿报送二评,二评的工作由评委担任,采取抽签式分工、互相交流审读、集体讨论的方法,对初评的书稿进行遴选,历时一个月,再报送管理委员会、顾问组成的终评会,集体讨论,最终确定资助对象和金额。

在众多申报资助项目中,具有原创、探索、交叉学科的社科类书稿尤为珍贵,评委们不仅肯定这些书稿,还开出"药方",提出修改、加工意见,告知出版社或作者,确保获得资助的出版物是优秀之作。

从 2008 年出版基金第一次举行颁发基金仪式,到 2018 年整整十年,资助出版的图书不少获得各类不同的奖项和国家、省市级基金的资助,令人欣慰。这是一批热心出版事业、关注原创的新闻出版、文化、教育界人士共同努力的结果,使这个小小的基金如一股细流,慢慢地流淌,滋润了一小片土地。

随着出版界越来越注重原创性,国家、各省市设立的出版基金资助力度极大,文汇·彭心潮优秀图书出版基金的使命已经完成。帷幕落下,感谢十年来为文汇·彭心潮优秀图书出版基金作出贡献的各界朋友。

（原载《文汇·彭心潮优秀图书出版基金十年回顾》 2018 年 12 月版）

寺院琐事

　　某天，酷日当头。书生酒后，径直去了与酒肆毗邻的禅寺。若干铜钿购票，入山门，又购香一匝，索要颇高，其他省去。

　　寺内建筑奢华、佛像披金戴银华贵，两厢制作工艺皆精湛。一看便知富寺，财大气粗人家。一路叩拜，书生渴，找到茶室，入内见有时髦女子、幼童在玩耍，随意的样子不为茶客。有服务小哥递上茶水单，书生一见，天价茶水，便已生津。抬头，梁下壁上悬有"天籽起初"四字，站着细品，觉得蹊跷，不易解惑。

　　入僻静处，有图书馆，门虚掩，推而入。见有三僧人，一躺在椅子上小憩；一褪去袈裟在阅读，另有一在看电脑。看电脑的和尚恼怒地呵责书生退去。书生说也不见门外置有禁令牌呀？电脑和尚答，不对外开放。书生说，弘法之地，为何不开放？电脑和尚高声，不是你说开放就开放的，寺院开放需买票，图书馆开放需办证。书生说，本不该收门票的，现在收了竟成了合理。电脑和尚说，合不合理，不是你说了算。

　　书生嗜书，屈服，自问自答：阅览也要办证？办就办了吧。电脑和尚表示这里不办，到市图书馆办。书生反问，这与其他馆又有何干系？电脑和尚说，就是不让你看。书生说：佛门之地，你作孽了。

　　书生去，遇祖堂，见曾有一面之缘的已故大和尚遗容悬挂在堂上，叩拜之时，呼天抢地：寺院以信众聚资而建，现圈地而为主，拒信众于外。众信佛祖，而非信不良之僧。法师在天之灵，该管束不肖之徒。法师笑而不语。远处，电脑和尚领保安疾来，书生淡然，吐出两字——玩已。

有时髦女子掠过，入殿。书生不乜。

（作于 2018 年 7 月沪上）

青云谱的眼睛

1. 已是暮年的朱耷，寄居在青云谱道场，距他出生的王府不过十多里，眺望之余，深感再也无法回到从前，城头的大王旗已变幻，昔日王府成了残存的碎片，沉淀在记忆的深处。自然还有曾经的富贵荣华和骄奢淫逸。

此时，他渴望结束一个甲子的流浪，筹划购地，盖一处草庐用于栖身。经过多次的斟酌，茅屋的名字已经拟就，浪漫且雅致——"寤歌草堂"。

实现这个小目标，需要不停地鬻画，专心走笔。即使肩胛炎袭扰，还得忍痛控制手腕，或淋漓洒脱、或精擦细皴，在绘眼睛时尤为专注，一勾一点不敢懈怠。虽然，他已画过千万遍这样的眼睛。

在朱耷笔下，一切的生灵皆具有一双神情几乎相同的眼睛，旷世的忧伤、无奈和阴冷，凝望云谲波诡的世界。而他爷爷的爷爷的爷爷朱元璋，坚信在握的江山，万世不变，朱家的子孙世代享受着他宏韬伟略带来的恩泽。一切持续了二百七十多年，朱耷的晚辈朱由检自缢于煤山，江山崩溃，他体会到切肤的痛感。于是，才有了他笔下的眼睛，有着无法用语言描述的悲伤和冷漠。

2. 1363年夏，朱元璋大败陈友谅于鄱阳湖，乾坤已定，在滕王阁上设宴犒劳将领，把酒临风，一派豪迈。这事儿发生在朱耷出生前的许多年。

即将诞生的明王朝，显露出气象。孩提时的朱耷，曾多次登上滕王阁，聆听长辈的讲述，感慨那些天翻地覆的故事。他喜欢临江渚而建的滕王阁，气势恢宏、富丽堂皇，歌舞升平；熟知王勃的"闲云潭影日悠悠，物换星移几度秋。阁中帝子今何在？槛外长江空自流"的名句。

高阁距青云谱不远，只是与此时的朱耷离得太远，还有那王府。这位朱元璋十七子宁王朱权的后裔，深爱着滕王阁旁的王府，他曾在那里生活了相当长的一段时间。

宁王府在今天的子固路一带，与滕王阁遥遥相望。它由朱权改封南迁而兴，又由于第四代传人朱宸濠起兵而衰，一度黯然失色，封号被废。早在此前，朱权已封了自己的一个儿子为弋阳王，生活在南昌的王府里，弋阳王便是朱耷的八世祖。在他十七八岁才被迫离开王府，浪迹天涯。

六百余年过去，王府早已面目全非，呈现眼前的是一幢幢上世纪七八十年代建造的旧式公房，一派衰败景象。据说，十多年前，这里曾经是省京剧团。求证于小区门卫室的俩保安，得到证实，却无法解释门口依然悬挂着的京剧团的牌子。

3. 少年时代的朱耷，膏粱锦绣地生活在王府，又受到父辈的艺术陶冶，八岁时便能作诗，十一岁挥染青绿山水，还能悬腕写就米家小楷。这些，对豪门而言仅仅是打发时间的雕虫小技，好听一点说是修身养性，绝没意识到会成为日后谋生的技艺、买地筑屋的手段。因为国库，支撑着他们庞大的开销。有人说在明末，众多的朱元璋子孙享受着国家待遇，贪食着民脂民膏，仅仅因为老祖宗参加了红巾军，成为农民军的领袖，谋取了天下，便可无休无止，肆意妄为。终于，明朝的大厦塌了，王府易主，朱耷开始了流浪，在痛苦中他成了颇有建树的画家，且开了一代风气。而他的许许多多宗亲又过得怎么样了，又有几个被历史记录下来？

4. 朱耷笔下的眼睛，不单纯是他内心的再现，更是明末有过与他相同经历的宗亲的共识。但苦难成就了他，让他走得很远，在画坛上独树一帜。

读到此文的友人，看到了文中插入的朱耷的作品说："他画的眼睛，与凤画中禽鸟的眼神极为相似，大有异曲同工之妙。"友人的判断没错。凤画中的鸟儿也是这般眼神。凤画缘起凤阳，迄今六百多年历史，多为民间艺人所作。他们生活在淮河边，饱受岁月的煎熬，破衣烂衫地站在废置的明中都城楼上，睁着痛苦、忧伤、无奈的双眼凝望着世界，而近三百年过去后，朱耷才学会用这样的眼神洞察世界。

友人又在微信里问，"明朝自李自成攻破北京后，为什么亡得这么快？"

我没有回答。

（作于 2017 年 9 月南昌）

王充也知道

1. 凌晨，被微信的提示声打搅，醒来见朋友发出的信息"女儿一路走好"。心里咯噔一下，有点震惊。这位朋友是浙江人，原本是山区里的农民，农闲时外出作木匠，二十世纪八十年代初到上海，承揽建筑装潢，现在已身价不菲，是个可圈可点的人物。他女儿年纪大概也就三十来岁，不知出了什么变故。

八点左右，另一朋友来电话告知，死者系跳楼身亡，留下一双儿子。遂起念去吊唁。

2. 车到上虞已是上半夜，大灯照到一块路牌，上书"王充墓3公里"。隐隐约约记得王充会稽上虞人，连忙上网核查，果然如此。

王充（27—约97），字仲任，会稽上虞（今浙江上虞）人。东汉思想家、无神论者。少时游洛阳太学，曾师班彪，博览百家而不守章句。王充以道家的自然无为立论宗旨，以"天"为天道观的最高范畴；以"气"为核心范畴，由元气、精气、和气等自然气化构成了庞大的宇宙生成模式，与天人感应论形成对立之势。他主张生死自然、力倡薄葬，在反叛神化儒学等方面彰显了道家的特质。遗世有《论衡》八十五篇、《养性论》十六篇，《论衡》是他的代表作品，也是一部不朽的哲学著作。

"王充思想是道家的东西，怎么会出现在这里，而不在淮河边？"我有些好奇。

友人说："你问得怪怪的，为什么这里不能生出道家的传承人和发展者？"王充的思想颇得益于桓谭（字君山），他是古淮河边沛国相（今安徽濉溪）人。他讲究求实，曾在光武帝面前冒着杀头的危险非议谶纬神学，对俗儒的鄙俗见解深恶痛绝，常常调笔讥讽。王充十分欣赏，在《论衡·定贤篇》有言："世间为文者众矣，是非不分，然否不定，桓君山论之，可谓得实矣。论文以察实，则君山汉之贤人也。"

淮河边产生的文化，在钱塘江边结出了硕果。王充的思想属于道家，他发展了道家，弥补了这一学术过于空泛无着的缺陷。他出现在董仲舒"罢黜百家，独尊儒术"被汉武帝采纳为正统思想之后，站在道家思想原点，对逐渐神化的儒家进行挑战，彰显出他的伟大人格。从另一个角度观察，中原以及淮河地区，已不适合道家文化的成长和发展，南迁成了一种必然。

"那么，怎么看待董仲舒呢？"友人问。

"董仲舒学说以儒家宗法思想为中心，杂以阴阳五行说，把神权、君权、父权、夫权贯穿在一起，形成帝制神学体系，影响长达两千多年。他的思想和学术是帝王所需要的。"

"王充的出现，从某种意义上说，是淮河文化与中原文化再一次的交锋。"

"儒学政治化后，其他学术和思想性变得孱弱起来，王充可谓是一座丰碑。"我说。

3. 葬礼颇具越地风俗，灵堂设在旧宅里，有戏班子在院子里唱地方戏，腔调似越剧，声韵婉转。见到丧女之友，一副朴素打扮，神情悲伤。说了几句宽慰的话，话题转到他的旧宅。

"你在上海待了这么长时间，生意做得那么大，老家的房子倒没有翻新过。"

"其实，这房子自从我父母离世后，一直没有人居住。我回乡，住在县城的宾馆里，懒得动。"

"那为什么把女儿葬回老家？她长在上海，成家在上海。"

"叶落归根呀。我死后也会葬回老家。"

送葬那天，人们绕村一周，停落在村口时，又有戏班子，好像演的是《西游记》中的一折。继而，大伙儿在吹打人的带领下，走出村子，穿过高速公路下的涵洞，去三里地外的墓地。行进中不时有纸钱在面前掠过，时而耳畔响起爆竹声。众人不时摘下花圈上的纸花，抛洒在路上，一路洋洋洒洒。午间，朋友安排来宾在村民活动中心午餐，席间上酒。有了酒，话自然多了起来，说到越剧，说到风俗、说到王充。邻座说，王充墓就在附近，五六分钟便到。酒宴结束，一行人经过朋友的旧宅，与他匆匆道了别，便去了。走过一片齐腿高的茶林，来到一条小道，两旁大树高耸，显得幽深。行至终点，便是王充坟茔，古朴且简陋，不见神道和石像生。友人说，"又不是帝王将相，自然不会有这些"。

"与逝者作风相符。"

4. 回程时，迷迷糊糊地犯困，也不与同车人搭讪。此时，想到下列一些奇奇怪怪的文字，意象也有点难以捉摸。

王充知道邻近朱孟村的女子在上海豪宅跳楼自尽，目睹她的一双儿子在墓地哭泣完后，从那女子居住过的老宅子前面经过，吃力地上了坡道，去了自己的丘墓。

天很蓝，有云朵，阳光下的茶树浓绿，样子像层层波浪。他站在岔路口，看着林荫蔽护的墓道，十分淡然。活着的时候婉拒人邀，好静独处，生后的喧嚣没有什么意义。

静思独处的好处，能使人独立思考，让所思成所著，实话实说。那女子轻盈飘落，问可否再转世。王充答，你精气血脉已竭，化为尘埃，何以再转？所谓再生，一定是人们的想象，也许是悲悯你那双小儿。

女子窃声，不是说有来世？王充说，告诉你，来世是诳言。你不应跳楼，好好地活着，才是真实。女子无语。

我作《论衡》想的就是破解迷惑，使人知道什么是真什么是假，一晃两千余年过去，又有多少人读过。

许多人说你的书诋毁孔子、羞辱祖先是异端，必遭冷遇、攻击和禁锢。

那是因为，我的话别人害怕，又与他们的需要格格不入。异端邪说，成了自然。

实话实说，也残酷。

自然。实话是许多人不愿听的，尤其当事者。他们拿梦想、希冀、诳骗、无知搅和在一起，告诉别人，并且不断重复，弄成真理。把实话实说者打成罪人，比如说我把真实的祖辈杀人越货的故事告诉后人，却遭人诽谤，以为我是不肖之人。

王充继续前行，女子跟随，到坟墓前止步。

两千多年未变，实乃悲哀。

女子又问，如何不悲不哀？

王充回复，独立之思考。

女子轻盈而去，已远……

（作于 2017 年 5 月返沪途中）

惦记送礼的天才

一日，数学家的他想着向领袖转赠礼物，修书一封，表白："饮水思源，别旧我，登新途，端赖你的教导。"他称领袖为导师，自己为学生。没想到礼物不几天便被领袖退了回来。他赠送的是什么，直到今日无人知晓。这是二十世纪七十年代初发生在共和国的一桩小事体。

这位数学家不是什么按部就班培养出来的，他初中毕业后因贫失学，通过自学，进入清华园，破格提升为助教、讲师。之后，由社会基金资助出国，前往剑桥大学度过了关键性的两年，哈代－李特伍德学派给予他影响，让他受益匪浅，在 Waring's problem 上结了很多成果，至少有 15 篇文章是在这个时期发表，其中一篇关于高斯的论文给他在世界上赢得了声誉。回国后任清华大学教授。

战事迫使他南徙，在春城的一个吊脚楼里，艰苦地写了 20 多篇论文，完成了影响数学界的专著《堆垒素数论》。这些事儿发生在民国。

后来，他又出国，再回归来。于是，便有了赠礼的故事，却没有见他有什么震惊学界的创举。弄不明白一位天才的数学家心里为什么老是惦记着给领袖送礼？而没有新的学术成果贡献于世。

（作于 2017 年 9 月金坛）

《长河秋歌七君子》后记（节选）

　　那是一个崇尚知识，思想开放的年代，许多年轻人自觉地涌向各类学校、图书馆如饥似渴地学习，书店门前出现读者排队购书的场面，不少报刊印数几十万份、上百万份甚至几百万份，一些青年报刊经常脱销，这些景象出现在 20 世纪 80 年代。也在那时，我毅然辞去令人羡慕的政府机关的职位，来到万宜坊，叩开一扇油漆斑驳的木门，走进一个看似狭小的空间，去守护七君子之一的邹韬奋的英灵，寻求他依然光彩照人的生命轨迹，追逐自己的文学梦……

　　1. 大约在 1991 年夏天，我开始动笔撰写关于七君子的历史报告文学。含辛茹苦地完成初稿后，出版却成了问题，只能束之高阁。1993 年夏天，李锐奇约我一同去看望他从郑州来沪出差的大学同学夏晓远，这位小个子的出版人是河南人民出版社文史处的负责人，问及我手头的写作，我便告诉了他自己手头的活儿。他表现出十分的兴趣，叮嘱我寄给他看看。

　　由于经验不足，书稿的后半部分写得有些潦草和零乱。本想修改后再寄出去，但那时我借调到电视台从事新闻报道工作，时间变得相当紧张；又加上出版心迫切，于是便一股脑儿地给夏晓远寄了去，他花费了不少心血对书稿进行整理、修改。后来这部书稿的大部分内容被定名为《七君子之死》得以出版。该书出版后，引起媒体的关注，《解放日报》《文汇报》《新民晚报》上海人民广播电台、上海电视台等都作介绍，《青年一代》杂志还发表了对我的专访，一些杂志发表了朋友写的书评。之后，另外一部书稿《韬奋人格发展的轨迹》也由上海文艺出版社出版。

一晃二十多年过去了。我的人生发生了许多变化，离开万宜坊后，我在电视新闻第一线从事采编工作，然后去了出版社做了图书编辑，继而创办文化传播机构。原本的文学梦，已经相当地遥远，对于七君子的研究，已经生疏。但是，我依旧保持一份热情，关注着研究这一历史事件的新动向，新史料的发现，每次途经书店都要去看看有没有这方面的图书出版，每次到相关地方都要去寻访他们的遗迹……

2. 七君子给了我什么？在很长的一段时间内，我经常反问自己，几本书、十多篇文章、一两部电视专题片，诸如此类的成果？其实，这些浮现于表象的东西并不重要，重要的七君子的人格精神，给了我启迪，力量和智慧，重新思考人生的道路和目标。这些无形的东西较之那些有形的东西重要的多得多，是我获得的最大的财富。

纵观七人的一生，他们的成功是随着社会进程而不断调整人生的轨迹，服膺于人群和社会需要，表现出极强的求真务实的精神；他们敢于坚持自己的思想，不畏惧强权，勇于表述和斗争的精神；他们不屈服艰难困苦，敢于与命运作挑战的精神；他们不为名利所诱惑，服从多数人群的利益需要的献身精神，都是我们民族宝贵的精神财富。对今天的现实生活同样具有积极的意义。如邹韬奋从一个既无经济实力，又无权势支撑的穷学生，一步步发展成为著名出版机构的领导者，身上表现出的不屈不挠的精神是每一个成功者必备的素质。邹韬奋是个新闻出版工作者，又是出版产业的经营者和管理者，三位一体使他处在当时社会成功人士行列，其中技术层面的操作经验依然值得今天的人们借鉴。在研究七君子的同时，我从他们身上学到了许多有益的东西，这才是我终身受益的真正财富。

我曾在万宜坊邹韬奋书房的对面亭子间里，苦读过许多时间。那是一段令人难忘的日子，匮乏的是物质生活，却有着坚实的精神支柱。精神的磨砺，可以使人坚强起来，即使物质生活丰富了也不会使人丧失精神的遒劲，追逐人生的大写。

2015年年末，中西书局的张安庆先生说起他读过《七君子之死》一书，希望在"七君子事件"发生八十周年之际补充，修改后出版。我心存疑虑：那是二十多年前写的书，写时年轻有激情，一鼓作气写成，如今更多的是理性的思考，激情已归于平静。且要花费大量时间存在困难。张安庆先生热情地鼓励我去完成。我只能在保留原先框架的基础上，重新来过一遍。

当我完成书稿时，正值2016年3月20日20时许。一年前的此刻，这部书稿的初稿的第一位读者——令人尊敬的我的父亲，正躺在沪上西南处一家著名医院的病榻上接受临终前的最后抢救。当时，我正在抢救现场，目睹了抢救的全部过程。但死神战胜了一切现代医疗手段，八十八岁的他离我而去。记得二十多年前，我完成这部书稿的初稿时，他仅六十有余有足够的精力读完它，并以此引为骄傲。如今，他长眠于距七君子群雕不远的新四军广场内的墓地里，接受着人们的致意。

失去亲人，尤其是亲人在自己的面前撒手西归，这样的切肤之痛能激起人对人生的重新思考。细想，一切的物态化的生命——血肉之躯极其脆弱，说没便没了；所谓的精神不死，实际上需要后来者纪念、传颂、发扬光大而变得永恒，一切的遗忘都将使精神永存成为一句空话。此书出版，也将是对父亲的一个纪念。父亲生前希望我有更多的文字变成铅字……

（原载《长河秋歌七君子》 中西书局2016年8月版）

致敬，璀璨星河中的先贤

此前，我未想过办如此规模的展览，题材实足大了一些。后来，总想着重温传统文化，再认识一下它，何以丰富了中国人的精神世界，连绵数千年维系幅员辽阔的家园，创造一种独特的文明，且融入世界，成为人类共同的精神财富。

今天的人们，钦佩传统文化放射出的无穷魅力，而为这一文明的诞生、形成、发展作出贡献的先贤又能记得多少？华夏文明正是由他们根扎于九州大地，绽放出的智慧之花。他们犹如夜空中璀璨的星星，一颗颗汇成星河，映照人间。

大概到了2013年下半年，社会上出现了传统文化热，人们回眸传统，以图服务于当今。但单纯地倡导传统文化，存在偏颇，它本身精华与糟粕同在。作为大众文化传播者，我想能够做些什么？于是，考虑如何采用人们喜闻乐见的方法，把传统文化的博大和精华普及至普通。2014年初，我提出了展陈方案，举办"星河璀璨——中国历代著名文化人物图片、书籍、实物系列展"。

与我合作的是徐汇区图书馆，他们拥有大量的图书，其中不乏古籍版本，和市民家门口的展厅；我所主持的文化公司，具有一定的研究和设计、制作能力，与收藏、新闻出版界有着密切的联系，双方在资料和图片的收集上、实物及版本的提供上有着优势。由于，关系到中国历代文化人物，题材重大，对历史人物、事件未必能够把捏准确，于是请来了顾问，请他们"挂帅""掌舵"。

然而，要展示三千年间涌现的杰出文化人物的风采，且浓缩在面积不大的展厅并非易事。于是，计划着做成系列展。

以儒学为主体的中国传统文化，除儒学外还包含着其他传统文化，这样就要求我们不能"独尊儒术"了，单纯把各个历史时期的儒学代表人物展陈清楚是不够的，其他学说的代表人物事迹也应该得到反映，他们创造了个性鲜明的文化，极大丰富了中华文化，是构成中华文明的重要部分。又由于他们的存在，促进了儒学的更新。所以，系列展的先秦部分，就从诸子百家说起，道、儒、法、墨、杂等当时主要流派开创者的事迹，都有展陈；到了西汉，除了董仲舒外，不忘刘安、王充。元朝至清朝部分，在陈述王阳明事迹的同时，肯定李贽对中国古代思想史的贡献。同时，另一些文化人物，如魏晋南北朝藐视官场的竹林七贤、不恋世俗的陶渊明、唐朝的张志和，不研究经学而写出《茶经》的陆羽，著有《陶庵梦忆》的明末清初散文家张岱，写有《随园食单》的诗人、散文家、文学评论家袁枚等，都在其中有所展示。中华文明并不仅仅由汉民族创造，少数民族的文化精英同样作出了巨大贡献，因此展览中也不乏鸠摩罗什、元好问、纳兰性德、仓央嘉措，一直到现代的梁漱溟、老舍等人的精彩展陈。

在把握中华文化发展主线，关注一些容易被遗忘的文化人物，则是"星河璀璨——中国历代文化人物图片、书籍、实物系列展"的另一个特点。如《千字文》的编撰周兴嗣、《龙文鞭影》的编撰萧良有、《弟子规》的作者李毓秀，他们共同的特点是启蒙教育读物的编纂者、传播者，融知识性、可读性和教化于一体，影响了一代又一代中国人。另外，展览还关注历史转型期的文化人，他们对传承传统文化的贡献，如晚清四大词人况周颐、王鹏运、朱祖谋、郑文焯，以往被人认为是前清遗老遗少，在白话诗兴起时，依然进行传统诗词的创作和研究，这具有深远的历史意义；戏曲理论家和教育家、诗词曲作家吴梅，第一个在高等学府专授戏曲课的人，他精通昆曲，不但整理了唐宋以来的不少优秀传统剧目，还创作了不少昆曲，并且第一个把昆曲这一民间艺术带入大学课堂，在北大文学系教昆曲和戏剧。介绍这样的文化人物，对同处在历史转型期的我们有着借鉴意义。我们在告诉参观者孔子、孟子、韩非子、董仲舒……也不忘记那些不入"主流"的哲学家、思想家、文学家、经济学家、水利专家、营造家、美食家，他们与儒学共同架构起中华传统文化，即使儒学一家也精华与糟粕同在，遭到非主流的批判，促进了儒学的发展，同时也提高了自身学派或观点存在的意义。

把本土历史文化人物事迹融入展览，使之更具地方特色。"徐家汇"因明代著名科学家、思想家、政治家、军事家，中西文化交流的先驱之一徐光启而闻名，现代作家巴金解放后长期居住在附近，这些人物的贡献自然不可或缺，了解他们的事迹，也增加了市民对自己居住的城市的热爱。

"星河璀璨——中国历代著名文化人物图片、书籍、实物系列展"，由"先秦至魏晋""隋唐至两宋""元朝至清朝""晚清民国"四部分组成，从先秦的老子（前571）到民国出生、2009年辞世的季羡林，历史跨度二千六百余年，重点介绍的人物230位，涉及人物200位，看似有点规模，但相对于近三千年间中华大地涌现出的文化大家，可谓是沧海一粟。

在表现这些人物时，力求生动活泼有趣，穿插轶事、故事、链接，使这些"高大上"的历史人物变得和蔼可亲。展览版面设计生动，加上实物、书籍以及部分古籍版本、当代书画家的作品辅助，增加了观展的历史感和形象感，因此获得参观者好评。他们在留言簿上纷纷称赞展览提供了一个学习、重温中华文化的机会，生动形象地宣传了优秀传统文化，增强了民族的文化自信，从而激励人们奋发图强。上海的主要媒体，纷纷给予报道，称赞这一办在市民家门口的展览。

"星河璀璨——中国历代著名文化人物图片、书籍、实物系列展·先秦至魏晋"部分从 2014 年 4 月开展，到 2016 年 3 月"晚清民国"部分收尾，历时两年，每次的策展与布展，牵动了许多人的心，他们心里同样揣着向先贤致敬、弘扬民族优秀文化的心。当然，展览除了向先贤致以崇高的敬礼外，试图通过展览提供参观者重温华夏文明的平台，寻找古老的文明与现代社会发展的交融。

此后，根据系列展的内容，编成《中国历代著名文化人物事迹汇编》普及性读物，发放到中小学生手里。

我想，已经竭尽所能，为传统文化的传播，做了一件事情。

（作于 2016 年 1 月沪西梅山大厦）

大师的力量

闲暇观展，数百幅字画琳琅满目，都不是想要看的。蓦然回首，发现一两幅展品在眼前一亮，凑近细看，一幅为林风眠，另一幅为丰子恺。为何这般？那是因为被大师的力量震撼到了。

大师的力量是什么？创新——传承而来的全新审美意境，令人耳目一新；跃出纸面的独特风格，令人体会到唯一；洗练简洁的手法，让人感到多一笔便是画蛇添足，少一笔是一种残缺，表现方法的独特，使整幅作品神韵荡漾，且让人顿悟。

大师的力量，源自表达与普通人相通的感受，而普通人无法传递，且表达得那么的准确和生动；普通人未知的感知，大师感知，且表达得通俗易懂、准确、生动，让普通人通过作品能够强烈地感受，感受与感知的本质是人性。这便是大师的力量。绘画艺术的差异和高低由此而生。何止是绘画艺术？

（作于 2015 年 6 月上海美术馆）

刘鹗的星空

依稀记得刘鹗在淮安生活过很长一段时间，死后归葬于此。但到了淮安，更多人告诉你的是其他，对刘鹗表示出惊诧。

刘鹗是谁？《老残游记》的作者。清末小说家，他以独特视角描绘了清末社会，尤其官场的景象，引起轰动。这部小说到了鲁迅那里并不走运，评价不怎么样，以至影响至今。而对于我，读过好几遍，行云流水般的文风，让人舒畅。

刘鹗的命运与他的著作一样，似乎不太顺当，甚至命运多舛。世代官宦，到他这儿竟然无心科举。在那时，不入科举坎坷也就多了起来，看他的简历亦可佐证。先在淮安府城南市桥开烟草店，因不善经营而歇业，后曾去扬州行医。再赴南京参加乡试，未终场即离。又与人在上海合开石昌书局，也以失败告终。1887 年，刘鹗赴河南投靠东河总督吴大澂，任河图局提调官。此后，赴山西开采煤矿，并陆续兴办过一些实业。因遭陷害，发配新疆迪化，次年脑溢血亡故。

也许正是未入主流，日无皇禄可食，成就了他创造性地展开人生画卷，除去小说，他还完成了《铁云藏龟》《铁云藏陶》《铁云泥封》《勾股天元草》《孤三角术》《历代黄河变迁图考》《治河七说》《治河续说》等著作，涉及水利、算学、医学、金石、天文、音律、训诂各种学问。他嗜古成痴，一生孜孜不倦地收藏甲骨，共达五千多片，出版了甲骨文著录书《铁云藏龟》，第一次将殷墟甲骨公之于世，对我国甲骨文的研究起到了开创性作用。

他是一个复合性人才，跨越众多学科，这在体制内极难养成。体制外的海阔任鱼跃，成就了他。同样体制外的磨砺，也使他身心疲惫，英年早逝，这也可以说是代价。但其创造性的成就，留在了史册上。

在淮安楚州的地藏巷，终于找到狭小破败的刘鹗故居，仅有的一名工作人员正合着《小苹果》的节拍舞蹈健身……

（作于 2015 年 6 月淮安刘鹗故居）

豪门尽碎

　　早年的记忆里没有邵洵美,二十世纪八十年代末,我在万谊坊韬奋旧居的亭子间里,通览《生活周刊》时才知道一个大概,后来纸媒络绎刊发了不少关于他的故事。去年,出版基金公开向社会征集资助项目时,上海书店出版社报送了《天生的诗人——我的爸爸邵洵美》的书稿,很快通过了资助。两天前,出版社把该书送到我处,工余仔细地又读了一遍。

　　关于邵洵美,吸引我的不是他显赫的家世,盛宣怀的外孙、孙女婿,晚清一品大员邵友濂之长孙;吸引我的不是他浪漫的爱情故事和一掷千金的作派;吸引我的不是他在旧时文坛上创作的诗文和出版家的成就。那么,吸引我的是什么呢?在历史转折时期,一个新政权对旧时显赫家族改造的过程,可以弥补历史的细节。

　　1949 年,邵洵美 43 岁,正值壮年。之前,他依靠家族的力量和个人的才华完成了诗人、作家、出版家、企业主的历程。他没去台湾,留在了上海,这里有他创办的一流印刷厂、书局……

　　新政权对他的改造实行了"三部曲",第一步铲除他赖以生存的经济基础,在不平等的环境中收购了他的印刷厂、书局,合营他的企业,收入锐减。若要保持原有的生活品质只能以有限的铜钿应对,继而变卖家产维系生计。第二步政治上让他参加学习班,纠察你的言论和行为,发现问题,进行批判、逮捕，入狱后要求子女迁往内地。第三步仅存的文化和技能，只能为新政权服务，换取一份养家糊口的薄酬。政治、经济、文化上的急剧跌落，把盛宣怀的第三、四代改造成弄堂大妈、罪犯、社会边缘人。

改造的巅峰出现上一世纪中叶，62 岁的邵洵美患有心脏病，死因并非单纯的疾病，故意吞食鸦片精，含有自杀的成分。

作者以一个女儿的视角，采用平铺直叙的手法，说得从容、温情，从中透露的细节，是对历史的补充。

（作于 2015 年 6 月沪上梅山大厦）

中国商人阶层为何如此缺乏力量
——读谢国平新作《押宝蒋介石：江浙财团的血色投资》

时下的阅读，民国成了一个热点。那个并不遥远的时代，终因种种的原因，让人对之既熟悉又陌生。因此，当新的史料，新的观点、分析出现后，就能够给人以新奇。谢国平的新作《押宝蒋介石：江浙财团的血色投资》让人出生耳目一新的感觉。

作者聪明地将民国时代商业精英、江浙财团核心人物——张嘉璈、钱新之、陈光甫、李铭放在中国二十世纪二三十年代的惊涛骇浪中，展示他们如何结成了一个特殊的商人群体——江浙财团，如何周旋于不同的政府、政党以及各种集团和阶层中间，进行权力和资本、刺刀和金钱的交易，以商人的本能和政治智慧应对急剧变幻的政治形势以及动荡不安的社会环境，最终如何押宝蒋介石，资助南京政府，结交黑道大佬，推动中国历史向右大转弯。期间的曲折起伏惊心动魄，恰似一场宏大的金融战争。

据作者称，他是以"中国商人命运报告"系列来展示百年来中国商人的政治智慧和命运，以鲜活的史实解答"费正清疑惑"：一个西方人对于全部中国历史所要问的最迫切的问题之一是，中国商人阶级为什么不能摆脱对官场的依赖，而建立一支工业的或经营企业的独立力量？

美国哈佛教授费正清是中国通，他曾有这样的结论："在中国这部历史长剧中，商人阶层只是一个配角，也许有几句台词，听命于帝王将相、宣传家和党魁的摆布。"因此商人们最后的命运可想而知，所谓的财团梦不过是红楼一梦，无论其中人物才智多高，商业实力多强，在资本与权力的博弈、刺刀和金钱的交易中，最后仍然是唱着一曲悲歌走下舞台。在中国历史上，从来没有出现过欧洲那样的犹太人财团，也没有出现过美国式的商业帝国。商业在传统价值中受到轻视，即便是民国建立后，中国这艘巨轮驶上了现代化航道，但商人仍然没有成为一种决定性的政治力量——虽然各种政治力量都要向他们贷款或者是勒索才能生存下去。

书中讲述了这样的事实：中国最有实力的江浙财团同样也没有将强大的经济力量转成政治力量，尽管其中不少人——本书的主要人物还有了"红顶子"。中国商人的悲剧也就在此，越有钱，越能够成为与官场、权力最近的人，所获得的收益也就越大，风险也更大，或生或死，也就由不得自己，企业家精神更无从谈起。其中的教训深刻，记忆痛苦。

读完这部书，感觉是读到了半部视角不同的民国史。作者是一位资深的媒体人，因此更善于用新闻记者独有的敏锐观察，用于研究夹缝中生存的中国商业文明。也更善于讲故事，从历史的枝节末叶中，展示优秀的金融家和实业家的苦难与辉煌，中国近代史上一个商人群体的命运，以有血有肉的故事和细节颠覆了以往对这一群体——大资产阶级非客观的概念化叙述。围绕着近代上海远东金融中心的形成所发生的故事也一样的波澜曲折，或令人扼腕，或发人深思。读完整部作品有这样的感觉，历史比小说更好看。

当前，写民国的作品不少，但正如编辑推荐所言：从金融视角解读蒋介石政权兴废，写尽了国家意志和资本意志的纠葛，这是第一部。我认同这样的说法。如果说吴晓波的商业史系列珠玉在前，以海量数据展现出中国商业史的全景，谢国平"中国商人命运报告"系列的纪实作品则更具细节、更富时代感。他的作品回答了这样一个命题：中国的商人阶层为什么如此缺乏力量，在时代潮流的变化面前往往只能选择退出或败走？

（原载《文汇读书周报》 2014 年 11 月 3 日）

文学改变人生

2014 年是我文学梦的三十年，说是三十年，仅是以发表小说为标志。其实，这个梦做了远不止这些年。发表作品前，约有五年时间的准备期，写小说、电影剧本，都被"完璧归赵"了。小说稿投给《文汇报》《上海文学》《萌芽》《工人创作》等报刊；电影剧本寄给柯灵先生。二十年后，在他六十年文集出版时，我采访他提及当年的事，他依稀有印象，说了一句：字写的蛮好。这是一句大老实话。说明他记得这个剧本。

小说《邂逅的罪人》是以油印的形式在地下"发表"的，写的是一对知青在插队时相爱，由于男方的家庭背景，男知青回了上海，女知青留在农村。后来女知青潜回上海寻找恋人，迫于生计沦为抢劫者，遇上曾经的恋人。故事有点悲惨，学的是伤痕文学的腔调。由于我没有这样的生活经历，人物形象枯瘪、内心变化简单，显露出幼稚和苍白。稿件自然被退回，心有不甘，借来钢板自己动手刻蜡纸油印，了却付梓的心愿。

1984 年初的隆冬，我骑着一辆破自行车，由陕西南路拐入绍兴路，去心目中的圣地上海文艺出版社领稿酬，一笔在今天看来微不足道，当时却接近刚毕业的大学学生两个月薪水的润资。拐弯处，有积雪，连人带车摔倒……

钱，不重要。重要的是发表在《小说界》上叫作《老默》的小说。那年我不足 23 岁。在那个崇尚文学，万人过独木桥的年代里，期望在国内有影响力的刊物上发表小说，是许多文学青年的追求，我内心自然高兴。

《老默》以独一无二的题材取胜，我想这大概是能够发表的原因。在总结屡战屡败的教训之后，我花了一个月时间着手创作，初稿有万把字。当时伤痕文学、右派文学、知青文学占居文坛，大多数写作者有这些方面的经历，而且大都在"文革"前接受了良好的教育，文学基础扎实，继续走他们的路子一定碰一鼻子灰。

那时，产业工人群体发生剧变，这一曾经被捧上天的群体，迅速陨落，感受到未来不可能再有过去二十多年的辉煌，面对社会转型他们开始彷徨，自由市场的出现、国债发行、发还资本家定息等重大事件，冲击着他们心灵。然而，随着落实政策的知识分子纷纷离开工厂生产的第一线；一批又批的青年学子经过高考，进入高等学府就读；另外一些曾经活跃在工厂的工人作家，或因观念或因角色的转换已经消沉，文坛上反映产业工人的文学作品极为罕见。走自己的路便有独特的值价，以一线工人为背景，讲述他们的故事、站在人的基点上塑造他们的形象，一定会成功。何况，这些人物故事就在我的身边，一切信手拈来。

《老默》终于变成了铅字。在这背后，除了个人的努力外，同样凝聚着老一辈作家、编辑的心血。周天：作家、文学理论家、资深编辑，在相当一段时间里，我几乎每周去他狭小的住所，听他说历史、现实、人生、文化……海阔天空，看似不着边际，其实启迪良多，受益匪浅。谈的最少的恰是小说，更少的是如何写小说。但是，我愿意听他讲述。《老默》写成后，我给他看。阅读后，他说了五个字："我给你推荐"。左泥：作家、资深编辑。他的鼓励和扶植《老默》才得以发表。有趣的是他提出修改意见后，我居然越改越长，反而暴露出更多缺点。最后是他亲自动手删节，我的处女作才得以付梓。

我仔细回味与他们相处的日子，在传授知识的同时，他们还教会了我什么？2013年9月的某一天，在得悉倪墨炎老师辞世，在微文上写道，"他们提携晚辈是无私的，从他们身上学到的不仅仅是做学问的本领，更是他们的品质和人文精神传承者所承担的责任。这，在市场经济发达的今天，我们还能坚守吗？"

《老默》发表之后，我又写了一些小说，大都束之高阁，心凉到了极点。不过也有小小的收获。同年的十月，《解放日报·朝花》发表了我的短小说《车技》。当时我的文友在该报上发表了短小说，受到启发后便主动向该报投稿，从未谋面的阿章，改了小说的题目，一字不差地发表了我的第二篇小说。它的题材也是取自产业工人。

1984年对我来说运气颇好，被评为上海市振兴中华读书活动积极分子。初秋的暖阳里，途经一个简陋的联防队治安亭，小窗下斜倚一块黑板，上书区和街道机关招聘干部，如果没记错的话这是改革开放后党政机关第一次招考干部，我去报考了。

凭着发表的两篇小说和不错的考试成绩，我进入机关干部序列即今天所说的公务员，在地区级政府办公室担任秘书。当时我所在的国营大型机电企业的人事科长，看着盖有官方大印的调令十分惊讶，他从来没有碰到过这样的事情，一个青工一下子成了机关干部。我对这样的角色的转换心里在意，不过更想的是去出版社做一个文字编辑，继续文学梦，也有点近水楼台的意思。

在上海西区，当时活跃一批业余青年作者，区文化馆以小说创作为主，沪西工人文化宫以诗歌、评论为主，区文化馆的活动组织和参加者有韩建东、金宇澄等人。那时，金宇澄刚从北大荒回上海不久，身上散发出北方汉子的气息，他发表的作品与他在北大荒生活有关，跟他年龄相仿的韩建东，写了不少反映上海生活的小说，那时他是区文化馆的创作员。他们的作品发表在《萌芽》上，年龄约长我十岁，透射出的成熟让人羡慕。由于志趣相投，又由于生活的社区邻近，我们经常聚在一起谈天说地，喝酒是常态。谈文学小说创作甚少。我断断续续发表一些小作品，但数量极少。后来，市文联开办文学艺术院设立创作员，聘我担任创作员，结识郭青、陈凤金、于炳坤等一批作家、文学活动组织者，老一代的则有夏征农、杜宣、姜彬等。该院为我举办小说《饥渴者》研讨会，我被推举为文学评论组长，组员由一批小有成就的文学创作和评论者组成。韩建东、金宇澄他们去了市作协办的青创班。

文学艺术院办了一件大好事，开设文艺骨干讲习班，主讲由姜彬、徐中玉、苏渊雷、郑拾风等一批知名学者专家担任，记忆犹新的是苏渊雷老先生，讲授古典诗词与书画，整堂课讲授如吟似唱，颇具风采。

其间，我执意离职去了一家文化出版机构工作。用今天的话来说，放弃公务员不干，跑去搞文化——傻逼。其实不然，政府机关是不需要中下级工作人员有太多的创造性去工作，需要的是服从；写的公文也是格式化的东西。记得，我写的第一份简报，是个调查报告，说的是环卫工人与纳凉居民打架的纠纷。主任看了后说去掉不必要的描述，简单陈述即可。我做减法便是。其实，对于公文来说，写过小说的比较容易，只不过是害怕弄坏了自己的笔头。另一个离去的理由是，机关的人际关系复杂，各种流言、猜测在中下级工作人员中流传，新人表现出较强的个性常遭非议。后来有老同事告诉我，有一位从部队转业到区里担任副区长的领导抱怨，外出开会时，我不替他拎包拿文件，令他不爽。没有创造性的工作和糟糕的工作氛围，与我格格不入，决意离去，从事我日夜思念的文化工作。从此，走上了一条凭自我努力便可及的快乐并艰辛的人生路。

隔了不久，左泥老师没有具名，发了一函，说是《小说界》在举办全国微型小说大赛，让我投稿。我把《纤绳》投了过去。隔了不久，小说发表了。这次大赛，没有评出一等奖，《纤绳》获了三等奖，位列第一。因为是全国性的大赛，获奖者中上海的作者不多。当时的全国作协书记处书记、著名作家鲍昌给予了《纤绳》较高的评价。之后，大赛组委会还办了颁奖仪式，大概是本土的作者，备受关注，市委主管上海文教的副书记颁奖，送上鲜花；电视台进行了录播。

人在鲜花和掌声中，一种会变得自傲，一种会变得更加努力。我两者兼有，前者的状态要少许多，后者的努力多一些。因为，理智告诉我，面前的道路充满坎坷，必须在痛苦中学会快乐，不弃的是创新这根拐杖，支撑自己走下去。

（作于 2014 年 9 月 5 日沪上梅山大厦）

郑板桥与金农（外一篇）

辞官与创新

郑板桥从"县长"的位子上辞官回老家，给自己的仕途划上了句号。这举措需要胆识和自信，何况，他并无私蓄可供日后享用。那么，他大胆辞官的自信源自何处？那一定是他自己的诗文字画——文化的自信。以卖字鬻画养家糊口，并非易事，没有足够的自信断不会放着皇粮不吃，自己单干。除去文化的自信，郑板桥与官场那一套陈规陋习格格不入，一定也是他辞官的动力。

那时的县长俸禄不高，花销不少，有时还需要自己贴钱应付官场，入不敷出，必生贪腐。同时，官场唯上、漠视百姓，党同伐异、玩小圈子，都不是郑板桥可以忍受的，他不属于官场，辞官归田后与终身布衣的金农"相亲相洽若鸥鹭之在汀渚"。

人喜欢与性情相投的同类相聚，金农便是重要的一位。郑板桥寓居扬州时，两人"杯酒言欢，永朝永夕"，自由、独畸的生活是艺术创新的源泉，创新一旦成为生存的需要，终会演绎为自觉的行动。

于是，在漫长的绘画史上占有了高高的一席。

金农与盐商

西方寺边上的小院，病榻旁的一盏灯油随风渐熄，奄奄一息的金农不会知道数百年后小院的门楣上会刻着金农寄居室的字样供人瞻仰；更不会想到，大殿里陈列的是他和那班被称为八怪的朋友的塑像。

自觉的文化艺术创新，可以成为标杆，影响后人。然而，在同时代人口中往往会以另类、怪僻相称，但标杆的燡灿不会被磨灭。文化艺术的创新，大凡与其他学科一样，是传承基础上结出的新果，金农、郑板桥、华嵒等八怪以自觉或不自觉的努力，成就了自己。他们独辟蹊径的立意，不随时俗，风格独创；不落窠臼的技法，在传承和创新上，作出前世未的探索；挥洒自如的笔锋，不受成法的束缚，打破僵局，给画坛带来新的生机，影响了后世的赵之谦、吴昌硕、齐白石等人。金农的名字传至今日，为人纪念，是对创新者的致敬。

金农病入膏肓弥留之际，一定不会知道百余年后在他借居的寺庙不远处，会出现卢氏盐商古宅、何园等一系列豪宅，这些官商大贾以巨资也创造了一种文化形态，且借助庞大的物质形态在传承，在赞美之余，略作沉思便会嗅到内在的血腥，读到人性的扭曲。岁月流变，豪宅的主人已被人忘却，又被提起，纯粹因为商业。在卢氏古宅，除了修缮后的主体建筑外便是食肆，一幢一幢的吃食处相连相依；而何园的展陈使人感到那时的浮华和现代展陈策划人对宅主莫名其妙地炫耀，却没能让人感受到这一物态的设计、建设者付出的心血。

豪华、庞大，加之现代营销手法的运用总会让人趋之若鹜，而简朴、狭小，即使地处闹市也会门庭冷落车马稀，不仅普通人的身影少了，在扬州八怪纪念馆的墙上也没发现今日之大众熟悉的脸孔，而在豪宅的墙上却有不少。金农寄居处与达官巨贾的豪宅现状如此。

金农活着的时候不会羡慕达官巨贾的文化，因为他已在文化领域中创造了另一种文化，实现了自身的祈求，影响了国人的审美意识。他更无需与卢氏和何氏对话，不在一个平台上无法交流，且卢、何氏重蹈着他们前辈的旧辙，一点也没引以为戒，而他们的后人又怎么样了呢？

金农不会因为寂寞而叹息，或已习惯，或原本便是。

（作于 2014 年 7 月扬州迎宾馆）

谁沾了吴敬梓的光

我在回沪的途中写完《金农与盐商》，发完微信后便倦意四起，昏昏欲睡，可眼前老有一张脸在晃动，那是数年前在全椒见到的脸孔，清癯、深邃，稀疏的胡子在下巴壳上迎风而动。那是一尊伫立在秋风悲凉中的塑像，底座上刻有吴敬梓（1701-1754）。

吴敬梓在全椒的故居，我去过两回，都是在秋冬之际阴冷的下午，游人稀少。那时我不知道秦淮河边还另有一处他的纪念馆。

依稀记得晚年自号文木老人的他，客居扬州，卒于客中。他去扬州是为了高粱谋，投靠两淮盐运使卢见曾。据记载：1754年12月11日，他与远方来的朋友在小船中痛饮御寒，归来之后，酒酣耳热，痰涌气促，救治不及，顷刻辞世。其时，吴敬梓一贫如洗，"可怜犹剩典衣钱"。我后悔没在扬州探访他最后的足迹。我想吴敬梓故去的宅子，一定不会胜于金农寄居处，贫病中他可能更凄惨。

不知《儒林外史》有没有稿酬，即便刻家翻印，润资不足以养活他全家。对于科举不成，长期生活在体制外的他而言，生活完全没保障。然而，吴家是一门两鼎甲，三代六进士，他的近亲进士们享受荣华富贵，物质生活的保障来自皇恩浩荡，而对于创作《儒林外史》的吴敬梓而言，生活得举步维艰。事实上，在体制内的人创造不出《儒林外史》，这是一个不争的事实。

文学与官场承担着不同的社会功能，形态、价值取向不同，而优秀的文学作品具有创造性，创造新的成果影响以后的历史进程，官场就不可同日而语了。

他生活的时代不可能肯定他存在的意义，体现他的价值，尤其以物化的体现，因为皇帝不需要他。体制内他的亲戚们为帝皇所用，福禄双至，若长寿，就齐全了——那时的人生境界。艰难的吴敬梓只活了五十三岁，但他的名字留在史册上，而他的进士亲戚们至今没有几个能被记住，虽然在全椒的纪念馆里也留下他们的名号，这多半是沾了吴敬梓的光。恐怕这便是创造的价值所在。

（2014 年 7 月于扬州）

青春远航（外二篇）

青春远航

你说你要远航，去那彼岸遥远的异乡。我是永恒的港湾，无数的思念盛放，深藏你不褪色的影像。

你说你已远航，转身消失在那一方。遥想彼岸的港湾，是否也堆积着思念的集装箱，伴你在他乡？

你说你在远方，不在眼前，却在我脑际里回放。无数的黑夜直至天亮，想你的脸容，追逐你的方向。

无论你在何方，永远在我心上。忧虑在你的捷报声中散去，实现许多人在你出生时的畅想。那时，思念演绎成无数的白鸽，放飞在蓝天上。

曾经的风景

远方有风景，牵动你的心，背起行囊去寻访。远方的美丽，在你想象中有太多的风情，浮想联翩，难舍难离。那是因为你陌生、好奇，在风景里收获欢愉。

曾经的风景，你已融入其间，明知它的瑕疵，目睹它的褪色，心灵厌倦，心无微澜，不说它的美丽，似你封尘已久的相册，不再翻阅。

曾经的风景无语地伫立，传递你不愿见到的美丽。不因为你的熟视，舍弃存在的意义，没有流泪。

在阅读千遍的风景里读到风景，需要慧眼——刹那间的发现或注入新的元素，使它具有活力。而此时，你已经在远方寻找风景。

远方的风景你是过客，悄悄地来，悄悄地去，记不得你。曾经的风景，你在其间，已成画卷。

成熟

成熟像母亲煲的一罐浓汤，在冬日傍晚回家的路上，嗅到它的醇香，尝到它的甘美和醇酽的陶醉。

成熟是家中的遥控器，在您需要时切换成不同的频道，让乐曲伴你左右回响。

成熟似门前经过的小溪，涓细且平静地流淌，滋润能渗透到的土壤，养育一片不起眼的绿色，告诉您春天的向往。

成熟如大海中的礁石，惊涛奈何不了它，伫立着笑看浪花飞溅，只是眼角多几道笑的皱褶。

成熟似花儿怒放，美丽却又忧伤，孕育着新的希望，奏响出生命的新乐章。

（作于 2013 年 9 月—11 月沪上）

万宜坊，难忘的地方

那是一个崇尚知识的时代，对于文化的向往，是那个时代众多青年的追求。我曾是追逐文学梦的人，毅然辞别令人羡慕的政府机关的职位，来到万宜坊一个面积不大的三层楼里，守护一位文化精英的灵魂，寻求依然光耀的生命轨迹。

这是发生在二十世纪八十年代中后期的故事，一个清癯的青年敲开一扇油漆斑驳的木门，走进一个看似狭小的空间。我想在那个浪漫的岁月里，年轻的人们敢于牺牲世俗的利益，为实现理想而努力是一份珍贵。

此前，我知道邹韬奋并不多。追溯起来还是在"文革"中期，我在仅存的家藏图书中读到1953年出版的《新名词辞典》，在人物词条中看到他的名字，词条旁配有白描画像。也许是画像的儒雅吸引了我，在他的画像旁，我用稚嫩的笔触打上了一个五角星。那年，我记得刚过了7岁生日。一切仿佛在冥冥之中暗示着什么，我将与这位离世已久的先贤有着某种神交。

1. 当时，成立不久的中国韬奋基金会与韬奋纪念馆人员、场地合二为一。我是经周天先生介绍从政府机关调入万宜坊的，与我先后来到的有陈理达、黄海品等。俗话说众人拾柴火焰高，新老人马合一而驻，一下子使长期冷清的纪念馆变得热闹起来，生机勃勃。

我的主要工作是收集整理韬奋的早期文章，筹备编辑出版《韬奋全集》。当时，韬奋的早期文章和著作上海有一部分，除去纪念馆有零星的收藏外，集中在徐家汇藏书楼、中华职教社、华东政法大学等处。于是，我骑着自行车，来回奔波在这些地方，中午大部分时间吃两个菜包子充饥。经我收集的主要有《学生杂志》《申报》《约翰声》等报刊上韬奋发表的文章，内容涉及政治、伦理、文化、人物、科技等诸多方面。

这些文章显然不是韬奋早期著作的全部，随即我与同事张国平等数次去了北京，继续收集，尤其是韬奋发表在中华职教社早年办的刊物上的大量文章，大都在那时复印回上海。

到北京后，我还肩负着另一项工作，那就是采访当年与韬奋有过接触的老人和他们的子女。这是一项非常紧迫的事儿，随着岁月的流逝，绝大部分与韬奋工作、战斗过的人垂垂老矣，再不赶紧留下他们口述的珍贵回忆，恐怕会是一桩难以弥补的憾事。邹嘉骊老师重视这项工作，亲自安排采访名单、联络采访对象。在我采访人员名单中有罗淑章、徐雪寒、吴大琨、沈谱、史良的秘书、孙采苹、章畹、章立凡、沙人文等，采访中许多人对韬奋很是崇敬。

罗淑章、徐雪寒等老人在病中接受采访，不顾疾病缠身做了长时间的口述。徐雪寒几乎是躺在床上与我交谈，连续的述说，使他的嗓音嘶哑，急得他夫人在一旁连连挡住他的讲说。可他每次都置劝阻不顾。采访罗淑章不久，便传来了她去世的噩耗，后又有消息说她的文选出版了。我想我对罗淑章的长时间采访，大概是她生前的最后一趟。

采访工作后来还在进行，在上海采访了沈粹缜、邹竞蒙、陆诒等。这些珍贵的口述音带如今保存在韬奋纪念馆内，应该发挥作用了吧。

2. 单纯地收集韬奋的文章、旁人的回忆是远不够的，让更多的人了解韬奋是一桩十分重要的事情。滋生出这样的念头，是在工作中碰到的许多实际情况，不少人并不知道韬奋或者对他的认识一知半解，有人误把他与戊戌七君子混为一谈。宣传韬奋、弘扬韬奋的精神重要且迫切。

1989年春，我倡议发起了"沿着韬奋足迹前进"的活动，在领导的支持、同事的共同努力下，7月底一批上海的青年记者、编辑，赴南通地区参观访问韬奋当年所到的地方。《解放日报》《文汇报》《新民晚报》等媒体派出了一批青年骨干参加，这中间不乏今天在上海报业中担任重要工作的同志。那时国内正受政治风波影响，也有人对举办这样的活动有异议，怕生出意外。随着活动的顺利开展顾虑全消，且赢得良好的社会反响。

翌年11月5日是韬奋诞辰95周年，年初在工作会议上我提出举办首届韬奋新闻出版思想研讨会的设想，并拟草了报告。在领导的支持下，我先后与上海社会科学院新闻研究所、复旦大学新闻系等单位联络，组织学者、专家撰写论文，自己也动笔撰写了《韬奋早期思想论纲》的长篇论文，并在研讨会做了梗概性的宣读。

宣传优秀的历史人物，应该在广泛的界别中展开，使优秀的历史人物精神不朽，具有现实意义。在这两年多时间里，我撰写一批介绍韬奋的文章，有的发表在报纸杂志上，有的刊印在图书里。同时，还参与编辑了语录性质的韬奋论新闻出版。有趣的是也就在这一年，我第一次撰写了电视专题片的脚本，居然成了我日后赖以生活的"吃饭家生"。

韬奋诞辰95周年在即，上海电视台文化专题部准备拍摄一部专题片，届时播放。我陪同摄制组赴广东梅县韬奋曾生活的地方，负责外景地的选择、联络等事务性工作。其实，这是一项艰苦的任务。16年前的梅县农村相当的落后，从白云机场下飞机后一路颠簸，步行到拍摄地需要赤脚涉水，还要帮着摄制组背器材。

那时，上海电视台文化专题部的李锐奇编导用的是剧作家孙雄飞撰写的纪录片剧本，反映韬奋一生的经历，容量大、篇幅长，成片后有一个多小时。这样的片子要赶在韬奋诞辰 95 周年之际播放不切实际。务实的李锐奇如实把这一情况向基金会、电视台的领导反映，决定不用这个剧本，另起炉灶编写一部逐重反映韬奋在上海的专题片，长度约为 20 分钟，但是要找到合适的撰稿人，短时间完成似乎有些难度。李锐奇发话说："让大明来写吧。"他知道我既熟悉韬奋的事迹，又发表过小说、散文，撰写 20 分钟的专题片，不会有问题。我大约用了三天时间，完成了初稿，得到基金会理事、作家孙颙等人的肯定。终于，《热血·精诚——纪念韬奋诞辰 95 周年》的电视专题片分别在中央电视台、上海电视台、南通电视台播出，在社会上引起一定的反响，电视圈内反映也不错，获得广电局的一个专家奖。之后，我成了电视台文化专题的特邀撰稿人，完成了一系列电视专题片，其中有建党 70 周年的大型专题片、纪念上海百年英烈的大型专题片等。一切应验了一句老话，机会总是为有准备的人准备着。

3. 在轰轰烈烈的活动过后，我想回到书桌前，认真把韬奋作为一个历史现象进行研究和分析。于是，含辛茹苦地完成了两部书稿，历史纪实文学《七君子之死》、论著《韬奋人格发展的轨迹》。约摸五十万字的书稿摆放在面前，出版成了问题，只能束之高阁。巧的是河南人民出版社文史处负责人夏晓远途经上海，在聚会上相见，问及我手头的写作，他颇感兴趣，便把《七君子之死》的稿子给了他。经过他的努力，该书不久便正式出版了。

第二本书的出版已是书稿写就的第四个年头。《韬奋人格发展的轨迹》是本论著，写作过程特别累人。我没有受过全日制正规高等教育，以自学为主，在高中时已自修完"文革"前的大学中文系的教材，以后又自学了政治、社会、伦理、心理等学科的部分科目，是一个喜欢读书的人。但是知识结构总存在缺陷，需要补课，比如古汉语知识需要从头温习。韬奋青少年时代的不少著作大都是文言和半文半白，整篇没有句逗，为理解、分析、引用这些文章带来难度。我是一边写作，一边做白话翻译。

且做且学，坦率地说两本书稿写完后自己的学问也有了较大的长进，最大的心得是懂得了如何思考问题、研究问题、完善自己的观点。

4. 韬奋给了我什么？在很长的一段时间内，我时常反问自己，写了几本书、十多篇文章、一两部电视专题片，诸如此类的成果？其实，这些浮于表象的东西并不重要，重要的韬奋的人格精神给了我启迪、力量和智慧，重新思考人生的路和目标。这些无形的东西较之那些有形的重要的多得多，是我获得的最大财富，恐怕会一直影响到我的以后。

纵观韬奋一生，他的成功是随着社会进程而不断调整人生轨迹，膺服于人群和社会的需要，表现出极强的求真务实的精神；韬奋是从一个既无经济实力又无权势支撑的穷学生一步步发展而来，他身上表现出的不屈不挠的精神是每一个成功者必备的要素；韬奋是个新闻出版工作者，又是个产业的经营者和管理者，三位一体使他处在当时的成功人士行列，其中技术层面的作为值得借鉴。在研究韬奋的同时，我学到了许多有益的东西，是我终身受益的真正财富。

我曾在万宜坊韬奋书房的对面亭子间里，苦读多时。那是一段令人怀念的日子，匮乏的物质生活，却有着坚实的精神支柱。精神的磨砺，可以使人变得坚强，即使生活富裕了，也不至于使个人丧失精神的遒劲，追逐人生的大写。

（原载《邹韬奋研究（第三辑）》 学林出版社 2008 年 7 月版）

在上海的哭与不哭
——评吴瑜的长篇小说《上海不哭》

1.《上海不哭》是一部较为典型的80后创作的长篇小说,以表现青春和成长为主题,讲述了几个年轻女性在上海寻梦的故事。小说将视角聚焦80后的生存状态、情感体验和心路历程,反映了这一群体在青春与成长道路上所经历的酸甜苦辣。

作品以几个年轻女性的爱情经历和生活感受为叙事主线,折射出她们特有的生活方式、处世态度、行为准则和价值观念,将她们在成长过程中所遭遇到的青春的迷茫与困惑、躁动与狂热、冲动与叛逆较为细腻地展现出来。而这些成长的烦恼、青春的伤痛、生命的激情,又是每一个经历过青春岁月洗礼的人所共有的一种普遍体验,因而在某种程度上使人感同身受。

作品中的主人公,似乎具有着新新人类的特质:言行举止离经叛道、生活方式时尚另类、僭越道德随心所欲。她们抽烟、喝酒,愤世嫉俗、玩世不恭,没有固定的职业和收入,频繁地更换男友,缺乏安全感而强化自我保护,生活空虚没有目标,对外部世界充满质疑和否定,在压抑中放纵,在虚无中放逐。表面上看,这一群体似乎是"垮掉的一代",身上体现出矛盾性,内心真实与外在不羁形成的悖论,洒脱狂放的生活表层下,隐藏着对生活真、善、美的追求,对幸福和梦想的渴望。她们都曾有着破碎的家庭，疏离的亲情，孤独的童年，冲动的惩罚和不堪回首的往事，但她们一直在寻觅幸福的真谛和生活的本质，如小说中的人物 MAY 在死亡中完成了对青春的祭奠和重生；叮当在飞蛾扑火的爱情中坚守着初衷；而"我"始终遵循着自己做人的原则，听从来自内心的声音，忠实自己真挚的情感。从某种意义可以这样认为，她们正是在这种寻觅中获得独立的主体意识，完成了自我的救赎。

对这一代人而言，生活是多样和开放、自由而多变的，但同时也充满了困惑和无方向感。因此，总是处于不确定的追寻中，使得这部小说有了一定的现实意义。

总体上说来，此书具有一定质量，表现出社会转型时期一部分人的生活状态：游离与不甘、困惑和追求。吴瑜小说的特点是介于传统现代小说与现代小说派之间，她所传递的观念、价值观、道德观、审美情趣，也介于传统与现代之间。

2. 经验告诉我们，题材的独特性十分重要，题材的独特与否是决定小说成功的一大原因，尤其对初入文坛的青年作者。

源自生活的题材，对新手来说容易把握，把人物、故事写的生动，这是新手写成佳作的一条途径，《上海不哭》取了这一份巧。

作者吴瑜是新上海人，这座现代化的都市对于一个敏感的外来女子来说，生存状态会遇上许多困难，比如事业、生活、感情等。在写这部小说时，她似乎卷入了生活矛盾的漩涡中，人生处于低迷阶段，走出迷茫和痛苦，写作不失为一种方法，不少作家的早期作品往往是在这种状况和心态下完成的，成就了不少优秀之作。

《上海不哭》是作者对于自己生存状态的反思和总结，演化开去说也是当代一部分女性，在现代化大都市中生活状况的再现。小说的故事、人物都能在她的生活圈子中找到原形和影子，许多还是自己的亲身感受。这就决定了这部小说的题材，是许多没有这样生活经历的作者难以获取的。由于小说的人物、营造的氛围是作者熟悉的，也容易写出自己的感情。

小说人物性格凸显，比如小说中的叮当，快人快语、敢作敢为，读者能够读出她的个性和魅力。但由于小说人物比较多，作者显出底气不足，有的人物不够丰满，有点苍白，性格变化唐突，读来让人不舒服。

写好人物，除了人物的语言、细节的描写，把握人物性格内在发展逻辑，人物之间的关系极为重要。处理好这些关系和解决人物之间的矛盾，是塑造人物的重要手段，这也是小说区别其他文学作品的一个特点。把握这一特点，需要作者具有观察生活、认识生活的积累，小说技巧的运用和写作心境的管控，是一种综合体现。现实主义作品，在不违背社会一般原则的基础上，人物在小说特定的环境中存在合理性，就看作者有没有能力把控特定环境，把握人物走向的脉络。唐突，或者不作铺垫的突变，这种手法的使用，往往会把塑造的人物一锤子砸废了。

《上海不哭》的作者擅长写纷繁复杂的人物关系，这是小说的一个特点，主要人物个性鲜明，把握得比较准确。在《上海不哭》创作之后，作者另外写了一部小长篇叫《相信爱》，题材反映大都市的白领生活中的一种种，她们白天在奥菲斯工作，甚至是有一定职位的女白领，晚上在酒吧、KTV 做小姐。作者深入、仔细地刻画莘兰这个女性的内心世界、感情追求和痛苦与自身的抗争。热情讴歌了真爱。这是作者两部小说的共同特点。这部小说题材更具有独特性。据我了解，在目前的长篇小说尚未涉及这一类题材，我当时建议她先改这一部小说。后来，阴错阳差，修改了她的第一部小说。

《相信爱》这部小说的主人公莘兰，比较《上海不哭》的主人公"我"丰满许多，塑造的莘兰这一个人物，从细节刻画、到人物关系把握都比《上海不哭》上了一个台阶，可见作者具有一定实力塑造好人物的。

3. 叙述语言节奏较快，叙事转接较快，是《上海不哭》显著的特点。它的好处，适合当代人阅读。在今天的这个社会，高速的经济发展，人们生活节奏加快，提高小说的叙述叙事节奏，应该做出尝试和探索。

《上海不哭》小说的文字不算老练，保持着一份与叙述一致的纯真，叙述的语言，句式比较短，没有过多的长句，明了通俗，有时至三语两言，十分简洁，比如小说中"原罪"一章节，作者把话题转到叮当身上时，用了"叮当是一个喜欢说太太多话的人。尤其是说自己的故事。她常常说，我的故事，倒出来可以填满一片海"的文字，简洁、明了、个性化。

叙事的推进较快，稍有突兀之嫌，如在讲述"我"和晓峰之间的情感纠葛时，让读者应接不暇，就像电影，镜头短而快，观众没有反应过来，又说了另一件事，有时会让人感到费解和疲惫。

叙述叙事节奏过于快反映出作者在行文时的急躁，一定程度上损害小说的质量，对人物塑造也会有伤害。但是使用这手法，不失为作者的风格。我建议，作者应该读一读清末民国初年的小说，在叙述语言、叙事方法方面做的一些尝试和取得的效果，形成适合人们阅读的叙事方法，和语言运用的娴熟程度所形成的技巧值得今天的人们借鉴。

还有一个问题，过于生活化的语言，不经提炼会损害作品的品味。小说家的语言要形成自己的风格，是小说家成功的要素之一。加强阅读、加强对语言的提炼和把握，结合自身的特点，形成独特的语言风格十分重要。具有语言风格的作家，写成具有特色的小说便容易许多，可以说当今成功的作家阿城、贾平凹、莫言、余华、刘震云、苏童、池莉等，在语言方面都有自己的风格。新生代的作者，比如棉棉、春树，早期作品语言风格还不够鲜明，后来，也呈现特点。前时读过韩寒新出版的长篇小说，语言风格也明显起来。

另一个是叙事节奏的问题，节奏快一点行，从整体看节奏应该是一致的，不能一会儿慢、一会儿快，有时过分的拖沓缓慢，甚至絮絮叨叨；有时快速，非一口气讲完，让人读得急躁。而一张一弛，要处理得让读者赏心悦目，获得享受。

4. 散文化小说特点明显。《上海不哭》的原稿中有大段的江南城镇的描写和由此而发出的抒情；人物内心感情表述的文字，具有一定散文化的倾向。这是作者内心追求完美的一种反映。同时，也反映出作者，在处理人物关系进入矛盾高潮时，作者的技巧不够用。在处理人物矛盾达到了白热化时，用抒情感想取代，给人一种表现手法单一或苍白的感觉。同时，也有一些感情抒发与小说的境遇并不十分贴切的现象。

二十世纪三十年代，从呼兰河飘到上海的女作家肖红，她写的《呼兰河传》，具有散文化特质，抒情、感觉的表述、环境的描写以及人物的塑造浑然一体，许多抒情、描写为突显人物性格服务，构成小说的有机部分，没有脱节的感觉。

《上海不哭》出现的稚嫩和不完美，显现出成长的烦恼和年轻的生命力。愿作者写出更多更好的作品，占有文学一席之地。

（本文系作者 2008 年 7 月 12 日，在 "80 后" 湖州女作家作品研讨会的上发言）

如歌的叫卖

那是个并不遥远的早晨，天空灰蒙丝毫没有明媚的迹象，绽芽的梧桐诉说着寒意的无情，本该是阳春天气，可是北方的冷空气又令人生出春天未至的感觉。

这时，我像奥菲斯白领先生一样西装革履，赶往公交车站去上班。奥菲斯先生虽然没有那儿的小姐受人青睐，却也能赢得世人的好感，尤其是那些在知名度颇高的现代化办公楼里谋生的人，惹得无数青年求职者的羡慕，以致他们蜂拥而来，试图成为其中的一员，日后与我一样包装精致，手提皮包或拎着便携式电脑或握着手机，轻蔑地与瞧不上眼的人群作无情的对话。但是，他们忽略了外表俊美下讨生活的艰辛。讨生活的艰辛对于任何职业来说都一样，但艰辛中人们能分辨出高尚与卑微、诚实与狡诈、大气与猥琐……就拿自己来说，没日没夜地干活且丝毫不出差错，但仍需要小心翼翼地处理人际关系，生怕得罪人，被人背后捅刀子泼污水；违背自己的准则去迎合科长处长的不良习好，以示自己是他们圈子里的一员。唯唯诺诺对待相遇的一切，激情正在退却，一切都在为捍卫手中的饭碗头作理性的思考和狡猾的运作，甚至不惜牺牲自我服从奥菲斯这架机器的搅拌。每次，在上班途中我都会想起这些，心中生出伤感。车站就在前面，不少候车者表情冷漠，目光呆滞，莫非也如我一般回味相似的遭遇？

　　突然，一个中年男人的嗓音在人群中响起，"热水瓶盖头、绒线针、木夹子要伐？一元钱二十只木夹子……"声音嘶哑，以至我能嗅到他嗓子充血的腥味，我想这嗓音中包含着许多悲怆和人生的艰辛。的确，一个男人靠卖针头线脑的小日用品，一天能赚几个铜钿？如果他还有妻子孩子，蝇头小利无法应付日常生活的开销，这等男子恐怕一辈子没有出息。声音由远及近，一个身材高大的汉子缓步朝我走来，随着他步子的移动，我作出的判断和结论很快破碎，从中渐生出对自身的厌恶和鄙视。

　　叫卖的男人径直朝我走来，他身上套着一件长长的褡裢，上面全是口袋，插满各种日用小百货，有绒线针、不求人、筷子等五花八门，手里还拿着擦锅用的钢丝球，在距我不远处，有人向他买钢丝球，他娴熟地递给买者两只，接过一元钱无误地放入装钱的腰包里，仔细地拉上拉链，之后继续叫卖。

　　我终于看清楚他那张棱角分明的脸，荡漾着一股刚毅。令我吃惊的是他粗浓眉毛下的眼睑紧紧黏合，只有上下睫毛在轻微地颤动，原来是一位双目失明者。

　　我不知道他从何处来，不知道姓啥名谁，更无法知道他的身世。可以推测的是他也许是一家效益不好的福利工厂职工，要在生活指数日益跳高的城市里生存，不得不迈出这一步；也许他根本就没有单位，只是借此谋生。种种假设毫无意义，唯有一点明明白白：厄运中他没有向命运低头。想到时下，有的人并不残疾却假冒此状博取同情而沿途乞讨；有的人为过好日子招摇撞骗诈取钱财，而更多的人与我一样整天毕恭毕敬地坐在写字楼里，观上司眼色过日子，乞讨一口并不丰盛的吃食，而眼前的他——一位盲人却站在人生舞台上大大方方地叫卖，自信地亮相。

　　他没有走到我面前，踅向了另一方向，叫卖声依然在身后回荡，从那嘶哑的声音中我再也无法品味出其中蕴含的悲怆，感受到的是他热爱生活的快愉，抗争厄运的呐喊，貌似平凡的叫卖，却是人生华丽的乐章，激起世人对自身的反思，去追寻离别久远的振奋和激情。我仿佛看到站在人生舞台上的他，引吭高歌，无数的金色音符纷纷飘落在他宽厚的肩上，台下的听众为他的放歌尽情鼓掌。他走远了，叫卖声依然……

（原载《劳动报》 2000 年 6 月 7 日）

辜鸿铭：百年轮回有好运？

　　常有些人喜欢做颠覆共识和常识的事情，自以为标新立异创新领先，而不问这种"新"是否违背事实、史实和规律，甚至是一般逻辑和常识。这些形形色色的人，怀揣着各异的心事以顽童拙劣手法，演绎出独慧的传说，体现自身的价值，或政治、学术上的，或物质上的，再次为了混一些稿酬、演讲费，也是一种价值的实现。这简直滑天下之大稽，令人嗤笑。其中，为那些被扔进历史垃圾堆的东西唱贺的便是，他们为辜鸿铭鸣冤叫屈，恐怕就是一例。

　　辜氏百年前遭人唾弃，曾何几时，居然旋风般走红二十世纪九十年代的思想、文化界，圈内人士言必及辜氏。

　　此前，笔者闻其名知其氏，清楚他在新文化巨擘的笔下，几乎是一个笑话。此翁言行荒唐、举止怪诞，便无心找些此翁的言论来阅读。后来，读到一些人写的关于他的文字，行文之间好像让人觉得他应该与泰尔戈一样受到尊敬，理由似乎简单，辜氏代表中国传统文化，以中国传统文化为矛盾捍卫这一文化的真谛。同时认为，他的言行为西方学者的推崇，反遭国人嘲讽，实乃国人的悲哀。闻此言，笔者诧异，百年前文化精英的口诛笔伐错了吗，百年后为此翁鸣冤叫屈是不是标新立异？实在弄得人有些不可思议。于是，兴趣盎然地弄来几本印有拄拐杖的老头小照或刊有一大帮马褂长衫留辫子者合影的书，细细阅读起来。

辜氏代表中国人的精神？先不论什么人有资格代表中国人的精神，且说说什么是中国人的精神，可以简单扼要地说以儒学为主体的中国传统文化内涵的道德、价值和人生观构成中国人的精神世界。那么，以儒学的主体精神是什么呢？总体上它具有人生的积极态度，不断调节自身服务国家的精神，注重现实求真务实的态度，自我调节不断吸收外来文明的开放性的特点，构成中国人精神的主导。辜氏恐怕没有领悟到儒学祖师爷以及真传弟子的真谛，在中西文明剧烈撞击时，这位喝足洋墨水，精通数国文字留学西方的中国人，猛烈用儒学中的糟粕，抨击西洋文明，捍卫他心目的儒学以及由此形成的种种陋习。由于他熟悉西洋文化，比较起来容易，说得头头是道，中国人的陋习成了他赞美的东西，让西洋效仿。他没看到儒学在他生活的年代沉淀下的糟粕已经阻碍了发展，亟需除弊兴利，吸纳工业文明的养料。与他同时期的大部分学者，表现出兼收并蓄、实事求是的态度，已经开始探索儒学的新路，走向新儒学，促进儒学发展。

辜氏对儒学的贡献远远低于新儒学倡导者，纯粹的捍卫，相比较批判者、推进者，显得愚蠢和食古不化，乃至可笑。中国近代社会的变革，客观上要求以儒学为主体的中国传统文化作出相应的厘革，这符合中国社会发展的实际，也为儒学的自我更新带来契机。

那么，辜氏对中国传统文化的贡献在哪儿呢？他在近代有效地向西方介绍了中国儒学，这是得益于他贯通中西两学，德国一位哲学教授奈尔逊读了他的《中华民族之精神》《哀诉之音》《中国对于欧洲思想之抵抗》之类的书，得出结论："他的哲学、意义很深厚的，我很佩服他。"辜氏用了欧洲人熟悉的表述方法，和他对儒学的理解，向洋人有效地介绍中国传统文化，与其说辜氏思想深厚，不如说是儒学内涵深厚博大。由此看来，这位头扎小辫的老先生，还是做了些有益的事情，人们在嘲讽他嘴里说的种种奇谈怪论时，切不可忘却他的作用所在，否则于他而言也是不公的。

　　但是，当别国学者为这样一位传播者叫好时，所传播的是他们倍感新鲜的文化，他们误以为传播者传播的文化是传播者所创，此乃谬误了。

　　被洋人接受的辜氏，没被国人接受，恐怕不能用一个尴尬来形容。辜氏的境遇是必然的，细细一想，也无需今人为之打抱不平。儒学发展到宋明理学阶段，已经呈现衰落之迹象，总有一天糟粕占了上风。由此，被否定，需要重生。

　　所谓的重生需要与外来文化的碰撞，过滤出精华和糟粕，吸收优秀成分、摒弃陈腐。而辜氏的做法，不管老东西的优劣胡子眉毛一把抓给予肯定，且可笑地贩卖给洋人，恐怕等洋人弄明白了也不会愿意，便吹胡子瞪眼睛地硬要人家买去。比如人有了崇高的精神生活，就可以不讲卫生；有了一夫一妻制还要回到一夫一妻多妾制；有了西装或中山装还非要穿长衫马褂；强权下留的辫子可除，却固执地非留下不可。其实穿过洋装的辜氏，一定晓得穿长衫马褂挤公交、乘地铁尤为不便，自然独享黄包车也就另当别论了。辜氏用西洋文撰写介绍中国的文字，行文之间荡漾着强买强卖的霸气。同时，他懂得些营销心理学，大肆贬斥对方的货色，抬高自己，比如他称誉中国传统社会的一夫一妻多妾制比西方的一夫一妻棒，原因是一夫一妻虚伪，西方男人跑到娼寮中享受其他女人的快乐，没有把娼妓带回家养起来，而中国男人养妾负担她的一生，由此得出结论：中国男人文明得多、善良得多。其实，中国的 "风尘男子"，在家妻妾成群，在外照旧有小翠小红相依，在这种"风尘男子"中不乏士大夫，且是一些修身、齐家、治国极具情操的大人物。如此的推销，暂时让洋人觉得有道理，细想一派强词，不可理论。

　　在辜氏的时代里，如果他真正领会到儒学的真谛和鸿鹄，绝不应该死抱儒学的糟粕向外推销，而是仔细地研究儒学存在、发展的价值，让其精华成为推动中国社会变革的动力，让儒学的精华，在中国近代社会中才具有意义。

我们回过头看一看新儒学的代表人物，就没有像辜氏去海外强行推销祖宗留下的东西，而是消化了老东西后，把中间有营养的成分传播海外。海外有了新加坡、韩国、日本以及台湾地区的繁荣。

辜老先生不是儒学在近世的集大成者，他的思想肤浅、非外国洋学者以为的深邃，若洋学者误认为他深邃，只能说明自身的浅薄，情有可原。

现代一些学人在故纸堆里找来辜老先生说事，其实是一帮子根本不懂儒学的人，他们把向西方社会传播儒学的工作者，视为继往开来的集大成者，显得有些滑稽，也可怀疑他们另有企谋。应该说，辜氏在儒史上的价值远远低于新儒学的倡导者。

辜氏卖力地向西方传播儒学，人们似乎要怀疑他的动机，是否出于挣点外国版税，来维持他妻妾成群的"文明生活"？或者，在当时的环境下保持"独树一帜"的风格和癖好。

实际上，辜氏是狭隘的儒学继承者和传播者。

（作于 2001 年 9 月沪上锦园观旭楼）

难说观旭楼

拙作《韬奋人格的发展轨迹》似难产儿坠地后，心里自然也是喜欢，得样书赠给文友，文友含笑信手翻阅，目光停落在后记末尾的落款处，随口问道观旭楼在哪儿，并猜测一定是个蛮不错的地方，晨起笔耕举头望旭，一派诗情画意。由此联想生出此番意境，顺理成章似无疑义。难以启齿的是此乃寒舍三尺阳台，自封闭后成了读书写作的地方，若文友目睹此等狭小、寒酸的空间，恐怕再难有观旭笔耕的情趣。

我的几部专著均在阳台上写就。八九年前我尚未涉足电视，主要精力都放在爬格子上，许多个夜晚不能成寐，害怕忘记脑海中酝酿成的文句，便一早起床，蹑手蹑脚溜进阳台，挑灯伏案疾书。那会儿，寒舍临东的阳台外无几栋高楼，小憩时常遇晨曦光入帘，深浓青黛色缝隙间橙红初成充满生命鲜活的朝气，转瞬之际旭日喷薄而出，万道金光，染得四周辉煌一片，煞是雄伟壮丽。沉醉其间，或犹如置身高山之巅，或犹如瀚海之边眺望新一天的开始。推开窗户，清新空气扑鼻，荡涤浊气，深吸几口回肠荡气，胸中意气勃发。于是，第一本拙作即将出版时，欣然在文末写上"于观旭楼"的字样，日后多半如此落款，以示激情在怀，随之必又有新作问世。

然而，现在"观旭楼"已名存实亡，仅处四楼的寒舍周边高楼拔地而起，一栋紧挨一栋，往往是临近晌午方见日头，要在观旭楼上看到新的一天开始，只能更上新楼，心里隐约有种难言的愁绪。何况，那时笔端流出的百余万字文稿，能够付梓成书的仅占五分之二三，尚有退稿束之高阁，已见存放太久的痕迹。几番挫折之后，失却当初写作时的壮志豪情，又念及文坛新星如高楼四起屹立眼前，蓦然生出笔法陈旧、题材不新的悲哀，想着自己华发早生足以说明此身的老态。于是，便在后记中留下了这样一段文字："我四年间除了做好这项工作（指修改此书）外，再也没动笔写大部头的著作，这主要是精力不济，找不到短短十八个月写就两本书稿的干劲了，常生出乏力之感，这对于一个三十五岁的人来说真是不应该，后仔细回味，恐怕与当初写这本小册子时心血花去太多有关。"说白了，后一句是自我解脱；前一句才是心境的真实写照。衰老之感更在于六十年代出生的学者、作家群体的崛起，自己表现出的是虚弱。他们活跃在学术界、文坛上，巨著频繁问世。新意亮丽耀人，满纸洋溢才华，真是一派风光。自己虽同为六十年代投胎问世，却大有愧对同辈的苦楚，无疑与"观旭楼"一般已在众多高楼间名存实亡。

　　我回到书桌前临窗沉思，抚慰往昔的激扬，眷恋那人生美好的时光。说不清是因为拙作在"观旭楼"中耕耘成册，还是为了锁定青春的美好，我又在后记末落下了此款。于是，便有了文友美好的遐想。之后，与文友敞开心扉言及此种心情，文友劝慰说，就算观旭楼已时过境迁，可它毕竟有过观旭的真实，更何况在观旭楼中也可作些平易的文字，不一定要写壮怀激烈的大作。的确，高楼群起构成了都市新的风景线，而普普通通的公房虽老派了一些，且有岁月的斑驳，但也是一种存在。

（原载《文汇报》 1999 年 1 月 3 日）

《韬奋人格发展的轨迹》 后记

原本我并不喜欢写《序》《后记》之类的文字，附在书前文后，说一些与书中内容并不相关的话，以示文人习气。待拙作《七君子之死》在出版后，朋友前辈问及为何没有《序》《后记》，我淡然笑之，洋洋洒洒二十多万字还没写透自己的意思？现在想来自己对《序》《后记》的看法颇有偏颇，它们还是有用处的。

酝酿写这本小册子，几乎与写《七君子之死》同时。那时，我正巧有十分的闲暇，思考社会、历史、伦理等问题，尤其是现实中遇到诸多让人看不懂的人和事，总想能搞懂，试图定下某一视角去考察、分析、评判。可是碰壁不少，更可笑的是越想搞懂越难搞懂，最后乱成了一团麻， 直接影响我的文学创作。我原先并不是做学问的，主要精力放在小说创作上，脑子糊涂之后许多小说文行半途搁浅难以为继，可谓痛心疾首。难续为文的重要原因是小说人物价值趋向和内涵的道德观出现混乱，连自己也无法把握人物发展方向和存在价值。待冷静思考后发现，自己心里的准绳不直，不免与许多处于社会更变时期的先贤一样有点乱了方寸。于是，我想到自己接触最多的韬奋，他在某一特定时期思想也出现混乱，比如继承了传统文化之后又碰上了西方文明，两种不同内涵的文化所隐含的价值观、伦理观打起架来，他也无所适从过。我想大概把韬奋现象研究透了，恐怕自己的脑子就能清楚许多，而且评判事物不乏标准了。于是，便下了狠劲系统地再把韬奋的著作读一读，看一看能不能解开心中的疑惑。

我是1988年初夏接触到邹韬奋的，此前对这位大众文化的吹鼓手了解甚少，只是在童年时从一本辞典中读到过他的条目。进入中国韬奋基金会工作后，当时的主要工作是在京沪两地的相关图书馆收集韬奋生前撰写的文章，以便日后出版《韬奋全集》。在工作之余，我写了不少关于韬奋研究的文章，尤其对于他早期的思想形成认识得比较充分，率先提出了"韬奋早期思想"的研究课题，并引起学术界、新闻界的关注（1990年我提议在韬奋诞生九十五周年之际召开首届韬奋新闻出版思想研讨会，该会于当年11月初在上海长兴岛召开，本人宣读《韬奋早期思想论纲》一文，引起与会者兴趣，新闻界为此作了报道之后，该文收入上海人民出版社出版的《韬奋研究》第1辑中）。有了这些基础，给我日后的研究带来方便，何况在写《七君子之死》时对韬奋后期的思想也有所反映，这样给这本小册子的完成带来诸多便利。根据收集阅读到的韬奋著作，我发现韬奋思想的发展脉胳清晰，在历史变更时，他能适应社会进程的节奏，不断调整自己的价值观人生观，把自己的人格推进到一定的高度，使自己变得光彩照人起来。

然而，不容忽视的是这一切的变化扎根于他早年接受的以儒学为主体的传统文化，这一文化在他生活的时代已经经过优秀知识分子根据社会现实的要求进行了过滤，这就为韬奋的人格形成奠定了基础，当他接触到西方文化后，能够自觉站在优秀传统文化的高度上对西方文化作出了评判，而一旦他感知到马列主义之后，又要求自己的道德观能适应这一主义的需求。但是，应该看到的是他在确定人格内涵的理论基础发生变化时，所不变的是他从传统文化中滋生出来的"天下兴亡，匹夫有责"的精神，始终如一地要求自己确定的人格服膺于祖国利益，这一点的源起是显而易见的。

韬奋取得的成功，是那个时代优秀知识分子群体成功的缩影，他的背后拥有巨数的优秀知识分子，他们对传统文化的研究、对西方文化的剖析，对马列主义的认识，间接或直接地影响了韬奋思想的发展，他的文章在一定意义上而言，是那个时代优秀知识分子群体共同创造的精神财富；他的人格演化过程也反映了那个时代中等阶层追求进步的那一部分知识分子人格发展的轨迹。

写这一《后记》时，已是这本小册子写就的第四个年头，当初急切希望这本小册子能够马上付梓，那年恰逢我的处女作发表第十个年头，心中自然揣着一份异样的喜悦，一晃四年多过去了，如今这本小册子在上海文艺出版社江曾培、郝铭鉴、江俊绪、陈朝华等老师的关心和对我这个后生的提携下终于出版，虽失去了当年的异样，可心中喜悦依在。

四年间，周天老师数次阅稿，详细地提出了许多修改意见，对此由衷地表示感谢。四年间，我对这本小册子作了两次修改，十足花了一番心血。可惜的是四年间除了做好这项工作外，再也没动笔写大部头的论著，这主要是精力不济，找不到短短 18 个月写就两本书的干劲了，常生出衰老之感叹，这恐怕与当初写这本小册子时心血花去太多有关。

除去心态问题之外，客观上我所剩空暇不多，整天东奔西颠地采访，还就是坐在编辑机前编片子制作节目，穷于应付而难以深思，也就有了江郎之叹。不过，我想这也只是人生过程中的一个阶段，忙过一阵之后大概总有时间能让自己坐下来，静心思考问题，多些积累，再做对读者来说还有一些意义的文字。

（原载《韬奋人格发展的轨迹》 上海文艺出版社 1998 年 5 月版）

为了忘却的记忆

"记忆在时间的磨损下依稀朦胧，忘却也属正常。重题是为了记住过去，那些无畏的战士不该消失在今天的记忆里。"这一段文字，写在拙作《七君子之死》的首页上。如此文字并非偶然。沈钧儒、章乃器、邹韬奋、李公朴、王造时、史良、沙千里这批在民族危亡之际挺身赴难的知识分子，今天知晓者尚属少数。有一次，与朋友闲聊，谈及手头的写作，朋友误以为我在为戊戌七君子作传。误会的背后，是朋友对现代七君子的忘却，甚至是无知。这何止是绝无仅有的一例呢？

七君子事件，中国近代史上著名历史事件之一。长期以来，史学界对于事件当事人的研究轻重不一，没有得到充分重视，更没有从近代人文精神的发展和延续的角度加以研究。有限的几本专著，对一些与事件有关的历史问题难以作出客观公允的评说，这恐怕是历史环境造成的现象。即使对七人的研究也处在有偏重、不均衡的状态中，尤其对章乃器、王造时、沙千里的研究更为缺乏，章乃器传虽早有耳闻有人在写，但至今未见到出版，其子女虽有文字见诸报刊书籍，可有的竟然还不是正式出版物。王造时就更可悲了，几乎难找出一本像模像样的传记，上海有位知名的传记作家曾把他列入传主，可是至今未见出版物。原因是他俩在建国后成了"大右派"，结局并不怎么妙。而章、王两人思想中的真知灼见，需要后人加以归纳总结，他们如报春鸟早啼，至今依然具有价值。

在大量接触了七君子的史料之后，我没有被他们成为先烈、国家领导人、"右派"的结局所限定，看到了他们的不同经历、个性背后的内在一致，和各自思想闪烁的火花。

七君子现象的出现绝非偶然和巧合，近代中国知识分子的主流就总体精神内涵来说，有着鲜明的爱国、求实、民主的特征，在各个不同时期侧重点不同。这一点在七君子这一个集合体中，得到充分的体现，成了他们共同且无法分割的精神支柱。可以说，这一群体是中国现代社会中最具价值的群体之一，浓缩了中产阶级的精华所在，是中国现代社会的光辉典范。

七君子这一个集合体，经历了散——聚——散的过程，主要来自社会的动荡和变化，所接受的教育、对社会的认识、个性等原因。如他们由散到聚，除了日本帝国主义对华侵略的历史背景一致外，他们早期接受的教育、对人生、对社会的认识基本不相左右。后来这一集合体渐显分化，是他们对社会认识发生变化，个性发展呈现不同特点和社会更迭之后，所给予个体的利益不尽相同等诸多原因造成。但就整个集合体呈现的精神，根本上没有发生变化，他们的理想、追求始终如一。应该说，这个集合体发展的全部过程，十分形象地反映出中国现代社会知识分子的思想发展过程，从他们的沉浮荣辱，看到中国社会的激荡和变迁。

基于这一个观点，我在拙作的酝酿之时，改变了以前出版物为单个人立传的做法，且少论述、多陈述的局面，从七君子现象整体着手，把握他们思想发展、个性中的同一性，讲述他们身上的不同特点，进行总体归纳性的分析和研究，试图走出一条研究七君子现象的独特之路。等书稿完成后，欣慰的是大致上达到了自己预期。而在之前，请教一些专家学者，他们持有微词，提出"把七人拴在一起不知你怎样写"的质疑，甚至一些家属明确反对我把七人放在一起写，因为他们的结局不相同，生前还有各种恩怨。我坚持自己的想法，认为历史现象的出现有规律可循，不触及内在本质的联系，无疑是简单的罗列，虽有作者的主观意图，可本质上是表象的东西，没涉及根本。把握这一点，我把一切劝告、质疑全都当作了"耳旁风"，吹过了也就吹过去了。

《七君子之死》从构思到定稿，我从未想过它是一本学术专著。我的本意，它是一部长篇纪实文学，融记叙、论述为一体，甚至包括描述、抒情，这些被现代史家嗤之以鼻的写作方法。

对此，我一直耿耿于怀。不知从何时起，人们摒弃了老祖宗写史的方法，把文学性从历史著作中剔除，以确立史学的"科学性"。这种做法，最终导致历史著作的枯燥乏味，生命力渐衰，可谓是作茧自缚。

有了这样的思考之后，我便放手大胆地写作，力求呈现写史的新风格。以史实为基础，通过论述揭示七人思想发展的规律，用记叙的手法弥补论述过于抽象的缺陷，再现七人人格，而抒情的使用，使全书趋于散文化，充满感情。

《七君子之死》是长篇纪实文学，它不同于文学创作，无论用什么手法，形成何种风格，根本的一点，就是要尊重历史、尊重事实，这是写史的生命力所在，做虚假和脱离史实的论述、记叙、抒情都是无意义的劳作，且有极大的负面效应。故此，要求自身对史料有十二万分的把握。在动笔之前，我在徐家汇藏书楼、上海图书馆、档案馆等处，坐了大半年的冷板凳，阅读了七人生前留下的大量著作和他们编辑的出版物以及其他原始资料，对于他们生前好友和亲属的回忆文章也做了分析研究，同时采访了七人生前的一些战友、部分亲属子女。这些构成了拙作的史料直接来源，以确保史料的准确程度。

从酝酿《七君子之死》到它付梓，粗略一算，已有四个年头。三十几许的我，平添了不少白发。在经济发达的上海，面壁写书，除了甘愿熬枯青丝之外，还要排除各种诱惑、讥嘲，守得住清贫，耐住寂寞，横下一条心，为被淡忘的战士做传，倾献一份敬意，为九泉之下的英灵，更为后来者。不忘却过去，是为了开创绚丽的未来。

（作于 1997 年 6 月曹村观旭楼）

伤感远去的欣慰

我曾写过一篇题为《清音》的小说，说的是一帮京剧票友在一种无形的力量支配下分道扬镳，气氛悲凉。后来，又参加了文学艺术院组织的活动，也会生出当初写《清音》时的心境。

最初被文学艺术院吸纳为创作员的朋友，记得起姓名的不下十来位，而学员更多，有的还交往甚密，现在大都杳无音讯，不知在何方努力，是否继续与文学有缘？遥想当初，这批创作员都在文坛上初露幼芽，至少在省市级报刊上发表过作品，意气中透出未来文坛巨子的豪迈。弹指十年，朋辈退去，即便创办学院的先生们也相继离退；学院从文艺会堂的陋屋迁入小楼，楼下的酒店平添出几分美肴佳酿的味道。一次，遇见一位年少的朋友，问及何为文学青年，经解释大悟，他直截了当地说："今天没有文学青年一说了，商业青年可找出一大帮子来。"无语以对的我愣神半天。

细析内心，可以说伤感源自把文学视得太高，似乎三百六十行中文学优于一切行当，作家桂冠流光溢彩（对于文学青年这样看待不算过分，如若个人追求的人生目标仅是下三流，又何必青灯伴旭呢）。主观想象是一回事，现实生活又另当别论。如今社会并没有把文学宝贝宠爱，不少作家成了企业的"御用"，文学刊物转向，出书要包销，一夜成名成了空中楼阁。过去被捧上天的文学，一下子面临严峻局面。如此必然生出凄凉。那么文学真需要社会的宠爱才能长成为巨人？恐怕倒未必，娇生惯养的孩子难成大器，似乎是旧有的说法。把文学置于困境中，文学会变得优秀起来，杰出的文学家、传世之作必然会涌现。大器者必劳筋骨——刻苦磨砺。就文学者而言，在现实激流冲击下出现分流也属自然，使文学青年的内涵更为精确。这样的内省，悲戚消却，写《清音》时的心情无法寻回。

现在，零星地传来三二文友的消息，说谁出了小说集、报告文学集，谁获了什么奖等。虽零星却也令人欣慰，经受了大浪淘沙的文友没有全军覆灭，对于文学依然执着，执着中我看到创办文学艺术院时的那些长者身上对文学执着的印痕。

（原载《上海文艺界通讯》 1995 年 11 月 25 日）

放歌的代价

那个金色的秋日我离开了领奖台，怀抱着一束绢花在掌声中默然走出会场，茫然袭上心田。再写什么？心中疑问顿起，用小说的手法来营造自己认知中渐已迷糊的世界似乎已不可能，脑子麻乱一团，心中愁绪游荡，这种心态在《韬奋人格发展的轨迹》一书的后记中已经有所交代："脑子糊涂之后，许多小说文行半途搁浅难以为继，可谓痛心疾首。难续为文的原因是小说人物价值趋向和内涵的道德观出现混乱，连自己也无法把握人物发展方向和存在价值。"一个从事文化工作的人一旦失去了准心，对于自身的事业往往表现出怀疑，"文行半途搁浅难以为继"就不足为奇了。明白这一点，已经是距领奖的第五个春秋。

整个冬日，我蜷缩在某个历史名人故居边上的小亭子间里，苦读"五四"一代人留下的数以百万计的著作，寻找解惑的答案。朝北的小亭子间没有取暖设备透心冰冷，咽喉炎时常发作，生疼且伴有低热，医生再三叮嘱说这种小病是会引发多种疾病，包括致命的心肌炎。药片含在嘴里，眼睛依然在泛黄的书页上，不放过每个标点。

那是一段寂寞的日子，无人知晓我在做什么，多半以为我精神经不正常。对于那些古里古怪的眼神，以及称我是"闭门思过"的恶语，在缄默中飞散。亭子间窗外灰色的冬景，让我思绪飘动，不时闪现出火花。我仿佛看到自己在与先贤做心灵的交流，时而激昂，时而促膝，更多的时候是相对无语，仿佛在做神交。这种神交构成画面映显在我面前，我试图把自己的幻觉化作文字，留存在稿纸上作永久的纪念。于是，我改变为故人作传的初衷，动笔写成对话式的评传，拟名为与英灵对话之类。终于，这一做法，没有被老师接受，这位严谨的评论家告诫我学术著作的科学价值。以致在初稿完成后，我彻底重新写了一遍，这就是《韬奋人格发展的轨迹》一书的文稿形成过程。虽然出版后仅有十五六万字，可是我几乎写了三十余万字才有付梓的结果。

煎熬的日日夜夜里，我完成了第一专著长篇纪实文学《七君子之死》，二十六七万字的文稿送往邮局时，肝区一阵疼痛，几乎要摔倒，幸好抓住邮寄处的铁栅栏，才使我站稳脚跟。这种疼痛并非偶然，在撰写的日子里常有过，用一种麝香膏敷贴痛处了事。

后来，去了病院检查，等开好验血单相约次日化验时，肝区疼痛消失了，也就再没去病院。不是不珍惜生命，而是万一查出什么来，我还要继续唱歌，即使咳血也遏制不了欲望，更何况在《七君子之死》杀青时，我还着手《韬奋人格发展的轨迹》的写作，没有任何理由放弃手头的活儿，哪怕是病痛也驱赶不了放歌的信念。

当我艰难地唱歌时，终于发现歌手的贫困。九十年代最初的几年里，收入低微，连同妻子的薪水，难以对付日益跳高的物价，三口之家的日子过得拮据，总有愧为人父的感觉。这样的日子并不好过，每日掐着指头算日头，安排日用开销，每每有亲朋发财的消息传来，总令人尴尬。七尺男子汉难为人父，开销缺口，常有年过六旬的双亲节衣缩食地来弥补。这一年我已过了而立之年，即使自己勇敢地以生命的全部力量付诸唱歌，那么家人也要付出如此昂贵的代价？好在妻子豁达，不羡慕物质的丰裕，并在我去徐家汇藏书楼埋头苦读时，叮嘱我午餐不要再省得只吃两个菜包子。

有时她会骑半个多小时的自行车赶到藏书楼，监视我吃午餐。就这样，我在藏书楼大约耗了三个月，大部分日子还是以菜包子果腹，然后一头扎进泛黄且散发霉味的故书堆里。我的咽喉感染加重，殃及肺部，身子也孱弱了许多。代价是昂贵的，一边是生命在唱歌中变得苍白和病弱，青丝熬成白发，令人颇感生命的短暂；一边是生活的重荷，压得人难得喘息，迫使你趴下，别去追求那个虚幻的世界。

可是，唱歌的欲念是那么强烈，不为什么个人名利，文坛上仅凭一书一文成名的是极具天赋者的专利一个属牛的人，凭耕耘劳作而生存，不可能出现奇迹。在唱歌的日子里，我曾在笔记簿的扉页上写道："自强不息，不为利休言名；执着往前，不怕险何俱难。"如此文句，无非激励逆境中的自我，成为一名出色的歌手，为谢世的民族脊梁唱一首旋律高亢的歌。

（作于 1995 年 7 月沪上观旭楼）

赋予鬼神新内涵

《七君子之死》《韬奋人格发展轨迹》两部书稿相继完成后，我并不打算立马继续写些什么，近50万字的稿子，弄得我心力交瘁，迫切需要休整一段时间，这是一桩顶要紧的事情。友人找到我，说是远东出版社正在调集人马，组织出版民间神话故事丛书，"拿一部分来给你写一些怎么样？"他的妹妹在这家出版社做编辑，负责这档子的事情。我摇头，搁笔休养是头等大事。他猴急起来，"你不是说你搞启蒙教育的太太，有意写一些给青少年看的读物吗？"我记起曾经给他透露过这一层意思，难为他挂在心上没有忘记。我只能点头，让妻子试着写一写。

不日，友人拿来了所写的篇目和写作要求，回家给妻子一看，她大皱眉头，除哪吒、神笔马良还有一些熟悉之外，其他诸如何蓑衣、瘟神、温元帅等，都是闻所未闻，无从着手。

拖拉有旬，友人屡电催促，说出版社要得紧，不能再拖了。这一下，我犯难了，总不能失信吧，何况友人一片诚意，做起我与出版社的桥梁，跑腿的事都由他包揽了。屡促不动，愧对朋友和出版社。

于是，只能自己捉刀上阵。好在我青少年时写过小说，把神话故事写好了也算是有相声演员"吃葡萄不吐葡萄皮"之类的童子功。不出半个月，做成二万余字，且在出版社规定期限内。稿子让友人拿走了，时隔数日，他又来电，说了一番鼓励的话，突然转了话题，"出版社对你的稿子蛮感兴趣的，劳驾再弄几篇"。这次，我没推脱。原因已熟悉写这些神话故事的套路，又没有了赶稿的焦虑；再念及先贤也屡作鬼神故事，这些故事也需要今人注入新的内涵，以叙述我辈想说的话语。我爽快答应，又写了关圣帝、阎罗王、葛洪仙人等九篇，连上次写的一共有了五万余字，在这套中国民间神话故事丛书中占了相当的篇幅，成了该套丛书的主要作者，可谓是"得来全不费功夫"。

神话故事说好写也好写，恰如画人难画鬼易一样，反正非人，似乎胡诌一通也不会出什么毛病。何况，笔下的神仙经过千余年的流传，故事已经讲得相当丰满，光怪陆离。不过，一切没有这么简单，内容上要让当代青少年朋友接受，讲述方法不适今天的人阅读也不行。要让习惯于电视机前沉迷于《宇宙英雄奥特曼》《猫与老鼠》《米老鼠和唐老鸭》中的小朋友愿意听、愿意看根扎中国传统文化的神话故事，就要把故事说好了。

与说好故事同样重要的是把神话故事写得有意义，说透故事的内涵，剔除民间故事中迷信、愚昧和违背常识、逻辑的部分，让读者从这些故事中汲取有益的养分，分辨出善良和恶罪、正义和邪恶、进步和倒退，不能把老祖宗留下的文化一锅端地捧给今天的青少年，闹出诸如搬来二十四孝让今天的人效仿的笑话。这样，只能说明我们的无能，无法消化古人的东西，分辨不出糟粕和精华。

我是一个无神论者，从来不信什么鬼神、极世祖神，这导致我写的鬼神大多数如人一般肉胎凡身，非天生神仙鬼怪，身世有稽可查，如关圣帝、葛洪仙人、清水祖师、黄野人、夜游神、阎罗王等。他们后来成为鬼神，无非是后人根据当时的需要和偶然现象演义而成。关羽就是这样的一例，本身没有什么仙气，身世来龙去脉清晰，被尊为神纯粹是民间文化加上历代统治者追封不断所致。立足于他们也是人的观念，成了我为他们做传的基点。

道教人物葛洪据史书记载为东晋时丹阳句容人，葛玄的侄孙，著有《抱朴子》《金匮药方》《神仙传》等。这样的家世成就，在世间不算罕见，不乏类同。葛洪自幼刻苦好学、不顾路途遥远拜师，勇于实践的精神品质，对任何时代的学子都有积极的意义。葛洪的神秘来自得道成仙，这自然不可信。可是，老百姓具有一种对爱戴的人寄希望他能进天堂的心愿，不妨把他的归宿看成是人们对他的敬意流露，恰是他对社会作出贡献的回报。实际上，葛洪的死没有什么神秘不测、扑朔迷离的实质，只是他终结时的形式。

不仅在葛洪身上体现出今天的人尚需的精神品质，马良、清水祖师、鲍姑、关公等诸神仙都有着刻苦学习、勇于实践，历经万难求得进步的事迹。他们经过艰苦卓绝的努力之后，惊天地泣鬼神地得到仙人的帮助，在我看来多半是他们努力奋斗，感动神灵，机遇从天而降，获得回报。离开他们的努力，老天——仙人不会给予机遇。

善有善报、恶有恶报，几乎是人世间善良百姓的共识。在我的笔下，寿星就是这样一位化他人心愿为现实的神灵。他不媚权势、不贪富贵，总把长寿赐给善良的人。但是，人们美好的希望并不能在现实社会中得到兑现，恐怕就有了阎罗王——阴曹地府的主宰者。我想阎罗王也与寿星一样，是正义、不阿之士，传说他在地狱十殿中原居第一殿，后来因同情屈死鬼，屡放还现世报冤，才被贬至第五殿。对于在人间作恶多端的秦桧之流，这位来自印佛之地的双王，铁面无私给予严惩。所以说，寿星与阎罗王有异曲同工之妙——惩恶扬善。民间出现寿星与阎罗王的传说，不是自然界存在的必然反映，很大程度上是人类社会生活需要的折射，生活中人们寻求一种内心的平衡，以维护自身存在的合理性。

我写的鬼神不乏济贫助弱、为民众做好事者。地行仙黄野人的传说在宋代广为人知，他医术高明，削树皮为药，治愈樵夫的疱疾，便不见了踪影，樵夫连谁替自己治病的都搞不清楚，用句今天的大白话说，黄野人是做了好事不留名，可见这一则故事所包含的道德力量。赋予鬼神以道德的内涵，成了我甘愿为他们写故事的动机之一。

先贤有"诗言志""文以载道"之说，诗文一旦离开了"志""道"，仿佛就是落脱了灵魂，尤其在一个固有的价值观受到冲击，新的社会分配原则未确定的年代里，人们会迷失方向，游笔无意，昏头昏脑地把传统的东西全盘拿来，不分毒剂和营养汤，灌输给今天的孩子，恰是"志""道"沦丧的反映。

（作于 1995 年 6 月 30 日曹村观旭楼）

少年得此的是隽才

11月5日是杰出的新闻记者、出版家邹韬奋95周年诞辰。韬奋一生著译颇丰，政论文章尤其著名，被誉为一代政论家。据其女儿邹嘉骊编著的《韬奋译著系年目录》一书记载，韬奋最早付梓的文章，始推于1914年苏州振新书社出版《南洋公学新国文》上的《斯宾塞谓修道之法在于尝人生最大之辛苦说》等7篇。《南洋公学新国文》系南洋公学（交通大学前身）附属小学学生优秀作文汇编，由公学校长唐尉芝（文治）先生编纂。编入的文章，篇尾均缀有编者精短的评语。

1912年，韬奋的父亲为了实现"实业救国"的理想，寄希望于韬奋，把他送进上海南洋公学附属小学就读，试图使他成为一名工程师。韬奋以后回忆此事："我在那个时候，不知道工程师究竟有多么大贡献，模模糊糊的观念只是以为工程师能造铁路，在铁路上做工程师，每月有着一千或八百元的丰厚的薪俸。父亲既然叫我准备做工程师，我也就冒冒失失地准备做工程师。其实讲到我的天性，实在不配做工程师。"

作为学生，韬奋刻苦勤学，各科成绩均名列前茅。然而他更偏爱的是国文。韬奋出生在书香门第，深受国文熏陶，并接受过严格的私塾教育，阅读了启蒙国文读物和其他著作，打下了坚实的文言文基础。进入南洋公学后，学校虽以工科为主，但是校长唐尉芝重视学生的国文学习，积极倡导研究国文，造成了风气。同时，学校里还有一批令少年韬奋敬佩的国文教员，促使韬奋越发重视国文学习，且展开研究。他利用课余时间，读完了《古文辞类纂》《经史百家杂钞》《韩昌黎全集》《王阳明全集》《曾文正公全集》等著作。

《斯宾塞谓修道之法在于尝人生最大之辛苦说》一组 7 篇文章，均以文言文所撰写成，文笔犀利有力，言语凝练，论述周详严密，得到编纂者高度的评价。在《唐高崇文讨刘辟军士有食于旅舍折人匕箸者即斩以徇论》一文的末尾，编者写下这样的评语"文气疏宕、词义精辟，少年得此的是隽才"。

这七篇文章，写于 1912 年至 1914 年之间。当时，正值辛亥革命胜利不久，资产阶级革命派同以袁世凯为代表的封建复辟势力展开了激烈的较量。社会动荡不安、生灵涂炭、列强横行。许多仁人志士依旧为探寻祖国强盛之路抛头颅洒热血。少年韬奋写下了这 7 篇充满忧国忧民、寻找民族振兴之路，随时准备为国家、民族的强盛付出艰辛为主旨的文章（值得注意的是，就在上述观点形成的同时，韬奋摆脱了父亲的影响，立志做一名新闻记者）。

在《唐高崇文讨刘辟军士有食于旅舍折人匕箸者即斩以徇议》一文中，韬奋提出了"国小不足为患，民愚始足为患"的观点。他并没有单纯地停留在发现国家落后症结这一点上，同时还探寻一条摆脱愚昧，使国家强盛发达的道路。在《西国自活版与人群之进化以速论》中，韬奋指出："强国异于弱国者，学而已！夫学也者，非伏案咿唔，无补于世之谓也。有法律之学焉、有工商之学焉，有农桑之学焉、有军事之学焉。人群有学，则文化进而国势兴；人群多数有学，则文化速进，而国势愈兴。"少年韬奋又以"学"作为改变国家、民族愚昧落后命运的途径，而且认为大多数人的"学"，才能促进文化的迅速发展，从而达到国家兴旺发达的目的。这一观点，为青年时代的韬奋接受杜威实用主义教育思想，力主平民的职业教育奠定了思想基础。同时，他所提出的法律、工商、农桑、军事之学，已否定了封建社会中所规定的治国之学的范畴，早年韬奋的反封建意识也可从中得以一窥。

少年韬奋寻找到振兴国家、民族的途径，也作好了为之奋斗的心理准备。他在《斯宾塞谓修道之法在于尝人生最大之辛苦说》中这样写着："天之将降大任于斯人也，必先苦其心志，劳其筋骨，而后立功成德，遗泽万世。后人闻风兴起，馨香膜拜，钦之仰之、慕之亲之；豪杰之士，甚至俯仰慷慨，感涕零泣，恨不同时者。夫岂偶然哉？大禹古之圣王也，治滔滔之洪水，拯芸芸之众生，民到于今受其赐。是无他，惟尝人生最大之辛苦故。人徒见其成功，而不思其居外十三年过门不入，入泥橇山撵之极人生大困难也……于是而益信斯宾塞谓修道之法，在于尝人生最大之辛苦为不诬也！"

从这7篇文章中，还可以看到，少年韬奋对崇洋媚外甘愿接受欧美帝国主义列强对我国文化渗透者的"愤激"，他在《赵武灵王以易胡服而强魏孝文以慕华风而弱岂华风礼乐之果足以弱国欤试言其故》一文说："今者欧风美雨，汹汹而来，国人每蔑祖国善俗，而徒窃他人之皮毛。滔滔狂澜，不知所届，怵大陆之将倾恫，国人之不悟心所愤激。"

韬奋自少年时代起，便寻求国家、民族的振兴之路，并以这种探寻贯穿一生。"五四"时期，他接受了杜威的实用主义教育思想，介绍、翻译了杜威的重要哲学著作《民主主义与教育》，并与提倡平民职业教育的黄炎培共同努力，走"教育救国"的道路。

然而，客观现实教育了韬奋，实用主义教育思想不可能成为拯救国家、民族危亡的良药。"九一八"以后，韬奋从群众抗日运动中受到了锻炼，逐步接受了共产党的主张，成为五四之后爱国知识分子逐步接受马列主义思想的典范。少年时代韬奋的世界观，为其以后的思想发展奠定了基础。

（原载《新闻记者》 1990 年 10 月）

朋友，您知道六十三年前的《生活》周刊吗

　　朋友，当您捧读着这份散发着油墨香的第二百期《生活周刊》时，您是否知道六十三年前（一九二五年）也有一份与此同名的周刊？它是由中华职业教育社创始人黄炎培先生提议创办的。由初创时每期印一两千份，至一九三三年每期发行十五万五千份，共出版八卷四百十六期。开创了旧中国当时杂志发行量的新纪元。

　　在黑暗的年代里，它像一枚钢针刺透社会种种疥疮脓泡；像一块磁铁深深吸引了众多的读者；像一座灯塔照亮了读者的心灵，引导他们冲破樊篱，执着地追求光明，最终投身到革命的洪流中去。它的命运和一切进步事物的命运一样，一九三三年底，被迫停刊而告终。

　　这样一份在当时产生过巨大影响的刊物，初创时，办公地方在一个狭小的过街楼里，工作人员只有"两个半人"。这"两个半人"中，就有我国现代史上卓越的文化战士、杰出的新闻记者、政论家和出版家邹韬奋。

追求理想不知疲倦的主编

　　一九二六年十月，韬奋接任主编《生活》周刊，时年三十一岁。为了实现自己的理想，从事梦寐以求的新闻记者工作，韬奋放弃了薪水较高的

职业，经济收入从原先的一百二十元骤降到六十元。他没有怨言，心甘情愿地把整个身心扑到《生活》周刊的编辑、出版、发行上。他曾经说过：《生活》周刊是"能使我干得兴会致淋，能使我全部身心陶醉在里面的事业"。从此，他走上了新闻出版的道路，实现了早年立下的志愿。

《生活》周刊初期影响不大。因为资金不足，付不起稿费。外界投稿很少，全期文章都由韬奋这个"光杆编辑"包办。他化了六七个笔名，撰写各种各样的文章。为写好这些文章，他采用"跑街"的方式。把马路旁的书店当作资料库，经常光顾，寻找读者需要的材料。有些外文杂志价格昂贵，只得当场阅读，作个记录，回来后再整理成文发表。他身兼数职，既要执笔写文章，又要跑印刷厂看校样，回复读者来信，有时刊物包封寄发来不及，还要搁下笔去帮忙。韬奋每天"常自动地干到夜里十一、二点钟，事情还干不完"，只得恋恋不舍地和办公桌暂时告别。他的夫人沈粹缜有一次曾开玩笑地对他说："我看你恨不得要把床铺搬到办公室里去！"

韬奋对于工作和事业的态度，正如他的多次表白："我自己做事没有什么特长，凡是担任了一件事，我总要认真、要负责，否则宁愿不干。"就是凭着这劲头，在办《生活》周刊过程中，无论遭受国民党的政治摧残还是刊物本身经济上发生困难，他总是团结一批志同道合的青年干部，排除阻力，克服困难，百折不回地勇往直前，费尽心血推进事业发展和进步。

孜孜以求创新改革

《生活》周刊原旨是"专门传播关于职业教育的消息和简要的言论"。韬奋接编后，对内容和形式作了革新。接编后第一期上，便开辟了"读者信箱"专栏，满腔热情地解答读者提出的各种问题，通过"信箱"和读者建立起亲密的联系，受到人们的热烈欢迎和极大信任。后来又增设了作为刊物社论的"小言论"专栏。它虽仅数百字，却是韬奋费尽心血之作，内容涉及社会生活中的热点。在编排上，韬奋不落俗套，别出心裁。不断创新，他先将八开小报由一张增加到一张半，后又改为十六开本形式，还不定期增出图片精美的《生活画报》。为了方便阅读，文章基本上不搞转版，图文并茂；在文字上采用明白畅快的平民式文风，在选材上偏重通俗易懂、雅俗共赏的知识介绍。而且做到从不脱期。没有或很少有错别字。韬奋对于刊物的要求严格，且一丝不苟。

韬奋接编《生活》周刊，使这个刊物从单纯谈"职业教育"和"青年修养"转而讨论一些社会问题。这时韬奋的思想还局限在资产阶级改良主义的范畴。随着时间的推移，实践的教育，对社会的认识深化，他逐渐把自己的探索和社会的发展自觉地连接在一起，并在《生活》周刊得到反映。一九二九年后，《生活》周刊揭露国民党的黑暗统治贪赃枉法一类的文字增多了。一九三一年朝鲜惨案、万宝山惨案相继发生，韬奋马上在刊物上发出警告，呼吁人民与日本侵略者战斗。"九一八"事变后，韬奋从群众抗日运动中受到锻炼，逐步接受了中国共产党的主张和马列主义思想，坚决地抨击国民党的不抵抗主义，以言论和新闻唤醒国人，共同担负起救亡御侮的重任。当抗日将领马占山在黑龙江树起抗日旗帜时，韬奋在《生活》周刊上发起读者捐款支援抗日，没有几天筹集捐款达十五万元之巨，轰动全国。"一二·八"抗战时，他除了号召捐款援助十九路军外，还亲身参加战时后方服务。对待国民党的欺骗和妥协行为，韬奋笔下绝不留情，及时予以揭露。可以毫不夸张地说，《生活》周刊当时已成为主持正义的舆论机关和救国运动的宣传组织中心。韬奋本人也成为一名为民族解放而积极战斗的战士，最终成为坚定的共产主义者。

主持正义敢于抨击社会黑暗

主持正义，反映人民疾苦，揭露社会黑暗，这是韬奋始终如一奉行的办刊原则。他以"这小小的阵地"，替人民说话，言人所欲言，言人所不敢言。

一九三〇年十一月间，国民党军阀、安徽省政府主席陈调元，用搜刮来的民脂民膏在上海为他母亲做寿，花费达十多万元，极尽奢侈。对此，韬奋秉笔直书，写了题为《民穷财尽的阔人做寿》一文，以犀利的笔锋斥责了陈调元。

一九三一年八月的一天，韬奋拆阅读者来信，发现一封信，揭露国民党交通部长兼大夏大学校长王伯群利用权势，以数万聘金纳该校毕业生保志宁为妾，并以贪污所得，花五十万元巨款在愚园路建筑私宅藏娇。韬奋阅后极气愤。他亲自前往实地探查，并请了一位极有经验的建筑师察看估价。掌握了全部的事实，他决定在《生活》周刊上公开揭露。此事被王伯群得知，当即派人到周刊社，想以十万元贿赂。韬奋严词拒绝，激愤地对来者说："部长既然这样慷慨，不如替他捐助给仁济堂——水灾救济机关，救救几百万嗷嗷待哺的灾民吧""在做贼心虚而丧尽人格者，诚有以为只须出几个臭钱，便可以不入其中，以为天下都是要钱不要脸的没有骨气的人……"在那时，要抨击这样的当权者和这种黑腐现象，需要勇气和牺牲精神。

韬奋就是这样用辛辣、尖锐的语言，铁一般的事实，揭露抨击国民党统治集团的黑暗腐败。国民党统治集团坐立不安，曾多次派员当面威胁利诱，软硬兼施。对于这一切韬奋嗤之以鼻，毫不妥协。他曾说："我所仅有的一点微薄的能力，只是提着这支秃笔和黑暗势力作艰苦的抗斗，为民族和大众的光明前途尽一部分的推动作用。"

愿当挚友和青年朋友交心

韬奋重视与读者的密切联系，特别注重读者来信。这些读者大都是青年，来信内容涉及现实、求学、家庭、婚姻、职业等问题。其中许多青年将他当作自己的师友和兄长，时常在来信中把一些连自己父母都不愿意告诉的"秘密的事情"，说出来跟韬奋商量，使他十分感动。

韬奋对于读者来信，除了少数公开在周刊上发表并做解答外，大量的信件都是以关切的心情，针对他们思想上的特点，按照他们所存在的问题，提出切实具体的解答。每次复信，韬奋一点不肯马虎，热情不逊于写"情书"。

贵阳有个姓顾的女读者，患肺病久治不愈，苦闷之极，觉得真是生不如死。韬奋先请教了医学顾问，然后写了一封长达万言的复信，为她介绍各种养病的办法，并给她指明人生意义。半年后，那位女读者又寄来一封信还附上一张相片，感谢韬奋挽救了她的生命。苏州有位姓许的青年，把韬奋当作"私人顾问"，什么问题都来信请教，几乎每周一封，连韬奋身边的一些工作人员，都有点厌烦了，韬奋还是每信必复，循循善诱，无半点倦意。这位青年非常感激，一次途经上海，给韬奋送来一筐水果，韬奋婉言谢绝。抗战开始后，这位地主家庭出身的知识青年，毅然走出家庭。投身抗战的洪流。

《生活》周刊在当时的青年中有广泛的影响。一九三〇年十一月，《生活》周刊第一次公开招考练习生，只取四名，报考的却有来自全国各地的四百多名青年。《生活》周刊在当时青年中的影响，由此可见一斑。当时的青年、《生活》周刊的忠实读者，很多人现在已经是退居二线的老同志，每忆及韬奋，都会激动地告诉后人："是《生活》周刊教导我。使我认识到人生的哲理和生活的真谛。受了韬奋著作的影响和帮助，投奔革命圣地延安，走上革命道路。"他们长久而真挚的怀念之情，对于八十年代的《生活周刊》也有启迪，也是鼓励吧。

（原载《生活周刊》 1988 年 10 月 30 日）

致停格的微笑（外二篇）

致停格的微笑

那是一张并不遥远，却已被忘却的相片，发现时正躺在书页里泛黄。一只透明的小蜘蛛惊恐地爬过那双弯月般的眼睛，奔向停格的微笑。你曾说，微笑可以融化心头的冰雪，唤回逝去的春天、阳光和蓝天。那一刻，你躺在金色细柔的沙滩上，妩媚地展示风情万种的肢体，讥讽地表示看到了一丝邪念，声言禁止走火入魔。

一抹阳光映照在你的脸上，平添你微笑时的妩媚，拍摄是为了记录微笑的永恒。这时，湛蓝的天边飘来一朵白云，模样酷似温顺的绵羊。你恳切地说，将它摄入画面，作为永远的图腾，高悬在心上。这样，便有了面前这张本该悬挂在床头的相片。

小蜘蛛不再仓皇，从容地爬过你的鼻翼，步入你猩红的唇间，仿佛你停格的微笑是安全的港湾，阻隔一切风暴和惊涛。不错，乍结识时，谁都这般以为，谁都这样希冀，谁都如此唱贺，迷失在停格的微笑中，等待着火热的亲吻。可惜谁都没觉察出微笑中掺杂的虚假和做作，还有些残忍。

这时，你闭上猩红的嘴唇，抿得是那么的坚决，没能夺路而逃的小蜘蛛，细小的尸体永远伴随着你停格的微笑。

门上的年轮

竖写的年轮似千年流不尽的瀑布，诉说岁月的坎坷。昔日的辉煌敌不过风吹雨打，满地残红随风飘散，没留下斑驳的呜咽。我在一个雨季的黄昏，沿着故道走来，聆听门的倾诉。细密的雨丝湿透了我的衣衫，专注全然没顾及。

于是，我听到一个声音诉说着铿锵，牧歌的悠扬和池塘边农舍袅娜炊烟的轻盈。牧歌起、炊烟舞。一个巨人以坚定的步伐走来，碾碎秋日的飞叶，踏过隆冬的雪片，至于春的絮、夏的潺，变得软弱无力。巨人的步伐势不可挡，踩出时代的步点。乐章里，我看到壮丽的景象，一辆古老的大车载着一个部落行驶在旷野中，留下一道道深邃的车辙，蜿蜒伸向远方，消失在不知名的地方。当大车隐显在地平线上的杂草丛间，车上堆满沉甸甸的谷穗，放射出如同太阳般的光芒。这时，车辙宛如五线谱，笔直的横条上出现了喜悦的音符，奏响凯旋的嘹亮。

我的手抚摸着木门，质地光滑细腻，纹理阳凸泛黄，好像是工匠所为，更是巧夺天工，没有丝毫雕凿的痕迹。一定有一双巨手，不住洗刷，擦去了曾经的积尘，令人遐想。

已无需推开木门，步入庭院，阅读长廊上石碑里讲述的故事。无意间，触碰到深沉的狮头门环，沉默长远的铜环，发出铿锵，牵动千缕魂丝。

瓷陀

从遥远的沙漠走来，耳畔失去了风的呼啸，流沙滚石的轰鸣。踏过戈壁的脚趾，站在绿绒绒的毛毡上显露出局促。你抬头凝望前面的完美，禁不住淌出痛苦的泪水。

为什么坚韧不拔地走来，等待自己的仅是温馨、静谧，没有雷鸣、风暴，脖颈下风采无限的铜铃失去独特的旋律。

你无可奈何地站着，显得疲惫，一成不变的站姿损伤了你的肌体，刺骨的疼痛中，丧失了铜铃再起的心愿。终于有一天，你觉得大脑僵缩，撞击不出思辨的火花，于是你变得麻木，试图改变自己的呆滞。渴望也了泡影，随波远逝，你觉得死期将至。

你努力抬起前蹄，反复数几次，都以失败告终。你倔犟地仰起脖子，深信穿越沙漠走过戈壁练就的毅力依在。你又一次举足，脚趾似乎已经离开毛毡。就在这瞬间，一阵不明原因的震动，摇晃即将起步的你，你倾斜身子，沉重地跌倒，支离破碎成了一片狼藉。

你不悲哀、后悔，在倒下的刹那，铃儿发出了悦耳的真情，粉身碎骨也不足叹息。只因铃儿没有失去昔日的风采。

五色的残骸静默地躺在地上，犹似一丛盛开的玫瑰，展示出超凡脱俗的优美，默默地开放，倾诉无法言传的衷情。

这时，女主人提着一把棕扎的扫帚，絮叨着你往昔的雄姿，轻盈地收拾残局。你微笑着无动于衷，深信她一定没有听到破碎前的声音。

（原载《生活周刊》 1988 年 10 月 12 日）

等待新生儿

户外极冷，连月亮也似被冻得缩了回去，一片黑茫茫。妻子依偎着我，站在寒风中。

"冷吗？"

"我浑身冒汗。"

我知道这是她腹中胎儿试图降临的缘故。我心里念叨：等一等，请你等一等。眼睛一刻不离那通宵车应该出现的地方。等一等，请你等一等。这世界需要有足够的耐性。

终于，公交车来了。司机疏懒地没把车子停靠到位，车上跳下乘客，售票员关上车门。

"等一等，请你等一等。这里有产妇。"

我脱口喊出了这句反复在心里出现过的话语，搀扶着妻子踏进车门，车门忙不迭地关上了。我的一只脚卡在门缝间，叫唤也没用，车已经启动。

"忍着，到站就好了。"

忍、忍耐、耐性，反正一切只能在慢节奏中才能进行，就是委屈了那只脚。

区产院。我把妻子安顿在一张长椅上，她紧咬双唇，额头上渗出一层豆大的汗珠。我急忙去敲打夜间挂号的小窗口。许久，传来拉动插销的响声，一张慵倦的脸出现在窗口里，她不时用手捂住打哈欠的嘴。"乱敲啥，等一会儿就不行？"

我有什么办法让妻子腹中的胎儿也等一会。

赶紧递上证件和产前预约检查卡，女人抱过灌有热水的盐水瓶焐手，漫不经心地看起那些纸片。这般磨蹭，一定是对我先前搅了她的好梦的报复。她看完一张，随手扔出一张，最后递给我一个极大的牛皮纸口袋，"拿去，上产房"。

我架着妻子的胳膊，她以及我即将来到这世界的孩子的分量，全部集中在我的身上。我吃力地朝着亮小红灯的产房走去，步子迈得有些艰难。

"男的不要进来。"一个护士从门缝里探出半张脸，粗声粗气地呵斥一声。我松开手，妻子扶住门框，挪步走进产房。护士也是女性，即使现在不是母亲，将来也会是。但，她没伸出手搀扶我阵痛中的妻子。

我站在产房外，听候妻子的消息。掏出烟，叼在嘴上，摸出火柴，怎么也点不燃。凑着小红灯闪出的亮光，仔细一辨，火柴头上仅黏着一层极薄的氧化剂。这时，我才记起，这半盒火柴是边用边挑剩下的，能用的早化成灰烬了。我随手扔掉它。

"什么呀！"脚边响起一个男人的声音，不满地嘟哝了一句："进产房，像是进了牢房，一点信息也没有！"他也准备抽烟，我递上一支。他用一只洋派的打火机给我点火。他猛吸一口，发出咝咝声："上半夜进去的，现在……"他抬腕看表，"二点五十。"他告诉我，他等了大半夜，迷迷糊糊瞌睡起来。数九寒天，这般躺在地上瞌睡会出毛病的。

"没办法，回去也睡不着。等在这儿心里踏实。"等着，什么都要等着。耐性把人拖进了梦境中，一通虚幻。

这时，产房门开了，妻子蹒跚地走来。门缝间出现护士的半张脸，"宫门没开，带她回去。"我失去了耐性，猴急起来。这似乎才是我。"医生，大老远地赶来，再回去生在路上怎么办？""宫门没开，不等着叫我咋办？"随即护士半张脸消失，门砰然关上。

"只有回家。这孩子耐性蛮好，一定是个好公民。"妻子不无调侃地说。我无可奈何，总不能让妻子在寒风中等待新生命的降临。

"喂，你们是在这里做产前检查的吗？"依旧是那半张脸的声音。

"是，是的。"我忙不迭地说。

"那进来吧，如果是其他产妇只能打发了。"

我又一次徘徊在产房门前，竖起耳朵听产房里有没有妻子的动静。

"外国产房里有闭路电视，专门让丈夫看妻子生小人。"先前的那男人凑近我说。

"国内也有，就是没普及。"

"普及？生小人也不让人放心，普及闭路电视？不要忘记初级阶段。"我无言争辩。

门里传来妻子声声惨叫，撕心裂肺。我真想冲进去，守在妻子身旁，给她一份慰藉和力量。妻子说过，如果我在她身边就好了。产房门开了。"×××家属，这些东西带回去。"随着话音，那半张脸扔来一大捆的衣裳。我莫名其妙地抱着，不知所措。"不需要了，这里有空调！"

"她生了吗？"我急切地问。

门内传出冷冷的回答："等着！"

我表现出极大的耐性，等待产房里传来新生命诞生时那宣言般的哭声。但愿他（她）再也不要忍受等待的煎熬，因为他（她）属于二十一世纪……

当我茫茫然重又出现在产院时，产院真有点监牢的味道，一道银灰色的大铁门挡住去路，连产房的门都不能靠近。铁门边，站着几个套红袖章的纠察。我上前探询。"那儿有张小纸条，有你老婆名字，说明生了。"我跑向用夹子拎在铁门上的纸条，终于发现了妻子的姓名。一阵短促的喜悦过后，疑虑顿起。妻子生产得顺利吗？是男孩还是女孩？模样如何？

"下午四点探望。"还是需要等待，没有足够的耐性一定会逼出精神病来。寒风中，那张纸条孤零零地舞动着，我不禁想到了铁门里的妻子。

下午，我早早地等候着领取探望牌。不一会，身后出现了一支长长的队伍。人们又在等待，有的翘首盼望，有的低头沉思。轮到我领牌子，发牌人说没有这个产妇。荒唐透顶！等待多时，换得的竟是这等答复。

"再等等，住院部的人送来的单子没这人。"发牌人解释。

"一定是他们弄错了。"

"纠错也须要等待。"

等待耗去了我们许多时间，生命在等待中衰老。可想到即将看到新生儿，便又续到队尾，开始了新的等待。

妻子躺在病房的过道上，身下是张硬板搭成的临时床。她瞧着比她迟进病房的产妇，躺在柔软的病床上毫无怨言，睁着双大眼似乎在等待什么，也许是我的到来。见到我，她苍白的脸上浮现出微笑，"是男孩，进产房不久就生了"。

"我能见到他？"我急切地问。

妻子合上眼睑，没回答。"不能？"

"需要耐心地等待。3天后给孩子喂奶时我才能看到，你大概要等到我们母子出院时。"

"多久？"

"一个星期左右。不过别急，新生儿室在二楼，你去瞧瞧哪个是我们的儿子。"

我苦笑，那么多新生命我怎能认的？妻子看出了我的心思，笑了，轻声说："那就等着呗。"

等着，人们都这么说。我们的耐性真能等来我们梦寐以求的一切？而且，还要教会下一代如何等待和具有耐性？

离开产院之前，我还是去了新生儿室。透过玻璃门，我看到了一个崭新的世界，聚集着世上最年轻的公民。他（她）们身裹白色，躺在洁白的床上，一排排、一行行，难以估算。突然，有一个婴儿皱起眉，憋红脸，动一下小身子，试图胀破身上的襁褓。他急躁地哭了起来，引来一片哭声，气势恢弘，令人惊叹。我觉得那个率先大声哭嚎的生命，便是我的儿子。我伫立着，久久不愿离去。面对着这些新生儿，我一下子觉得自己衰老了许多，大概是等待太久的缘故。

（原载《小说界》1989 年 4 月刊）

特写篇

从淮河边走来的克强

我见过一些领导人，没有见过李克强。这些年，我花了不少精力行走在淮河边，耳闻不少关于他的故事。

定远人称呼时任总理的李克强为克强，很少连名带官职的。他的祖上在这里生活，祖屋也在，据说他还有亲戚在这里务农和做小买卖。大概是家乡人的缘故，这样的称呼亲切自然。我见过那祖屋的照片，草顶泥墙，与那时的农舍并无二致。一天，定远的友人驾车一起去寻访古战场，途经时告诉我，"克强的老家就在附近，顺道几分钟就可以到"。自从研究近代史后，我走过不少"大人物"的祖居地，当地出于需要常常把它搞得神神道道，说风水如何。我是不信这个的。"大人物"是时代、自身的智慧能力、努力和机遇的结果，与祖屋风水一般没有多大的关系。有一些生活经验的人都会择宜居之地而住，宜居之地必为良处，符合居住的一般规律，喜欢风水的人总以风水的方式进行解读。于是，小车便没逗留。

车上，友人告诉我，克强早年在这里居住过，时间不长。现在，修缮后，保护了起来，也没有挂什么牌匾，但是当地人都明白。"他在这里大概是什么时候？"我问。"十年浩劫时，省城没办法上学了。回老家，一边放牛一边看书，有时还在庄稼地护青。"友人回答。

我脱口说了一句什么什么之乡的话，是因为记起历史上定远还出过李善长、胡惟庸这样的名相，那是五六百年之前的事情……

挨着定远的凤阳，紧靠淮河，是朱元璋的老家，我去过多次，自然知道李克强曾经在这里插队落户过，地方就在明皇陵边上，但是从来没有去过。听说也有修缮。后来，我领着沪上文史以及电视专家赴凤阳考察明中都，从明皇陵出来时，朋友陈怀仁、夏玉润特意安排去了东陵村的知青点。

李克强大约是1974年春，19岁时带了两木箱书到这里"接受贫下中农再教育"，开始了四年多的知青生活。那时的凤阳贫穷，生活条件极差，由于水土不服，他曾经一度皮肤溃烂。李克强照样坚持每天到田间劳动，从不叫苦。据乡亲们回忆：他一年到头背着个挎包，上面印有"为人民服务"的字样，包里装着干粮、咸菜和书。其实，当时的年轻人都喜欢背这样的挎包，几乎与部队战士背的没有什么区别。不过，不是每个人包里面都装有闲书的。他在下地劳动间隙，常常一边就着咸菜啃干粮，一边读书。知青点的生活有点糟糕"没人烧饭"，谁也不服谁。李克强当知青组长之后，知青们逐渐开始安心学习和劳动。他不是一个天生具有魅力收服人心的人，他会讲故事，比如把《流浪者》（1953年的戛纳获奖作品）讲得很十分精彩，这种才能在缺乏娱乐的乡下备受欢迎。表现出色的李克强成了凤阳县"知识青年先进代表"。他在这里入党，21岁担任大庙大队支书。在老乡们眼里仍然是那个刚来时穿着背心短裤看青放牛的青年，本来就近视的他长期点煤油灯看书，视力又有一些下降。他并不长于力气活，修水库的时候，他是加入背石头的大队干部之一。年轻的李克强有两个法宝，一是自己埋头苦干，二是给大队的管理做减法，实行更公平的按劳计酬。高考恢复后的第一年考入北大，收到录取通知书时，据说他还在田间劳作……

他来到凤阳插队落户时，教育部以及所属单位的五七干校已经在凤阳，王剑英也下放在这里，他是人教社从事历史地理的编辑，利用空余时间，对县城内的明中都进行实地考察，写成《明中都城考》。一次，他在火车上邂逅李克强的父亲李奉三，李奉三介绍儿子喜欢历史。王剑英回到北京后，经常与李克强书信来往，发现他还是很有历史基础，读过不少书。1977 年传来了恢复高考的好消息，李克强跃跃欲试。在填报志愿时，他有一些犹豫。王剑英早年就读燕京大学历史研究院，对燕园有份特殊的感情，写信告诉李克强应该报考北大。李克强在为纪念北大 110 周年所写的《师风散记》一文中，曾回忆道：在填写高考志愿之前，曾收到王剑英的来信，"他早年毕业于北大，深以为那里有知识的金字塔，因而在信中告诫我，要珍惜十年一遇的机会，把北大作为唯一的选择。当时的我，多数时间是和乡亲们一起为生存而忙碌，几乎不敢有奢望。在生存欲和求知欲的交织驱动下，我还是在第一志愿填写了本省一所师范学院的名字——据说在师范学院读书是不必付饭钱的。即便如此，我对北大依然存有难以抑制的向往，于是又在第二志愿的栏里填下了北大。大概是因为北大有优先权，没有计较我这几乎不敬的做法，居然录取了我。"

当时，李克强把北大历史系填为第二志愿，没想到被北大法律系录取了。他托王剑英了解怎么没被历史系录取的情况。谈到高考，他对王剑英兴致勃勃地说，考地理有一道题问地球的半径，难住了他。他想起毛主席的诗词"坐地日行八万里，巡天遥看一千河"，周长半径二派 r。用诗词、数学的知识巧解地理的考题。

到北大上学后，李克强经常利用休息日骑着自行车来王剑英家聊天，请教王剑英应该读什么书。王剑英给他开了一串书单。没想到的是，他在完成繁重的学业外通读了这些著作，并和王剑英进行探讨。每次离开王家后，他还要去西单新华书店看书买书。有人问他怎么会有这么多时间，李克强回答每天只睡四到六小时……王剑英在香山编教材时，他还特地去看望他，并留下合影。后来，李克强当上了领导干部，与王剑英依然保持联系，逢年过节送来贺卡、花篮、果篮。

李克强帮助出版王剑英著作一事，我早有听闻，并不知道细节。友人夏玉润是身在凤阳的明史专家，亲身参与了这事儿，他回忆说：2002年与陈怀仁写信给时任河南省委书记的李克强，商谈王剑英著作出版一事。李克强接到信后，先给王剑英夫人打电话，询问是否知道这事。他获悉属实后，叫省委陈副秘书长打来电话，"要我们将书稿寄给他看看。李克强看过书稿了，表示同意出版。并问我们想放在哪里出版，河南、安徽、北京都可以。当时我们建议在北京出版。他同意了，让我们来郑州取书稿，见一次面。不巧的是，我们到达郑州那天，兰考县黄河大堤内有两处小圩子破堤，他陪同国家救灾队指挥抗洪抢险去了，是陈副秘书长接待我们的。之后，克强同志亲自安排由中国青年出版社出版发行。当时经济不发达，出版一本书，特别困难"。

感人的不是李克强帮助落实出版社的事，而在下文。近日，夏先生在微信里发表了如下一段文字，是中青社相关负责人胡守文的回忆："起先是李克强的秘书打来电话来，说李书记的老师要出版一本历史书，叫我们帮助出版发行。我答应了。两三天后，我到河南出差，打电话给李书记办公室，想当面请示出书的事情。秘书说他不在，回来后向他汇报。晚饭后，李书记给我打电话说，自己的一位历史老师，已病故了，研究明中都很有成果，有人编成了一本书，想在你们那出版。我满口应承。李书记又说，这是研究都城史的史料书，可能读者面窄，销售量小，要贴钱的，贴的钱由我付。我说，李书记，你从来都没找过我们办什么事情，这点小事，我们给你办了，不要你付钱，如果书的内容好，也不一定贴钱。他又说，我了解，你们各编辑室都是有经济指标的，都不想接收销售量不好的书稿。再说了，领导打招呼的书多了，你们也承担不起，一定不能要你们贴钱。我还要再坚持。他说，如果贴的钱不要我付，就不在你们这里出版，我另找出版社。最后，我只有同意他的意见。"

淮河是一条让我魂牵梦绕的大河，与秦岭共同构成我国一条重要的南北分界线，两岸诞生了老子、庄子、管仲、孙叔敖、刘安、张居正等一大批古代哲学家、思想家、政治家、军事家、文学家、水利学家……形成探寻事物发展规律，遵循规律、依照事实办事，尊重人性、反对强权的淮河文化特质。从淮河边走来的李克强，与这一特质有着内在的联系？我无法说清楚。也许淮河边绽放的黄花会告诉你……

（作于 2023 年 11 月 2 日上海）

你是云，无言胜有言——怀念父亲

在记忆中，生活中的父亲话语并不多，更多的时候是一种沉默。他的寡言如同水墨画中的留白给人遐想，与浓墨重彩共同构成一幅令人起敬的画卷。

父亲很少教导他的儿女，告诉他们要做什么或者不要做什么，更不会特意安排儿女的前程。但他用心去爱他们，坚信只要在孩子心中植入爱和美，演绎出的力量一定会让孩子成就自己，远胜苍白的说教、具体的奔波和操办。

记得在我四五岁时，父亲常常利用星期天，带我去他曾经工作过的华东局外事处，那是在上海南京西路上的一组豪宅，据传是巨富郭家的产业，1949年后成了政府机关。我第一次进入如画的大花园玩耍；第一次看到巨大豪华的会客室和晶莹剔透的大水晶吊灯；第一次触摸到沙发地毯钢窗蜡地板，这一切对一个孩子来说，简直是美轮美奂的梦幻世界。但父亲从来没有对我说美不美的话，莫非父亲没有审美能力？也许不说更加美妙。

一次，我在豪宅前的大花园里玩耍，走上一座小桥，一不小心滑落到水池里，成了落汤鸡，是外事处派车把我送回了家。但是父亲坚持不坐公车，徒步回了家。后来，在我有一定经济能力后，总想拥有带着花园的房子，最好是带有水池的那一种，恐怕与此有关。

文革时我才五六岁，家里有一间六七平方米的小房间，在石库门的底楼，出入方便。那时，小房间成了父亲工作的学校各派系人物的接待站，保皇派、造反派，教工、学生都可以自由进出。父亲非常从容，总是听得多，说得少。一次，接待造反派学生，来的人非常亢奋，父亲怕我受到惊吓，把我抱在怀里，静听他们的说辞。

文革中后期工宣队派驻学校，负责人姓沙。父亲与他非常冷漠，即使晚年与沙姓工宣队负责人住得极近，从未见过父亲与他有所走动，也绝少提及。父亲没有告诉我为什么。十年浩劫时，他的老战友老柳，在一家医院任院长，他曾是战地医院负责人，立有军功，又是高等级的残废军人。他被打倒了，在门诊大厅里的一张桌子上，整天埋头写检查，身后的墙上贴满大字报。父亲带我去探望他，让我大声叫伯伯。

这一切，父亲从不解释。细品其中包涵他的爱憎……

父亲在我所谓的人生关键时刻，也绝少有"关照"。在我高考名落孙山后，他没一句埋怨，而是送了一部大书《辞海》，对于当时而言可谓为昂贵。递过书时，他没叮嘱，更没有教导，又是一片空白。

空白是什么，如云如水，让我喘不过气来，迫使我不能退缩和止步。后来我的自学与文学创作，父亲从来没有干涉过，只是默默地支持。1984年1月，我的处女作在小说期刊上发表，父亲没有一句半言的嘉奖，只是说，继续。我知道他一定是挺高兴的，因为从他的同事那里知道，他们读过我的小说。之后，接踵而来的是退稿。他说，全当作素材积累，以后会派上用处。

同年九月，政府机关第一次公开向社会招聘干部，也就公务员招考的前身。我没对父母说，径直去报了名、参加考试。等待录取通知时，父亲知道了，没表示什么，也没找什么人给予关照。我知道他与这个区的党委、政府主要负责人有着良好的关系，甚至有的领导是他推荐上去的。我如愿地进入该机关的核心部门工作，父亲只有一次来看过我，而且是匆匆来匆匆去。直到我执意离开，去一家文化机构工作，区委副书记才知道我是谁的儿子，生出挽留之意。但是我还是走了，父亲也没有表示反对。

许多时候我总在猜测，父亲似乎并不主张我"从政"，谋取一官半职，而是希望我具有专业技能。这种猜测似乎也左右着我的选择，冥冥之中我总念着自己的选择是否符合父亲的期望。其实，父亲从来没有表白过对我的期待，没有说的力量大于告白，但一切又因人而异。

1992 年以后，我进入电视台参与策划了《上海早晨》《今日报道》栏目，并承担了《今日报道》的主要编辑、采访、播出任务。电视在那个年代影响千家万户，电视新闻工作节奏快、信息量大，需要准确、细致，我既在第一线采编，又需要负责播出，工作极为繁忙。父亲和母亲分担了我小家庭的许多家务，父亲并不擅长这类事务，默默地辅助着母亲承担了许多，无声支持我的工作。其实，父亲那时候已经离休，还担任着单位的顾问，由于涉及校舍建设，工程质量一直是他牵挂的事儿，我曾经目睹他因为工程质量一夜白头。

电视新闻的影响力和著作出版引发媒体的关注，许多亲朋好友向父亲道贺。父亲没有向我转达，而是说了句："人生沐春须知寒，寒时不忘春意在。"接着，依然是意味深长的沉默。

十年之后，我离开电视台创办自己的企业，父亲明白这是一条不易走通的路，但是他没有阻拦，也没有鼓励，仅仅告诫不要因为赚钱而触及法律和道德的底线。又一个十年过去后，父亲看到企业的存在，也没有什么夸奖、赞扬，而是时常来公司走走看看，与员工聊聊天。

我不得而知，父亲的少言寡语是源自他的个性还是个性之外对人和社会认识的大彻大悟，或者两者皆有。可以肯定地说，父亲的少言和沉默，是一种力量，增添了他的魅力。

父亲从不告诉我他过去的经历，但我知道他的故事，那是战争、硝烟与军功的交织。暮年的父亲，似乎话多了起来，常伴有笑声，出自肺腑……

2015 年的春天，父亲躺在沪上西南一家医院的病榻上，与我已经无法对话，安静得能听到时钟秒走的细微。他没有遗言、没有呻吟，如一片无声无息的白云飘去。我眼睁睁看着他，再而三地呼唤也无法挡住他离去的脚步。

后来，我含泪写下挽联，悬挂在他的灵堂上、镌刻在他的墓碑上，烙印在我的心里："御侮渡江凯旋上海立功永在，育人建校信念坚定光彩照人。"

（作于 2016 年 3 月海上锦园）

悼念墨炎师

一早出门，坐上地铁，习惯性地打开手机，见友人发出微信，说倪墨炎先生辞世。茫然望着人群稠密的车厢，恍若墨炎先生就在他们中间，浓长的眉毛下，一双睿智、犀利的眼睛，在眼镜片后闪动。

最后一次见到墨炎先生，是在韬奋纪念馆成立五十周年纪念会上。那时，他已从馆长位置上退下来数年，老态超出他的实际年龄。问后知道他正在写几部大书。留影后各自散去，一晃数年。

墨炎先生大约是在90年代初来纪念馆的，当时我刚借调到电视台，评职称的事情还在原单位，有人对我评高一级职称颇有微词。他说：评职称又非评劳模，主要看业务能力。一句话堵住了别人的嘴。

其实，那时我们交往甚少，无非是他读过我写的文章和出版的书。他执着地敢说真话，让我感动。这不仅他对我个人，更在于他的著作中的真言，当然会得罪人。记得一位担任某杂志主编的朋友，通过我向墨炎先生征稿。那本杂志刊登了几篇他的文章后，再没用他的文章。朋友告诉我，倪先生的文章尖锐引起争议，逐渐就不用了。

那年，我负责优秀图书出版基金的工作，向他征集资助项目。他没有把书稿直接寄给我，而是由出版社统一报到我这里。因为是本集子，相当一部分文章已见诸报刊，故没获得资助。我小心翼翼地在电话里向他解释，他一口绍兴官话，以同志称我辈，笑着说：我理解。

墨炎先生的笑是大声的，极具个性。可以说他著作等身，是国内有名的鲁迅问题研究专家，处理行政工作节奏明快，一副精力充沛的模样。其实那时他已年逾花甲。

墨炎先生提携晚辈是无私的，如指导我处女作发表的左泥，动笔帮助我修改书稿的周天等前辈。我从他们身上学到的不仅仅是做学问的本领，更是他们的品质——数千年人文精神传承者所承担的责任。这在市场经济发达的今天，我们还能坚守吗？

（作于 2013 年 9 月 13 日沪上地铁）

难忘谢比亚的眼睛

谢比亚托夫斯基有个颇长的中文译名，他似乎不太喜欢，再三表示改短一些，就叫谢比亚。他知道毕加索在中国的名字也只有三个字。这叫入乡随俗。

谢比亚是波兰的著名画家、雕塑家和诗人。七十六岁的他有一双浅蓝色的眼睛，像年轻人一样闪烁出灵动，敏锐地捕捉周围感兴趣的事物。

作为波兰画坛后印象主义派向抽象派转化的代表画家，他的画被大英博物馆、俄罗斯国家博物馆等 95 个美术馆收藏。五月末，我与他在浦东机场相见。他在经纪人的陪同下转辗华沙、莫斯科、北京才来到上海，长途劳顿颇显疲惫，在蜂拥而来的人流中，他显得极为普通，甚至一点不起眼。然而，当我与他近距离接触时，注视他的双眸，感受到它的魅力。

老头儿很幽默，说每到一处，下飞机都会有鲜花，而现在没有。我为自己的疏忽而道歉，吩咐朋友办理。令他没想到的是，之后每到一处都有人为他送上一束鲜花，这一下可乐坏了他。

谢比亚二十世纪五十年代来过中国，那时他非常年轻，作为波兰青年艺术家和诗人的代表之一，受到周恩来等国家领导人的亲切接见。至今回忆起来，他眼睛中都会充满幸福。

他是一慈祥的老头儿，单独把我引到他下榻的房间，为我介绍他的作品。他早期的作品带有强烈的印象派的特征，附着于独特的装饰效果，一定会让中国人喜欢。但是他的后期作品，风格陡变，有点让人难以捉摸。这些作品与他故乡的山峦、湖泊、白云、植物、女性有关，构图洗练，颜色考究，甚至不乏夸张和幽默，让人不能一眼读懂他的艺术语言。他用诗人叙述时特有的抑扬顿挫向我介绍自己的绘画艺术，起始于后印象主义，演绎成独特的生物形态，或称之为生物抽象，再进一步几何抽象；他的作品来自对周围现实的观察、分析，变成形态上的绘画；这些作品是他认识世界的方法，形成自己的艺术哲学和绘画语言。

独特的艺术形态无疆域，也许一眼不能明了，细心赏析能品味其中的平静、激昂、思索和追求，就像他的眼睛。过了四个月，谢比亚又来到上海与我见面，脸上皱纹增加了许多，也变得更深，不变的是他那双具有大师风范的眼睛，时刻闪动着捕捉着瞬息而变的世界。他说这次回波兰，将创作中国元素的画作和诗歌，奉献给中国人民。

他呷着黄酒，用波兰语告诉我，这酒像他故乡的蜂蜜酒——"甜"。趁着酒兴，他送我一本绛红色封面的诗集，其间印有他的绘画作品，说这礼物是一种象征，他知道我不懂波文。我送他一本汉语的书作为回赠，回复也是一种象征，读得懂读不懂不重要，重要的是见证。

（原载《文汇读书周报》 2012 年 10 月 26 日）

谒晤巴老

　　1988年初秋的一天，邹韬奋夫人沈粹缜传来话，说巴金小恙住进了华东医院，能够比较方便地拜访他。于是，我和同事精心准备着去看望仰慕已久的这位文学老人。

　　对于巴老，我是先知道他的名字，后才读到他的著作，其间的跨度大约有靠十年之久，这一现象恐怕只有在"文革"特殊的年代里才有。"文革"期间能够读到的书刊不多，家中藏书大部分被焚，尚存的书籍中有一本厚如大砖的《新名词辞典》，我对它爱不释手。辞典出版于1953年，分为政治、经济、国际、历史、地理、社会等编目，自然这些对一个小学生来说，肯定如"天书"，让我感兴趣的是人物部分，收录不少中外名人条目，以笔画排列为序。在方志敏和毛泽东的条目之间，便是巴金。毛泽东三个字对于那时的孩子并不陌生，在他的条目旁的空白处还清晰地留着我稚嫩的笔迹，对他的颂扬；方志敏的故事在我幼年时就听过，翻过那本杏黄色封面的小册子《可爱的中国》。然而，巴金的名字却十分陌生，词条也简略，不足150字，但对这一夹在这两个人之间的名字，生出许多的好奇和疑问；对他名字后面的作家两字产生神往。后来，我问母亲读过《家》《春》《秋》吗？母亲说，原先家里有，不得已全毁掉了。

　　突然有一天晚上，母亲说吃完饭后赶紧到对面的书店排队，明天有《家》

《春》《秋》买。那是 1978 年的深秋的上午，阳光暖和地照在人们肩上，我捧着一大摞书走出书店，其中就有人民文学出版社在"文革"后第一次出版的巴金著作。那时，我还是一个想法很多的少年，抱着书有点意气风发的样子。

在相当长的时间里，我产生过与巴老近距离接触，当面聆听他教诲的念头，又想这是一种奢望，一个文学青年与文学泰斗之间相距甚遥，即使你的作品发表、获奖，也难以觅得通道，与他一晤。

那年的 9 月 7 日是我 27 岁生日的前夕，听说能见到巴老，激动得就像初次捧读那册浅蓝色封皮的《家》一样，怦然心动。那个下午，阳光柔和，推开巴老病房的门，看见他正端坐在临近落地窗旁的一张写字桌前伏案写作，阳光透过窗棂，洒落在他银白色的头发上，抚慰着他那蓝白相间的病号服，老人神情专注地用钢笔一笔一划地在稿纸上写着什么。他见到我们来了，试图站起身迎候，终因腿脚不灵便，没能实现。我和同事迅速走到他跟前，想去搀扶他。大概因为是陌生人的缘故，他没有接受，而是敏捷地折叠起稿子，迅速把它藏到一大叠手稿中，连贯灵敏的动作，让人很难想象这是一位八旬老人的反应。然后他微笑着让我们搀扶着坐进一张浅咖啡色的简易沙发里，与沈粹缜老人亲切交谈起来。趁着他们交谈的空隙，我打量着眼前的一切，一位令人敬仰的大作家，书桌上除去稿子、钢笔外还有的是寻常百姓家常用的塑料保温杯，白色的盖子、天蓝色的杯身那种，一切再普通不过了；他的一件半旧不新的蓝色两用衫，静静地挂在一旁的衣架上，像在陪伴老人写作、思考。

端详面前的老人，白发有些蓬乱，鼻梁上架着一副琇琅架眼镜，一袭病号服，一双棕褐色的坡底凉鞋，一根不离手的拐杖。如果，他信步在大街上，与许许多多老人一样平凡、普通。他讲话带着浓重的四川口音，语气缓慢，和蔼、平静，让人听起来有些吃力。

在拜望巴老前，我和同伴作了预谋，准备了照相机与他合影，却有些犹豫生怕被他拒绝。故借着他与沈粹缜老人谈话时，挨个儿靠近他，凑到他身边，偷着合影。轮到我时，没有挪动那张蒙着绿丝绒布的椅子，而是半蹲着凑近在老人身边。老人似乎发现了我们的举动，于是，停止交谈，转过脸来，示意我坐着，安详地与我合影。一张珍贵的照片，藏在了我的相册中，十七年间经常拿出来回味。

回忆那相见的时刻，除了对他的问候外，并没有多的交谈。然而，这短暂的见面，不单纯圆了我多年的梦，而且给我留下了深刻印象，一位巨人的平凡。

后来，我有幸拜访过不少京沪两地的文艺界的前辈老人，其中也有人摇着躺椅、逗着名犬，贵族气十足地与人交谈，似乎自己是天底下一等一的大佬。我心里暗自比较，越发体会出巴老的伟岸。

（原载《上海家庭报》 2005 年 11 月 2 日）

曲先生的赠予

收藏的画作生出霉斑，交给裱画师傅，再回到手里一切如新。画是曲章富先生十多年前送的，他曾对我表示一定要为我作一幅画。不久，他唤我去他复兴路上的寓所，展开画卷是他拿手的戏曲人物画，右侧题有"宝刀送勇士，红粉送佳人"的字样。我以为白衣者舞刀，犹如王伦。曲先生说："清风在身，侠义于心。"我有点纳闷，不知如何应答。

结识曲先生时，他不足六十，但看上去七十有余，瘦弱的他手里不离纸烟，一根接着一根，指间熏得蜡黄，伴有不断的咳嗽。曲先生早年毕业于中央美院，曾主编《当代中国书画家》系列丛书、擅长书画文物鉴定。上世纪80年代开始从事戏曲人物的研究和创作，曾在港台、泰国、新加坡、日本等地举办过"戏剧人物"专题画展，1996年获联合国教科文组织颁发的"中国民间美术家"称号。作品有《川剧小品》《梨园戏长卷》《梅兰芳的贵妃醉酒》等。我与他相识，大约在他获得上述称号不久，但他没有一点"美术家"的架势。

那天，受邀去他家，客厅兼画室里有许多宾客，有画坛中人、有媒体人，由于不熟免了闲聊，便也离去。曲先生送我到院子大门口，说：这画中的人与你有几分神似。我诧异。

我和曲先生的来往并不热络，偶尔通通电话，再见已是次年的艺博会，他高兴地告诉我，画卖得不错，而且是真心喜欢的买家。又过了许久，不知他从何处得知我乔迁，特地送了一幅《钟馗骑驴图》给我镇宅。

也许我们是离得较远的朋友，没人告诉我他病故的消息，获悉时已经阴阳相隔多时。我觉得，我与他心是相通相连的。

（作于 2015 年 9 月沪上锦园观旭楼）

一个美国人的创业历程

2002 年 2 月 8 日　犹他州府盐湖城。

一个令人终身难忘的夜晚，巨大的体育场人流如织、人头攒动、一片沸腾。一位前往采访的中国记者抑制不住心中的激动，在报道中写道：此时，埃克尔斯体育场火树银花，晶莹剔透，光芒四射，一片辉煌。一场以英雄为主题的表演震撼人心、感人肺腑，表演滑冰者身上带着火花速滑如流星刹那闪过，让每个观摩者沉浸在梦幻与现实交融的缤纷世界里，发出一阵阵喝彩。

之前，世界 77 个国家和地区 2531 名运动员鱼贯入场。身穿红黄白三色冬装的中国劲旅，满脸笑容地手摇着小五星红旗，迈着自信的步伐踏入会场，引得全场雷鸣般的掌声，人们欢迎来自大洋彼岸的中国运动员。

为这支队伍开路引道的不是妙龄美少女，而是一位身材高大的美国中年男子，他头戴美国西部牛仔帽，高擎一块蓝牌上写着 "Peoples Republic of China"，步伐矫健地走在中国劲旅的前列。他神情既激动又有些紧张，这恐怕是他平生第一次做引领员的缘故。这男子是谁？观众席上，如新的员工发出了会心的微笑，引领员是本公司资深副总裁罗乐宾（Brook Roney），是这家企业创始人之一。瞧，他举着牌子、迈步的认真劲几乎与平日工作时一模一样，却没了平时的幽默、风趣。

　　盐湖城冬奥会主要赞助商的如新公司，选择充当中国运动队的引领员，并不是罗乐宾个人意志取舍的结果，决策来自企业高层。作为一个国际性的集团公司，他们聚焦中国大陆。在一片拥有 13 亿人口的国土上，持续的经济发展有效地提高了人们的生活水平，巨大的市场消费能力令人倾心；在那 960 万平方公里上，有着丰富的原材料可供生产。而且，从植物中提炼生产出的护肤品适合中国人使用，产品理念也容易让他们接受。他们悄悄进入中国大陆，敏锐地意识到，现有在中国大陆的投资远远不够，尤其中国加入世界贸易组织后，拓展市场更为重要，决定在较短的时间内开出上百家专卖店。他们看好中国，就像罗乐宾看好身后的中国代表团一样。

　　也许是巧合，也许是真诚，也许是灵验。果然，好运降临中国代表团，不仅实现了金牌零的突破，而且有 2 金、2 银和 4 铜牌入囊，圆了 22 年的梦想。运动员、教练和观众席上的华人为之喝彩，同时也激动了罗乐宾的心：中国，一片古老文明的大地绽放出鲜艳的现代文明之花，伟大国度是人类未来的新希望，她将是活力无限的地方。

　　曾经被美国列入全球八家超常规发展的如新公司，以 5000 美元起家，经历 20 年的发展，创下销售额 10 亿美元，拥有全球三十多家分公司，事业版图遍及美、亚、澳、欧四大洲。

　　这一切，与一个刚从大学毕业走向社会的年轻人，在日常生活中感悟到致富的奥妙有关。

纯朴美丽的普洛沃

　　普洛沃市（Provo）位于美国犹他州，紧邻州府盐湖城，是一个名不见经传的小城，对许多中国人来说相当陌生。在犹他州的周边有辽阔无垠的大草原，高耸入云的洛矶山脉、气势磅礴的大峡谷、黄石公园等自然景观。普洛沃市在自然景色中理所当然沾光不少，有人把它比喻为一股山中的清泉，拥有纯朴的美。

普洛沃的美丽不仅在于自然风光，更在于当地的人身上的纯朴。如果剖析这份美何以孕育而成，恐怕和当地的风俗习惯相关联。与盐湖城的风气一样，当地许多人不饮酒、不吸烟、爱家庭，生活和睦，他们的信仰大都也相一致，笃信教义严明的宗教，使他们坚信：做人要诚实、真诚、贞洁、仁爱、善良，为他人做有益的事情。

这座小城没有大都市的喧嚣和浮躁，每到夜晚几乎找不到喧闹滋事的酒吧，看不见跌跌撞撞的酒鬼和流莺在灯红酒绿中浪艳。你能看到的是家家户户窗口透射出的温馨灯光；听到的是传来的优雅琴声，和家人相聚的欢声笑语。生活在普罗沃的居民平静、从容、祥和。

如新公司源发于这座优美的小城，创始人罗百礼（Blake M. Roney）和他的伙伴们从小耳濡目染城市崇尚的风气，无形的熏陶使他们明白一个道理：一个人活在世界上应该去追求善良、优美、好名声或值得赞扬的事情。伴随岁月的流逝、年龄的增加他们的这一追求变得更加强烈。

杨百翰大学的青年人

对于中国人来说，杨百翰大学（Brigham Young University）并不陌生，它的名字与歌舞团紧密相联。在相当长的时间里杨百翰大学歌舞团几乎每隔一年半载就会来上海等地作巡回演出，青年人身着朴素的民族服装，在舞台上载歌载舞，洋溢出无限的活力，积极向上的英姿，让国门刚开的中国人感受到异域民族的风情。

现在，我们无法把罗百礼与杨百翰大学歌舞团直接挂上钩，但他是从这座学府走出来的青年人，毕业于财务管理系。26 岁的罗百礼与杨百翰大学歌舞团的表演者一样，充溢着活力和纯朴，就像许多刚走出大学校门的年轻人一样，踌躇满志地干一番事业是他的追求。

一位国际教育与职业问题专家曾说过：无论是发达还是欠发达地区；无论是怎样肤色的民族，对一个刚从大学校门走出来的学生而言，只要他既无巨额资产作后盾，又无庞大社会关系可依托，要想干一番事业可谓艰难。如果说各地有差异，那么，就是艰难程度不同，机会多寡不同。唯一的是要看他是否具有创新才能，且勇于实践。

这时，罗百礼可以怀揣毕业证书跑到纽约、旧金山等大城市，去大公司打工。从小职员做起，若干年后爬上企业高级管理层，过上一种让许多人都羡慕的安逸日子。但他没有做这样的选择，而是在亲人朋友的信任、鼓励、支持下走上创业之路。他和伙伴们既无巨额资产，又无庞大社会关系，试图干一番事业困难重重。难不可怕，可怕的是创什么样的业，创业的载体是什么？或者用今天的大白话来说做什么项目，养活自己，成就事业。

罗百礼思考这些问题。有朋友劝他放弃创业念头，跑到外埠做高级打工仔，"凭你才学、能力有什么可怕的，应该过一帆风顺的日子"。也有朋友主张创业，趁尚青春，干一番轰轰烈烈的事业。但言及具体做什么时，悄然不出声了，变成了哑巴。然而，他们在与罗百礼长期交往过程中了解他的人品、相信他的人格力量，他会成功。

姊姊一句话诞生个亿万富翁

女人天性爱美，对美容护肤品有着特殊的癖好。罗百礼的姐姐罗妮拉（Nedra Roney）也不例外，她和所有的女性一样经常光顾商店购回这些物品使用。与其他女性不同的是她喜欢把用完的瓶瓶罐罐上的商标、标签收集起来，闲暇时拿出来欣赏比较。一天，她正在厨房的餐桌上摆弄那些东西时，弟弟罗百礼走了过来，开玩笑地说："好呀，又在欣赏你收集的无价之宝了。"

"这不是什么古董宝贝，谈不上无价之宝。"姐姐回答。"你坐下来，我好像发现了一个问题。"

"什么问题？"对美容护肤品没有什么兴趣的罗百礼心不在焉地应答。

姐姐拉过弟弟，坐在自己身边，把一堆商标、标签放到他面前，"你看上面标出的成分，有问题吗？"

"噢。"罗百礼仔细地看了起来，但没有发现什么。

"上面标明的有效成分，仅占一二种，那么其他成分不是无效就是有害，损害了消费者的利益。应该生产真正对皮肤有益的产品。"姐姐闪动着一双大眼睛，有些激动地说。

罗百礼沉思少顷，说："应该有这样的企业去生产只含优质有效成分的护肤品。"

"对呀。你应该成立一家公司，生产最好的产品哩。这样做一定会有市场。"她鼓励弟弟。

罗百礼比谁都高兴，制造优质有效成分的护肤产品，便有了通往理想彼岸的船桨，他预感到这是实现理想的好办法。

很快他把这个想法告诉了自己的兄弟罗可高（Kirk Roney）、罗乐宾——也就是本文此前说到的那位为中国代表团举牌开道的大个子中年男人，兄弟欢声一片，表示支持；朋友也一片叫好道贺。

一位研究经济学的朋友对罗百礼说：你一定会成功。你感悟到了日常生活里最普遍的需求所隐含的商机，只要雷厉风行地把握它，成功的希望就在眼前。因为最普遍的需求有着最广泛的消费群体，你成为亿万富翁的日子不会遥远。朋友的话道出了一条商业法则：满足最大多数消费群体的需要便能获取最大限度的利益。但是，要做到这一点任重道远，还有许多崎岖的路要走，罗百礼和伙伴脚下的路还很长。

借个母鸡来生蛋

作为一个刚踏上社会的新人，罗百礼和他的亲朋寻找到了驶向理想彼岸的工具，但航程漫长且充满狂风大浪，随时有折楫沉船的危险。

罗百礼明白前方的风浪，没有坚强的毅力，无法克服困难。他在大学学的不是化学专业，面前的困难摆了一大堆。他没有畏惧，找来相关的书籍，埋头钻研，不久便列出了一份新产品所需的优秀成分的清单。

光有成分清单显然不够，急迫需要在实验室进行配方分析、研制。那时，罗百礼口袋里仅揣着 5000 美元，这点钱对于新产品的开发、生产、销售来说几乎是杯水车薪，解决不了什么问题，更无法建立自己的实验室，而进入实验室研制已成了十万火急的事，关系到日后的成败。他苦思冥想如何解决没有实验室带来的困难。终于，他想到母校杨百翰大学，那里有一流的实验室，借用可以省下一大笔钱。

"借鸡生蛋"是许多创业者使用的方法，无论是"洋人"罗百礼，还是黄皮肤黑头发的中国创业者，他们都会动出这一脑筋，大概是英雄所见略同，而本质上是捉襟见肘的资金逼迫他们这样去想，这样去做，有点无奈和被迫的味道。

罗百礼进入实验室，同时为了克服自己缺乏化学方面的专业知识的弱点，聘请了一位化妆品方面的化学师，帮助他研究个人护肤品的有效配方。他们夜以继日地埋头苦干，浑然忘却了时间悄悄地从身边流逝。

终于，只含优良成分的配方研制出来了，罗百礼欣喜若狂，又朝理想的方向迈进了一大步，成功的希望就在眼前。

旧瓶装"新酒"

刚克服了一个困难，罗百礼又面临着新的考验。这一次，罗百礼的阵痛期更长，几乎把他推到了绝望边缘。他花了两个多月的时间，逐个与化妆品生产商联系，请求他们将自己研制的配方生产成产品，为他供货投放市场。但是没有一家生产企业信任他，愿意这样做。拒绝之后，还以教训人的口吻告诫他："小伙子，别费心事瞎捉摸了。如果你想的法真这么好，恐怕早有人想到了，产品早在商场里有卖了，还轮到你发财？"

一位好心人劝罗百礼趁早放弃，"现在市场上的美容护肤品有益成分少，占大部分的是填充物，成本低廉，广告做得铺天盖地。只要大量卖出去，老板就能赚钱。你这样做，制造成本高，销售量少，企业会被拖垮掉。"

罗百礼笑着摇头，"正是市场上许多产品质量存在缺陷，才有好产品的市场空间。那些公司宁愿把大部分资金疯狂地投入在广告、外包装上，甚至夸大其词，大肆渲染产品成效。但产品会说话，一切的成功和失败在时间面前会有定论。"

在嘲讽讥笑、拒绝规劝声中，罗百礼度过了一个个漫长的日子。有时他脑海里也闪现过一丝怀疑自己选择的念头，但很快被否定了。如果放弃，意味着全盘皆输。自己往日的努力付诸东流，立志实现的心愿也将如泡沫随之流去。罗百礼不敢有一点气馁，努力寻找合作伙伴。

不久，罗百礼找到一家厂子，与厂方负责人交谈后，见有一丝希望，便死缠硬磨起来，竭力说服对方先生产一批产品投放市场作尝试。对方挠着头皮，犹犹豫豫地说："只能是一小批量的试探"，但他再三重申必须货到即付款，不得有须臾的耽搁。否则，拒不生产。罗百礼同意了，在合同上签了字。他心里明白，对方并没有看好自己研制的产品，生怕提了货付不出钱。他硬着头皮同意，口袋里的5000美元已用去不少，全部支付了货款，以后销售费用哪里来？他是一个不愿举债做生意的人，相信有多少钱办多少事，但也相信船到桥头自会直的道理，总有办法渡过难关。

这一步的迈出，有着决定性的意义，罗百礼理想中的产品已由研制品成了产品，他暗中发誓一定要做出成绩给那些藐视创业者的人瞧一瞧，让他们改变固有的偏见。

那是一个值得纪念的上午，对于罗百礼和他的同伴来说终身难忘，第一批产品运进了自家的客厅，瞧着堆放着的产品，亲人朋友兴高采烈，纷纷道贺。此时，他心里异常的平静，喜悦与担忧同在。喜悦来自努力已出成果，就摆在了自己的面前，前时的拼搏没有白费，又朝着预期的目标迈进了一步；担忧的是自己已无多大的财力来对这些产品进行包装，没有包装的产品怎么能卖出去呢？

把产品变成商品，在营销学家的眼睛里，是一个复杂的系统工程，尤其现代营销更以科学的态度推出了诸如整合营销的理论观点，任何产品如果没有整合营销的过程，似乎是很难完成产品向商品转化的过程。然而，问题是这一过程的转变一是需要智慧、二是需要资金，后者恰是罗百礼缺乏，且最需要的东西。

他的忧虑，亲友们看在眼里急在心里。大家群策群力帮着罗百礼解决难题。如果动员有着千丝万缕关系的人来购买，只要东西好他们就可以接受，即使没有包装又何妨？而且省掉了一大笔营销的费用。

对，说干就干。罗百礼和伙伴们纷纷给各自的朋友打电话，在电话里告诉他们产品的特性、品质、价格，最后不得不说明购买时需要自己携带容器。

于是，罗家门前购买者络绎不绝，他们怀着信赖罗百礼的心，人手里拿着自家用剩的空瓶旧盒，等候着零拷如新的第一批产品，手里的旧容器就是派装新护肤品用场的，真成了拿着旧瓶装"新酒"。

第一批产品就以这样的"土"法被买得一点不剩，罗百礼心里燃起对未来的无限憧憬，如新的事业从此拉大幕，开始上演一场令人可歌可泣的大戏。

再穷也要请人才

1984年，罗百礼在普洛沃市一个不起眼的地下室里，借了一小间仓库，创办如新国际公司。狭小的场地既是堆货的仓库，又是办公室，罗百礼、罗可高、罗乐宾和戴纯蒂等创办者拥挤着办公，连转身都要相碰。据创办者回忆：当初，在他们的办公桌上，甚至没有一台电脑。第一张订单将就地写在一张废纸的背面。可见创业时的艰难。

众所周知，美国是个汽车工业高度发达的国度。而对罗百礼和伙伴们来说，买一辆像模像样的货车都感到囊中羞涩，只能用"老爷车"满街跑送货，惹得旁人生出这家公司到底能维持几天的怀疑。同样，他们没有钱做精美产品包装、做铺天盖地的广告。自然他们也无钱请伙计，在公司里老板也就是伙计，一样干活。公司初创时，一切因陋就简，似乎没有一点迹象可以证明未来它将是一个跨国大公司。

但是，他们确立了良好的产品理念"荟萃优质、纯然无瑕"（All of the Good, None of the Bad），即摈弃一般护肤品中占百分之七十以上的填充剂，把产品中的有效、有益成分提高到最大比例，让消费者得到最大限度的呵护。凭这一点而立足市场，是奠定他们信心的基石，也是他们百折不挠地拓展市场、赢得消费者信任的根本。这一理念，他们一直坚持了20年。20年里，不管商海波涛汹涌，巨浪滔天；还是涟漪不起，海水不惊，他们从没有改变初衷，正可谓痴心不改少年志，壮志难酬也不悔。

从创办初起，如新人相信"人需要的是更多更好的东西"而不是其他。

同时，他们也没有足够的资金采用精美的外包装、大张旗鼓地做广告，所以如新公司登陆市场采取的是一种朴实的手法，使产品长驱直入。它的产品外包装长期保持着一种朴素、纯洁、自然、简练的风格，恰好与他们追求的产品内涵相一致，没有矫揉造作，妩媚夸耀。同时，人们在漫天飘舞的传媒上也难以看到、读到他们的广告，这种进入市场的办法，让人备感朴实、平直、可信，企业作风的严谨、扎实。

同样的原因，罗百礼和伙伴没有资金开设专卖店、聘请大量的员工从事销售，他们只能以无店铺直销的经营业态登台亮相，凭借产品的质量在消费者中形成良好的口碑，逐渐拥有一大批忠实的消费者，并不断拓展自己的市场。

可以说，如新创业时确定下的经营理念、手法，与现代广告学上所认为的"整合营销"概念大相径庭，这种逆势的做法，反而令消费者关注。如果他们采用与其他同类型产品相同的上市办法，不仅需要大量资金支撑，往往弄得个鱼死网破，弱者死得更惨。如新初创时的做法不仅符合市场的现实，更符合青年人创业的客观实际和企业所处的境遇。这种经营理念、操作手法与对企业境遇认知高度的相一致，具有操作的统一性，是创业初期欲使企业走向成功，认识问题、确定经营理念、制定操作方法的秘诀。如新公司创办初期的成功，得益于创办者认识问题的务实性，这是如新公司日后做大做强的关键。

除去办企业需要务实精神外，创业者如果没有足够的智慧和远见，他的企业就没有长效的生命力，即使风光也如夜空中的流星。创业者必须具备前瞻性。罗百礼并没有太多地困扰在企业资金短缺的艰难中，而是以正确的态度认识到人才缺乏，是阻挠发展的最大障碍，有了真正的人才一切困难都会克服。但在资金短缺的情况下，付不出薪水聘请不到专业人才成了他的一块心病。他想，既然单纯以付工资聘雇员的办法行不通，是不是还有其他更好的办法呢？对，可以用企业发展的美好前景去吸引当时公司急需要的人才，投入公司的发展过程中。

伦兆勋就是那时被罗百礼以入股作为交换条件替公司处理法律事务的。他欣赏罗百礼的经营理念，钦佩他艰苦创业的精神，义无反顾地为如新公司工作，随着如新的法律事务的增加，伦兆勋索性加入如新，成了公司的副总裁。之后成了首席执行官。他以卓越的经营管理能力，把这个小企业推进成为国际性集团公司，为此，他付出了心血和汗水。在近二十年的工作中，他和罗百礼成了事业上的好搭档，生活中的好朋友。对于当时的股份，伦兆勋笑着告诉别人："当时真不知道那些股份有什么用处。"当初并不起眼的股份，如今使他成了富翁。

伦兆勋加盟如新，罗百礼犹如添左膀右臂，为如新日后的发展增添了一双有力的翅膀。

冬天过后是春天

一位著名的经济学者在一次创业研讨会上，告诫与会者，创立一个企业并不难，难的是让企业存在下去，发展它，做强它。在企业家踏上创业之路后，他和他的企业会遭遇各式各样的困难，夭折是家常便饭。据不完全统计，在经济迅猛发展的中国，每天新办的企业上千家，同时又有不少的企业宣布歇业倒闭。企业新陈代谢的速度之快，令人惊讶。因为，一个幼小的生命面临太多的威胁，太多的磨难。

刚创业时，如新犹如幼小生命一样脆弱，并没有太多的人关注它的存在，因为在美国每天都有众多的小公司诞生，又有众多的公司倒闭，这样的事情发生得太多。人们的目光集中在华尔街上的那些著名的公司身上，它们业绩的上下波动牵动着人们的心，又有谁会去在意中西部一个偏远小城市里诞生的一个小企业。

公众的漠视有时不一定是坏事，反而给企业发展以足够的空间和时间。然而，一旦小企业如一艘高速奔驰的快艇驰骋在商海里时，就会吸引许多人的目光，这种状态是祸是福难以预料。

如新的迅猛发展吸引了一部分人的注意。以优质的产品及营销上采用的优厚的奖金制度，使许多加盟的直销人员迅速富裕起来，然而他们中有一部分人，凭借熟悉营销和优厚的奖励制度的优势，一心想着牟取暴利，这样做危害了其他销售人员的利益，由此而引发矛盾。这一局部的问题，对于一个成长中的企业来说，是一种正常现象，就像孩子在发育期间出现一些不良习惯一样，大势是孩子走向成熟，不良习惯不构成大趋势，更不能以不良习惯，否定发展这一基本事实。但是，出于不同的心态，社会上一些人瞪大眼盯着如新，希望找出它的问题，以"不良习惯"覆盖它本身的大趋势，趁机大加披露一番。其中就有美国的几家著名媒体，他们领衔发难，一下子引发众多媒体跟进，一时舆论焦点集中在如新公司身上，媒体甚至怀疑它是通过违法手段在经营，牟取暴利。媒体的炒作，引来了犹他州立检察官的主动调查。

舆论与检察官，一下子就把如新扔进了冰窖里，冻得它手脚僵硬、心冰凉。罗百礼回忆当时的情景，痛苦地承认："这是公司创办以来最困难的时期。"企业受到的打击最大，业绩大幅度滑坡，跌进谷底；营销人员数量锐减，企业几乎被冰冻到窒息的边缘，大有顷刻垮塌的架势。

面对巨大的压力，罗百礼和他的伙伴决定不再坐以待毙，他们共同拼搏，捍卫自己千辛万苦创立的企业。

化被动为主动，是一个企业家在遇到危机时的高明选择。罗百礼他们紧急拿出应对策略，提出两项具体实施的办法：第一，采取自愿配合调查的立场，欢迎检察官的来临，毫无保留地接受他的调查；向媒体发出邀请，欢迎他们前往公司采访，把事件摆放在阳光下接受公众的检验，罗百礼开诚布公地告诉人们："我们以坦然无私的心情，面对每一个仔细的审查。只要有人想要了解真相，不管善意还是恶意，我们对每份资料都完全公开。"罗百礼又表示："事实上，我们从来没有什么负面的东西好隐瞒的。相反的，我们非常希望所有的人都来认识我们，因为如新实在有太多的好东西值得大家来认识。"坦诚，可以获得信任，也可以让更多的人了解自己。如新以这一形象出现在公众面前，赢得社会的信任和包括带着有色眼镜看如新的人重新看待如新，为日后重振如新，打下了基础。第二，通过各种渠道，大力向直销商灌输正当从事无店铺销售的重要性，并鼓励他们切实作好零售产品的工作。罗百礼从根子上寻找症结，分析认为："如新成长得太快，因此吸引了一批想一夜致富的投机分子，他们在短期内把销售网络拉得太大，却不稳固。"这一现象令他忧心忡忡，他一再告诫直销商，如新的事业与其他的工作一样，需要投注努力，方能成功，"但是他们听不进，因为如新提供给直销商的奖金太丰厚，太容易赚到钱"。危机事件发生后，罗百礼的警告才得到直销商的正视，因为那些利用组织网络来短期致富的人，现在因失去了网络与收入来源，于是直销商开始接受公司的建议，从零售产品开始做起。根本上扼制了利用组织网络短期致富的局面。

危机一共持续了18个月，如新的处理方法，开始奏效，业绩开始回升，但毕竟是大病初愈，还需要一段休养期，一位诗人曾写下这样的诗句：冬天过后春天还会远吗？更令人欣喜的是一直对如新苛刻、严厉的新闻媒体，开始有了些正面的报道。

当初对如新提出严厉批评的《富比》杂志（《FORBES》）发行人Steve Forbes，一次来到杨百翰大学给学生演讲，同学们非常关心校友罗百礼创办的如新公司，问及该杂志对如新的评论是否过了头，这位发行人坦言道："我们希望尽量做到客观公平，但在这件事上，我们可能有过不公平的评价。"

美国另一家著名杂志《成功》（《SUCCESS MAGAZINE》），以宽广胸怀对待如新，这是美国传媒中难能可贵的少数。该杂志的一位资深编辑在深入体验如新公司之后，决定让罗百礼成为杂志的封面人物，他在文章中介绍说："如新有的问题，和全美五百家大公司可能会有的问题，并无不同，而在访问过罗百礼先生后，我更认定如新是直销业中发展快速的典范。它的成功，已帮助许多人的生活与事业更成功。"

媒体成了报春鸟，大好春光就在前面。

回顾危机事件，人们很难把它归结为是祸或是福，有时祸福是可以转化的，就看企业家自身所具有的素质。

危机事件使如新公司受到相当的伤害，罗百礼和伙伴却不是单纯地这样认为，危机同时也为公司带来益处，伦兆勋说："公司遭受打击时，公司所有的股东和直销商，不但没有退缩逃避，反而更加紧密地团结在一起""我们感觉到彼此的依赖日益加深，股东之间，以及我们与直销商之间，是那样的相互需要。更重要的是这仿佛是一场考验，在种种打击挫败中，我们竟然对如新的前途，有了更大的信心。我们有一股坚强的信心，无论发生什么事，一定会生存下去"。

同样，对众多直销商来说，这一事件也表现出积极的一面，给他们当头一棒，打醒那些试图不劳而获的商人，迫使他们重视法律、遵循直销纪律和商业道德。罗百礼自豪地称道："结果，我们的直销商得到他人更高的信赖。"

这是罗百礼愿意看到的一幕，如新的直销商成为值得别人效法的人，"我不希望创造只知盲目追求金钱收入与物质享受的直销怪物，这样的价值观对生命或生意而言，都是一种道德上的错误与财务上的愚蠢"。

如新的直销商，在这样的教训及启示下，从事如新的事业，或许在外人眼中看来，可能不够聪明，却为真正想在如新平台上取得成功的人，奠定了扎实稳固的基础。

从此，如新公司驶上一条健康高速发展的大道。

"三位一体"来上海

上海，中国大陆重要的经济中心城市，无疑成了罗百礼和伙伴的首选。从某种意义上说，能否赢得上海市场，成了检验能否拥有大陆市场的试金石。

以什么样的方式进入上海，辐射全国乃至国际市场？罗百礼他们制定了进入中国大陆的整体框架——制造基地、研发基地、销售专卖店，三位一体并举的方针。这是他们结合自身成功的经验，和大陆实际情况而制定的战略。

在大陆设立工厂，可以获得消费者的信赖。同时，在满足日益增长的中国市场的需要外，一部分产品可以进入美国以及其他国际市场。

罗百礼聘请熟悉中国区经营的海外人士出任负责人，上任不久进行大刀阔斧的改革，移地奉浦工业开发区设立工厂，这个新建设的开发区比老牌开发区更重视入驻的第一家美资企业，更在乎他们带来的国际形象。由于如新的入驻，引来一批美资企业进场。

1999年6月，如新新建厂房破土动工，一年后，如期竣工。当人们驱车来到这里看到的是一座现代化工厂，掩映在绿化丛中，树荫环绕，绿草匝地，喷泉飞溅，金黄色的司徽在阳光下熠熠生辉。当踏进生产车间时，看到的是现代化的生产流水线旁，员工专心孜孜地工作，一派繁忙的景象。罗百礼与他的伙伴为此投入了1000万美元，要知道，他们自创办至今，尚未投资过一分钱办工厂，这家工厂成了公司麾下的"独生儿子"。可见他们对中国大陆、上海发展的高度重视。2000 年 7 月，罗百礼和总部部分高层人员来到上海，参加开业典礼，并得到中国和上海市有关领导的亲切接见。

研发基地设在张江高科技园区，外部造型符合国际性公司的气质，建筑阔绰而堂皇，彰显出如新一贯重视科技，重视研发的人文传统。每层都摆放着现代化的科研设备，许多从美国直接进口而来。只见许多身穿白大褂的研究人员在忙碌。研发中心吸引一批科学家前来工作，33 名工作人员中教授级专家 11 名，博士生 2 名，他们主要承担着新产品开发，进口原料的质量控制，以及美国产品的质量控制等。

研发中心的价值在于，进一步研制和开发符合中国人肌肤特质的美容护肤新品，提供市场持续动力；对成品生产进行质量控制，保证面世的每一件产品都具有"取优舍劣"的卓越品质，立于市场的不败之地。

鉴于中国大陆的实际情况，直销方法一定受阻，可行的销售模式只剩下经销一种。而经销，不是如新的强项，概念也非一言可蔽之，涵盖之广大有讲究。它包括批发销售、店铺销售等多种方式，罗百礼他们选择了销售专卖店，进行网络化铺设，而不走由各大超市、商场柜台零售的商业路线。发挥专卖店的长处，可以有效地塑造品牌形象。所有专卖店的外部形象设计一致，全部经营如新在上海生产的产品，价格统一、公平对待每一位消费者。

上海雁荡路步行街颇具情调，备受白领喜欢，他们在此开设了第一家专卖店，按照品牌、形象、信心的三大原则，推出了具有价格优势的大众化化妆品系列。专卖店简洁、优雅，吸引着路人驻足观望的目光，也吸引他们进入店堂……

稍后，在广州开出了在中国大陆的第二、第三家专卖店。2003 年 1 月 8 日，是如新进驻中国以来最为激动人心的日子。这一天，开设在中国江苏、浙江、福建、广东、上海，四省一市的 108 家专卖店同时开张，以网络化、规模化的经销形式，开始了他们在中国大陆超常规的登陆行动。

新闻发布会上，来自美国，以及中国香港、中国台湾、上海和广州的媒体记者，兴致勃勃地参与了这项盛举的报道，提问此起彼落。至此，罗百礼和伙伴完成了制造基地、研发基地、销售专卖店三位一体的设计，由蓝图落到了实地、从构想化为了现实。这一模式为他们在中国大陆的发展，提供马力强劲、功能完备、效率卓著的持续驱动力。

对于如新超常规发展的独特性，一家在中国南部颇具影响的报纸这样描述，"早上 11 点才开门，晚上 8 点就关门，星期天绝对不营业，产品又贵的要命。这样的商店居然在素以商业竞争激烈为特点的广州出现，简直让人觉得有些不可思议。然而，它们就是如此'牛气'地存在……同样的经营模式还在如新全国百余家专卖店同时上演"。文章的黑体大标题是"如新模式，愿者上钩"。

身在遥远的普洛沃的罗百礼和伙伴笑了。

现在，再回到 2002 年盐湖城冬奥会的那辉煌的时刻。沸腾的盐湖城，流光溢彩的奥运会，这一辉煌的背后，有着如新人的一份辛劳。

罗百礼他们选择成为主要赞助商，并不是一般意义上做广告、推销产品，或者是地域上零距接触——冬奥会在自家门口举办。他们看重的是奥运精神对如新人同样具有激励作用，促使员工形成向上、合作、拼搏的精神；从更高的一个层面讲，赞助冬奥会是对人类体育事业的支持，它凝聚世界上一股善的力量，消除了政治、经济、民族和宗教之间的隔阂，让各国运动员融入奥林匹克精神中，增加彼此之间的友谊，让生活变得更美好。他们认为奥林匹克运动蕴涵的体育精神与自身企业努力追求的主旨"荟萃精华、纯然无瑕"相一致，强调完美与纯粹，是名副其实的志同道合。冬奥蕴藏的善的力量，正是他们孜孜以求身体力行的……

（作于 2003 年 12 月末沪上观旭楼）

商铺投资让人心动　冷静判断才能真赢
——上海人投资商铺心态录

近期上海地产市场关注商铺，超越了对住宅的热情。商铺所带来的收益让人欢欣鼓舞，上海商铺平均售价连年走高由 1998 年的每平方米 5000 元上涨到 2002 年的每平方米 9500 元，全市商铺物业租赁平均价格由 1998 年的每平方米 2 元上涨到 2002 年 6 月的 4 元，让人们有足够的理由为商铺振臂欢呼。商铺走俏，并非近期上海举办了商业房产交易会、出现了商铺服务网络才有的现象，聪慧的上海人几乎于小商品市场一出现就认识到商铺的价值，从中汲取盈利。这种成功的背后隐含着这个城市的文化淀积和经营理念，上海人传承开埠以来积累的成功经验，在澎湃商潮中商贾如走马灯地过场，时兴时衰，而商铺却能长久地存在，拥有者站住脚根经受风浪，"宝大祥"地赚钱，俗话说铁打的营盘流水的兵，商铺如营盘商贾如流兵，何况一铺能富三代，何乐而不为？

随着上海 20 世纪最后 10 年涌动的城市改造热潮，银行提供的金融服务，为市民投资商铺提供了空间和物质基础，他们卷入到浪潮中，有的还成了弄潮儿，盈利可观，让人眼红。但有的人为此沮丧，懊恼。

连日来笔者走访了一些商铺投资者，了解他们的心态。

A 先生，上海第一代商铺投资者，目前拥有近千万资产，笔者在一家颇具海上风味的饭店里与他相约早茶，A 告诉笔者："在上海我也算得上第一代商铺投资者。原先我在豫园城隍庙一带摆小摊，后来租了一间 10 平方的小铺，卖一些小玩意。当时，租金约在 5 千元一个月。那年夏天的一个月，我忙进忙出毛利才万把块，房租、帮工、水电煤等杂七杂八的一付只剩下 2 千多点元，房东笑悠悠地从我手里接过钱，说下个月要涨房钿，我心里直愤愤。我一核算，忙活了一个月在为房东打工，房东可不会管你死活，轻轻松松赚钱。我想如果门楣房是自己的就好了。

不久，我听说新闸路上有间 60 平方的小铺要卖掉，我用两室一厅的新工房再加了十万钞票，把小铺顶了下来，算是有了第一家门楣。那地方租给人有不少收入，这时我悟出了一个道理：门楣房的生意最稳当。起先十几平方的门楣房也做，到后来几百平方的商铺也炒。大场子隔成小商铺地卖，赚钱不少。

后来我在做门楣生意的圈子里有了一点名气，朋友经常把门楣房的情况告诉我。华亭路、七浦路、地铁、北京东路、新天地的商铺我都经历过炒作。"

B 先生，某事业单位的专业技术人员，收入中等。但是每月有一笔丰厚的租房收入让他的日子过的也蛮滋润的。他得意地说："买门楣房纯属偶然。我有一个温州朋友七八年前就在上海炒门楣房，一动就是几百平方的转手，赚了不少钱。我没有大资金，大进大出不行，用好手里的闲钱。那时，五角场还不热闹，以后居民多了，生意一定好做。于是，我就沿街买了一间建筑面四十九点几的商业用房。现在房租翻了好几倍，房子也大大地升值了。当初，我买房时妻子反对，说这种房子既不能住人，又不宜出租（当时五角场人不多，商业不景气），没有大的价值，为此还怄过好几天的气。现在她开心了，就是办下岗回家也乐呵呵，一个月的房租收入顶得上她一年的收入。这几天，她嚷着要再买一间门楣房，说已经连续几天去看了一间坐落在西南角社区里的商铺，感觉不错。她算了一笔账，用原有商铺的一半收入还贷足够了。资金一滚动，收益也成倍涨，让人笑不动。现在我老婆快成了商铺专家，商铺的行情她随口能报出来。"

G 小姐，美容店老板，在她开办的美容店接待了笔者。她理性地说："四年前从日本回上海后，大部分存款用来买了房，其中包括这间门楣。当时，回国后买住房，并没有想买商铺。后来办美容店，觉得租房不如买房划算，即使不想办店了还可以把店铺租出去赚钱。现在商铺是自己的了，经营也从容，不是急吼吼，生意不好能轻易地挺过去，价格比附近的店便宜，人气也足了。因为我没有房租的负担。

我曾到过浙闽交界的中小城市走亲访友，他们沿街盖房子，底层是商铺，2-4楼是住宅，商铺是他们全家的重要收入来源。这一思路可以学一学，不能单纯买住宅，买门楣是重要的投资。上海人还没有真正认识这一点，大都处在买住宅自己住的水平上，这样算不上投资，它没什么产出。投资商铺不少人已尝到了甜头，但凡事总有利弊，收益高风险也大，一位业内人士告诉笔者，现在一部分热门商铺每平米已超出了 10 万，价格被炒得太高，一定程度上已不具备投资价值，风险大于收益。商铺业主大部分不是最终的房屋使用者，他们以获取高额租金为目的，一旦使用者经营出现问题，业主的利益就会受损，即使诉之法律也是耗时耗钱。这些'高价股'投资风险大，被称为'低价股'的上海尚需开发的 250 万平方的社区商铺也良莠难辨，要看你的眼光，如选股一样，投资需谨慎，被套牢的人也屡见不鲜。"

C 女士，自由职业者。笔者采访她时满脸愁容，好是懊悔。她说："我买了西北地区的三房二厅后，手里还有一笔钱，就与老公商量贷点款买下小区边上的 40 平方的商铺，借给别人开小超市。小超市原先开得不错，每月房租付得挺爽气，我还了每月的贷款，还能有近千元的纯收入，蛮满足的。不想，没过多少日子小超市生意一落千丈，原来是不远处开出一个大卖场。小超市老板对我说要么降房租，要么退租。我说先降房租试一试。我把房租降到只够还贷的程度。没想，小超市老板欠了几个月的房租还是搬走了。后来有人想借去办饭店，可物业公司不同意，手续不好办。现在房子空关着，每月要还银行好几千块的贷款，吃力煞了。要卖脱，一下也难找到合适的下家接手。用时髦的话讲，也叫作投资失误。"

W先生，报纸编辑。笔者采访他时露出一脸的苦笑。他这样告诉我："俗话说：吃一堑长一智，现在要我买商铺非要好好研究一下，以免失误。我三年前买了一家门楣，开文具店。没想到文具店开得每月倒贴，小区里文具需求量小，周边又没有奥菲斯，生意自然难做。不久，我们改做小书店还是不行，继而办花店也不行。我老婆失去了信心。现在商铺租给了一家洗涤公司做门市，每月还能收到点房租。我总结了一下，教训就是要想赚钱就不能依靠社区的商铺。社区商业以服务为主，本身利润就非常薄需要跑量来赚钱，单纯在社区办量跑不起来，何况同类的商店东一家西一家的挨着，要说赚钱就比较难了。如今，我们只能出大价钿到相应的地方租门楣办文具店。一来买门楣，钱砸了进去，流动资金干涸；二来那个门楣同样要管理，费用杂七杂八的事不少还做不出生意。任何投资都不会轻松松地获利，没有绝对的'宝大样'，社区商铺的投资要有'眼光'，切莫盲动。"

冷静是目前上海人面对商铺投资热的出现应持的态度，人们在看到商铺高回报率的同时，风险意识也要加强。专家告诫投资者，对低价位的商铺投资，要看到它存在着总量大、开发规划不落实、商铺交易中的猫腻，只有冷静地判断，才能把握机会，不会被藐视机会的东西所迷惑。

（作于 2003 年 1 月沪上观旭楼）

香港青年申城淘金记

初夏，应香港贸发局的邀请赴港采访，其间，我与陪同采访的贸发局出版总监林奕蘋女士多次话及香港的青年。据林女士介绍，香港青年非常注重自身发展，赚钱做老板是他们梦寐以求的。由于在香港的发展机会有限，不少青年跑到内地尤其是上海发展。一天，我们一行驱车去游艇俱乐部，欲乘游船到海上兜风。同行的还有两位斯文的年轻人，交换名片之后方知是尚在创业中的青年。他俩十分羡慕上海这座城市，表示一旦机会成熟便会到上海发展。"那里有太多的商业机会，只有在那里才能赚到更多的钱。香港竞争太残酷，举个例子说，一到情人节，香港街面上会出现许多卖红玫瑰的人，最后争相跌价，不赚反亏。在人人想赚大钱的地方求发展实在是不容易。"

作为上海人，我似乎并没发现沪上蕴含多少商机，千里之外的港人怎么会感受到这份存在？后来，我请教了一位经济学家，他对此作了分析：两座城市的经济处在不同的发展阶段，必然存在商机，就看你是否具有慧眼去识别、去开掘。我显然无慧眼可言，但联想到自己所熟悉的几位在上海大显身手的香港青年朋友，不得不佩服他们的慧眼和开拓精神。

过节前，到上海捞一把

陈先生今年29岁，一看便知是典型的广东人，一口粤腔浓重的普通话。他在香港读完高中后就去开"的士"谋生，对于年轻时就向往过富裕生活的他，这无疑是桩不得已的事情。开计程车只能养家糊口，无法发财。再说做生意一要本钱，二要人脉关系，这两样对于出身低微的他来说均不占有。可是，陈先生内心并未罢休，他时刻在寻找机会。一次赛马下赌，他幸运地赢得了20万元。加上自己平时省吃俭用的积蓄，产生了做小本买卖的念头。然而，三四十万元钱要在香港做生意实在太难了。一天，他在繁华的铜锣湾大街上候客，两位手提大包小包的上海客上了他的车。交谈后得知，他俩买的全是过时的服装，价格比上海便宜了2/5，但款式却比上海略胜一筹。陈先生产生了兴趣，当客人到了宾馆欲结账下车时，他灵机一动，免了对方的车费，还执意帮客人把大小包裹送进房间。上海客十分好奇，问他为什么要这样学雷锋？他笑着与上海客交上了朋友，询问了许多关于上海服装市场的情况，临走时再三恳求：一旦自己到上海做买卖，请他们多多关照。

时隔不久，他专赴上海做实地考察，发现春节、"五·一""十·一"三个节日上海的市场最旺，于是决定就做三个节日的服装生意。他辞去开"的士"的工作，平时在香港炒股票、买马票。节日前的两个月便忙开了，跑到深圳一带香港人办的成衣厂采购大量刚过时的服装，然后托运到上海。在繁华的南京路、淮海路、徐家汇等闹市的大商场里，用较低的价钱租了两个柜台，打出"狂减价""大出血"的招牌，雇人吆喝大甩卖。上海的众多青年男女钟爱这些时装，他的生意十分兴隆。

春节后的一个晚上，疲惫的陈先生在朋友陪伴下接受了我的采访。他一开口就说上海的生意好做，前后相加不多时日，就赚了近百万元，比预料的还好。他说，他将在上海与人合作办家贸易公司。专门向上海以及南京、杭州、苏州等地供应时装，扩大生意。朋友告诉我，陈先生十分节俭，在上海不舍得住宾馆，而是每月花五六百元租套房子，既住人又堆货，连饭也自己做，很少下馆子大吃大喝。陈先生操着粤语腔的普通话说："没办法啦，要做大事就要磨砺自己。吃苦在前，然后才能享乐嘛！"

不做老板誓不婚娶

结识区先生是在上海的一次大型国际展览会上。朋友热情介绍区先生是从香江之畔来到上海主持某公关公司驻沪办事处，此次国际展览会就是由他操办的。区先生露出一口洁白的牙齿，谦虚地请我日后多加关照。

区先生毕业于香港一所著名的大学，当过教师、记者、公务员，但梦想是成为一个老板。一次，一家全球性的公关公司招聘驻沪机构代表，他想：与其在港打工，不如到上海闯一闯，一旦有发展机会便能成全自己孩提时的向往。他决然应聘，竟一举成功。

37岁的区先生还没成家，来到上海之后自然成了上海姑娘追求的理想对象，然而他却是一副拒人于千里之外的姿态。为此，我问区先生："港人在上海姑娘心目中尚有一定的地位，何不赶快敲定一个？"区先生两手一摊，调侃地回答："现在香港已回归，港人成了自己人，也就没有了特殊地位。上海的好姑娘恋上了老外，没把香港同胞放在眼里。"其实，隐藏在调侃背后的是区先生矢志不渝的鸿志，他哪里肯壮志未酬先成家呢？

据区先生手下雇员介绍，他来沪后将原先惨淡经营的办事处搞得红红火火，生意不断。他一会儿飞北京，一会儿抵香港，马不停蹄地揽生意接业务，在上海办成功了多次颇有影响的大型活动，深得委托方的好评。总部老板对他相当赏识，尽管整个公司经济运行并不佳，还是出资让他去西欧周游了两个月，令他的同僚十分羡慕。更使他得意的是，自己在上海周边地区与朋友联手投资办了一家丝织小企业，居然生意不错。

春节之后的一天，区先生突然打电话给我，说他已经辞职了。我有些吃惊，不是干得蛮不错的嘛，为何辞职呢？他在电话另一端回答：自己在湖州开的丝织厂生意红火，世界各地下的订单不少，厂子不能离开自己，又无分身术，只有辞职了。"拿了人家的薪水不尽心是不好的呀！"我为他高兴，祝他做老板顺利。他语调顿变，坦言丝织厂的资金大部分是借来的，要还贷还息，做老板也是一桩不轻松的事情，只不过圆了自己少年时的一个梦想。

我说：梦圆了，可以考虑婚娶了吧？他在电话里默不做声。

梦想自己做老板

见过汪先生的人很难猜出他的实际年龄，微谢的头顶、低沉的嗓音、稳健的步履，此等老成实在与他 35 岁的年龄不符。别瞧他岁数不大，在内地呆的时间却很长，跑的地方不少，北到冰城哈尔滨，南至春城昆明，最后落脚申城，出任一家颇具影响力的房产公司总经理。

这份好差事来之不易。原先走南闯北开发的房地产项目全是高层建筑，没想到都套得死死的，成了滞销房，投资者血本无归。基于惨痛的教训，汪先生大胆提出在上海西北角大规模开发三层结构的住宅。独特的房型、低廉的价格，备受市民青睐，开盘的第一天售楼处便门庭若市，喜得老成的汪先生情不自禁地哼起了小调。

其实，获得这一较好的销售业绩是汪先生预料之中的事，他早已做好了炒房产的准备。他意识到，公司生意再好毕竟是公司的美事，自己所得毕竟有限，发财的还是老板和大股东。要想自己做老板，光靠这些远不能完成积累。他以妻子和其他亲朋好友的名义订购了几套房子，等待涨价后脱手赚钱。他说："上海的房产潜力很大，房价不高。香港是过来人，看得懂。"

由于市场状况并不像汪先生预见的那么火，加价脱手的对象不好找，无奈只能将付了定金的房子陆续退回公司。为此，妻子整天与他怄气，骂他窝囊，弄得他一脸愁容。然而，想做老板的愿望并未就此罢休，他等待着机会……

（原载《青年一代》 1999 年 8 月）

一份来自赴日淘金归来者的报告

也许当年他们挤在日本驻沪总领事馆门前焦急地等待签证时，并没有想到日后伴随自己的是泪水和沧桑。

为了赴日自费留学，他们四方奔波筹款，或用尽父母的积蓄，或四处举债，试图与人生做最后的一搏，改变自己的处境。在他们的理想中，到富裕的东瀛岛国淘金，可以拥有丰厚的财富，人生也必将走向辉煌。因此，当他们走向虹桥国际机场的登机楼，挥手向亲朋告别时，踌躇满志抵消了亲情分离的伤感。

然而，刹那间的自豪，很快在异国繁重的打工生涯中消失。他们感受到了大和民族的排外，领略到日本人的自负，于是断绝了一辈子留在日本的念头。他们中的大部分人，唯一的愿望就是打工赚钱，攒个几十万回国，得以改变自己的人生。打工所得的纸币，便成了这段艰辛生涯的印证。

在日本，他们流过泪。那毕竟是另一个国度，陌生的世界让原本在国内并不在意的亲情一下子升温，对亲人的思念和着打工时的种种不幸遭遇，常使人流泪不止。他们终于下决心回国了，携着用汗水、泪水换回的金钱，准备在自己原本生活的城市里度过幸福的日子。然而，他们没有想到，一切并非那样容易。

当年赴日学习语言人数最多的上海，笔者就遇到了这样几位曾赴日学习语言归国的人，他们在哭泣、流泪……

回到上海了，心里还想哭。一天，我正在电视台值班，编排《今日报道》的晚上直播，忽然接到一个口音陌生者的来电。对方让我猜他是谁，我实在无从猜起。他称自己姓董，是我中学时的同学。这一来我依稀地想起了他——1988 年 7 月，家境贫寒的他不辞而别，据说是举债自费赴日学习语言去了。能够迈出这一步，对于没能考上大学的他来说的确是不错的出路，惹得一帮子同学羡慕。后来听说他回国了，不仅拥有了全套的高档现代化家用电器，还在西区一个较为偏僻的地方买了两房一厅，娶了个护士做太太，小日子过得挺红火的……不知道久未联系的他为何突然来电话。话筒那端传来他凄苦的声音："我现在生活拮据，连生活费都没有了。"我有些吃惊，赶忙追问原因。他沮丧地回答：做股票输惨了，30 万元打了水漂，讨债的踏破了门坎……

有关他炒股票的事，我略有耳闻。回国后腰缠数十万元的他，找工作挑挑拣拣，眼高手低，不为区区千把元的薪水动心，因而始终是个无业者。想想还是玩股票既能赚钱又无拘无束，他一头扎了进去。起先他在股市里捞了一些钱，不想近日股市大跌，损失惨重，其中还有一部分是亲朋好友的借款。在电话里，他说现在迫切想找份工作，要求不高，只要比较稳定，有固定收入供日常开销即可，否则太太的唠叨实在受不了。他说："回国后自己的朋友少了，活动圈子又不大，股市里的朋友一荣俱荣、一损俱损，处境都不妙。想了半天只能请老同学帮忙。你在电视台工作，熟人多，信息多，千万帮帮忙，我可是从不轻易求人的！"董说着说着，声音竟有些哽咽，"没想到回上海了心里还是直想哭，当初出国时的自豪感一点也没有了"。我深信此时他的心情一定痛苦，甚至眼眶中饱含着泪水。

据调查，类似我同学这样的赴日学习语言返沪成为无业者的人数并不少。由于他们出国前取得的学历不高，到日本后因忙于打工赚钱，混了一个语言学校的结业证书又不顶什么用，语言上并没有真正过关。在国内人才竞争激烈的形势下，他们明显处于劣势。更何况他们自认为开过眼界，低收入的打工活又不愿意干，于是可悲的结局就出现了。一位在城市调查队工作的朋友告诉我，赴日学语言后又返回故里的人员，其中约75%的淘金者所携带回国的存款都在股市中套牢，因为他们错误地认为股市来钱比在日本打工都快。我昔日的董同学正是这类偏听偏信中的一员，成了风险莫测的股市的牺牲品。

居酒屋里的丑恶。盛夏的一个深夜，我随某区公安分局的治安队去冲击一家暗中提供色情服务的居酒屋，竟然发现违纪者中的主要成员都曾东渡扶桑学习过语言。

居酒屋坐落在一条僻静的小道上，布置得颇具日本风情。当公安人员冲进幽暗的包房时，不堪入目的场景还来不及收场。酒店老板李某和几个着装轻薄、涂脂抹粉的女子被带进了公安分局的审讯室。

李老板是第一批赴日学习语言的，年龄45岁左右，戴着一副金丝边眼镜，为他经历坎坷的脸上平添了几许斯文。面对审讯者，他坦白了这样一段心曲："回沪后，我自认为也是款爷了，不可能再去打工，于是就做吃利息的闲人，喝早茶、洗桑拿、唱卡拉OK，蛮是潇洒。可是几年下来，一看形势不对了，在上海有几十万的款爷不少，何况几十万敌不过物价上涨，要不了多久自己坐吃山空。于是，与当年洋插队的朋友商量，合股开了这个居酒屋，混点开销钱。"审讯人员问及为什么要安排小姐提供色情服务时，李老板支吾起来："在日本，小姐陪着喝喝酒、唱唱歌是惯例。这又不犯法。这样一来，小店就有了生气。当初刚开张时，是十分不景气的。""'三陪'是不允许的！"审讯人员严肃指出，"而且你的居酒屋里，不单纯是'三陪'的问题！" 审讯人员把在包房里搜出的证据摆到李老板面前，李老板哑口无言，不得不接受处罚。

与李老板同时被拘留的还有一个叫张文琴的女子，她多次指使妇女从事卖淫等色情活动。27岁的张文琴与李老板一样曾赴日学习过语言。当她戴着手铐，低头向公安人员交代时，苍白的脸上挂着泪花，全无照人的光彩："从日本打工回国后，没想到自己就失业了，原单位再也不肯接受我。我心里着急，跑人才市场、看招聘广告，四处联系，可还是无法找到一份合适自己的工作。那些看得上眼的岗位要的都是大专以上的人员，学士、硕士在人才市场已不稀奇，可我只读了一年大专就辍学去了日本，在东京××日本语学院读了两年语言，后来又打了两年黑工，然后回到上海。物质生活上是不愁了，可是看到自己的同学事业有成，心里总感到空落落的，便想找点事做做，否则日子过得太无聊。得悉李老板开居酒屋，我便投了点股，算个股东，还管十来个小姐，安排她们的接待。起先小姐中有些新手遇到日本客人时心里发慌，我就说别怕，在东京银座时，我也做过，赚了钱现在不成老板了吗？但我反对小姐在包房里卖淫，这样会弄砸了小店。一些小姐不听劝告，事发后总要被我臭骂一通。"审讯人员正告道："不要绕圈子。你有没有向外国人介绍过妇女卖淫？"她一口否认。审讯者读了居酒屋其他三个女招待的证词。张文琴无奈地说："常有些日本客人提出找小姐陪着玩的要求，于是我就把小姐的拷机号码给客人。我是不收她们一分钱的，这能说我做皮条生意？"

法律是公正的，李老板和张文琴他们最终站到了被告席上，接受正义的判决。据法院的同志介绍，张文琴在听到判决后，哭着说："后悔当初不该合伙开店。那时，我只想找一份事情做做，打发日子……"

泪水洗刷不掉人生轨迹上的污点，当他们在囚室里回味当年东渡日本时的那一幕，心中会泛起怎样的波澜呢？真可谓喜也东渡，悲也东渡。

女吸毒者喊："我想死！"去年的国际禁毒日前夕，我去上海市戒毒所采访。在吸毒者的材料中，发现一个女吸毒者也有过一段在东京学习语言的经历。此人回国后也成了城市中的新一代无业者。空虚无聊之际，她恋上了白魔，十余万元化作了手臂上扎毒剂时留下的密集针眼，以致盛夏时分她都不敢穿短袖衬衫。面对我的采访，她掩面而泣："现在一切都迟了，女人染上毒瘾是很难戒掉的，我已经是第二次来这里戒毒了。"我问她："在日本时你接触过毒品吗？""很少，只是偶尔在打工极度疲劳时吸过。回国后，因为无聊，非常需要毒品带来的感觉。我到过大洋桥及云南路一带，四处找毒品。后来认识了一个朋友，直接从广东弄来高纯度的毒品，方才觉得痛快。我知道自己这辈子算完了，最终将死在毒瘾发作时，我想死！"

"我想死！"女吸毒者的呼喊一直回荡在我耳畔，坐上采访车回电视台途中我陷入沉思：如果当初他们的人生轨迹不是突然发生变化，抑或刻意追求的变化不是建筑在对金钱的渴望上，那么一切会比现在好得多。或者，当他们回国后倘能正视自己，像那些学有所成的归国者一样，在日新月异的上海这块土壤上找到自己存在的价值，那么他们的人生轨迹或许会变得闪光起来。现在发生在这个有过特殊经历的群体中的少数人身上的坎坷和不幸，是不是价值趋向扭曲的反映呢？

当我在办公桌前写下这段文字之后，恰巧跑政法的记者对我说了一则关于留日学生的案子——一对留日归国的男女回国后不愿打工挣几个小钱，一心只想赚大钱，于是干起了"蛇头"这一行当。他们利用经贸考察的名义，组织他人偷渡，居然侥幸做成了几批，案发前赚了不下四五十万元……

又是一个不幸的消息，利欲熏心追逐金钱，居然置法律于脑后了。

人——无论有过何种经历，不应丢失的是他那金子般闪光的人生观和对自身价值的正确认识。

（原载《青年一代》 1998 年 8 月）

诗人·记者——记电视人孙泽敏

俗话说，一个时代造就一个时代的人。今天，当年轻的新闻工作者凝视已人到中年依然活跃在新闻界这方天地中的"老三届"时，他们也许会惊奇地发现，那一代人多半有过不同寻常的经历，拥有一种独特的书卷气和使命感。

从黑土白雪中走来

孙泽敏兜里揣着华东师大夜大学的本科毕业证书，活跃在上海新闻界15年，先后在上海电视台采访科、编辑科、专栏科、编辑部、新闻中心等岗位上工作。然而，在这以前他有过10年北大荒修地球的经历。黑土白雪中他失去了工程师的梦想，滋生出诗人的豪情，与文学结下了剪不断的情缘。他曾这样回忆道："北大荒的广阔原野，苦难与风流的军垦生活，给我平添了文学的爱好和豪情。那个时候，我们连队三天两头举办赛诗会，当时写得一手好字的我不仅自己写诗，而且将知青的诗汇在一起，刻蜡纸油印，编成诗集。"10年之后，他从北大荒回到上海，在一家工厂担任党委秘书，同时又活跃在沪西工人文化宫的诗坛上，之后考进上海电视台做记者。可以说，他的记者生涯是在诗歌创作基础上开始的，诗歌教会了他对人生的思考、社会的观察，唤起了他对人生的追求和价值的实现，为他日后成为一名出色的新闻工作者开辟了大道。

新闻史上，记者编辑大都是文人，可见记者与文人之间内涵相通，但诗人就少了许多。不过诗文相通也是常态。孙泽敏身上体现出这种相通。一次，他应上海人民广播电台《秋水与火焰——诗人作家对话录》专题节目之邀，谈及新闻与文学时说，渴望在电视新闻与文学两棵树上结果。

在电视新闻领域中探索创新

孙泽敏从事新闻工作不久，便被调到采访科时政组当编辑。他认真探索时政新闻的采编特点，在抓住时效性的同时，很好地体现出政策性。他在摄影记者配合下，一年中旋风般采编了六百多条现场采访、跟踪报道、人物专访、现场评论等样式不同的电视报道。不少突发性事件，他往往抢在有关部门和兄弟媒体之前赶赴现场，制作成独家新闻抢先播出，如《中日青年大联欢》《西德科尔总理访沪》等重大时政报道。

两年之后，孙泽敏由前期采访转入后期编播。他努力摸索电视新闻采、摄、编、播诸多环节中的一般和特殊规律，认真编排新闻版面，审阅新闻稿件和新闻片。两年中，先后编发了数千条片稿，发现和避免了不少前期采访者失误造成的重大差错。电视新闻的采编播工作程序多，每个环节都不能出错，否则将造成严重后果。为此，他在工作中，开拓性地制订了《编播科考核方案》《新闻编排规范》等规章制度，将编辑管理纳入有序的轨道。为改变电视新闻版面的陈旧面孔，他在上级的支持下，连续三次对各档电视新闻的版面进行调整改革，使新闻版面活泼醒目、信息量有效扩大，受到各方面好评，编播科也因此两次荣获电视台颁发的"新闻编排出新奖"。

他勇于探索创新，很难说这不是诗人气质的体现。80年代中期，他参与提议并积极建立华东地区电视新闻协作网络和上海地区摄录通讯员网络，有效地延伸了上海电视的新闻触角，增加了电视新闻信息量。同时，对电视评论节目进行探索，使他获得了全国电视评论一等奖、全国好新闻一等奖的殊荣。他先后在电视新闻中设立了"本台评论""短评""编后小议""编前话""现场评论""周末论坛""今晚谈"等评论栏目，并深入社会采访，对一系列不同体裁的电视评论节目做了采编尝试。如用对比手法采编了《清水和"龙须沟"在给我们上课》；用现场手法采编的《为公交工人唱几句咏叹调》和记者述评《大家一起来清扫"文字垃圾"》等，说理清楚、观点正确、手法新颖，博得观众和内行的好评。

真情投入《新闻透视》

一位西方的贤哲曾说过，人的最高境界是创造，创造中才能体现出价值。套用这一观点，可以说孙泽敏的价值在《新闻透视》中得以体现。1987年，他受上级委派创办这一国内第一个深度报道的新闻杂志性专栏节目。作为主要负责人，他努力探索这一全新节目的独特风格和特色，以强烈的社会责任感和事业心，不辞辛劳地采编节目和进行专栏节目样式的尝试。在主持《新闻透视》工作7年中，他直接撰稿采编的新闻专题片有二百多条，重大题材的报道占三分之二以上。许多独家报道在社会上引起了轰动，如《一次猝不及防的消防检查》《新客站的困惑》《惨祸发生以后——轮渡惨祸追踪》《悸动的神经——物价问题透视》《逃票者百态》《举报、举报……》等等。

由此，《新闻透视》形成了大开大阖，宏观与微观结合，注重现场感、参与感，夹叙夹议，融信息量与思辨性为一体的风格。《新闻透视》在反映改革开放主旋律，努力宣传党的路线、方针、政策的同时，也着力鞭挞社会不良现象，使它在社会上发挥了振聋发聩的舆论导向。

从《新闻透视》的风格中，人们不难发现孙泽敏的新闻敏感、思想深度、文学修养和社会责任感，一旦他认识到所报道的人物、事件的价值所在，便会真情投入，甚至不惜自己卷入采访的事件中。一次，他获悉锐意改革的上海篷垫厂厂长钟伟建惨遭歹徒杀害，便率领栏目采编人员，花了整整 3 天时间，采访了死者的亲朋和职工。一个屡次在厂里行凶、殴打干部群众的歹徒，为什么会以"精神分裂症"之名几度获释，最终酿成打死厂长的悲剧，还仅被判个死缓？孙泽敏想不通。他采访司法部的专家，得悉凶手对作案行为具有责任能力后，大胆指出判死缓不当，应该给予严惩，发出"法律究竟该为谁保驾护航，如何保护富有开拓精神的改革者？"的疾呼。事后他回忆说，在采访时"是动了真情的，有时忍不住要掉泪"。这期《新闻透视》播出后，在社会上产生了极大反响。又有一次，在采访途中，他遇上了一个行人和残疾车主吵架，他一边采访一边成了劝架者。当他向围观者呼吁"一道来拉开"时，竟无人挺身而出，他心里生出些许悲哀。也许正是动了真情，他成功地完成《镜头对准了记者拉架》的报道，再次引起震动。事后，他就这两则报道，分别写成了两篇报告文学，在社会上产生了反响。

真情投入，回报必丰。孙泽敏撰稿的《彩虹从浦江升起》荣获首届中国新闻奖专题节目一等奖，这是当时上海新闻界唯一获得此奖项的。在他和同事们的努力下，《新闻透视》专栏连续三年被评为上海广播电视创新特色栏目，收视率也由最初的前 10 名跃至信息类节目首位，在全市民意调查中，《新闻透视》荣获最高分，并多次受到朱镕基、吴邦国、黄菊、艾知生等领导的赞扬，两次受到市广播电视局局长通令嘉奖。

1992 年，孙泽敏出任新闻部副主任，走上了新的工作岗位，但记者的职责时刻铭记心中。他率队赴京参加全国八届人大和政协报道，发回不少有影响的独家新闻，并在全国人大好新闻评比中获奖。同年夏天，他冲破阻力采访的社会新闻《消毒水灌进奶瓶，一婴儿中毒身亡》在社会上引起了轰动，由此荣获上海新闻奖二等奖和上海广播电视新闻二等奖，中国电视新闻二等奖。23集电视新闻系列片《上海在变样》和12集电视系列片《母亲河上看沧桑》，全面反映了上海城市大变样的喜人景象，制成爱国主义录像教材向社会发行。

孙泽敏除了在新闻采编方面独有建树外，还在电视纪录片、电视政论片、大型晚会等电视节目样式中屡有尝试，收获颇丰。改革开放初期，他曾率队横穿美国采访，回来后采编成10集电视专题片《美国纪实》，从总统选举、金融、交通、艺术、体育、老人生活等方面对美国社会进行了深度报道。如此全方位多视角报道美国社会，这在国内还是首次。

在新闻和文学两棵树上结果

在担任领导职务主管新闻宣传工作后，孙泽敏对电视新闻改革倾注了更多的心血。他精心策划、组织《STV新闻》《财经报道》《今日报道》《世界财经纵横》《国际快讯》《夜间新闻》等节目的改版。其中，《财经报道》的策划书还被中央电视台借鉴，《今日报道》以"电视晚报"的全新内涵独树一帜。《STV新闻》收视率始终在上海地区高居榜首，其中也饱含着他的一份心血。

繁忙的工作之余，孙泽敏灯下走笔，苦耕不已，先后发表了200多万字的报告文学、散文、诗歌、杂文、电视论文等作品，出版了电视作品集、报告文学、诗歌、散文等7本。同时，他还从理论上总结和探索了电视新闻深度报道的特点，主编了约30万字的集学术与资料性为一体的《新闻透视轨迹》一书，深受专家学者的好评。

孙泽敏是一个勤奋的新闻工作者，又是一位笔耕不止的作家，他的文人本色、诗人气质和新闻素质促使了他成为一个具有文化内涵的新闻工作者，并在新闻、文学诗歌创作上取得了丰硕的成果，获得三十多项全国或地区优秀新闻奖或文学作品奖，并被选入了由吴冷西、邵华泽担任总顾问的《中国当代著名编辑记者传集》。新闻和文学，孙泽敏精心培育的这两棵同根树，正硕果压枝，令人欣喜。

（原载《新闻记者》 1997 年 5 月）

矮个子军官的高追求

　　无法与魁伟、强壮的军人形象联系在一起，1.60 米的个子让人觉得有点懦弱。可是当你接触他之后，会发现他的举止间无处不透射出军人特有的坚毅和果敢。作为军人，他先后 6 次荣立三等功，不能说不出色；作为画家，他办过个人画展，出过画册，获过全国大奖，其版画作品还被世界著名收藏家竹内阳一等人所收藏。军人与画家在沈雪江身上完美地结合在一起，更显出他的与众不同。

　　少年时代沈雪江就踏上了习画之路。他在乡村中学读书时，校内有一位毕业于浙江美术学院且一心痴迷绘画的老师，经常将学生组织起来，教他们画画，还带大家去野外写生。沈雪江就是这群中学生中悟性最好的一个。那时他才 10 来岁，长得又矮小，挺招老师喜欢。由于家境贫寒，喜爱版画的他不能像其他学生一样拥有一套木刻刀，心中不免升起一股酸楚。倔强的他暗下决心，要用自己的双手来自制一套木刻刀。他找来废弃的钢锯，溜进社办厂，在砂轮机上进行磨制。可是圆口刀无法自制，这愁煞了他。一天，正逢家里的一头猪生病，兽医用一根特大的针筒在给病猪注射。事后，他心头一亮，针筒上的针头剖开，不是可以做成一把圆口刻刀吗？第二天，他足足走了 10 里地，找到兽医。听了他的要求，兽医直摇头，说旧钢针头不好找，以前用旧的已全扔了。沈雪江十分扫兴，默默地离开兽医家，没走多远，只听见兽医追出来喊："我想起来了，有一根旧针头被我钉在了门柱上，你拿去吧！"终于，他得到了一枚钢针头，高高兴兴地回家制成了圆口刻刀。就凭着这一套土制的刻刀，他创作了一幅幅散发着浓郁乡土气息的版画，还参加了浙江省首届农民画展。

在家乡，沈雪江创办了浙江海宁第一家个体文化室——雪花俱乐部，组织了一批农村文化青年习画练字做文章。然而，他的举动，在乡亲的眼里被视作不务正业，"小年轻不去好好种地，也不去动脑筋赚钱，竟然瞎折腾着办文化，还想当什么艺术家……"各种议论冲他袭来。一些长辈也跑来，劝说他别再胡闹。面对亲友的不理解，他并不争辩，依然默默地画画，一如既往地办他的雪花俱乐部。他实在无法割舍与艺术的缘。

功夫不负有心人，他的技艺日渐长进，被海宁县团委评为"五讲四美"积极分子，并推荐进入浙江美术学院深造。这一来，亲朋好友不得不另眼看待这位"不务正业"的农村小伙子了，纷纷竖起了大拇指。

命运对于执着的追求者总会表现出独特的宠爱。1986年的一天，武警部队来到海宁征兵。对从小向往军旅生活的沈雪江来讲，这可是一个难逢的好机会。他来到乡征兵站，眼见周围那一个个身材高大、结实的应征同伴心里直打鼓，看来希望不大。但他是个不甘示弱的人，毅然填表、体检。回到家，一夜难眠。第二天一早，他又跑到征兵站，想探个虚实。这时，听到征兵站的同志在唤他："进来吧，是不是想急着知道结果？"他脸涨得通红，默不作声。"你喜欢画画，画得还不错，部队就需要你这样的人才！"一句话，说得他七上八下的心平静了下来。

他终于告别了故乡，他入伍来到了大上海，在远离市区的宝钢，开始了紧张的军旅生活。新兵训练是严格的，对于个子矮小、体能又差的沈雪江来说，难度更大。俯卧撑，双单杠、擒敌拳，别人练几次便能过关，可他却需要付出数倍的努力，晚上再"开小灶"继续练，直至取得好成绩。

　　无论补多少时间的课，他总不放弃创作，偷偷地打着电筒在被窝里画上几幅小题花后，才能安心地入眠。在新兵连，他不但军事技能考核成绩都在良好以上，而且还创作了1000多幅小题花，其中的500多幅在《解放军报》《文汇报》《人民武警报》上发表。这些小题花，有的画在烟盒上，有的画在包装纸上，缘由是新兵津贴少，且驻地远离市区，不可能买到铜版纸，只能凑合着画。有一次，一家报纸的编辑差点把他的投稿当作废包装纸扔掉，幸好发现及时。

　　他的艺术才能得到部队领导的重视，尽量创造条件让他从事创作。指导员专门腾出军营边上空关着的小房子提供给他作画室。这期间，他一边像其他战士一样执勤、训练，一边醉心于版画创作。《我生活和守卫的地方——宝钢》《宝钢卫士》等作品，分别获得"火红的钢城展览"创作奖、武警部队第三届金盾杯一等奖，他的创作天地宽阔了许多，进入了一个新阶段。

　　即将步入而立之年的沈雪江，现已是武警上海总队的一名年轻军官，在版画界已占有了一席之地，成为上海版画家协会中最年轻的理事，享有军中版画家的美誉。他的《无言的歌》《梦》等系列作品，得到行家的高度评价。一位著名画家在评价《梦》系列时说："他把自己精神的感受抑或是自己所喜欢的东西，尽情地宣泄在画纸上。他借用了一种适宜他自己的手段，对于这种形式的观赏使观众同样产生心情激动的快感，并超脱于生活感受之上。"《梦》系列已被上海美术馆收藏，并被收入即将出版的版画集中，走向艺术圣殿的宝座。

　　　　　　　　　　　　　　　（原载《青年一代》 1997年2月）

喧闹中的优雅——访画家张谷良

浙江海宁以皮革闻名遐迩，大大小小的皮革企业几乎占了半爿城，可知道它是文人辈出的热土的人越来越少。一代宗师王国维、诗人徐志摩都是由海宁走来，蜚声中外，在文坛上留下不可磨灭的印迹，然而在皮革交易的喧闹声中，似乎他们的名字已淡出许多。在我与海宁籍版画家沈雪江等友人结伴赴海宁游览途中，结识了海宁市文联副主席、美协浙江分会理事张谷良，颇感这位画家的静柔和对喧嚣的漠视，从中领略到他上承故里先贤傲骨和洒脱的风采。

张谷良一直将心血凝聚在写意人物画创作上，对元明画风和当代浙派人物技法尤为倾心，并探寻具有现代审美意识的艺术个性，追求质朴和纯真。在艺术创造过程中，表现出对人类生存及其社会走向的思考和生命体验的一种价值求索。

张谷良曾在浙江美术学院系统地学习中国画，有过严格的水墨人物画技法训练，近年来他致力于工笔与写意相结合的探索，在写实基础上略加夸张、变形，工笔于装饰中有灵变，写意于纵放中有蕴藉，作品形成朦胧、婉约、和谐的韵味，富有诗一般的意境。

张谷良的创作题材，不少取自江南水乡，这源起他生长在地方，熟知其中的风情和神韵。有意思的是他把水乡风情浓缩在水乡生活中，直接表现当代水乡人的风貌，创作的作品，如一幅幅水乡风俗图。同时，他把水乡神韵融渗在他想象中的古代人物中，从《竹喧归浣女》《天街小雨》《贵妃出浴》《屈子行吟图》等作品中，都可以读出他对水乡神韵独特的感悟和艺术的再现，这类作品完美地体现出他的风格，变形夸张的人物形象，在朦胧的神韵中或款步缓行、或飘逸起舞、或凝眸远眺、或孤独吟诵，意境清远且显现朦胧、飘逸、优雅的和谐，难怪中国美术学院国画系主任吴山明教授这样评说他的作品，"富有诗一般的意境，具有较高层次的审美价值"，他的作品"已在当今中国画坛上溅起美妙的火花"。

火花本身就是美妙，"美妙的火花"无非再一次肯定了火花的特质，张谷良的作品曾作为礼品由江泽民主席赠给乌克兰，西泠出版社出版了《当代书画篆刻家掇英・张谷良专辑》《金秋》《南宋临安体育风情图》等作品分别由上海美术馆、中国体育博物馆收藏，不少作品还在日本、新加坡、马来西亚等国家和香港、澳门、台湾地区展出或被收藏。著名画家方增先说，张谷良"到了自己的定位点。"

一个出色的艺术家往往把自己的定位确定在"文如其人"上，对张谷良来说就是"画如其人"，追求作品与个性的一致，形成鲜明的艺术风格，他做到了这一点。

在短短两天海宁游的日子里，我感受到坐在身旁的张谷良的优雅、宁静、飘逸和淡泊，与他的作品传递的神韵相一致，在海宁的繁华中独显他的风采，没有染上一丝的商业习气，有的是人文精神熏陶的清风和傲骨……

（原载《中国纺织美术》 1996 年第 4 期）

他为日本天皇开出药方

他也不知道为什么要卷入 80 年代的出国潮，当他在日本的亲属给他办理好出国手续后，章灌清医生默默地与自己的恩师、著名中医肝病专家韩哲仙老先生告别，登上飞往东京的航班，开始他长达六年的求学行医历程。

叩开汉方诊所的大门

踏上异国的土地，章灌清起早贪黑忙碌在餐馆、卡拉 OK 厅，洗碗、给人点烟、递毛巾……以打工的收入，去支付学费，维持基本的生活需要。艰辛并不可怕，无法忍受的是荒疏了自己的医术。他决定去叩开汉方诊疗所（类似中国的中医诊所）的大门。连着去了三四家，先后遭到回绝。有家诊疗所的老板瞪着眼睛说："一个来自中国大陆的打工者，又怎能在东京行医？"倔强的章灌清没有气馁，深信自己的医术将有助于患者，并不在于国籍。一天，他途经一家规模不大的私人诊疗所，叩开了这家名为"户顿汉方诊疗所"的门。所长疑惑地打量着他，"你有什么事，看病？"他摇摇头，递上学历、职称证书和履历，用半生不熟的日语要求留在所内工作。"不行，我们这里不缺医生。"所长说。"我可以不要薪水，试用一个星期。"

章灌清恳切地表示。所长略微沉思一下，"只能做些辅助的事情"。

一天，一位腰椎病人由别人搀扶着进入诊所，嚷着要止痛、恢复活动。日本医生给他扎针，可效果不明显，病人难以坐立。在一旁的章灌清对所长说："让我来试试。"他接过金针，扎进穴位的一寸深处，患者的痛感明显减轻，再辅之以推拿，病人便能自由坐立，不禁连声称好。

所长不再小瞧章灌清了，让他别再做拔针之类的辅助工作。

后来他才得知，有些日本医生为了赚取病人更多的钱，并不是一下子往好里治，而是在拖病人，针扎的很浅……这一经历使他对日本诊所有了实质的认识，也成了他日后回国的原因之一。

为天皇开出药方

"户顿汉方诊疗所来了真正的中国医师。"消息不胫而走，引得患者纷纷赶来就医。这时，恰遇年迈的裕仁天皇胰腺病复发，皇宫宫内厅谨慎地通过电视、广播、报刊等传媒，发布天皇的病情。天皇痼疾在身，牵动日本各界的心绪，人们都在祈盼天皇康复。一位病人对章灌清建议："你医术高超，能不能想办法为天皇治病呢？"

异国朋友的信任使章灌清寝食难安，想起在国内跟随老师韩哲仙为无数危重肝病患者治疗的经历，他决定用辨证治疗原理为天皇开出药方。他守在电视机旁，等待裕仁天皇的镜头出现。观察了几天后，他动笔写下了建议宫内厅以中医攻补结合的方法治疗天皇的疾病，附上了资料和方子，认为必将收到良好的效果。

信转出后，章灌清急切地等待着回音。所长见他坐卧不安便直言相告："日本的不少一流医生还被排斥在天皇医疗团外，一个异国医生的医疗建议必定不会引起重视。况且，宫内厅一般是不给回信的。"

翌日，刚起床的章灌清竟收到宫内厅发来的快信，信上感谢他对裕仁天皇病情的关注，表示将吸收他的诊疗建议。原来，宫内厅长官房总务课收到他的信后，迅速转给了天皇医疗团，众多一流的专家认定他以攻补结合的治疗方法适合 87 岁高龄的裕仁天皇，有助于延缓天皇的生命。

"章医生收到宫内厅的回信了。"日本朋友为章灌清高兴。这天晚上，一大群朋友簇拥着他来到酒店，要好好地喝个痛快。章灌清一展歌喉，为日本朋友唱了一曲《我的中国心》。

生命重危的裕仁天皇，经多次抢救直至次年的一月去世。

再见，本田小姐

在东京学习的两年时间很快过去，章灌清又报考了日本岛根医科大学的研究生，师从岛根田宜根教授，主攻内科。在岛根的七百多个日子里，章灌清与病人、手术刀、药物和医学书籍相伴，直至学业结束。之后，他获得工作签证，重返东京，在一家汉方研究所继续行医生涯。

那时，东京正在筹划上演当代著名歌剧《西贡的女人》。法国、美国等地的编剧、导演相中了日本著名三栖明星本田小姐，邀其出任主角，只可惜她人太瘦、嗓音不亮。本田小姐急坏了，放弃这次演出将失去一次再造辉煌的机会，可恨自己太瘦，本田小姐忧愁在胸，独自到郊外散步，恰遇出诊在外的章灌清。"你是医生？"章灌清点头肯定，"小姐心事重重，气色不佳，不妨让我看一下"。本田小姐便把心中的苦恼一股脑儿倒了出来。"不要紧，我可以用中医给你调理。"于是，双方约定时间，由章灌清去本田小姐的寓所替她做中医调理。

调理有效，本田小姐气色好多了，体重增加，连唱一两个小时嗓子也不肿疼。本田小姐对这位严谨、认真、和蔼的异国医生产生了爱慕之情，不断赠送自己的玉照给他，还开车约他去咖啡馆小聚。可憨厚的章灌清对此十分"迟钝"。

一日，本田小姐的母亲单独对章灌清说："您看过小姐给您的照片吗？""看过。""挺美吧，日本的女明星可不会轻易把自己的生活照送人的。不知章医生是否有家室？"章灌清当时想的是：我戴上口罩，就是医生，我必须要有医德。因此他很坦率地回答："我在中国已有妻儿。"本田小姐的母亲面呈尴尬，叹了口气，"我随便问问"。

整个疗程即将结束，本田小姐驾驶着白色的奔驰轿车，约章灌清一起出去兜风。来到郊外，回忆起两人第一次的相遇，本田小姐真诚地说："我母亲真是有一点唐突，请您包涵。"章灌清回答："我们是病人和医生，以后只要您需要，我还会来给您看病。"本田小姐噙着泪水点头。

不久，章灌清收到本田小姐的信，邀请他观摩《西贡的女人》在帝国剧场的首场演出。演出结束后，光彩夺目的本田小姐在后台与章灌清会面，她向周围的朋友介绍："没有这位中国医生，我就不会有今天精彩的表演，我感谢他……"

"再见，本田小姐。"当章灌清告别东京时，在心中默默地为本田小姐祝福。

东京中国女人的泪

在日本的六年时间里，章灌清给形形色色的日本人、中国人、韩国人治过病，其中不少中国女病人给他留下深刻印象，她们的遭遇使他叹息。一次，一位上海籍的酒吧女招待拖着病体找到章灌清，诊断为肝炎。"您应该回国治疗。否则后果不堪设想。"女青年含泪回答："我不好回去的，来时借了别人的钱办的就读，才几个月，回去如何向家人交代？""那怎么办？""我想留下去，吃点药，看能撑下去。回去了，再来就难了。"章医生十分同情，"这样，就只能用重药，压住病势。我先开点药，你吃吧。"不久，章医生就回国，心里一直惦记她，是不是痊愈。

另一位早年流入东京的台湾女性，是一家酒吧的业主。初到东京时，她做酒吧女招待，凭着自己的年轻美貌，被一个日本老男人看中，在东京成了家。之后，凑了一些钱，开酒吧做起了妈妈桑。"在日本，女人失去魅力就完了。"她找章医生，主要是调理保养，以图保持青春。"那时您为什么要来日本呢？"他问。"日本钱好赚哩，在台湾女人要混出一点名堂不容易。"

几经接触，才知道她的不幸，与日本老男人结婚不久病故了，她根本没有得到财产，全被老男人的亲属分掉。她又回到酒吧，被三四个日本男人看中，由他们供养。她知道这不是长久之计，拼命攒钱，两年下来有了节蓄又借了一部分钱，才盘下了酒吧，算在东京有了安定。

这种中国女人的命运，在九十年代初似乎又在重演。一个来自大陆沿海城市的姑娘，被日本一个小老板从酒吧中带走，被安置在东京郊外的小公寓里由小老板供养。那老板每隔三四天来一次。姑娘的一切行动都遭到限制，一次她来了诊疗所找章医生看病，那个又丑又矮的日本小老头，接踵而来，追问不止。其实，那姑娘也没有什么病，只是太闷，人显憔悴。她唯一的念头就是永葆青春，不被小老头抛弃。"你为什么不去打工，养活自己呢？"章医生问。"不行，我刚来时也这样做的。可是手在洗碗液里快泡烂了。在酒吧做招待轻松。现在有男人看着也轻松。""以后怎么办？"那姑娘笑了，"没有什么以后，有的只是自己让自己漂亮，能吸引男人。"章医生无言以对。

有了在日本行医的经验，比较下来，他明白中医的根在中国。因此，尽管他的知名度一天天在增加，不少日本友人劝他继续在东京行医，他还是在工作签证尚未满期时，毅然回到他阔别六年的上海。为了继续研究中医治疗肝病的良效，他开设了中医诊疗所，积累临床经验，为患者排忧解难。也许与日本有缘，回国不久一家日本在华医疗机构找到他，请他出任医疗翻译。

在谈到他的中医诊疗所时，章医生充满信心，"现在还小，它会发展"。中医诊疗所不是为了赚钱，他常为病人义务咨询，介绍治疗方法，他默默地把自己奉献给病人和祖国中医事业。

（原载《青年一代》 1996 年 10 月）

渗向人才市场的浊流

终于有一天，人们纷纷涌进劳动市场，以独特的商品性寻求市场的接纳，展示劳动力的价值。他们不再留恋昔日的模式，而积极寻求显示个人能量的最佳角度。新的景象令人鼓舞。但在劳动力进入市场的同时，欺诈性招聘的浊流也向劳动力市场渗透，搅乱了市场秩序。在上海、北京、深圳、南京等劳动力市场活跃的城市，常曝出种种招聘丑闻。

一位待业的北京姑娘流着泪说："我在一家宾馆的招聘摊位前缴了费，办了手续。可是，第二天我打电话到那宾馆，人家说他们根本不知道这一次招聘。我傻了眼，知道受了骗。我已待业半年，而这次应聘各项费用花销了五十元。冤枉钱花了不算，心里的伤害更重。我这样的弱女子，日后依靠谁呢？"一封信飞进北京人才交流服务中心，这时，该中心负责人方知，有人用自己单位的牌子在骗钱。

上海一位急于跳槽的女教师，也有过类似的经历。她在报纸上读到一则著名公司招聘公关和秘书的广告，自忖条件尚可，按要求带上证件、照片，顶着七月炎热，匆忙赶去应聘，入场付了10元钱，只给了一张临时收据，填上报名单。接着面试，又缴了三十元。最后，一位公司职员发给她一份公司产品资料，要求推销，视推销业绩，方能吸纳为雇员。招聘变成了招商，结果花了四十元买了一叠产品介绍。

那一天，足有三百多人应聘，粗略一算，这家公司赚了近万元。即使那些甘愿做推销员的应聘者，也不知道自己何年何月才能成为公司一员。

除了诈取钱财的"招聘"令应聘者叫苦不迭外，另一些招而不聘的"招聘"也频频出现。记者在人才市场最热闹的五、十两个月里，先后走访了十余个人才集市和固定劳务市场，发现入场招聘的单位不少"似曾相识"。问及招聘单位的一位人事主管，他说："经常招聘，可以展现公司的实力，显示公司在日益发展，大量需要员工。而参加人才市场招聘，由主办单位统一在报刊上做广告，花费少，一样可以提高知名度。"

这一现象，也出现在报纸、电视广播的招聘广告中。一家新成立公司的经理告诉记者："单纯的企业广告、产品广告不很诱人。以招聘启事形式出现的广告，才能引起读者兴趣。"一语道破了天机。

别有用心的招聘还表现为一些单位以公开招聘为名掩盖"内定"之实。一家中型企业副厂长人选早已内定，为了表示开拓、公正、平等，以公开招聘为幌子。结果，知情者嗤之以鼻，甩下一句："无聊透顶。"

一位人才交流问题专家针对招聘活动中出现的种种黑幕，尖锐地指出，如果这股浊流不及时肃清，社会招聘将会失信于公众，无法使劳动力有效地进入市场，必将阻碍改革向纵深发展。

严峻的事实，呼唤着法规的健全。同时，劳动力在流向社会的同时，必须睁大警惕的眼睛，明察秋毫。

（原载《现代市场经济》 1994 年 10 月 24 日）

彩笔绘辉煌——记画家陈俊毅

　　我的朋友陈俊毅，历经沧桑，终于有一天回到故乡上海，徜徉在黄浦江畔，打开画箱，尽情地描绘心中那份依恋。这个初春明媚的下午，电视台的编导摄下他写生的镜头，为他制作文化专题，介绍他的经历、作品、美学观……

　　1993年4月，上海美术馆悬挂出"陈俊毅油画作品展"的横幅，在风中轻轻地飘动，似乎在告诉人们，画坛上将升起一颗新星。

　　这是一次成功的个人油画展，吸引了众多参观者，美术馆三楼陈列厅洋溢着一片热情。著名画家、上海美术馆馆长方增生观展后，在《文汇报》上撰文："在他的作品中多年如一地追寻，使其画面效果渐趋单纯。简练的造型、朦胧的用色和飘逸笔触构成了他独特的形式语言。"一位记者参观展后报道说："这次个人画展，还把钢琴、电子琴搬进展厅，观众可以在此得到视听相融，超于单感的艺术享受，这是建国以来展览厅方式上的一种全新尝试，也是艺术与社会接触方式的大胆实验，开幕的第一天，博得广大艺术爱好者的喝彩。"《解放日报》《文汇报》《新民日报》、东方电视台等对这次画展做了报道和介绍。美术评论家邵洛羊谈及这次画展与画家时说："陈俊毅的油画在上海美术馆展出后，名声鹊起，他的独特的浓郁而鲜明的东方情味，使海内外惊奇。我相信他疾步骎骎，会在油画领域中再添新的高峰。"

他一个期待辉煌的油画家，没有被暂时成功所陶醉，在继续寻找辉煌的通途。在我国较之中国画家，油画家为数不多，以风景画而走向成功的更为稀见，陈俊毅便是其中之一。对于风景，他有着一种独特的感受和理解，孩提时便独钟，面对都市的夜空孕育出无数美妙的遐想，群星如迷、飞天奔月，驰骋在遐想中而难以自拔。在他踏上人生之途后，一度插队农村，在文艺单位搞舞美，到企业从事经营管理，曲折的人生经历，又使他对风景有了新的认识和理解，读懂了风景的寓义，获得了弥补痛苦的快感，痴迷风景就在所难免了。青年时代的他足迹留在了连云港、海南等南北海岸线上，读懂大海的波澜壮阔、平静、漩涡、飞浪、拍岸惊涛，他认为这是人生的形象体现，在他创作的五幅关于大海系列的风景画中，一朵浪花、一片波浪，都倾注着他对生命的思考。

一位哲人说过：一个沉醉在风景中的人，往往是孤独的旅行者。陈俊毅面前有鲜花掌声，但是当他在沪东一间狭小的画室中尽情挥毫时，无疑是在做一次次的孤独旅行，面前没有所要描绘的景色，有的只是心中蕴藏久远的画面。他在描绘，每笔都放射出心灵的孤独和获得友爱的快感。这份友爱，不是来自世俗而是来自自然。他在风景中，倾注于人生哲理，寄托人生的愁苦、喜乐、失败、成功，无疑是一位艺术家的生命力所在。单纯的为风景而风景，世界上哪般风景没被画家描绘过？不赋予它新的活力，愧对艺术家的称号。

陈俊毅对风景的思考，来自他的感性认识。同时，他并不把理性的东西视作画家的支点，强调绘画艺术的感性积累，肯定"激情"的重要，正如法国作家普鲁斯特所说："对学者来说，理智活动在先，对作家来说，理智活动在后，因而作家第一的思维状态便是直觉了。"同样，对于画家而言亦如此。

任何没有直觉激发的创作冲动，仅凭理智产生不了优秀的艺术家和艺术作品。那是一个日出之晨，陈俊毅站在连云港的码头，被日出中的海港所感染，疾笔在画布烙下了气势磅礴的日出景象。在观赏时，人们从中可以看到画中孕含着生命初成的恢宏和对未来的憧憬。他的许多作品，乍看时并不一定能为一眼所吸引，画面形象简单，色彩朦胧且单纯，貌似平淡，但是仔细读下去，会发现平淡之后蕴含着美意。他的风景画中有田园牧歌式的意境，透射出淡淡的忧伤，如贵族为自己的庄园唱出的挽歌，使人沉浸在画家营造的意境中，难以离去。他的风景画还有一种与田园牧歌式氛围不一样的作品，画中充满动感，让你感到自己在风景中奔驰，一草一木在眼前一掠而过。这一部分风景画更能体现画家的风格，在静中追求动的旋律，为风景画家中少见。

从陈俊毅的画中，人们可以看到柯罗、莫奈、毕沙罗等一批著名风景画家的印迹，可见他的作品不是什么无源之水，南京艺术学院的培养、自身长期的绘画实践，使他积累了前人的经验，采撷精华为己服务。陈俊毅从前人中走来，延续了风景绘画史。然而，他不拘泥于古人，勇于探索和创新，善于用风景的样式，传递深邃的内涵。用简洁、朴实的绘画语言，营造前人没有传递的艺术氛围。西洋风景画是西方油画艺术的一种，包含着西方人的审美意识，作为中国画家的陈俊毅，拿来了西洋画的形式，注入中国人的审美情趣，以一种朦胧、淡雅、单纯的手法描绘大自然，删去了西方风景画的华美绚丽。

任何艺术不是孤立的，在艺术领域中各种具体的艺术样式，仅是表现手法不同而已，内中具有相通的基本原理，可以互鉴。而且，艺术可以从不同的样式中吸取养分，提高艺术修养。陈俊毅主张艺术家需要有多种艺术修养，他有良好的音乐素养，拉着一手极好的小提琴，并能边弹钢琴边唱男高音。在他的画室里悬挂着小提琴，一架黑漆斑驳的钢琴占去了不少地方。他擅长把音乐的旋律演化成视觉形象，融入绘画中，他的一幅《乐

趣》就是最好的体现：在幽林中，一群席地而坐的男女青年在尽情地弹乐
欢唱，画面充满激情，使人看到他们伴随着乐曲的旋律在做合拍的摇动，
丰富的色彩，虚化的形象，热烈的摇摆，体现出画家对人生的别样思考和
真善美的追求。应该说，如果没有良好的音乐素养，他难以完成这幅倍受
美术评论家推崇的佳作。

　　陈俊毅对于不同的艺术表现方式，有过不同的试尝，他曾着迷于导演，
担任歌舞晚会的艺术总监，擅于运用舞美、设计、灯光、声响，走出一条
歌舞演出与舞台设计交融的全新之路，受到权威人士的好评。他对摄影、
工艺美术也颇具研究，在徐州、南京两地举办的艺术作品展中除了油画外，
还有他的工艺、摄影作品。他设计的工艺羽毛笔，羽毛嵌入有机玻璃中，
让当代人圆了手握羽毛笔书写的梦。这项发明获得了国家专利，同时还使
昆山文化局有了创收。艺术是相通的，陈俊毅大胆吸收其他艺术种类的表
现手法，为绘画服务，使他的作品独树一帜，具有独特的艺术价值。

　　一个春夜，陈俊毅与笔者谈起画家，话及一二三流之分，超出流的是
大师。梵高、莫纳是大师，艺术家崇尚的偶像，更多的则是二三流画家，
他们被外界所干扰，甘愿从流，难以超脱。尤其当今中国的中青年油画家，
不少急功近利，追逐绘画的商业价值，通过经营炒高自身作品的商业价值，
一些名噪一时的所谓油画大家，没有摆脱金钱的束缚，原来可以成为一流
画家，最后只落得二三流而已。他认为，大师的作品具有真正的商业价值，
他们生前没有追求金钱，比如梵高有的只是一颗强烈冲动的艺术之心，一旦
艺术作品是灵魂的再现，心血的结晶，那么作品的商业价值是无法估量的。

　　认知以至，努力必达。不错，具有强烈执行力的陈俊毅，正走在通往
成功的大道上，走向所期待的辉煌中。

（原载《中国纺织美术》 1995 年第 2 期）

求变是艺术生命的所在——记徐志康与他的书法艺术

也许是幼年酷爱绘画的缘故，对于一切的美术活动，诸如画展、书法、摄影展以及与之关联的各类比赛，我总倾注于热情，有时不一定能目睹，读上一则什么画展的消息，也是十分的"解馋"。

那是去年的盛夏，我在《新民晚报》上读到一则关于儿童蜡笔画比赛的消息，我便与主办单位联系，接电话的是比赛组委会秘书长徐志康。他对我主动报道比赛活动感到高兴，不顾酷暑，执意要与我见面，这样我便结识了他。

在我的理解中，徐志康作为文化用品批发市场美术用品部负责人出面组织儿童蜡笔画比赛，不过是职务行为，目的无非是"商务"。但是一切并非我所估计的那样，整个赛事不向参赛者索要一分一厘，连报名费都免去。"重要的是培养下一代画家。我一直坚持这一点，所以就这样定下了。"他告诉我，"我喜欢绘画、书法。"说着，他展开随身携用的纸摺扇，递到我面前，"这扇面就是我写的"。

我仔细一瞧，扇面上的字体如行云流水，天然去饰，古朴中蕴藏着清丽，非一日之功。这时，我才明白他的用心，在商业性铺天盖地的当今，只有对艺术抱着赤诚之心的人，才能去掉的商业气味，追求心中的美好境界。

他已年近六旬，初见并不一定能看出岁月的印痕已长时间地印刻在他的脸上，然而这毕竟是事实。绘画与书法已经相伴他半个世纪，孩提时，他曾十分痴迷石膏像的写生。有一次，他在画室里画大卫像，被大卫健美的躯体所陶醉，废寝忘食，忘了一切身外的事情，潜心写生，以有力的线条勾勒出大卫充满生命力的形体。

在许许多多的石膏像面前，他无数次放弃了游玩，闭门静心写生，以后又画了不少水彩、油画的人物肖像，绘画为他日后走上书法之路，奠定了坚实基础。

对绘画艺术的迷恋，使徐志康难以自拔。但现实生活不容他沉浸在绘画艺术中，不断把他拉回到现实世界。当一个人的志趣不能与职业结合时，等待他的必然是痛苦。徐志康从事的是商业工作，这是他赖以谋生的手段。他不气馁，在本职工作中寻找与志趣相符的部分，兼职搞了近20年的橱窗设计，既发挥了自己特长，又做好了本职工作，同时学会了一手令人叫绝的美术体字。由此，对书法艺术产生了浓厚的兴趣，就像年轻时迷恋石膏像的写生一样，醉心书法。

他从旧书店里淘来碑帖，汉隶、正楷、行草，每天都要花上三四小时临摹。即使因商务出差在外，还带上碑帖，用自制的美工笔在旅馆里心摹手追，以得古人的精髓。

不久，他经友人介绍，结识了书法家任政，每周两到三次前往他的书斋，观摩写字，并请他指正习作的不足。不管刮风下雨，徐志康总是挟着一卷习作，赶赴任寓。一次，他发高烧，妻子劝他别出门，可是他还是带着习作，去求教了。

徐志康刻苦学习书法艺术，不断向名师求教，形成了他初期的艺术特色，讲究字体的构造，工整有力，整幅作品气韵生动，蕴涵变化。他用正楷书写的《般若波罗密多心经》，就是这时期的代表作品。

另一幅《琵琶行》，体现出他注重书法作品的整体艺术效果。他利用墨色之间的深浅，通过文字布局，巧妙地让观赏者看到一把琵琶，可见他的匠心所在。

如果说徐志康书法作品的初期，显得过于工整，还没有充分表现出自己的个性。那么，到九十年代初期，他的风格发生了显著的变化，呈现出流畅、自然，既有磅礴之气，又有清新秀丽的艺术风格。读着这时期的作品，从中可追溯到古人的神韵，倾注他对传统书法艺术的兼收并蓄，还可以看到他追求艺术的大胆和创新，新作《钟山风雨起苍黄》，集中体现了他的艺术风格和追求。

作品中融进趣味性，也是徐志康这一时期艺术特点之一。他在创作"无量寿"时，把"无"字巧妙地处理成一朵出污泥而不染的荷花，道出他心地纯洁、美好如荷花者，才能长寿的心曲。在写到落叶时，他画上一片叶子，增加趣味性，把绘画和书法艺术有机地糅和起来，传递作品的深层内涵。

这一次飞跃，是徐志康在临研书法作品二十多年后才出现的结果。他在初期风格形成后，不断向新的目标前进，追求"变"，没有停步。他在楷书、行书、汉隶的基础上，着手对怀素、米芾、赵子昂、黄庭坚等名家的作品进行比较、临摹，为自己的艺术风格变化寻求新的契机。

徐志康淡泊名利，但是他的作品得到同行的好评，在朵云轩、古籍书店的画廊中展出后，时常被藏家收藏，作品还流入东瀛，被当地书法爱好者视为珍品。一次，日本爱好者得到他的墨宝后，写信肯定他的作品是出色的艺术品，并悬挂在书房里，拍照寄给他留念。

（原载《中国纺织美术》 1995 年第 2 期）

映入眼帘尽是美——记摄影家侯福梁

摄影家侯福梁喜欢把照像机的镜头瞄准静物和人物，在摄影作品中人们很难看到类似新闻摄影记者式的社会传真；也很难看到他拍摄的小品。偶尔为之的小品，寓义深刻，如他以《争春》为题的小品摄影，铁栅栏间伸出几枝灌木的嫩叶，让人倍感春天的步伐无法阻挡。

侯福梁成功地把摄影艺术和商业广告、月历、工艺静物结合起来，走出了一条摄影和商业相结合的路子。

他的摄影作品，大量被印制成月历，全国数十家出版社争相出版他的摄影月历，一次的印刷量十分可观。《金鱼》月历以画面精美、传神、清晰度高著称，被评为87年全国月历比赛第二名。之后，黑白《纯情》月历，又在全国月历评比中荣获第一名。侯福梁自幼喜爱摄影，对摄影十分痴迷。同时他又是一个对于摄影有充分天分的人，在他的视野中世界几乎都是一幅幅精美的摄影作品。他先后被中国摄影家协会、上海摄影家协会接纳为会员。

侯福梁擅长于人物摄影，他出版的二百余种月历中，人物摄影占了不少比例，自然，这些作品女性的倩影占了大多数。他对女性摄影，有着自己独特的研究，曾应浙江摄影出版社之邀，撰写了《女性摄影》一书，数万册畅销一空，深受摄影爱好者和专业摄影人士的好评。

　　侯福梁在书中对女性摄影美的表达、美的追求、美的欣赏作了归纳和小结，这些见解和观点，来自他对前人的摄影作品的研究和自身摄影经验的总结，对于读者的摄影实践有积极的指导意义。

　　他强调摄影者利用、控制或改变光影，来达到自己的摄影目的，捕捉生活中女性的瞬间变化，以求得亲切、真实。同时，对女性摄影中的眼神与手势、动态和静态，不同年龄女性照片的拍摄都有自己独到的见解。

　　作为摄影家，他注重在拍摄女性照片时，灵活运用拍摄距离、角度、光线等方法，使现实中的人物以这样或那样的形式表现在照片中，给人以美感。构图要尽量去掉无用的部分，趋于完美、协调。他认为拍摄女性照片的构图，有别于拍摄男性和其他内容的照片，注重构图的均衡稳定。否则，缺乏美感，让人生出不舒服、不顺眼。然而，注重均衡稳定又不等于物理意义的相等或平均，重要的是使画面内容既有变化，又有统一，生动活泼，具有耐人寻味的艺术魅力。他拍摄的《拿乐器的少女》，就是女性摄影在构图上的范例，少女微倾着身子，怀抱着乐器，乐器 C 曲线的走向，恰与少女微倾的方向相反，巧妙地把整个画面处理成一种均衡状态，使整个作品既具有活力和动感，又是那么和谐、均衡。

　　侯福梁在强调女性摄影构图的同时，注重在摄影中，利用绝对亮度、相对亮度、光的色彩、光的方向、照明范围的大小、光源距离等等，来达到拍摄目的。他对侧光、柔光、斜侧光、逆光在女性摄影中的运用，研究得仔细和认真，且作了十分生动的解说。他认为，柔光照射被摄对象是表现女性肌肤质感的最简单有效的布光方法，逆光则使被摄女性的立体感增强，艺术效果明显。他拍摄的《摩托女郎之一》，就是典型的室内灯光拍摄的照片，主光、辅光和轮廓光三灯并举，摩托女郎的肌肤质感、立体感处理得恰到好处，表现出青年女性的活力和快感。

　　他对女性摄影的研究透沏、仔细，几乎没有漏掉任何一个细节。应该说，侯福梁的摄影作品受到社会的称赞，并非单纯的实践所取得的成绩，背后有严密的科学研究作为支撑，使他的女性摄影作品趋于完美和扎实。

在我国，广告摄影是一个新兴的摄影门类，随着商品经济的发展，广告的作用日益被人重视，广告摄影以它独特的造型，把商品的生动、优美品质突出地表现出来，达到吸引观众顾客、介绍商品的目的。侯福梁涉足广告摄影很早，与广告摄影业起步同期，他的相机镜头对准了广告，成了广告摄影的一个大家。

他告诉笔者：广告摄影的特点是——独特的构思设计和高超的摄影技巧相结合，独特的构思决定了作品的成败。他说：一位好的摄影家，不但要有娴熟的拍摄技巧和高明的构思设计能力，还要有各方面的修养，对文学、美学、色彩学、光学、商品学、市场学等知识，都要有所掌握。他不仅是这样讲的，也是这样做的。他在西洋画中学习色彩的运用，在中国画中感悟构图的变化，在诗词中领略意境的升华，在音乐中寻找节奏的美感，在书法中领会线条的刚柔……

侯福梁是一个极富悟性的摄影家，他的悟性来自他对其他姐妹艺术的喜爱和研究，使之具备较高的洞察力和准确的判断力，丰富了自己的生活积累和创造性思维能力的提高，创作水平也节节上升。

（原载《中国纺织美术》 1995 年第 3 期）

旗袍——中国女性的霓裳

一代"国服"的旗袍，在二十世纪中后叶已远离中国大陆女性的日常生活，不再构成她们衣着的主体，结束了它有过的辉煌。

旗袍的衰弱，在大陆是以一个政治性的年代为标志的。四十年代末，大陆的老中青女性，一步步开始摆脱了旗袍。列宁装、干部装、两用衫，以及西式裙裤为基本款式的服装，取代了旗袍在女性日常穿着中的地位。

一位五十年代初参加工作的女干部，告诉笔者："解放以前，我们都穿过旗袍。解放以后，很少再穿它。我的女同事、亲朋好友也没有人穿它。"

共和国建立后，旗袍已在中青年女性中失去了市场，再穿旗袍，似乎与时代格格不入。城市中一部分老派女性，如工商业者的家眷、演艺界女性有时旗袍加身。在中国大陆以外的华人世界中旗袍尚有较大市场、影响还十分大。中国一些领导人的夫人出国访问，以旗袍为主要服装，活跃在公开场合。显然，在大陆旗袍成了"贵族服装"。贵族的背后，掩映的是它的没落。以至六十年代中期，它彻底消失在人们生活中，成了压箱底的"古董"。

无情地把旗袍赶出服装世界，驱动力来自政治。同时，应该看到旗袍自身的缺陷，也是它消亡的重要原因。收腰、窄袖、开叉，虽然能展现女性的魅力，但是它难以适应现代女性的生活，这恰是旗袍的致命伤。那个浩劫年月过后，旗袍还是没回到女性日常生活中来。即使有人在报上撰文，大赞旗袍的美，鼓励女性穿旗袍，似乎收效甚微。

现在、我们不妨把视角转向当代女性，听一听她们对旗袍的态度。

一位中年女干部：五六年前，我曾定制了一件丝绒的旗袍，可是没穿过几回，能穿的机会实在太少。有一次，穿着它参加一个典礼活动，人们用怪怪的眼神看着我，以为我是宾馆的领班。

一位白领女职员：旗袍美，但这美与生活距离太大。在职业中，我不喜欢女性化的服装，这样会生出许多麻烦。以西式为基本款式的套装，可裤可裙、干练、方便、带着中性，有利于工作中与异性交往。不需要穿得过分女性化，时时提醒异性同事：我是女性。旗袍却相反，总在说：我是女性。

一位女教师说：收腰，窄袖，开叉，让人觉得拘谨，走路、骑车、坐车都不方便。工作时颇感不舒服，休闲时恐怕也不行。我们这代女性，毕竟不同于过去，以居家为主。我们有事业、追求，无法过少奶奶般的生活。

一位女时装模特：旗袍在舞台上，表现出它的独特魅力，令人喝彩。可在生活中，我从不穿它。牛仔裤、宽松衣、平底鞋更适合我。

在向近千名女性的调查中，可以清楚地看到当代女性，仅把旗袍视作一种理念中的美丽衣裳，不具备日常穿着的价值。在"你是否愿穿旗袍生活"栏中，百分之七十五的人选择了否。百分之十五的人表示无所谓，随别人的大流。

旗袍，融渗着古典神韵的服装，没有受到当今大多数女性青睐，已成了事实。一位服饰研究者分析说："旗袍的魅力，在于它以最简洁的方法，勾勒出华夏女性的曲线美。随着时代的变迁，女性步出家庭进入社会，职业女性在城市中占据极大的比例，倾向于中性服装，有利于开展工作，旗袍恰过于女性化。同时，还应该看到中国女性的生理变化，三围较旧时代女性已经扩大。这样，旗袍就更无法成为日常生活穿着的服装"。

旗袍无法成为女性日常着装，但在中国女性的心目中，她依然有着无穷魅力，是她们心目中的霓裳——透射出东方女性古典美。

当时装模特身穿旗袍在 T 型舞台上亮相时，无论是中国人，还是外国人都会喝彩。对于中国人，那是为一种理想美在舞台上得到实现表现出的快感；对于外国人，使他们访问到了东方古典美，领略其中的神韵，表现出的赞叹。

当在中华文化浓郁的宾馆、饭店、娱乐业中，由身穿旗袍的服务员提供服务，您会体验到一份亲切。这正是商家瞄准了旗袍的神韵，为顾客营造的氛围。

如果说，旗袍要在女性服装世界中占一席之地，恐怕只能是在她们的心田里，回到生活中，大多数女性难以接受。服装设计师恐怕早已看清楚了这一点，他们没去花大力气让旗袍大众化，使大多数人穿着，而是为完美旗袍奋斗，去圆一个东方霓裳梦。于是，融进现代理念的旗袍五彩缤纷、令人目眩，无肩袖、露背、高叉，加上飘逸薄纱，一切离开生活更远，却成一种令人心羡的美丽。

旗袍已远离中国女性日常，如七色之虹在遥远的天际。但是，这份美也近在咫尺，在女性的心坎中，深藏着难以抹去。因为，她是她们心中的霓裳。

（原载《中国纺织美术》 1995 年第 2 期）

绚丽多彩装点居室

　　走出灰蓝色的中国人，在二十世纪尾声之际，迎来了绚丽多彩的日子，生活不再只是红、绿、蓝，变得五彩缤纷。

　　当着装像匹黑马突破灰蓝之后，中国人终于摆脱了西方社会给予的辱称——蓝蚂蚁。随着经济的腾飞，发达地区的人们不仅对服装日趋讲究，追逐个性化。同时，对日常起居的家庭装潢也越发有了追求，室内纺织饰品的广泛应用，构成居室装潢的重要组成部分，点缀居室温馨美丽。

　　笔者有幸来到一对白领夫妇的家中作客，新房装潢简洁、大方，足以体现主人在日益快速的生活节奏中形成的追求。然而，垂挂在落地窗上的窗帘，却显露出主人的另一番心曲，一簇簇怒放的鲜花在宝蓝色的底色上，格外华贵、活泼，生机勃发，透射出高贵，洋溢着热情，颇具点睛之妙。笔者笑着说："在一片简洁、质朴中，挂上这样华丽的窗帘，是极妙的一笔。"

　　女主人告诉笔者，"过于朴素、简洁，总使人觉得家里缺点什么。于是，想到了在窗户挂上这样的窗帘，让整个房间活起来，热烈无限。否则，太平淡乏味"。

　　她丈夫在一旁插话："她啊，为挑选窗帘，几乎跑遍了上海。最后，还是选了一块料子，定做的。"

　　"选择它，是室内装潢的升华。"女主人自豪地说。

朋友的一番话，足以见人们对纺织饰品应用的重视，不仅要求它质地精良，更在于对花纹、色彩的追求，达到主人的另一番单靠硬装潢不能达到的境界，这为纺织饰品的发展提供了广阔的前景。

笔者漫步申城，发现大街小巷一夜之间涌现出许多窗帘专业商店、窗帘世界，代设计、代加工，连一些大商店都辟出专柜供应窗帘。从中可见商界对此的关注，把握市民需求的趋态。笔者在沪东地区一家供应居家纺织饰品的专营店中，采访了该店的经理。他说："现在顾客对于窗帘的要求越来越高，一看质地，要求细密、不透光，厚实而又好洗、耐用。二看图案、色彩，挑选时以居室的色调、主人喜好而定，难有一定的统一标准。对店家来说，恐怕只能以品种多取胜，供顾客挑选。"

笔者看着货架上近百种款式、颜色的窗帘布，有素淡、有华丽、有文雅、有奔放。"都有顾客选中吗？""这当然。"经理回答。"每种窗帘都拥有顾客，我们现在还嫌品种少，厂家提供的品种有限。一些大厂一年才生产那么几种，成批生产不好销；一些小厂哩，品种虽然多，可织法和用的纤维原料有问题，洗一两回就松延开了。顾客意见不少。"

顾客越来越"挑剔"，有助厂家更上一层楼，为纺织纹样设计人员提供更广泛的舞台，只是要看您有没有能力，把握顾客的需要，赢得市场。

对于窗帘的选择，一些顾客并不受价格的制约。在一家大商店的窗帘专营柜旁，笔者采访了一位顾客。这位一家师范学校的女教师，抱着一大包丝绒的窗帘布，价格在每米四五十元，十米，加上设计、加工费都快朝四位数挺进了，"这样的价钿，你作为一个教师能承受？"女教师爽快地回答："选来选去就觉得这窗帘合适，价钿就不在乎了。买个称心。""怎么称心？""我家是以淡乳黄为基调的，配上咖啡色的丝绒窗帘，和谐。同时，丝绒上同一色系的图案，若隐若现，有变化。可以说是完美结合。"

今天的人们，在追求完美，向往美好，在窗帘的花纹色彩上可见一斑。

不仅如此，一家地毯商店的经理告诉笔者，以前难在国内市场上动销的羊毛地毯，在金秋卖得极好，今年比上一年同期销售额增长了3倍。

据笔者所知，羊毛地毯长期作为出口产品，在世界发达地区十分走俏，国内市场难以销售，买主有限，如果谁家铺有羊毛地毯，纯粹为奢侈。

"现在买家不少，各层次人员都有。日子富裕了。在客厅里铺上一块圆形的地毯，卧室里铺上长方形或方形地毯，价格也只在一千五六百元上下。这样的价格，不少人消费得起。"沪东专营店的那位经理介绍。

一位新婚的朋友告诉笔者，他的新家就铺有这样的地毯。问题是它的图案、色彩，几乎千篇一律，变化太少，没有选择余地。大量生产同一种图案、色彩的羊毛地毯，难以显出使用者的个性。

在市场上观察获悉，这问题果然存在，大部分商店展示的地毯以红、蓝、灰为基调，图案大同小异，变化不大，质地粗糙。许多使用者反映，只能买回同一种图案和色彩的地毯，全无变化。一位顾客主动告诉笔者，"走了多家商店，几乎都一个样，选择余地小。不知设计人员在做什么？"

顾客的话虽然尖刻了一点，细想一下似乎也是。这一尚在启动中的市场，有着巨大的潜力，为什么厂家不去调动设计人员积极性，设计出既有传统内涵，又有现代意义的地毯，以满足人们的需要？为数不多的几种基调、一成不变的图案，有损地毯的魅力，难以推进市场的发展，一个极好的舞台，恐怕要越变越小。

一位从事纹样设计的朋友说："不是设计人员设计不出，而是生产厂家对于新产品的开发缺乏足够信心，怕负担太重。"

笔者想，地毯市场的启动，必然会促动厂家对新产品的开发，设计人员一定能充分体现出聪明才智，在纺织饰品受到人们关注时，设计人员的价值，必然能有效地通过纺织饰品体现出来。

但是，纺织饰品在现代装潢中还没有得到广泛应用，与家庭室内建筑装潢难以构成有机体，局限在窗帘、床上用品、地毯上，与家具的结合远远不够。

　　一位刚从海外归国定居的朋友，有一只提花布包的沙发，他想配上同样花纹的窗帘、床罩，踏遍商店无处觅，无奈扫兴而归。朋友说："在国外常见用同一种纺织物包的沙发、圈椅以及床上用品、窗帘等，但在国内少见，搞得室内纺织饰品的图案、色彩不成系列，零碎不完整。厂家可以把纺织饰品用于沙发、圈椅，窗帘、床上用品、台布上，形成系列。这样开发纺织饰品，前景将会是无限的。"

　　朋友的一番高论，使笔者想了许久，这需要有胆识的企业家，突破行业的局限，把纺织饰品推向家具制造业、家庭装潢业，形成系列，在商海的大潮中处于不败。谁能走出这一步，必能占领市场，独领风骚。

　　五彩缤纷的纺织饰品走进千家万户，已成为大势，前景广阔，在未来世纪必将更为绚丽。

（原载《中国纺织美术》 1994 年第四期）

星夜"打更人"——记 STV《上海早晨》

《上海早晨》是上海第一档早晨直播，融新闻与服务信息为一体的综合性电视节目。光阴荏苒，它在荧屏上已亮相了一年多，以独特的魅力深受观众的喜欢，收视率逐年提高。一位观众来信说："一早醒来打开电视看《上海早晨》，大容量的新闻信息吸引了我，上知天下大事，下知生活琐事，别具一格。"一位待业在家的女工深情地对《上海早晨》编辑说："我是看到你们播出的劳务市场信息，才参加招聘的。很快我就要去新的工作单位报到了。"

每当《上海早晨》播完，热线电话 2538181 响个不停；观众来信不断飞进 STV 新闻中心编辑部。

然而，您知道《上海早晨》的幕后戏吗？那些默默无闻为人作嫁衣的编播人员付出了许多心血和汗水。

"打更人"

为了《上海早晨》的正常播出，编播人员凌晨四点就要出门，赶往编辑部，至于家住较远的人员，无奈凌晨三点多钟就得爬出热被窝，风霜雨雪无阻挡，那种一下子离开温馨的家，走在清冷大街上的感觉，难免会生出一份孤独。责编王一敏体会颇深地说："一开始真不习惯，甚至比集市上的菜农出门还早。在街上，又常会与工纠队员那警惕的目光相遇，很不自在。"笔者问是否有过遭盘问的经历？王一敏笑答："这倒没有。"

年过半百的特约编辑老戴总是第一个赶到编辑部，那些睡在编辑部里的编播人员知道，他是一位极守时的"打更人"，只要逢他上班，就能睡得踏实，不用担心误事。老戴会一一叫醒他们。对此，他淡淡地说："上了一点年纪，不像年轻人那样贪睡，做'打更人'也是顺便之举。"

恼人的电脑

《上海早晨》的播出为倒计时，七点整播出，铁定的时间，不能有丝毫的差错。

六月的一天，电脑出现病毒，仅有的两台电脑不能使用，串联单、口播稿无法打印，这可急坏了责编和电脑操作员，后道工序出现混乱，必然影响节目正常播出。播音员急得像热锅上的蚂蚁，等着稿子上台播出。怎么办？时间一秒秒地流去。"电脑不行，人脑行。我们动手抄。"大家一起动手，把稿子抄得大大的，及时送到了播音员手里。

一次，电脑又捉弄起人，屏幕上不显现一丝光亮。整整一刻钟过去了，大家准备故伎重演手抄了。电脑操作员不死心，再次按钮。嗨，有了！电脑开始工作了。顿时，皆大欢喜，说电脑演了一出有惊无险的"喜剧"。

"抢新闻"

旷世难遇的慧木两星相擦，牵动许多人的心。记者连夜从佘山天文台带回采访的片子，责编陈伟国为了让观众早上就能目睹这一奇观，连夜赶着改稿、写串联词。恰巧这一天还是世界杯足球决赛，比赛结果六点多钟才公布，这可忙坏了编播人员，写稿、编片子、配音，工序一道接着一道，一阵紧张之后，两条新闻终于及时地播出。观众大呼及时，新闻抢得好。

8月末，澳星发射，原定6点半，后因天气原因推迟到7点10分。早晨节目先发了一条口播，告诉观众卫星发射推迟。到发射时，编播人员作了同步实况录像，在节目中插播，赢得了观众的称赞。

更上一层楼

《上海早晨》开播后社会各界声誉鹊起，编播人员没有沾沾自喜，在部门领导孙泽敏、王少云、李锐奇等的主持下，积极寻找版面中的薄弱点，发现存在着脉络不清、节奏较慢等问题。在广泛听取意见后，推出了新的版面，形成了国内外新闻、报摘和生活百事三大板块，观众既可全部收看，也可按需收看，灵活、便捷，方便观众。

改版后的《上海早晨》，编播趋于成熟，不仅观众喜欢，也获得老新闻工作者的好评。《上海早晨》的编播人员却说："一群平平常常的人，做的是普普通通的事，只希望上海的早晨更美丽。"

（原载《上海电视》 1994 年 10 月）

郑敏之下海的酸甜苦辣

初秋的夜晚，地处沪上闹市中心的静安体育馆灯火通明，敏之·中盟杯中小学生乒乓球赛的决赛正在举行。这场以自愿报名、自由组队的民间乒乓球赛，吸引了上海众多的中小学乒乓爱好者报名，走出了一条独特的社会办体育赛事的新途径。这项赛事的策划、组织者就是曾两度获得世界乒乓球比赛冠军的乒坛名将郑敏之。

一代球星郑敏之，是一位喝浦江水长大的世界冠军，家乡乒坛的现状使她梦萦缠绕。这片曾数度培育出世界乒坛名将的热土，正面临着滑坡，八十年代末，再也没有培养出优秀的乒乓球运动员，在世界级重大比赛中获得优异成绩，乒乓球运动的普及和提高程度相对于以前出现了明显的差距，一些青少年乒乓选手连国际性赛事使用的标准赛桌都没有看到过，与上海——国际性的大都市极不相称。

郑敏之心情焦虑，难以安居京城，毅然决定卸去国家体委训练二司副司长的职冠，回到故土，把基地放在了闵行，办起以她名字命名的体育文化公司。不久，上海第一个民办乒乓球俱乐部宣告成立。

正当她踌躇满志地扬帆起航时，麻烦却来了，合作伙伴虹口区体委提出：原来签下的地块另有他用，俱乐部建址必须北挪。新的地块不仅偏僻，专家预测断言，无法建造经营性俱乐部，郑敏之的乒乓俱乐部暂时搁浅，难以一帆风顺。

郑敏之感到痛心，痛的不单纯是自己的事业受到挫折，更在于自己难以向社会和关心支持她的朋友交代。筹建乒乓俱乐部的事情，是在 400 人参加的新闻发布会上向社会公布的，不能如期竣工，愧对养育她的家乡父老。她渴望着得到公正。

在挫折面前，郑敏之没有退却，依然投身在体育事业中，与海南中盟集团、市体委、青年报社联手举办中小学生乒乓球赛。她不顾酷暑活跃在赛场上，亲自辅导小选手。即使在决赛前夕，她还在贵宾席前，抽空为小选手示范。

"下海"之后，郑敏之没有觉得太大的异样，在国家机关工作，比较稳定，"下海"后凡事要靠自己奔波，必有酸甜苦辣。

郑敏之说，她愿做好一名"保育员"，为情有独钟的家乡体育事业的繁荣，奉献一片赤诚。

（原载《青年报》 1994 年 8 月 30 日）

谐调就是美——刘伟印象

刘伟，上海电视台主持人。作为"窗口人物"，他对于自己的"包装"有着自己的偏好和追求，体现自己的风格。

初识这位刚步入而立之年的主持人，给人的印象，非常平常，一身深灰细格的西装，走在大街，一定不会有什么特别。他追求自然、严谨、纯朴，像许多普通人一样生活。

在着装五彩纷呈、各种服饰流派竞相绽放的年代里，刘伟独钟爱西装，无论在荧屏前还是在生活中，始终保持着一致。当人们一味追逐时尚，好着牛仔服时，刘伟没有动心，他告诉笔者："他没有穿过牛仔服装。""是不是感觉不好？"笔者问。"是没有感觉。它穿在别人身上好看，穿在我身上与我气质不符。"与气质相符，是刘伟对自己"包装"的要求。

这位出身军人之家的主持人，从小在水兵中长大，水兵的戎装与水天、战舰的谐调，与他们身上的朴质、热情、庄重相适应。

孩提时的神往，在他步入社会之后便选择了西装，体现整体的和谐，与他自身的气质相吻合，他笑着说："也许这种选择老派了一点。"应该说，谐调就是一种美，笔者脑际闪过了这样的念头。

对于西装的牌子，刘伟并不在乎，照他的经济实力，完全有能力追求名牌，什么法国、意大利的驰名西装，可他没有这样做。在他的观念中，服装的关键是穿在身上妥帖、自然，体现出自己的气质。否则，即使名牌也会失去意义。

刘伟在选择"包装"的同时，更注重于"包装"的细微之处。西装款式的变化周期长，即使有变化也是在某个细节上，这就为刘伟的"包装"在款式、色彩上定下了基调。九十年代的青年人，追求变化、新意，刘伟总是恰到好处挑选领带。对于领带的挑选，他几乎到了精益求精的程度，从不肯马虎，无论是领带的式样，还是色彩、图案。

对于领带的选择，刘伟的视野开阔，没有局限，完全不"老派"。在他的橱柜里有碎花、几何图案的领带，色彩淡雅、庄重、绚丽的都有。他说："不怕领带的品种丰富，主要是佩戴时，领带的色彩、图案要与整体'包装'的协调。"笔者笑着说，"你是大方向确定后，不断追求变化。"他点头表示赞同，"有时，出席一些喜庆的活动，一袭深色的西服，显得过分拘谨，如果戴上一条色彩比较绚丽的领带，效果会好些，与气氛相融合；主持节目时我往往选择一些深色、图案变化较小的领带。"的确，领带的使用除去与"大包装"相协调外，还要注意外部的因素，否则效果也不佳。

（原载《中国纺织美术》1994 年第 2 期）

一个京剧票友的承诺

记不得是哪位作家，曾悲怆地描写了一群老年京剧票友的命运，故事似乎告诉人们京剧步入了暮年，命运无悖于老年票友。京剧的命运，牵动了许多人的心绪，浓浓的关切同样酽稠。

初识顾先生是在一个温暖的冬日下午，他匆匆赶来找我，要在《上海早晨》中介绍由他主办的《迎新春·展新人·京剧展演》活动。之前，我们没见过面，仅在电话中闻其声，唯一知道他是一家企业的董事长。出乎预料，当他站在我面前时，根本不像久经商海搏击的企业家，头戴一顶呢帽子，鼻梁上架着一副厚厚的眼镜，藏青色的羽绒服早已过了时，酷似工程技术人员。

交谈从他主持的企业开始，顾先生对此淡然，似乎兴趣不大。不像其他企业家一谈及企业便滔滔不绝，口沫星子乱溅。我见状，自然把话题转引入京剧。这一下，他仿佛换了一个人似的，眉飞色舞，时而击掌拍桌、时而念做唱不息，绘声绘色，广征博引，如入无人之境，身心沉醉。哪里顾及我是不是要听？怕扫了兴由他发挥。

顾先生自幼受家庭的熏陶，喜欢京剧，七岁拜京剧界著名人士俞云园、沈全波学戏，他的《击鼓骂曹》唱得铿锵有力，抑扬顿挫间能感受他一颗幼小富有正义感的心。令顾先生终生遗憾的是，当他准备正式下海，投入梨园时，家庭出面阻挡。一个旧时银行家的儿子，怎能去做戏子呢？无言以对。他默默地放弃了唱戏的念头，憾缺在心里难以散去。

也许正是这份遗憾，令他难忘京剧，在它一片萧瑟的氛围中，毅然投入京剧事业。他几上天津，邀请天津京剧三团一行四十余人，来上海大舞台连演七场传统折子戏。为此，他东奔西颠，找剧场、落实住处、联络新闻媒体，事无巨细，亲自过问。上海票友久未欣赏到的《铁公鸡》《翠屏山》，在这演出中悉数登台亮相，令观众一饱眼福。顾先生瘦脱了一圈，声音嘶哑，"响铃丸"放在办公桌上，成了必需品。

时隔不久，他又组织了一次大型京剧演出活动，京剧名家尚长荣连演六天，再度轰动上海滩。

每当观众为演员的精湛演技报以热烈的掌声，送上鲜花时，没有人会提及他——一个策划、组织、出资者。这时，顾先生总独自坐在幽暗的台下，与千百位观众一起，冲演员鼓掌。我问他："这样做值得吗？"他平静地回答："这一结果，在筹划时就预料到了。演出时，有演员、导演、编剧，我算是什么呢？不过一个票友而已，凭自己一份绵力，支持京剧一把。如果有什么私心的话，大概就是为了弥补当年的憾缺。"说到这儿，他笑了一下。

顾先生为京剧"大动干戈"，对于许多人来说并不理解，朋友责怪他折腾铜钿，就连一些京剧圈内人士也误以为图谋私利，少一份理解。他为办演出，操碎了心，无法借到好的道具和配角演员之时，他只能找人定做；不愿派配角，就主角连配角一起请来黄浦江畔，花销平添不少，他承担了下来。

顾先生并非那种借办文化事业捞名夺利的小人。否则，无非热热闹闹地办场把汇演，鸣锣收兵，何必落入"泥潭"而不自拔呢？他心里明白单办几场汇演无助于京剧走出困境，不从根本上下功夫，京剧之树难以叶茂。

培养新人，做根子上的事情，他大胆提议起用新人，一旦发现一棵好苗苗，热情鼓励，创造机会让他们登台。青年花脸演员安平，初到上海，戏不多。顾先生要求剧团让他文武双出，赢得上海观众的好评。新人在评奖活动中人为受挫，他更是大鸣不平，逢人便"叫冤"。他深知京剧的生命力在于新人，没有好的后来者，事业必然毁于一旦。京剧与其他传统文化一样，糟粕与精华同在，一些传统剧目，存有糟粕，急需整理、改编。有了好的演员，必然需要有好戏演，整理、改编是一条路，创作新剧目也是一条路，一条更为崎岖的山道。他不会忘记文化部领导接见他时，提出多扶植创作新剧目的要求，顾先生当场表了态，将努力去做。"一言既出，驷马难追"，他一回上海，马不停蹄地组织人员编出七场大戏《荆州之争》，借三国故事抒发爱国之情。他雄心勃勃，欲投入数十万元，从全国各地的京剧团中抽调优秀中青年演员出任该剧主要演员。"届时，将有哪些名角出场？"我试探。顾先生神秘一笑："现在还不能透露，到秋天公演时就可晓得了。"一次，我路过他公司，他正在冲电脑打字员发脾气，打字员从来没打印过京剧剧本，格式出了差错，不常用的字打错了。"这些小年轻，连常识都不懂。"边说，他边手教打字员如何排格式，纠正错字。

对于自己的所作所为，顾先生有更深一层的认识，京剧要摆脱目前的状况，关键要打破官办京剧单一的格局，民间办京剧，藏宝于民，京剧方能活跃在文化市场中，获得新的支撑点，真正使它常青。他把自己视为民间办京剧的一种。基于此，他对自己的行为，没有半点的犹豫和退却。

一位哲人曾说过："理性的思考，使人更加坚强。"顾先生时常沉浸在对京剧的前途、京剧繁荣的途径、京剧的审美价值等问题的理性思考中，他能精确地比较出中西表演艺术的差异，即便我这个京剧盲，也倍感有趣，洗耳恭听，难怪中央电视台和一些大学，纷纷请他开讲座。京剧界的一些朋友，对他对京剧独特的认识兴趣万分，鼓励他把自己的见解写成文字。

顾先生不顾自己高度近视，伏案疾书，著成万余言的《杂谈京剧的得与失》颇受专家的好评。

　　顾先生情系京剧，自愿负上重荷，艰难地朝前走去。为的是无语的承诺，成就辉煌的现实。

　　　　　　　　　　　　（原载《中国纺织美术》　1994 年第 4 期）

拍卖槌响起来

　　1993 年 11 月 7 日，上海西区的好望角大饭店五楼，人头攒动、竞价激烈，93'中国书画精品拍卖会正在进行。第一幅竞拍的是当代著名画家朱妃瞻的《老梅新花图》，一位青年拍卖师报价，顿时竞价者追逐不放，直到有人报出六千的价格，拍卖师敲响拍卖槌，第一笔拍卖成交。

　　这位主持拍卖会的拍卖师名叫俞存党。

　　拍卖，曾经出现过，后已消失，让人陌生，近年来重又出现在报端，纷纷扬扬毫不露脸。但更多的人对拍卖生疏，它算三百六十行中的哪一行？消失了四十多年的拍卖业，并不因为人们认识上的空缺，而游离于市场经济之外。它重返市场，登上舞台，重放光彩。深圳、上海、西安、成都、南京、杭州相继举办各种拍卖会，拍卖成了市场经济中物品流通的一种重要手段。

　　然而，这些拍卖活动中的主拍者往往是一些新中国诞生前，从事拍卖一行的老人了，两鬓霜白，步履蹒跚，甚至出现八十余岁的老翁上台主持拍卖，因口齿不清，听力衰退出现误拍的尴尬场面。

　　可以说，俞存党是新中国诞生后出现的第一代拍卖师，成功地主持了多场大型拍卖会，他敲响拍卖槌时展现出的果敢、机敏，给人留下强烈的印象。一位旧上海从事拍卖的老者说："小俞的脑子反应快，且不急不躁、稳重、果断，颇具大将风度。"

　　愈存党谦逊地说："我主拍的主要是字画和古玩，如果说有大将风度的话，是来自我对于它们的研究。"

　　"功夫在台下"，是许多行业中成功者共同的经验。作为拍卖业中的成功者，他的功夫也在台下。练就了一双识别字画的火眼金睛。

　　愈存党自幼爱好绘画书法，稍懂事起便心追手摹自习不懈，十八岁时他参军，进入部队。在部队，他刻苦学习军事技术，入了党，成了标兵班长，多次受到上级的嘉奖。同时，继续习字绘画，字画间透射出军人的阳刚之气。部队这所大学校给他人生旅途添上了重重的一笔，是部队造就了他的执着、坚定的性格。

　　正当他沿着自己的人生轨迹走下去，登上艺术象牙之塔时，命运无情地捉弄了他。八十年代初，他复员回上海，一没门路、二没钱的他被分配进一家柴炭店，整天与木柴、煤炭打交道。

　　如果是弱者，他会认命，安于现状，不思进取。可他性格中包含的是坚定和执着，毅然放弃了铁饭碗，在沪郊偏僻处租了一间平房，学习裱画，自谋出路。他如一叶小舟在汪洋中做孤独无援的苦旅。

　　孤独，也有它的妙处。他在孤独中一心勤思苦练，掌握了裱画技术，醉心于字画研究，钻研文物字画鉴定的学问。他裱过的字画，至今还挂在了一些老领导的家中；对于文物古玩的鉴定他也练就了一手过硬的本领，善于抓住特征，比较细微之处的差别加以辨别真假；他对古砚的鉴定更有一套，一砚在手，通过看、摸、嗅等方法，能一下子鉴定出古砚的年代，年份相差无几。这一手绝技，是他对成千上万古砚进行研究识别之后掌握的看家本领。

　　俞存党在习画练字和学习文物字画鉴定过程中深得老一辈书画家、鉴定家钱少卿、郑乃光、林寿堪的悉心指导。

由于他高超的鉴定能力，被日本武腾商事株式会社聘为驻广东肇庆采办端砚的总代理。1988 年他以文物鉴定专家的身份赴大阪参加中日民间文化艺术交流活动，与日本文物古玩鉴定专家做了交流，切磋鉴定技艺，并考察了日本文物拍卖市场。

掩映在他潇洒举槌背后的是他刻苦钻研的毅力和以诚待人的真情。一次成功的拍卖会，不仅要有出色的拍卖师，更要有吸引人的拍品。组织拍品会是他工作的重要组成部分，且难度大。字画、古玩鉴定、估价难以有统一的定价标准，许多卖家也不知物品的价格，毛估估算了，只求得一个心理价位。他总是凭着自己深厚的功底，把物品的来龙去脉告诉卖主，报出合理的基价，使卖主心悦诚服。一次，一个老者拿着一幅近人的扇面要求他收购，开价七百来元。他仔细看了一下，虽不是出自清末大家之手，却也是画师的精心之作。"七百？"他反问老者。老者以为开价太高，"那就五百吧"。他笑了，"如果你不是等着用钱，就参加拍卖，兴许有个好价钱。"不久，这幅清末的扇面以四千九百元的价格被拍走，买卖双方都十分高兴，老者约来一群喜欢玩字画、古玩的朋友，介绍给俞存党。他颇有感慨地说："以诚待人事业才能成功。"

作为艺术拍卖公司的负责人，俞存党明白上海的拍卖业还没有与世界接轨，与深圳亦有差距。深圳在全国率先举办了中国当代字画精品拍卖活动，近期又举办了文稿拍卖，跑在了前头。近代中国拍卖业源头的上海不能落后，一定要重振雄风。

不错，俞存党与他一群年轻的伙伴正朝着这一方向努力，由他主拍的93'中国书画精品拍卖会，120 幅拍品均出自近现代著名画家之手，张大千、黄宾虹、石壶、石鲁、李可染、陈少梅、陈子庄、唐云等大家之作频频亮相，这些作品构成近现代书画的大观，体现出书画家风格和艺术个性，在拍品的数量、质量上均可以与深圳举办的中国当代字画精品拍卖会的拍品媲美。

人们正期待着俞存党这位三百六十行中的新状元，取得更大的成功，把上海文化艺术品拍卖市场推向一个新高度。

（原载《中国纺织美术》 1994 年第 2 期）

您好！安特卫普——欧洲文化之都系列专题片拍摄散记

　　1993 年 9 月，93' 欧洲文化之都活动在比利时的港口城市安特卫普举行，这项活动的一个重要内容就是"上海周"。作为安特卫普的友好城市上海，派出了由黄菊市长率领的友好代表团，飞抵安特卫普参加了这项活动。上海电视台一行四人摄制组，随团作了专题报道，录制成四集专题片，对"上海周"的活动和并不为上海人熟知的安特卫普作了全面的介绍。

幽默的市长柯尔斯

　　安特卫普的市民欢喜艺术，城市的每一角落都散发出艺术的芳香。这座 50 万人的城市，有 25 座博物馆，公园里雕塑作品随处可见，其中，有马约尔这样世界级大师的作品；民间艺术家布满街头，每隔几个街口就可欣赏到他们的舞姿和即兴表演。

　　一方水土养育一方人，安特卫普人热情、友好、幽默、机智。市长柯尔斯先生，就诙谐地把安特卫普与上海的友好交往比喻为大象和老鼠的交往，形象地说明上海与安特卫普在地域和人口上的悬殊。他还对摄制组的摄像机特别感兴趣，因为安特卫普没有电视台，摄像机在他幽默的语言中成了现代化的"武器"，大概类似上海同行中嘴里的"枪头"。为此，柯尔斯市长特意安排摄制组采访市政厅会议。

走在大街上，安特卫普人对摄制组的装备表现出极大的兴趣，当摄像机对准他们时，他们没有拒绝，也没有做作，总是自然地让摄制组拍完需要的镜头。

现代化与传统文化并存

安特卫普是世界一流港口城市。港口管理实现了自动化，指挥塔指挥着船只进出和装卸，全部过程由电脑发出指令，自动操作完成，在港区很少见到操作人员。这里还是世界著名企业贝尔公司总部的所在地，许多现代化通讯设备从这里诞生。此外，安特卫普的钻石加工业也是世界第一流的，故有欧洲大陆的绿宝石之美誉。高度的现代化使摄制组每一个成员流露出钦羡之情。同时，更使摄制组成员不能忘记的是在航运、工业高度现代化的进程中，安特卫普人保存并发扬了他们悠久的传统文化。

别的不多说，就说安特卫普的城市建设，一幢幢传统建筑与现代化摩天大楼交相辉映。这些距今六七百年的古老建筑，经历了风雨和战火的洗礼，在20世纪的阳光中依然风采卓著。安特卫普人珍惜这一份遗产，花了巨大的人力和财力把古老的建筑保存得完好如初。当摄像机镜头对准这些建筑时，摄制组成员惊叹建筑上雕塑的每一个细节都完好无损，依然千姿百态，栩栩如生，可见安特卫普人对历史遗产的呵护。这里的街区道路保持历史格局和原貌，并没有妨碍它成为现代化都市，现代化与传统文化在安特卫普人的心中融合在一起，使这座古老的城市呈现独特的风韵。

特别的纪念

摄制组在安特卫普时，恰逢盟军光复安特卫普49周年纪念日。第二次世界大战期间，安特卫普被纳粹德国占领，比利时政府先后流亡法国和英国。盟军在诺曼底登陆后，从纳粹德国手中解放了安特卫普。往日宁静的城市在纪念日这天一下子热闹起来，一支支来自不同国度的军乐队奏响激昂的进行曲，开赴市政厅广场，吸引了许多市民伫立观望。

有一支队伍十分特别，队列成员两鬓如霜，胸前佩戴勋章，手举旗帜，步履矫健，雄赳赳，气昂昂。人们报以热烈的掌声。原来这支队伍由参加过解放安特卫普的盟军老战士组成。

在摄像机面前，老战士主动地讲述当年激战的情景，盛赞安特卫普在49年中的发展。他们流下了泪水，表现出爱好和平的心愿。

摄制组刚到安特卫普时并没想到能拍摄下这样动人的场面。后来，不仅拍摄了，还把整个纪念活动单列成一集《解放者的盛大节目》，作了专门介绍。

异乡遇知音

"上海周"活动是93'欧洲文化之都活动的一项重要内容。上海为安特卫普送去了民乐、国画、书法、工艺品和电影。民乐演奏会吸引了安特卫普人，上至市长下至普通市民都涌入音乐厅欣赏来自东方古国的音乐。当地的华人和中国留学生更是百听不厌，如痴如醉。有一位留学生说："在国内时自己并不怎么喜欢民乐，现在身处异国他乡，听到来自祖国的乐曲，倍感亲切。"

安特卫普的华人，大都来自浙江温州一带，从事餐饮业居多，与安特卫普人一样过着丰裕的日子。在与摄制组成员交谈时,他们认为在比利时这一发达、富裕、安逸的国度中,就像被围在金字塔,难以一展宏图,要发展,还是回国。祖国改革开放、发展经济的势头,为海外华人回国发展提供了机会。交谈中一缕思念故土的情丝游动,引得才离家不足一周的摄制组成员纷纷想起家来。

把摄制组成员思乡情绪推向高潮的是在皇家美术学院院长举办的家庭聚会上。比利时皇家美术学院有一群来自上海和其他城市的中国留学生。这一天,摄制组参观了皇家美术学院,并应邀赴院长家作客。上海留学生准备了家乡春卷等风味小吃招待摄制组。聚会上,中国留学生唱起了《我爱你中国》,声情并茂的歌声,使在场的留学生热泪盈眶,摄制组成员也悄悄地抹起泪,摄制领队金闽珠也哭了。回国后再提这一段往事时,她动情地说:"在那种环境中,听到《我爱你中国》的歌声,没法抑止住心中的激动,连在场的安特卫普人也被我们的思乡情所感染,陪着我们流泪。"

中国人,不管在天涯海角,心中跳动的是一颗中国心。

艰辛的拍摄和特别主持人

摄制组一到安特卫普,马上被安特卫普如画的景色、善良的市民所吸引。要拍的内容很多,但留给摄制组的时间并不多。摄制组每天几乎都要从早上忙到深夜,把安特卫普的港区、建筑、公园、大企业拍摄下。除此之外,还要额外地抢拍一些镜头。一次,走在大街上,意外地看到三五个印第安人在表演,边走边唱边舞,极富风情,摄制组一一拍下。拍完上路时发现,不远处有对青年男女正在洒脱地表演哑剧小品,摄制组只能重又架起摄像机开始工作。难怪市政厅负责接待的比利时朋友说,在他接待的众多外国摄制组中,来自上海的摄制组工作效率最高、吃苦劲头最足,是第一流的摄制组。

作为上海文化代表团成员的金闽珠，在安特卫普的日子里，重操旧业，又成了节目主持人。

二十多年前当过播音员的金闽珠，高兴地接受了这份工作，一会儿忙着采访安特卫普的市长，一会儿采访上海市长黄菊，请他们谈感受，发表讲话，忙得不亦乐乎。她高兴地说："告别采访这么多年，再拿起话筒心里总有一些不安。这也是一次机会，让我重温起过去。"

（原载《新闻记者》 1994 年 1 月）

徜徉花间添缤纷

记不得哪首歌里所唱的"花开的时候我为你歌唱，花落的时候我为你哭泣"。花儿，令多少人痴迷和陶醉，他——许根喜沉醉在花的世界里，为花儿歌唱、哭泣。当他设计的那幅"满地花"织物纹样，被评为《中国纺织美术》大师奖时，他站在领奖台上，接过荣誉证书和奖金，心潮起伏。

他有着一双深邃眼睛的纹样设计师，自幼爱好绘画，说不上是天性还是耳濡目染，一有空便在纸上涂涂画画，人物、风景、花卉，心中一切的美好都在手中稚拙的笔端流出。忘却了时间，忘掉了吃饭，衣袖磨破长出了"胡子"。并不丰裕的家庭，使他过早地学会了节省。可是对于绘画需要的纸、笔、颜料、参考画册，显得格外地大方，又有谁知道当他递上节省下来的钱，买回自己心爱的画册时，他挨了多少回饿，放弃了多少回与伙伴同乐的机会。

也许是命运的安排，他进入上海第七丝绸印染厂从事纹样设计，对各式各样花卉的绘制，表现出极大的兴趣。为了绘制一幅以花为主题的纹样，他经常忙到深夜，邻家的灯光早熄了，他依然疾笔奋绘，忘却了时间。隆冬，手被冻得发麻、僵直，他不断搓揉继续画下去，直至自己满意为止。许根喜也有不满意，就是一味临摹前辈大师绘就的花卉。他走出设计室，足迹遍及全国各地，到大自然中去，吸收养分。每到一地，他心里想得最多的是开放的鲜花，每看到一簇花，他专心地写生。起先总有一大帮人围来好奇地看他，时间一长，围观的人失去了耐性走了。他饿了吃一口干粮，渴了喝一口凉水，直到天擦黑不能画了才返回。他沉浸在花的世界里，执着地走出古人的囿于，超越自然的限定，倾注对花的理解和恋情。

为花儿憔悴的许根喜用汗水和心血换来了丰硕的果实，十余年间获得各类奖项一百多次，平均每年十次，1990 年他的设计获得全国第二届青年科技成果大奖。他的名字先后收入中国名人、英才大字典。获奖的作品中，以花卉为题材的居多。

许根喜对纹样设计，有着自己的独特认识。纹样设计不是纯艺术创作，要有风格，但过分追求风格，会制约设计的纹样在市场中的流行，影响产品的销售。但是纹样设计者要赋予设计以新的生命力，每次设计都要给人以新的感受。这样的感觉不是凭空而来，而是立足于吸收中外先辈的经验和设计者对大自然独特的理解基础上。

他的观点始终充满活力，再三强调，纹样设计要适应市场，以市场指导自己的设计。这样就要求设计者，不断了解国内外纹样设计发展的动向，预测将来。在一个信息时代里不掌握信息必然失败，纹样设计也如此。

"大师奖"是许根喜今年获得的第一个大奖，他心情激动，重要的不是获奖，而是在于参与。以前没有看到这么多的国内同行的设计，同行间交流太少，看到国际一流的纹样也不多。这次，打开了思路，开阔了视野，会在日后的设计中，吸收名家之长，提高自己的设计水平。

当谈及他设计的获奖作品"满地花"时，他告诉笔者，"我用了重色，追求一种华丽、高贵的效果，表现我心中对繁花似锦，欣欣向荣的渴望"。

（原载《中国纺织美术》 1993 年第 4 期）

附录 部分评论与报道

从明皇陵文物遗址看到"治河道远"

仲和

地处江苏扬州头桥镇长江边的刘公闸遗址为淮河入江的标志性文物遗址，这里巍然耸立着淮河入江口纪念碑。

近日，随着"2023爱我中华·淮河流域系列寻访活动"在淮河入江口的走访，这一从淮河源头河南桐柏山开始，历时三个多月的寻访活动终于顺利落下帷幕。

《尔雅·释水》载"江、河、淮、济为四渎，四渎者发源注海也"。秦岭淮河，地分南北。淮河源起中原，一路浩浩荡荡，广纳支流，至江苏分流，一从洪泽湖至苏北灌溉总渠而入海，一从扬州而入江，最终汇流大海，千百年来，这里一直是中国南北文化与经济的命脉地带，其流域自古以来出大思想家、文学家、政治家，同时也保留了数量极多的古城与文物遗址，其中，中下游即包括明皇陵、明中都城遗址，浮山堰等。

千里淮河起源于河南南阳的桐柏山区，古称淮水，与长江、黄河、济水并称"四渎"，逶迤千里、蜿蜒东去的千里大河滋养了一片大地，也孕育了无数人文艺术奇迹，至今仍保存着众多文化遗产。

"2023爱我中华·淮河流域系列寻访活动"由文汇报主办，上海万联文化携手淮河水利委员会、滁州市委宣传部、上海市滁州商会等十余家单位联合举办。该活动的第一阶段于今年6月举行，寻访河南省南阳市、桐柏县，信阳市淮滨县、安徽省阜阳市阜南县、淮南市寿县等地区，寻访人员感受淮河流域上中游的古老文化；参观了王家坝抗洪纪念馆，零距离感受蒙洼蓄洪区的淮河儿女为保全大局牺牲家园的壮举；参观考察寿县古城、八公山森林公园、淮河边重要的古镇正阳关和我国古代四大水利工程之一的安丰塘进行实地考察，并参观安徽楚文化博物馆，详细了解淮河流域悠久的历史文化和淳朴的民俗风情，切身感受寿县近年来经济、文化所取得的成果。

据文化学者、该活动策划组织者潘大明介绍：第二阶段寻访活动于8月10日开始，历时4天，寻访了安徽省蚌埠市，滁州市的凤阳县、明光市、天长市，江苏省的淮安市的洪泽区、扬州市广陵区的淮河中下游地区。寻访团一行率先来到地处蚌埠市的水利部淮河水利委员会，听取水利专家对淮河流域的宏观介绍和治理取得的成就以及未来发展规划前景。

在凤阳淮河花园湖进洪闸上，寻访人员与安徽省滁州市人大、凤阳县委宣传部领导、当地文化历史专家和安徽省散文家协会在凤阳的会员，出席了第二阶段寻访活动的启动仪式。这座进洪闸前不久被评为2021—2022年度中国水利工程优质"大禹奖"的进洪闸，以其现代化程度、优质的工程质量和融入中国传统建筑风格的现代化水利设施，让人印象深刻。

说到凤阳的人文遗迹，第一印象当然是明朝开国皇帝朱元璋。在故乡凤阳，朱元璋留下了他预备立都的中都城遗址。洪武二年（1369年），明太祖朱元璋诏建中都，六年后，中都城已"功将完成"，朱元璋却以"劳费"为由，突然"罢中都役作"，改南京为都城。于是明中都被长久掩蔽于历史迷雾中。寻访历史，也可以映照于现实。

这一罢建也让寻访组成员感慨不已，"一代帝王终于认识到立中都于凤阳的不合适，也是就认识到自己的错误，这到底是不容易的"。

寻访组人员沿着明代中都城城墙行走，所见的大多是断壁残垣，重见天日的白玉石雕、巨型石础静静地躺在探方坑里，向世人展示着这座失落都城曾有的辉煌。

凤阳博物馆中，收藏着大量明中都遗留下的精美石刻。

凤阳明皇陵位于安徽省凤阳县城南七公里处，是明朝开国皇帝朱元璋为其父母和兄嫂而修建，初建之时占地约 2 万亩，于元至正二十六年（公元 1366 年）始建，洪武十二年（公元 1379 年）竣工。洪武二年，荐号英陵，后改称皇陵。明皇陵主要有皇城、砖城、土城三道，殿宇、房舍千余间，陵丘、石刻群等。明末以来，人为破坏和风雨侵蚀，宫阙殿宇废为遗址，现仅存陵丘及石刻群。

明皇陵与南京明孝陵和北京明十三陵为同一制度，明皇陵虽非帝王之陵，但"宫阙殿宇、壮丽森严"，享殿、斋宫、官厅数百间，皇陵神道总长 257 米，石像生 32 对，皇陵碑文为朱元璋亲撰，石象生数量之多、刻工之精美为历代帝王陵之冠，其艺术风格绝妙，堪称上承宋元，下启明清的大型石雕艺术精品。

凤阳也是中国农村改革第一村小岗村的所在地。1978 年，十八位农民以"托孤"的方式，冒着极大的风险，立下生死状，在土地承包责任书上按下了红手印，创造了"小岗精神"，拉开了中国改革开放的序幕。小岗村获得全国重点文物保护单位，中国幸福村，中国乡村红色遗产名村，全国红色旅游经典景区，全国旅游名村等称号。

"小岗村也见证着实事求是的精神与敢为天下先的创新精神，这也是淮河的真正精神所在。"寻访组顾问、原安徽省滁州市委副秘书长江正行说。

在安徽省明光市，寻访团人员不仅见到了一千五百多年前古人治淮留下的遗迹，也感受二十世纪五十年代初 16 万治淮大军，开挖新河道，利用堆积两岸的泥土种植银杏、柳树、桃树，如今银杏枝繁叶茂、绿树成荫，绿荫中反映当年治淮的雕塑形象生动，供农民休闲的石桌、石凳合理放置，成了美丽乡村建设的典型案例。

明光市淮河边的浮山堰遗址是我国南北朝时期在淮河上修筑的拦河大坝，属于古代著名军事对峙设施，是淮河历史上第一座用于军事水攻的大型拦河坝。史载，梁天监十一年（513），梁武帝在淮河上修筑长达 4.5 公里的浮山堰，以抗拒北魏入侵，灌寿阳。浮山堰遗址对研究古代水利工程、战争和军事设施等都有重要的意义。这里至今仍留存着一些古代摩崖石刻。

浮山是淮河下游岸边唯一的一座山峰。登浮山山顶，遥望淮河与一望无际的平原，天地为之一清。

地处淮河洪泽湖入江水道的控制口门三河闸是中国治理淮河的重要成果，是建国初期我国自行设计、施工的大型工程。该工程 1952 年 10 月 1 日动工兴建，仅 10 个月就建成。截至 2007 年已累计泄洪 1 万多亿立方米，为保证里下河地区 3000 万亩农田和 2000 多万人民生命财产的安全做出了巨大贡献。而在三四十公里外的二河闸，建成于 1958 年 6 月，是洪泽湖分淮入沂及淮河入海水道的总口门，又是淮水北调的渠首工程，并兼有引沂济淮的任务。

800 多年前黄河夺淮，让淮河失去独立入海通道，两岸饱受水旱之灾。新中国成立以来，"进一步扩大淮河下游出路，修建入海水道"成为治淮的一个关键举措。70 多年来，淮河流域已从昔日水患频发的"水口袋"转变为"米粮仓"，水利工程的巨大作用有目共睹。

三河闸同时也保存有大量明清治水的文物，如明代铁牛、石刻书法等。

地处淮河下游北枕淮河，南临长江，素有"安徽东大门"之称天长市，是座高邮湖边的古城，位于安徽省东部，邻近江苏扬州，历史悠久，最早见诸文献记载的建置是春秋时期北梁邑，唐初设置天长县，已有上千年历史。当地民营经济发达，经济外向度高，是长三角经济区重要的配套加工业生产基地。

天长古城墙崇本门处设有遗址博物馆，馆内介绍着天长的历史，也介绍了古城墙的前世今生。据《天长县志》记载，天长老县城原有四座城门，建于明清时期，东称启文门，西称崇本门，南称长春门，北为永福门。

天长博物馆展示的《天长汉墓出土文物精品》让人印象深刻，展览分序厅、玉器厅、铁木器厅和陶、铜、漆器厅，展示天长市汉代考古发掘成果，通过数百件藏品和其他辅助陈列手段，揭示天长市的汉代历史和文明。

当地的红草湖公园则见证着荒滩今昔的巨变。

寻访活动的策划者之一、万联文化负责人潘大明向天长市图书馆捐赠价值近三万元的优秀图书，这中间有历年万联文化资助出版的《中外文明同时空》《中国当代艺术史》《中国木拱廊桥建筑艺术》，也有万联文化策划、设计排版，新近出版的《湮没的帝都》《章乃器年谱长编》《长河秋歌七君子》《我的曾祖父陶行知》《陶行知语录》等图书。

此次寻访活动的最后一站，是位于长江、夹江和太平江的交汇处的三江营。这里是淮河入江口，江面宽阔，水流湍急，不仅是淮河入江核心区，也是南水北调东线工程源头。东边滚滚长江奔腾不息，西边滔滔淮河蜿蜒而下，淮水入江纪念碑高耸，百年刘公闸依在。

整个寻访活动期间，在实地考察的同时，寻访人员与当地水利专家、文史专家、文物研究者、企业界人士的交流中，一个重要的话题探讨如何挖掘淮河文化、保护淮河文化、开发淮河文化。

在淮河入江纪念碑下，有一块石碑，刻有："抚今追昔，毋忘历史，百年苦难，记忆犹新，虽经治理，尚未永逸，警示万众，治河道远……"

曾多次参与农村调查的寻访组顾问江正行感慨不已，他说："淮河流域是老庄文化的发源地，代表着中国人心性深处的自在与逍遥，这里诞生反秦、反元的英雄绝非偶然，这里诞生小岗村也绝非偶然，由于历史上水灾频繁，这里的人们更有一种坚忍不拔敢于克服艰难险阻的意志，不怕牺牲敢于为天下先的创新精神，这次寻访可以说是真正感受到了这些，历史映照现实，历史留给当下的、可以警示当下的，太多了。"

（原载澎湃新闻 2023 年 8 月 22 日）

探淮河文化源流　观淮河流域蝶变

李天扬

目送着夹江水注入长江，2023 爱我中华·淮河流域系列寻访团也从淮河源头来到了淮河的终点，考察活动圆满结束。

烈日炙烤着三江营，考察活动的发起人、历史学者潘大明一袭白衣全部湿透，仍然兴奋得像个孩子，招呼大家一起在"淮河入江口"纪念碑前合影，团员们拉着专门制作的寻访团旗帜，带着胜利的笑颜。考察团顾问、安徽省滁州市委办公室原主任江正行虽然年逾古稀，也走完全程，合完影，他开心地"宣布"：从现在起，这面旗帜就是"文物"了。

纪念碑下，有一块石碑，刻着一篇四字句骈文，回顾了淮河的苦难史和治淮史，文中说："抚今追昔，毋忘历史，百年苦难，记忆犹新，虽经治理，尚未永逸，警示万众，治河道远……"这篇通俗易懂的碑文，也道出了此次考察寻访的宗旨。

2023 爱我中华·淮河流域系列寻访旨在通过淮河全流域考察，探究淮河文化的源流，考察淮河治理和沿线城乡建设的成果，考察团由来自上海和安徽的学者、作家、记者、企业家组成，考察分两个阶段进行，第一阶段从淮河源头铜柏山出发，沿江而下，由河南入安徽。第二阶段则以安徽凤阳为出发点，启动仪式在凤阳花园湖进洪闸举行，从安徽的凤阳、明光、天长，再到江苏的淮安、扬州，于昨日结束。此次考察得到了淮河水利委员会和安徽滁州市委宣传部的专业指导和大力支持，不仅考察了沿淮的古今水利设施，还参观了小岗村的大包干纪念馆，寻找改革开放的原动力，走访了一些乡镇，体会淮河治理以后沿线百姓生活的翻天覆地变化，用"蝶变"来形容毫不为过。

考察团还通过现场踏访和当地专家学者座谈的方式，来研讨淮河文化的地域特性和未来区域经济文化发展的可能性。

考察成果将以文章、书籍、摄影展等形式来呈现。

（原载《新民晚报》2023 年 8 月 14 日）

由一本书引发的寻访淮河流域

黄馨萱

2020 年末，曾十余次在淮河流域进行实地考察和走访的上海学者潘大明，出版了长篇非虚构文学作品《湮没的帝都——淮河访古行纪》，引起社会反响，新华网、人民网、《解放日报》《文汇报》《新民晚报》等媒体相继刊发出版消息和书评；腾讯领读中国·每月好书（2021 年 1 月）历史文化类排名第一。之后，上海市出版协会、世纪出版集团联合举办出版座谈会，与会专家学者认为该书是一部视角独特、见解新颖、旁征博引、议论风生的非虚构文学作品，对于促进淮河流域历史文化研究、普及历史知识、总结明王朝兴亡的历史教训具有积极意义。

复旦大学历史地理研究所教授、博导王振忠认为：这是一个别开生面的写作。该书通过对区域人群现象的描述，多学科、多角度地展示了作者对国家命运、传统文化的思考。书中也很好地处理了历史和文学的关系，历史求真，而文学需要有人的情感因素。作者书中的文字忠于历史事实，又有自己的表达风格；处理了历史与现实的关系，可以看到历史的纵深感。通过田野考察的经历，作者行走于历史、习俗、文化之间，将感受传达给读者。

时隔两年多，该书作者又做了什么呢？他思考着让更多的人能领略到淮河的魅力，感受到它的变化。他说："文章不全在书中，走出书本与更多的人一起行走淮河，感受它的魅力，才能体会到它的精彩。淮河流域是一个有酒有故事的地方，值得人们一起来寻访。"这个心愿在文汇报社、云丰产业发展集团等机构和朋友们的热情支持下得以实现。

这一系列活动在他的策划下，寻访淮河两岸先民扑朔迷离的神秘故事，先贤留下的遗迹；凭吊古战场、瞻仰烈士陵园；淮河两岸千年传承的民风民俗，形成了赶集、庙会等独特的风格；自二十世纪五十年代始，长淮得以治理，两岸经济崛起，出现了现代化城市群和高速的现代化建设。整个活动分为开启篇、溯源篇、人文篇、烽火篇、民风民俗篇、崛起篇等主题呈现给读者。潘大明表示："通过系列寻访活动使参与者发现这一河流的美，让人们更加热爱祖国的优秀传统文化、珍惜今天的生活。读懂淮河文化，发扬淮河精神，服务当今社会。"

（原载《文汇报》2023 年 6 月 27 日）

记述爱国民主人士章乃器真实人生轨迹
《章乃器年谱长编》在沪出版

许婧 王飞

记述爱国民主人士章乃器从出生到逝世81年间生平的编年体著作《章乃器年谱长编》近日在沪出版。

这部学术专著由"七君子"事件研究专家潘大明和青田县章乃器研究会共同发起，潘大明担任主编、主要作者。潘大明26日介绍说，该书全面记录了章乃器的各种活动，特别是在一些重大历史事件中的作用，反映了他的思想观点、处世准则、工作方法……

在潘大明看来，近代中国内乱外患的现实是激发章乃器形成以爱国主义为特征的思想的一大动力，其理论基础受到了两方面的影响：一则来自他从小接受的以儒学为主体的中国传统文化，二则来自他接触的西方近代文明。

据潘大明介绍，他自二十世纪八十年代末接触到这位历史人物，陆续写了一些文章，出版了书籍，算来有了三十多年。2020年形成初稿，几经修改、删节终于得以付梓，可谓是"三十余年磨一剑，临门一脚踢三年"。

该书反映了章乃器从青田乡间走出，经历了晚清、中华民国、中华人民共和国三大历史时期，在中华民国期间创建了全国各界救国联合会、民主建国会，中华人民共和国成立后，参与中央人民政府粮食部、中华全国工商业联合会的初创。

　　章乃器是"七君子"事件、沧白堂事件、较场口惨案的主要当事人；他对现代银行金融业征信、检查制度的建立，全民抗战的局面实现，民主体制的形成，共和国初期的经济恢复、粮食体系的建立，均有重大贡献；他从理论上对新民主主义阶段多党合作的意义、民族资产阶级和资本主义经济成分的存在价值以及党政关系等问题，进行了艰苦卓绝的探索。《章乃器年谱长编》对以上各个方面力求做到如实准确的反映。同时，从中还可以了解章乃器的日常生活与工作。

　　该年谱的编写，体现了资料性、学术性相统一的特点，并融入新发现的史料，纠正了谬误。它以已经出版的相关图书、报刊杂志为主要依据，所搜集材料力求详尽，使用力求准确，收录谱主的文章、讲话，尽量以原著版本为准，核定发表、出版时间进行编排，采用了客观记述的方法，或概述或摘要，编写者不做评论，比较完整地反映了谱主的思想发展过程。

　　《章乃器年谱长编》六十三万余字，收入大量历史图片，分为四个部分：第一、二、三辑和谱后。在潘大明眼里，年谱也是传记，只是表达的方法不同，满满干货、不作假设、不做评说，比阅读传记更简洁明了，仔细品味或许更有感慨。

　　据介绍，该书入选 2021 年度上海市图书出版专项基金资助项目，由上海交通大学出版社列入"晚清以来人物年谱长编系列"丛书出版面世。

（原载中国新闻网 2023 年 5 月 26 日）

用脚步溯源历史脉络　以实践解锁文化密码

田蕊

"走千走万，不如淮河两岸"

淮河是我国东部的南北分界线，也是中华文明的发源地之一。据不完全统计，目前来自这一水系流域在上海学习、工作、生活的人员有近五百万人之多。近日，一个由市民、学者、摄影爱好者组成的寻访团，在文史学者潘大明的策划下，将沿着《湮没的帝都：淮河访古行纪》一书中的线索，启程重走淮河流域，探寻考察三千年来两岸先民留下的历史遗迹，让更多人领略独特的淮河文化。

湮没的帝都与文明的兴衰

谈起"淮河流域系列寻访活动"，则不能不提及一本书——2020 年，由潘大明创作出版的长篇非虚构文学作品《湮没的帝都：淮河访古行纪》。该书以淮河为框架，以淮河边的明中期都城为支点，讲述了淮河流域自淮夷古文明时期起，一直到明末清初的历史文化变迁，并着重探讨了明中期都城的兴废与大明王朝的命运。书后还附有作者自拍的 157 张照片和创作的 34 幅书画作品，图文并茂，相映成趣。

聊起写作初心时，潘大明说："淮河边的意外总是让人生出惊喜，《湮没的帝都：淮河访古行纪》就是一个意外。"身担学者、作家、媒体人等多重身份的潘大明，初至淮河流域考察，是为了筹备一部历史文献片，他回忆道："当时，一家文化研究团体正着手拍摄以明中都城为题材的历史文献片，邀请我做脚本，可惜最后没能进入拍摄阶段，不了了之。"计划虽然搁浅，但潘大明对淮河流域历史文化的兴趣却一发不可收拾，他认为，"碰到这样的题材不应轻易放手，尤其在行走和阅读中遇到的人和事、看到的历史与现实，都值得记录下来"。

2020 年初，作者决心完成这部搁置已久的书稿。于是，"几乎每天都闷在办公室写稿、改稿、统稿，搭框架、砌新墙、批腻子，使书稿呈现新面貌。友人来电话问我在做什么？我说在做'泥水匠'"。

作者曾先后十多次在淮河中下游、江南地区进行田野调查，同时也广泛研究历史文献，与同行专家切磋交流，本书即是作者在这一区域探索和学习过程中的所见所闻、所思所想，既有扎实的史料，又饱含情感，因此书籍出版后引起社会反响，新华网、人民网、《文汇报》《新民晚报》等主流媒体刊发相关消息；上海市出版协会举办出版座谈会，二十余位教授、专家出席。座谈会上，复旦大学教授张海英评价道："我们历史学家写明中都往往从考古实证角度来写，比较枯燥。但潘大明以时空交融的故事性写法，叫人耳目一新。阅读时仿佛跟随摄像机镜头缓行慢步，不会审美疲劳。"

让更多人走近并了解淮河

"曾经有无数短尾巴鸟聚集的淮水，是个美丽神奇的地方，孕育了灿烂的文化。而灾难和战争，又使这片变得衰弱、贫穷。1949 年之后，它迎来了新生。淮河流域是一个有酒有故事的地方。"潘大明感叹道。在《湮没的帝都》一书出版 3 年后，他开始思考如何走出书本，让更多的人领略淮河的风采，感受到它跟随时代的变迁，改变一些地区、一些人对淮河流域的偏见。"淮河两岸有千年传承的民风民俗，形成了赶集、庙会等独特的风俗。自二十世纪五十年代始，淮河得以治理，两岸经济崛起，出现了现代化城市群，又展现了高速发展的现代化建设。"据统计，目前在上海工作、生活的人员中，近五百万人来自这一水系流域。因此，它对上海的重要性不言而喻。

这个想要让更多人走近并了解淮河的心愿，在《文汇报》社、云丰产业发展集团、安徽省散文家协会、沿淮在上海市县商会的热情支持下最终得以实现。作为此次"淮河流域寻访活动"的策划人，潘大明表示，正是淮河人"坚韧不拔的意志、敢于为天下先的创新精神、勇往直前追求完美的精神深深吸引我，促动我构想、组织实施这一活动，让更多的人能领略到它的魅力"。

潘大明强调："淮河是一条充满思辩，极具创造－力的大河，它的衰弱与战争、自然灾害有关，更重要的是朱元璋的出现，终结了它的创造力。今天重走长淮，一定具有历史和现实意义，给人们启迪。"

系列寻访活动将分为溯源篇、人文篇、烽火篇、物产篇、民风民俗篇、崛起篇等主题，讲述淮河两岸先民扑朔迷离的神秘故事，寻访先贤留下的遗迹，凭吊古战场。活动分沿淮上游、中下游两部分展开，上游部分于今年 6 月上旬启程，中下游的寻访将于 7 月进行，整个活动于 11 月结束。寻访活动后，将编印大型画文录、在上海举办摄影书画展，讲述淮河流域历史和现实，让更多的人了解淮河文化，以丰富人们的文化生活。

（原载《新民晚报·社区版》2023 年 5 月 10 日）

《看云起》改革时代的农民进城就业创业史

崔传义

在我国改革开放 45 周年将临之际，读上海学者潘大明 2022 年出版的长篇纪实文学《看云起》，恰逢其时。书中内容、思想，与 1978 年以来几十年的改革开放、农民进城就业创业、民营企业、市场经济及中国式现代化密切相关，读后感触很深。

一

中国改革是从农村开始走到城市的，本书则以访谈、写实，再现上世纪 90 年代安徽天长县董氏三兄弟，从小村庄到大上海的创业史。他们从骑三轮车或开车帮人送货，到注意了解、积累市场信息，组织货运创办物流公司，进而步入上海港国际物流领域，发展为拥有千名员工、按人民币结算计量业内排名前三的知名企业，国际货代公司前十名有四家向其委托业务，与现代企业无缝对接。

这些普通农家子弟到大城市由就业谋生到创业，形成具有竞争力和现代化企业的事实，从一个微观反映出我国改革开放的大时代。作者提供了一般文章、书籍没能反映的现实问题和复杂的实情，做出的具体分析、实质探讨，使城乡青年人、打工人、创业者，企业家、学者、政策研究人员、政府决策者都可以得到所需要的东西，让人们跟着书中故事从微观视角重温历史，体会改革给民生、社会带来的实际好处和深刻影响，又有助于人们在市场经济、民营企业、民生福祉、社会责任等重大问题上改变浅见或偏见，而利于下一步改革和现代化发展。

二

本书讲述董氏兄弟白手起家创业的过程，从低端到高水平的"云起"过程，具体、生动、深刻地展示"云起"的原因与逻辑。

"云起"归因于改革开放的时代、环境和趋势，他们有了适合生存发展的空间，市场经济、对外开放、利于经济发展的气候和土壤；其次是董氏兄弟个人的主观努力，就是端正自己的位置，把握机遇，踩着时代的节点，确定进取目标，组合多重要素，通过勤劳、智慧、协作、不懈努力实现预期。正是这两条的结合，成就了他们。

以上两条在云丰得以很好地结合，和创业者实事求是，恰当认识个人、企业，与时代、社会相互关系相关联。作者曾问已取得事业成功的创业者，云丰的发展和这个时代有怎样的关系？他回答："没有这个时代，就没有云丰，没有现在的我。""如果没有邓小平的改革开放，我们三兄弟到不了上海，可能还在老家务农；如果中国没有成为全球制造的加工厂，港口物流的发展空间不会大，云丰不会有现在的规模。"这是单讲时代、社会大环境的决定性。其次对个人、企业与时代的关系说："人家说三分天注定，七分靠打拼，我觉得应该倒过来，七分天注定，三分靠打拼。"这里的天，指时代、大势，他说，没有这些东西，个人和公司再努力也无济于事。从这里可以看出，云丰创业者的视野宽阔，始终看重时代、社会、环境、趋势的作用，成功了也没骄傲，能正确看待自己的作用，端正自己的位置，努力抓住机会，做好自己，有所作为。这可能帮助了他们实现上述两条的结合，"天人合一"，才取得不同凡响的发展。

三

该书作者善于带领读者走进他们的创业、发展的全过程，告诉读者他们的努力，并揭示成功秘密，让一般企业家能得到启示的"发展正道"、成功之路。

该书注重访谈，让读者在采访对话中收获他们真实的想法和感受。由此，可以看到贯穿云丰公司起步、成长、发展全过程的成功之道，就是创业者从自发到自觉地顺应、遵循市场经济供给适应需求、等价交换、平等竞争、优胜劣汰的准则和规律。云丰创业者看得很清楚，他们的物流企业在市场中要生存发展，首要的是自己的货运、仓储等服务供给，必需适应客户的需求，"以客户为中心"，以适应、实现客户的服务要求为准则；其次是自己企业给客户的服务供给，要趋于质优价廉，才能在与成千上万家物流企业竞争中，赢得客户的选择和信任，获得生存、发展的机会，扩大市场份额。这被他们称为企业的生命线。

董氏兄弟对此认识较早，其中一人一到上海，只身开车从事货运，同时注意了解、积累货运客户的需求信息。由个人单兵独斗发展到组织车队、货运公司，自己无钱添置车辆，就凭着善抓客户需求信息、向客户负责的长处，吸纳个体集卡加入公司，使个体集卡司机能从他那里持续获得稳定的运输业务。这就形成公司与集卡司机联营的方式，公司领头者一抓到客户业务信息，下达给集卡，二抓管理促使货运符合客户要求，由此获得收益。这是一种以服务客户为统领、公司与集卡分包联营、权责利明确、简单有效的经营管理方式。所以他们是由重视客户需求、"以客户为中心"

创业起步的。

后来伴随公司发展，这个适应客户需求、"以客户为中心"一以贯之，并在两个层面中不断充实、提升。一是公司上下都明确以客户为中心、以实现客户要求为准，进一步提出，工作中把客户的事情、利益，作为自己公司的事情、利益，既给客户保证质量的服务，又降低成本，尽可能质优价廉，使客户利益最大化。自己的公司要在市场竞争中通过为客户提供质优价廉的服务，赢得客户，从而也赢得自身在双方协议中应有的收益。二是要做到给客户服务质优价廉，出路只能是从多方面提高企业自身的能力和水平。不仅把握经济发展大势，投资现代设备硬件，还着重改善、提高企业和人的制度、素养、技能等软实力，强调诚信守约、自主负责、团队协作，总结经验、分析问题，推进经营管理创新，坚持人才培养、全员学习培训、企业文化建设。学习培训包括企业领导到上海交大学习，上层管理者有大专文化的已占 70% 以上。文化建设的内容包括明确为客户与为企业、为员工及家庭、为社会、为事业的相互关系与统一。

就这样，他们坚持以客户为中心，坚持不懈增强企业自身为客户提供质优价廉服务的综合能力、水平，提升市场竞争力，走出了低价竞争的旋涡，更同社会上的以次充好、假冒伪劣、权钱交易等破坏市场秩序的歪门邪道泾渭分明，坚持走正道，得以自强，迎接困难挑战，不断发展壮大。这符合市场经济平等竞争、优胜劣汰、自我负责、自得其果的规律和常理，是云丰发展、实现成功的秘密。

四

该书展示云丰集团的成长过程，创业者的所言所行，对很多人特别是搞政策研究的人还有个作用，就是在市场经济、民营企业、民生福祉、社会责任及中国式现代化等重大问题的认识上，能从中得到来自实际生活的不少直观材料与理性思考，有助于改变某些浅见或偏见。

市场经济、民营企业，是中国特色社会主义市场经济体制的基本内容，如何全面深入认识，问题尚未解决，且有分歧。一种看法认为，市场经济就是讲商品、钱，市场里的民营企业家就是一切为自己，唯利是图。而在云丰公司的发展里，创业者的言谈里，却是另一种情景：自己的物流企业要在市场里存在发展，就要以自己的服务供给，满足客户需求，企业和业主必须"以客户为中心"，工作以实现客户需求为准，只有客户认可，自身才能立足，而不能"以自己为中心"。同时，面对国内外商家、国际货代的自主选择，万家物流企业的平等竞争，市场的逻辑是优胜劣汰。这驱使、鞭策企业和业主，千方百计做好服务，尽可能质优价廉，处于优胜地位；也由此催促企业积累实力、进行创新，提升人的素质、技能。在平等竞争、优胜劣汰的背后，是生产效率的提高，更是企业和人的发展、进步。

云丰的实践告诉人们，市场经济本身要求，企业只有在以商品、劳务供给适应顾客需求与利益的交换中，才能实现其价值、收益，只有利客户、利人，才能利己，是利人和利己的统一。同时，市场竞争优胜劣汰，是奖优罚劣、促进创新发展的内在机制和动力。这种市场经济，资本主义在用，中国特色社会主义也要采用。改革以来我国实行在集体、企业内的多劳多得、奖勤罚懒，企业之间的市场竞争、优胜劣汰，正是推动经济发展的两大内在动力。国际经验显示，当一个国家的市场进入企业主流都像云丰那样，相互之间在围绕提供商品的质优价廉上开展竞争时，它的市场经济就是成熟的、能推动经济现代化的市场经济，我们要进一步解决问题、完善体制，向此努力。

其次，是对民营企业与民生福祉、社会责任的认识。有的认定民营企业不顾民生、不可能承担社会责任。这在云丰集团那里也非如此，而是创业者个人、企业、员工、社会利益相连。董氏兄弟从农村到上海，先是找活干，解决自身就业谋生问题，接着创业，带领几十人、上千人就业，解决多少家民生问题，并一起服务社会、创造财富。2008年国际金融危机影响企业发展，云丰没有不顾员工生计搞裁员，而是稳就业，利用机会抓员工培训。而且他们看清发达国家需要我国制造劳动密集产品的局势没有变，物流业形势将恢复、发展，布局了新一轮投资。适应发展大局的需要，是为企业，也为社会。董氏兄弟创办经营云丰公司多年，没搞分红，其股份所得都放在企业里用于发展。近三年发生新冠疫情，政府、社会遇到急难问题，如将外国捐赠给武汉的物品交他们从上海紧急运到武汉，上海疫情紧张时，找他完成紧急接送物品的运输任务。企业捐赠贫困地区，帮扶贫困学生，支持家乡教育，多年如此。它的企业文化，包含承担社会责任，云丰公司人既在创造物质财富，也在创造精神财富。这应该有助于改变对民营企业的一些偏见。当然一些民营企业对社会责任不如云丰那样有明确的意识，但国家领导人多次讲民营企业在我国经济社会中的地位和作用，是客观存在。

这书讲云丰的故事，讲事实，却无形之中引领人们探讨，什么是在现实中具有生命力，符合历史发展和未来的市场经济、企业和企业家及其社会价值理念，成熟先进的民营企业怎么样，它与中国特色社会主义和现代化发展的关系如何。

五

该书让我们看到，像作者那样的一位学者，能够去看进城农民工小人物，用十多个月的时间，反复访问、观察、琢磨他们草创民营企业的曲折过程，搞成现代企业的成功之道，把作品奉献给社会、令人肃然起敬。应该说，相对于社会改革发展的时代需要，群众的努力和创造，这样做的人还是少了，应向作者学习，有更多的人走到他们中间去，当小学生，不浅尝即止，而做深入系统的调查研究。

云丰集团和它的创业者，值得感谢。他们是在农村改革搞活农业、解放劳动力后进城就业、创业，发展出现代民营企业的代表，既是改革开放，实行市场经济、多种经济成分体制、政策的受益者，也是改革开放、市场经济、多种经济成分共同发展的推动者，创业带动就业发展的佼佼者，发展现代企业的探索者。对他们应予肯定。前些年（1994—2012 年），对以农民工返乡创业为主的创业之星，曾有中国农村劳动力资源开发研究会、中国扶贫基金会等单位十次联合举办会议，全国人大、政协负责人、国务院领导出席讲话，进行经验交流与表彰。但对进城农民工在城市创业、发展民营企业的优秀代表，调查、总结、推荐、鼓励的还很少，建议有关部门和社会团体对农民进城就业创业、发展民营企业的创业之星，也进行经验交流与表彰。

上海给云丰集团、民营企业家的成长，提供了开放、宽松、有序、持续稳定的政策环境；提供了国内外贸易中心的"地利"，再就是上海和以它为中心的长三角的经济社会，处于商品经济、专业化分工、社会化协作，平等竞争、契约精神等较为完备的水准上，为农村来的创业者提供了摆脱小农意识影响走向现代化的推动力。

（原载艺术家企业家公众号 2023 年 4 月 16 日）

"大历史"下的"小历史"

江正行

　　书文同名的非虚构类文学作品《看云起》，以访谈的形式，用朴素的笔法，不作惊人之语；以时间为经，重要事件为纬，起承转合，平顺自然，忠实记录个人创业、企业发展的过程；细节丰富，内容可信，是可以作为与宏观叙事的"大历史"相互印证、互为表里的微观"小历史"，展现了大时代背景下一个具体的个人和企业的成长轨迹，这是生动的生活图景和鲜活的历史画面。同时，探寻了创业者的成功秘诀。

　　改革开放四十多年来中国在现代化道路上的突飞猛进，国家面貌发生的翻天覆地变化，被外人称之为"中国奇迹"。透过云丰集团从无到有、创业成长过程的分析可以看出，如果没有率先启动的农村改革，就没有千千万万像董家兄弟那样的劳动力从农业和农村里被解放出来，他们的人生只能重复祖祖辈辈的道路，或者躬耕垄亩，或者学门传统手艺糊口谋生。如果没有城市改革释放的巨大市场需求，上海这座大都市就不会敞开臂膀接纳这么多的农民兄弟。如果没有对外开放，就没有国内产业和市场与国际的接轨，上海的国际航运中心就无从建立，云丰集团就缺乏立足发展的空间。如果没有一系列制度改革，市场经济体系建立不起来，董家兄弟就无法在上海创建和不断壮大自己的企业，如此等等。董平从自身创业的经验中总结到，事业成功不是"三分天注定，七分靠打拼"，而是反过来的

"七分天注定，三分靠打拼"。这个"天"当然不是指的自然条件，而主要是指创业所需要的外部市场条件和机遇，有了改革开放大潮和全球经济一体化的风云际会，董氏兄弟的事业才有今天的局面。

同样不可或缺的是人的主观努力，这种努力恰如一种黏合剂，可以把分散在市场各处的信息、资本、资源、技术、知识、人才等要素，按照规划的方向有机地整合起来，使创办、发展企业的设想成为现实。应该说，决定主观努力能够成功的，是企业家的素质。早年农村艰苦生活的磨砺，家庭严父慈母的言传身教，使董家兄弟具备了刻苦坚韧、质朴踏实、敢想敢闯、敏锐果断、亲和团结、谦虚谨慎等优秀品德。来到上海创业的二十多年里，他们不断地向周边环境学习，向同行学习，在书本和课堂里学习，在自身的实践中学习，使得那些朴素的品质在上海这个大舞台上，通过吸纳、萃取、熔铸、扩展，成为创办和管理企业的成套文化品格。而所有这一切，都是他们通过一点一滴的努力，一步一个脚印积累起来的，其中，也包括着企业广大员工的辛勤劳动。这里，思维没有得到过一夜之际的"神启"，投资也没有获得过"飞来之财"的天助。正是有无数的像云丰集团这样的企业的崛起，无数的像董氏兄弟一样努力奋斗的人，才堆积起现代化宏伟瑰丽的大厦，从这个意义上说，中国的发展，并没有"奇迹"。

董氏兄弟在回顾走过来的创业之路时，都会感谢上海这座"海纳百川"的城市，是她提供了广阔的空间和发展的舞台，成就了过去连自己都不能想象的"不一样的我"。然而，我们在这里还要强调一下往往被人们忽视的另一面，就是上海也应该感谢改革开放以来，从四面八方涌来的千百万像董氏兄弟一样的"追梦人"，是他们的敢闯敢干、拼搏奋斗，给城市增添了新的活力，焕发出更蓬勃的生机；是他们的智慧和辛勤劳动，更直接成为建设上海这座国际大都市的物质力量。上海近代一百七十多年的发展史上，曾经接纳过几次"移民潮"，尽管这些"移民潮"的动因不同，运动的机理不同，但无一例外地推进了城市的发展，助力建构了上海的城市精神。这种良性互动的微观机制是怎样实现的？认真读读本书这个具体的案例，或许可以获得很多宝贵的信息和启示。

这是我读了此文后的一些感想，恐怕也是日后读到此文的人共同的感受。

占本书主要篇幅的是知名学者潘大明著写的《看云起》，是作者经过近十个月的努力，十余次深入实地采访和现场调查，形成的一部风格鲜明、生动朴实的非虚构类文学作品。同时，在附录中收录了发表在《文化云丰》企业报上的由 21 位云丰人撰写的"心声"和 17 位云丰人物的小传，它们大部分出自云丰员工之手。这些文章，均经编辑人员精心修改后录用在书中，以帮助读者多方位、多侧面地更好了解、认识云丰。

（原载长篇纪实文学《看云起》 2022 年 10 月版）

湮没的帝都与明代王权主义下的国家治理

杨宏雨　　赵颖

淮河位于长江与黄河之间，是中国南北方的地理分界线。《说文解字》释"淮"曰："水。出南阳平氏桐柏大復山，东南入海。从水隹声。"传说中，大禹疏通洪水入海，在荆涂二山之间的淮河遇到"形若猿猴，缩鼻高额，青躯白首，金目血牙，颈伸百尺，力逾九象"的无支祁，禹派庚申手拿"定海神针"打败无支祁，淮河水患始绝，自此人们平整土地、安然定居。淮河独特的地理位置和生活方式的多样性，使得淮河流域自发产生出了自由多样的文化。宋代以前，淮河文化因其开放性、包容性熠熠生辉。1194 年之后，黄河长期夺淮，导致其出海口淤堵，水灾频发，淮河文化也随之衰落。朱明王朝兴于淮河，它的建立不仅没有实现淮河文化的振兴，相反，随着专制的强化，淮河文化与生俱来的特质——开放性、包容性和创造力被进一步扼杀。淮河流域的治理状况，就是朱明王朝在王权主义下进行国家治理的横截面。潘大明先生近作《湮没的帝都——淮河访古行纪》，以淮河为中心，把河流水道、文化荣枯与明中都兴废联系在一起，揭示了王权主义对于人类开放性、包容性和创造力的扼杀。

一、治水：从"除民之害"到"挽黄保运"

淮河作为一条重要的地理和气候的分界线，其水系极为复杂，流域内多为平原，河湖淤浅，种种条件导致淮河流域的自然灾害频发。自 1194 年（南宋绍熙五年）起，黄河长期夺淮，导致淮河出海口淤堵，改在三江营汇入长江。黄河的改道导致淮河水向支流漫灌，时常引发淮水暴涨或干旱灾害。"淮河流域在 1470—1980 年的 511 年中发生洪涝、旱灾的年份 482 年（其中洪涝灾害 126 年、旱灾年份 92 年、旱涝灾害同时发生的年份 120 年、局部洪涝、旱灾年份 144 年），占统计年数的 95%，无灾正常年份 29 年，仅占 5%。"

对于以农业经济为主的中国古代社会来说，旱涝灾害是影响周边人民生存与发展的最主要因素，关乎生产发展与社会稳定。治水因而成为了每一个王朝政权重中之重的政务。到了宋明时期，随着经济重心南移，除了农业生产之外，漕运商贸也需要依赖江河湖海的疏通，治水的重要性不言而喻。朱元璋建立的明代是一个兴于淮水的王朝。1344 年（元至正四年）淮河两岸大旱，这一年，朱元璋的父母兄弟因旱灾、蝗灾、瘟疫相继去世，少年朱元璋只得投身寺庙寻求果腹，然而，"仅五十天后，饥荒迫使朱元璋成了游方和尚，四处乞讨，浪迹天涯，饱尝常人难以忍受的艰辛和苦难"。在灾害带来的生存压力下，少年朱元璋被迫离淮，走上了投奔红巾军、结社起义的人生道路，并逐渐在众多的地方割据势力中脱颖而出，成为能够掌控无数人生死的帝王。在中国古代"父死子继，兄终弟及"的皇权交接逻辑中，帝位本不是朱元璋这样的游僧乞丐所能觊觎的，然而，淮河边的连续干旱却帮助朱元璋完成了鲤鱼跃龙门、草民变天子的逆转。

明朝成立以后，朱元璋也和前代所有统治者一样面临治水的难题。明代初期黄河入淮口不定，官员的治水思路主要是通过分流以杀水势，缓解黄河入淮后淮水满溢造成的灾害。这样的治淮思路从明初开始延续了明清两代，以宋濂为代表，徐有贞、白昂、刘大夏、刘天和等人都持类似的看法。这种分流的治水方案并没有取得明显的成效，但是在一定程度上保证了漕运的通畅。随着漕运在国家经济发展中的地位越来越重要，治理淮水的目的从单纯的挽救民生逐渐转向"挽黄保运"：为了保证漕运的畅通，在黄河北流的通道周边修建堤坝，放任淮河段的河水向南方倾泻。到了明代中后期，黄河泥沙淤积加重，为了保运，治水时甚至不惜牺牲部分河道周边居民的田舍。明政府并非没有意识到北堵南疏的方案给下游民众带来的侵害，但是与国之命脉的漕运相比，底层人民的生命和生产也就变得无足轻重了。明孝宗曾毫无顾忌地向臣子说明治水的根本目的："朕念古之治河，只是除民之害，今日治河乃是恐防运道，致误国计，其所关系，盖非细故。"出于"为民除害"的治水之策，在明代最终让步于保证漕运。但根据黄仁宇《明代的漕运》计算，漕运这个巨大的从南向北的官营物流，耗费了无数人力物力，牺牲了淮河沿岸众多百姓的利益，却常常是得不偿失、亏本营运的——漕粮运到北方才发现行情有变，为了脱手不得不以低于初始的价格售卖。这条漕运之路的荒唐一直到清朝都没有人揭破，政府仍乐此不疲地借此维护吏治稳定，官员们仍借河道买卖为贿赂大开方便之门，真正受害的只有被灾情反复伤害的百姓和不断被征用的漕夫。

挽黄保运、北抑南疏的政策只是明朝一系列不顾成本、毫无科学的政策的缩影。"在中国传统思想文化中，尊卑作为社会关系，只有帝王是独尊的，其他人均属卑贱者。"在帝王面前，不仅所有臣子民众为卑，治河理水也要以他的意志为转移。帝王要"除民之害"，淮水就能得到重视与疏通；帝王要"挽黄保运"，淮水治理就无条件让位。专制体制的"超经济性"特点，使得在上位者往往只考虑自己的权势、声威和意志，无需考虑客观规律和政策的效用，可以"逆经济规律而行"；中间者为了自身的利益和地位，往往事不关己高高挂起，多磕头少说话，明哲保身；在下位者无权进言又无法躲避，只能被动地承受恶政、蠢政、弊政带来的深重灾难。治河理水，本是一门科学，需要尊重客观规律，但王权之下的治水，却需尊重君王神圣、全知全能的逻辑，尊重祖上成法，维护官吏们的既得利益，这就经常出现有利无法兴、有弊不能革的现象。王权主义下的民本思想只是"君本的从属"，是"君道的囊中物"。所谓重民、爱民、以民为本等等，无非是一些漂亮的幌子，在这些幌子背后，往往是尸位素餐、蝇营狗苟、奸宄丛生，结果水患未平而置民于水火。孔子是中国古代民本思想的奠基者，鲁迅评价说："孔夫子曾计划过出色的治国的方法，但那都是为了治民众者，即权势者设想的办法，为民众本身的，却一点也没有。"激烈的言辞，一针见血。

二、治城：唯君唯上的建都闹剧

淮河流域是明朝的龙兴之地。自朱元璋登上帝位之后，流域内帝乡凤阳的地位不断攀升，由寂寂无闻直至一度被定为国都。明中都的兴废与中国古代的皇权主义之间有着内在的必然联系，这是《湮没的帝都》一书重点着墨之处，潘大明用"恢弘精美"与"断壁残垣"的对比揭开了这座昙花一现的"东方巴比伦城"鲜为人知的命运。

都城是一个国家的心脏，定都何处历来是事关专制王朝兴衰的大事。所以历代帝王，特别是开国之君，都十分重视国都的选址问题，他们希望定都一个好地方，让自己的王朝四海升平、国运昌隆，延续千秋万代。但首都的选择需要考虑政治、地理、经济、军事等多个方面的因素，从根本上说也是一个科学问题，或者说包含了科学和合理性的问题。

朱元璋虽是一个识字不多的云游僧出身，但也懂得选择国都的重要性，并在这方面绞尽了脑汁。

1356 年，朱元璋率军攻占集庆路，随后改名应天府（取顺应上天之意）。1368 年，朱元璋在应天府称帝，改应天府为南京，国号大明，年号洪武，朱明王朝正式建立。大明王朝建立之初，朱元璋就开始考虑都城的选址问题。作为前朝旧都，南京和开封率先列入候选名单：南京自古就是虎踞龙蟠之地，有"六朝古都"的美称，且朱元璋攻占南京后也进行了一定的修葺、经营，可谓初具规模；开封有"七朝古都"之称，历史上先后有战国时期的魏、五代时期的后梁、后晋、后汉、后周，以及北宋和金定都于此。朱元璋起初想法颇简单，决定以应天府为南京，开封为北京。南京还是开封，他只要选一个作为首都就可以了。但细加考虑之后，他又动摇了。因为南京"偏于东南，与中原地区相距遥远"，不利于控制中原地，且地势上"无险可守"，更让他心焦的是，历史上定都南京的王朝不仅都是局部的偏安政权，而且国祚都不长久，这显然"与他试图实现的万世朱氏江山相悖"。开封地处中原，虽然便于控制北方，但地势平坦，除了黄河，基本上无险可守。当时黄河又经常决堤，随时可能给开封带来水患。此外，开封周边地区粮食产量有限，无力供养大量的非劳动力人口，因此，开封也不宜作为大明的首都。

或许是衣锦还乡的心理作祟，或许是淮西部分有功之臣的鼓噪，在否定了南京和开封以后，朱元璋把目光转向了自己的出生地——凤阳。凤阳，如今隶属于安徽省滁州市，是占地约 2000 平方千米的县城，古时曾被称为濠州、临淮、临濠等。根据《凤阳新书》所说，"凤阳"的命名来自明朝的缔造者朱元璋。"朱元璋在兴建自己的都城时，给它取了一个好听的名字：凤阳，期望这个崭新吉祥的名字能给家乡带来好运、富裕"。

为了显示自己开明，朱元璋并没有乾纲独断、直接拍板在凤阳兴建都城。洪武二年，他组织群臣讨论都城选址问题，会上，他让臣下畅所欲言，颇具明君风范。不知就里的群臣，"或言关中险固，金城天府之国；或言洛阳天地之中，四方朝贡，道里适均；汴梁亦宋之旧京；又或言北平元之宫室完备，就之可省民力者"。朱元璋一面称赞群臣"所言皆善"，一面又表示"时有不同"，不能以这些地方作为都城："长安、洛阳、汴京，实周、秦、汉、魏、唐、宋所建国，但平定之初，民未苏息，朕若建都于彼，供给力役，悉资江南，重劳其民；若就北平，要之宫室不能无更作，亦未易也。"在否定了群臣的建议后，朱元璋才把自己的建都思路摆在人前："临濠（今凤阳）则前江后淮，以险可恃，以水可漕，朕欲以为中都。"一语既出，"群臣皆称善"。于是按照京师的形制和规格，坐落于淮水边的巨大工程正式动工。

从兴建中都的决策过程，我们可以看出王权主义的虚伪、可笑和霸道：在否决前朝旧都的时候不谈合理性，大谈自己如何想节省民力、与民休息的仁德之心；在论证临濠的优越时却避开了需要大量征调民力问题，只谈地理上的合理性。新建都城要比在原有的基础上修葺、改造费时费力，这是不用论证就能明晰的事实；至于临濠（凤阳）是否具有作为都城的合理性，至少要经过实地勘察之后才能决定。但定都帝乡的提议一经提出，没有人提出异议，更没有人起来质疑君王的双重标准，反而"群臣皆称善"。

朱元璋不是饱读诗书、上知天文、下知地理、中晓人和、明阴阳、懂八卦、晓奇门、知遁甲的人间奇才诸葛亮，游僧出身的他文化水平很低。他之所以能够一言九鼎，无人反驳，其原因不在于他掌握了真理，而在于他是君父、王辟、天子、皇帝。作为君父，他是"全社会的宗法大家长"；作为王辟，他是"法律的化身"；作为天子，他受命于天，代天施治，是集"宗教、宗法、政治"诸种最高权力于一己的神；作为皇帝，他"集天地君亲师的权威于一身，其至上性、独占性、神圣性、绝对性，即使是神明也会自愧不如"。换言之，群臣不是被皇上睿智的高见说服的，而是被至高无上的皇权压服的。

实地考察一下临濠（凤阳）的地理条件，可以发现，凤阳"地形南高北低，南部为山区，山并不高；中部为倾降平缓的岗丘；北部是沿淮冲积平原。都城的位置距离淮河不足 5 千米"，"交通不便、资源贫乏，要成为全国的政治、经济、文化中心，控制全国，存在诸多不利因素"。换言之，凤阳并没有什么独特的难以替代的优势，反而在经济、地理条件上都难当大任。建都问题关系着国脉、国运，凤阳意外胜出，跟民主决策和科学决策都没有任何关系，完全是皇帝意志的胜利。不管朱元璋在讨论都城建设时如何摆出一副非常谦逊的态度，提议自己的方案时也用"何如"这样的商量口吻，但在实际决策过程中，摆在臣子面前至高无上的皇权让他们除了认同"皇上英明"外，已不太可能再有其他的选择。打天下时那个能与下属推心置腹、虚怀若谷、开明包容的朱元璋，在坐天下的王权主义逻辑中，已经变成了无尚英明皇帝，有着无可置疑的权威。

中都的设计建造竭尽所能。在修建人员上，进行这样国家级的大工程无疑需要网罗全国的人力，于是"辅助朱元璋开国立业的丞相李善长，特被委命主持工作，参与的还有许多淮西籍的王公大臣"，民夫劳役和罪犯共同组成了建造中都的强大劳动力，"明中都建设每年动用的劳动力在100 至 150 万人之间"。这个"被国内古建筑学界誉为中国历史上曾经出现过的最为豪华的都城"，是上百万劳动者六年辛勤劳作的结晶。中都在设计上，开始时严格按照《周礼·考工记》的规定，有意使之成为方正的形状，后来为了将独山和凤凰嘴山纳入都城范围内以用作天然的屏障，又把城墙向西南扩充，最终兼顾了礼制象征和军事防御。都城以紫禁城为中心向外延伸，宫殿楼阁排列整齐，符合传统美学的同时，把政治哲学放在更重要的位置："中都把太庙、太社稷分别置于午门之前中轴线的左右两侧，不仅更突出中心御道的地位，同时也更突显儒家'帝王受天明命'的思想。"在建造工艺上，诸多"圆丘方丘日月社稷山川坛及太子庙"都"上以画绣"，宫墙御道用龙凤云海纹样装饰，城池内芯用铁水加固。除了对紫禁城极尽雕琢之外，中都的管辖面积也不断扩大，规模颇为宏伟，"在中都营建期间，先后划归中都管辖的共有寿、邳、徐、宿、颍、息、光、六安、信阳、泗、滁、和等12州和五河、怀远、定远、中立（后改为临淮）、蒙城、霍邱、英山、宿迁、睢宁、砀山、灵璧、颍上、泰（太）和、固始、光山、丰县、沛县、萧县、盱眙、天长、虹县、全椒、来安、凤阳等24县，几乎包括了整个淮河流域"。内城外城，小到城墙雕饰，大到中轴规划、都城规模，明中都的整个修建过程可以说是极尽奢靡，丝毫不惜人力、物力等工本。

在朱元璋举全国之力经营下，明中都的建设进展很快。洪武六年（1373年）三月癸卯朔日，朱元璋在《奉安中都城隍主祝文》中宣布中都即将建造完成。洪武八年，朱元璋志得意满地前往凤阳考察新的都城。这次行程改变了中都的命运。据说朱元璋在考察中发现了有人在工程中搞"厌镇"之事，于是明中都在即将竣工的时刻被紧急叫停。"厌镇"是一种试图诅咒厌恶的人或物的巫术。据《明史》记载，当时朱元璋坐在宫殿中，感觉到好像有人拿着兵器在屋脊上争斗。经过一番调查后，李善长发现有工匠在施工过程中用"厌镇"之术诅咒工程和皇帝，朱元璋下令对那些敢做手脚的工匠"尽杀之""命弃市"。尽管朱元璋用血腥回击了那些敢于挑战王权的工匠，但他定都凤阳的信念似乎受到了直接的影响，回到南京的当天就下令"罢中都役作"，放弃了凤阳作为中都的计划，并且从此"不复巡幸矣"。凤阳的中都工程罢建之后不久，朱元璋终于下定决心以南京为都城，并全速进行南京宫城的修建。随着皇帝注意力的转移，凤阳的地位一落千丈，那些已经基本成型的宫殿城池被用作看管皇亲国戚中犯罪分子的豪华监狱，尚未使用的砖石、木料、瓦当等被移用于修建皇陵、寺庙等建筑。

"中都曼衍，非天子居也。"中都兴建之前，深谙风水的刘基曾告诫过朱元璋：凤阳虽是帝乡、龙兴之地，但却不宜在此大兴土木、兴建新都。朱元璋当时没有理睬刘基的进谏，执意兴建中都，数年以后，却在所谓工匠行厌镇之事后颁《中都告祭天地祝文》，表示幡然醒悟到修建该工程的劳民伤财，从而罢建中都。真耶假耶？答案不难想见。潘大明在书中指出，中都兴建之初，明王朝的战事尚未结束，朱元璋想的是"笼络同为故乡人的淮西功臣，滞留公侯在身边，便于监视和管理，以图政权的长久稳固"。几年之后，坐稳了江山的朱元璋不仅"不需要过分依赖淮西集团"，而且此时李善长、徐达等人已经变得"专横跋扈，不可一世"，如果再以凤阳为首都，必然会进一步助长淮西集团的势力，不利于朱明王朝的统治，于是朱元璋巧妙地借用厌镇法事件，停止了中都的兴建，同时也向大臣们宣示了不容辩驳的巍巍皇权。

在中都的选址上不讲科学，不进行可行性论证，迷信自己的一孔之见，建设上玩大手笔、大肆奢靡，好大喜功，仓促叫停后又不加善后，"沾满黎民血泪的中都，其兴废浮沉都是出于帝王永传江山的考量，丝毫不涉及百姓的苦乐"。中都的兴废是朱明王朝极权政治的典型反映。皇帝的心愿高于一切，不受任何人、规则、制度和理由的约束。在中都城的兴废之间，朱元璋不仅懂得了什么叫君主独一、君尊臣卑、乾纲独断，更实践了操控一切的帝王之术，而且在此后的政治生涯中把这一套运用得炉火纯青、游刃有余。正如书中所言，"朱元璋胸中的激变，改变了明中都的命运，却不改变一袭千余年的帝王专制统治，反而变本加厉，愚弄百姓，欺压黎民"。

三、治文：以规范扼杀创造力

"覆盖在淮河边的中原文化，经过演变、提炼趋于成熟，价值取向单一，借助政治力量压迫淮河文化，使后者发生巨大的变化，开放性、包容性和创造力减弱、失缺。"这是《湮没的帝都》中探讨的另一重点：淮河文明的衰朽。原本独立自由的淮夷文化在进入秦汉以后就不断被中原文化同化，到了明代，治文教化的手段更是前所未有的强硬，这给淮河文化带来了致命的一击。

淮河文化萌发于史前，独特的尚水尚鸟崇拜，敢于抗争的淮夷先民，赋予了淮河文化开放包容、兼收并蓄的根本特点。秦始皇统一天下后，中原文化占据了中华文化的主导地位，然而在中原文化的光芒掩盖之下，淮河流域独特的文化特性并没有消亡，相反，它加快了与荆楚文化的融合，并在对抗中原文化的过程中，也与中原文化有着"极其缓慢"的融合。以淮夷文化为基础的淮河文明，既包含了"楚文化的浪漫"，又带有"中原文化的厚重"。得益于这样的先天条件，先秦时期，老子、孔子、墨子等诸多思想家在这里涌现，几乎开辟了中国传统文化的全部支流，极大地推动了中华文明、传统学术的发展壮大。秦汉以后，得益于对抗与融合的双重性和融合的缓慢性，淮河文化仍然拥有一定的自由发展空间，并像上古时期一样，结出了丰硕的文化成果。两汉魏晋时期淮河流域既诞生了项羽、曹操这样的霸王枭雄，又催生了《淮南子》《文心雕龙》这样的文艺杰作；唐代更哺育出杜甫、李商隐这样的顶级诗人。至于像孙叔敖、刘安父子、费祎、王粲、王弼、嵇康、阮籍一类的翘楚人物更是源源不绝。"淮水不绝涛澜高，盛德未泯生英髦。"李白的这两句诗，形象地勾画了淮河流域英才辈出的景象。

神秘大胆的楚文化与深沉厚重的中原文化共同塑造了淮河流域的文化

活力，然而随着专制集权的不断深化，淮河文化逐渐被同化，开放与自由的特性逐渐被扼杀。明王朝建立以后，用多种手段消灭文化的差异性，大大加强了文化的趋同性，淮河文化几乎失去了个性与活力。

首先，通过"君权神授"确立并加强王朝独一无二的政治地位和神圣色彩。历史上，每一个专制王朝建立以后，统治者都会编造出许多"神迹"，以此来彰显自己受上天的眷顾，是真龙天子。君权神授赋予了帝王统治的合理性，反过来，帝王的统治又维护和强化着君权神授的逻辑。古时"淮夷"尚有反叛抗争的勇气，但在王朝更迭的千年演变之中，质疑的空间一步步被压缩。到了明朝，朱元璋这位来自"淮夷"的布衣皇帝以前所未有地蛮横驯化着人民。他一方面编造族谱和出生的神话，追封亲属祖宗，建造祖墓皇陵，"形成天地感应的架构，迫使无知的人们产生真实的幻觉，继而形成敬畏"，将一家一姓的血脉延续树立成整个王朝赖以生存的精神信仰，将自然崇拜、精神崇拜转换成唯一的皇权崇拜。另一方面，他禁绝一切与君主至上、君权神授相违背的"异端邪说"，以致孟轲一度被逐出了孔庙，《孟子》横遭删节，变身成《孟子节文》，被删掉的内容不得教授，更不允许成为科举考试的命题内容。君权神授奠立的合法性是王权主义的双刃剑，它维护着王权，也封锁了其变革、进步的可能，一代又一代，一朝又一朝，形成永远无法走出的莫比乌斯环。

第二，通过严格的文化监管政策压制一切精神创造。在上层，朱元璋对文臣名士随意诛杀：有的因为案件牵连被杀，有的因为文章诗句随意联想被诛，有的因为不受朝廷征召被灭……时杰名士人人自危，偶有精彩文章也因牵涉朝局而被封禁。无怪乎明"皇陵中的文臣石像垂目低眉，唯唯诺诺，奴性十足"。在中层，官方拥有对"四书五经"的唯一解释权，并通过编订《五经大全》《四书大全》《性理大全》等著作，减少和剔除儒学中社会批判的部分，扩大与"君权神授""君主独断"等相关的王权主义内容，并规定，凡科举考试，出题的范围只能在"四书五经"中，考生答题，"皆以大全之文为根据"，不得任意发挥。科举制度是中国古代的一项重大发明，是一项公正的人才选拔制度。通过科举制，统治者不仅能选拔到治国理政的英才，而且可以实现社会阶层的良性流动。但明代把"四书五经"变成唯一的考试内容，并规定以《五经大全》等钦定的书籍作为标准答案，这一方面导致选拔对象的窄化，大量真正有学问的人无法进入统治阶层，另一方面通过这样的方式选拔出来的人才，只能是"维护帝王体系的学人或政治工具"和"有权时无所不为，失势时即奴性十足"的皇家奴才。而在下层民间娱乐中，明代的文化查处和封禁政策无比严厉。朝廷通过法令规定优伶及其后代不得参加科考，这不仅降低了优伶地位，而且彻底断绝了优伶阶层向上的可能。中国古代一直有皇权不下乡的说法，但明代在文化上，皇权的治理范围已经延伸到了乡下。明代规定，即使是乡镇戏台演绎的故事内容，也要受朝廷监管，"凡乐人搬作杂剧戏文，不许装扮历代帝王后妃、忠诚烈士、先圣先贤神像，违者杖一百；官民之家，容令装扮者与同罪"。

从达官贵人到乡村农夫，所有的文化生活都处于严格的监管之下。明代禁绝了一切未经官方允许的文化创作和精神享受，以树立皇权的绝对权威，确保无人敢倡导"异端邪说"，威胁大明王朝的江山，这对于以开放和自由为命脉的淮河文化而言不亚于灭顶之灾。在极权制度的压迫之下，淮河文化的创造性荡然无存，"明朝时期重要的思想家、科学家、文学家、艺术家，几乎都出生在江浙闽赣湘等沿大江大海的地区，远离了淮河流域"。杰出者不得不抛弃创新，转向故纸堆；平庸者更是从不得不做愚民，到安于做愚民，甚至乐于做愚民。中国脚步迟缓而艰难的近代化历程表明，专制的思想一旦深入人心，带来的将是整个文明的退化。

四、治人：欺诈与暴力并行

　　刘泽华在探讨中国的王权主义时，一针见血地指出，君主专制主义中央集权制度的致命缺陷在于，它"是为追求占有更多的土地和人民，征收更多的赋税和徭役而形成的，它不是以社会发展为目的的"。朱明王朝的治国思路自然也遵循着这个目的。"民为贵，社稷次之，君为轻"的面具下，人的工具化才是终极追求。正如马克思说的："专制制度必然具有兽性，并且和人性是不相容的。""专制制度的唯一原则就是轻视人类，使人不成其为人。"朱明王朝同中国历史上的专制王朝一样，它的社会控制和支配体系包括三个层次："一是以王权为中心的权力系统；二是以这种权力系统为骨架形成的社会结构；三是与上述情况相对应的观念体系。"它确定君主是国家的权力中心，构成社会的最高等级，拥有生杀予夺、至高无上的权力；各级官吏即社会的实际管理者，严格执行君主和上级的指令，对民众实行统治；民众处于社会的最底层，没有权利，只有义务。在这个系统中，处于最底层的百姓在名义上是君主和各地管理者的孩子——子民，各地的管理者被称为父母官，皇上是整个社会的大家长，被称为君父。皇帝受命于天，拥有各种各样的美德，全能全知，百姓和各级官吏的任务就是恪守职责，服从上级和圣上。"王者居宸极之至尊，奉上天之宝命，同二仪之覆载，作兆庶之父母。为子为臣，惟忠惟孝。""顺臣的谀食性与阿谀性"和"顺民的非参与意识"是这种统治结构能够维持的前提。

　　上古时期淮河中下游的居民们原本被称为"夷"，他们和淮河两岸的原住民（如尉迟寺人）通过战争、婚姻等方式进行融合，到了东周时被统称为"淮夷"。《诗序》言"命召公平淮夷"；颜师古注《汉书》言"淮夷叛，周公作大诰"；《春秋公羊传》言"楚子、蔡侯……淮夷伐吴"等，可见"淮夷"部落时常起战，与中原王朝长期处于对峙的状态。淮河流域的独特地理位置使得战争颇为频繁，并呈现出常态化的趋势。据统计，从中国有历史记载到 1949 年底，发生在淮河流域的战争之数约占全国战争总数的四分之一。水患与战乱导致黎民流离失所，同时也锤炼了此地不畏强暴、敢于抗争、"好勇斗狠"的民风。"淮河两岸民众滋生出宿命观，面对自然灾害束手无策，往往听天由命，他们不愿与自然抗争，却在另一方面表现出好勇斗狠，为了个人或者家族的利益大打出手。"在马斯洛需求理论中，人的生存需要是基础，而面对灾祸时，求生的本能挣扎可以朝向两个方面发展：一种走向是示弱，将灾祸视为神明的预警或惩罚，交出个体的自主性而获得与生存环境的和解，也就是将天灾与人祸视为"宿命"。既为宿命，所受的痛苦与压迫自然是应得的，唯一能做的就是忍耐和顺从。另一种走向则是抗争，通过掠夺、侵占、竞争来攫取更多的生存资源，从土地到人口，从财富到权力，这种掠夺的极致就是夺天下、做皇帝。朱元璋正是沿着后一走向，从一介寂寂无名的匹夫变成生死予夺的煊赫帝王。

朱元璋这个农民出身的起义者，在利用农民的力量夺得政权后，并没有走上解放农民之路，而是继续着中国历代政府欺诈与暴力并行的治人政策。这一治人政策的第一步就是将君王包装成至仁至善的贤者、大智大勇的能者，将人治上升为至高的正义。传说中，尧、舜、禹三位圣王都有至高的道德修养。秦汉以后，历朝历代的史书更是大肆渲染开国之君的传奇经历及其高尚品德，作为对"君权神授"的重要补充，以便进一步提高皇权统治的合法性。这是每个帝王都擅长的修饰工作，朱元璋更是其中的佼佼者。朱元璋出身寒微，早年颠沛流离，为了糊口，当过和尚，做过流民、乞丐，并没有多少文化水平，就连"元璋"这个名字也是功成名就之后才新取的。但是在他咸鱼翻身成为帝王之后，却似乎天然拥有了极高的道德修养。他的"仁道"完全符合圣王的标准和要求。在当时的典籍文章中，他勤俭节约的故事随处可见，他怜悯百姓的言论比比皆是。如《国榷》中记载，朱元璋曾令宫人把裁布制衣剩下的碎布做成被子；《皇明通纪》称，为不忘民间疾苦，朱元璋曾在宫内开辟一块菜地进行种植，还对太子诸王说"此非不可起亭台馆榭，为游观之所，今但令内使种蔬，诚不伤民之财，劳民之力耳"。他还多次发布与民休息的上谕，告诫地方官员说："天下初定，百姓财力匮乏，好比小鸟不可拔羽，新树不可摇根。"在罢建中都后，还特地撰写了一篇陈词恳切的《中都告祭天地祝文》，自责道："于此建都，土木之工既兴，役重伤人，当该有司，叠生奸弊，愈觉尤甚，此臣之罪有不可免者。"事实上，这位布衣出身、识字不多的皇上特别忌讳人家看不起他的出身和经历，更怕人家觊觎他从元朝统治者手中抢夺的江山，所以不管是文臣武将，只要他起了一点疑心，要贬就贬，想杀就杀，毫不手软；对于自己想办的事，说一不二，以至于一座不曾启用就被叫停的中都就花费了"当时全国六年税收的总和"。阿克顿认为，不管是什么权力，只要它是以暴力为后盾的，只要它失去了制衡，必然要成为"绝对的权力"，而成为"绝对的权力"后，就必然会倾向于残暴、腐败和不义。追根究底，帝王所谓的"仁德"不过是这种"绝对的权力"的修饰。有了"仁道"的伪装，帝王治人就更加畅通无阻，绝对权力向暴力的发展就更加肆无忌惮。

王权政治治人政策的第二步，就是借宿命论将君主意志上升到可以随心所欲的地步。这里的宿命分为两种：皇帝的天命和皇帝以外天下人的宿命。朱元璋借助"君权神授"完成合法的上位后，仍觉不足，还要将自己称帝封王的天命渗透到治理的每一个环节中。他不仅在皇陵的碑文中将自己的称帝之路描绘得如有神助，"神乃阴阴乎有警，其气郁郁乎洋洋"，还创造了所谓"殿兴有福"的理论——将自己的起义行为美化成"殿兴"，将其他人的造反则看成"首乱"，首先发动起义（首乱）的人不受天命保佑，只有在乱世中救人民于水火（殿兴）的人，才是真正的天命所归。"天不与首乱者，殃归首乱，福在殿兴。"朱元璋以这种说法大大增加了自己上位的合法性，同时使民众相信只有他能拥有称帝的"天命"，他们如果试图模仿也只能得到"首乱"的宿命。除了宣传皇帝天命和皇帝之外的天下人的宿命外，朱元璋还对百姓进行严格的约束，力求把所有人都拘束成朱家王朝的供养者。他不仅下令编制鱼鳞册和黄册，掌控底层人民的生活、生产、土地情况，而且还在法律上规定民户、军户、匠户等职业为世袭罔替，不能更改。《户律》规定："凡军民驿灶医卜工乐诸色人户，并以籍为定。若诈冒脱免、避重就轻者，杖八十。其官司妄准脱免及变乱版籍者，罪同。"通过这样的方式，朱元璋把宿命论直接细化成为具象的法律条文，用刑典逼迫民众不得不接受宿命，相信宿命。

　　农民出身的朱重八在造反成功后摇身一变，变成了皇帝朱元璋，不仅没有按照儒学的"己欲立而立人，己欲达而达人"行事，解放农民，废除他们的赋税、劳役，反而告诫说："为吾民者当知其分，田赋力役出以供上者，乃其分也。能安其分，则保父母妻子，家昌身裕，为忠孝仁义之民。"不然，"则不但国法不容，天道亦不容矣"。只有安心承担劳役缴纳赋税的民才是良民，否则不但国法要惩罚，连"天道"也容不得。明朝的赋税并不比元朝轻，清人潘次耕曾感叹"吴中之民，莫乐于元，莫困于明，非治有升降，田赋轻重使然也"。明朝建立之初，各地官府就不断向百姓征派多种杂役，以满足对劳务的需求。"杂役的名目很多，且有地区差别。"修建明中都的劳工是劳役的典型代表，除此之外，还有供衙署官狱使用的有皂隶、狱卒、禁子、弓兵、门子等，用于交通运输的有铺兵、馆夫、驿夫、水夫、车夫、轿夫等，用于修建工事的修边夫、修仓夫、局造、窑造等。洪武十四年以后，明朝改革了应征劳役的制度，从按赋税应役改成按自然人口轮流应役，积财之家通过贿赂采派官能逃则逃，致使底层劳动人民的劳役责任更加沉重，无法脱身。明万历三十八年常熟知县杨涟在县衙立碑写道"吴中劳役，莫如北运，邑民一经是役，屡有倾家荡产，甚至丧身亡家者，其景惨不忍睹"。这种以个人利益压迫群体利益的治人手段，经常引起各种形式的反抗。明中都建设过程中的厌镇之法，就是工匠们反抗的一种手段。"时日曷丧，予及汝偕亡！"朱元璋梦想着他打下的江山能千秋万代，但不堪压迫的人民却盼着一场风暴摧毁这个鱼肉百姓的政权。

五、中华文明新路：告别专制王权，走向开放、民主

人是文化的创造者，是整个文明的灵魂所在。用个人的绝对权力支配人、压迫人，这是王权社会统治的根本思路。沿着这个思路，淮河水患的治理可以毫不犹豫地牺牲人的利益，精神文化的治理可以肆无忌惮地压制人的思想。从世界范围看，朱明王朝建立之时，欧洲正进入文艺复兴，逐步走出黑暗的中世纪。当西方世界正在走向近代文明，走向民主、法治社会之际，中国明清的统治者，不仅沿着秦汉以来的集权主义模式继续运行，不知变革，而且把这个模式运用到极致，结果造成了中华文明的停滞与淤塞，制约了中国社会的转型与进步。

同济大学王国伟教授在《不该被历史风尘遮蔽的淮河文明》一文中，用"扭曲的水道""骄奢的王道""沉寂的文道"，形象地概括了淮河文明在明代的遭遇，也恰到好处地说明了河流与文明的淤堵造成的后果。集权专制的畸形治理思路，对于淮河及其文化带来的影响是毁灭性的。在长久的极权高压控制下，民众疲于空虚单调重复的日常生活，属于"人"的独立思考与创造性的思维能力逐渐消失，直至自我洗脑催眠、安于现状，彻底成为精神专制的奴隶。

淤塞淮河的是泥沙，淤塞文明的则是专制。在一个没有"人"的畸形世界里，所谓思想创新、文化进步，只能是天方夜谭。潘大明先生《湮没

的帝都》一书，用河流水道、中都兴废、文化荣枯与这三大主线共同揭示了一个真理：对人类的开放性、包容性、创造力造成最严重摧残的，莫过于禁锢精神自由的思想专制。政治的专制可以通过革命推翻，思想的专制更需要刮骨疗毒的勇气与壮士断腕的魄力才能逐渐摧毁。

（原载《学术界》 2022 年第二期）

城墙·心墙

杨旸

城墙在中国古代文明中扮演了重要的守护者角色。它仿佛盾牌，抵御人间战火，保卫墙内安宁，让文明得以延伸。经历过千百年的变迁，迄今仍有不少地方留下了或长或短的古城墙，无声地向人们述说着历史。这些城墙大多是明代的产物，历经战火而屹立不倒。作家潘大明在《湮没的帝都——淮河访古行纪》中，以正史研究与实地考察为主，辅以民间故事、传说，时空交错，穿越反复，为我们讲述了明城墙与大明王朝兴衰的关系。

建城、筑墙与皇权的威严

城墙"一词从"城"字引申而来。《说文解字》对"城"的解释是："城，以盛民也。从土从成，成亦声。"可见，古代君王建造城墙是为了"纳民"，即筑土围民成国。《吴越春秋》上说："鲧筑城以卫君，造廓以守民，此城廓之始也。"如果属实，那么中国的城市史基本上和文明史同步，长达数千年。

夏商时期，统治者就开始筑墙建城。随着封建等级制度的发展，到了周代，城墙日臻完善。《周礼·考工记》记载，西周开国之初，周公营造洛邑，形成了比较成熟的营国制度："匠人营国，方九里，旁三门。国中九经九纬，经涂九轨，左祖右社，面朝后市，市朝一夫。"这一制度对宫殿、宗庙、城墙的形体规模以及市坊的分布都有着严格的规定。宫殿代表王权，宗庙与礼制、社稷密切相关，体现了宗法制的等级森严。春秋战国之后，筑城建墙成为惯例，这一传统一直延续到明清时代。

城墙最初的功能是防御，但在礼制的影响下，城墙逐渐被纳入了尊卑体系中，历朝历代的统治者们之所以大力营造城池，除了防御功能外，一个重要的作用就是彰显皇权的威严。秦始皇统一六国之后，建立了一套君主专制的中央集权制度。这种专制统治反映在城市建设上，其结果便是都城越造越大。同时，通过里坊制的确立，城市内部以棋盘式分割，方城直街的几何形态越发明显，城市的总体设计更加注重中轴线所产生的强烈的仪式效果，所谓"九宫四方城，横竖权圈人"。宫城外围有内城，内城外围有外城，王公贵族与贩夫走卒居住的方位有着明确的规定，这种体现尊卑的设置不仅合乎传统的宗法制度，也更进一步强化了皇权的威严。

高筑墙：大明赖城墙而兴

朝代更迭，城墙不仅成为统治者守护江山的重要阵地，也是反叛者获得江山的重要手段。利用这个规则上位的佼佼者，就是朱元璋。

元末天下大乱，农民纷纷起义，大大小小的割据政权数不胜数。起初，作为众多割据势力之一，朱元璋的实力并不是最强的。根据《明史》记载，朱元璋攻下徽州后，有位叫朱升的谋士给他出了个"高筑墙、广积粮、缓称王"的计谋，建议他多建造高耸、牢固的城墙巩固自身的地盘，囤积粮草以做好长期打仗的准备，巩固和稳定后方，不要贸然称帝。朱元璋听取了这个计策，后来果然削平群雄。1365年，朱元璋在新州大战中大败张士诚主力军队，不但解了新城之围，还巩固了所占州县，为发动两淮攻势创造了条件。潘大明先生到访过新州，在《湮没的帝都》中描写了新州的地势："此城既可作婺州（今金华）之屏障，御敌于百里之外，使进退有充分的余地，又可作行军之跳板，突袭诸暨、绍兴等地。"两淮之战中，朱元璋的军队在城外构筑长围，又搭木塔、筑敌楼三层，俯瞰城中，每层配备弓弩、火铳和襄阳炮，日夜攻击。围攻八个月，张士诚军终于支撑不住，将士大多投降。1366 年，朱元璋一统江南。

与张士诚之间的这场战争使朱元璋实现了从称霸一方到问鼎中原的跨越，既奠定了他称帝的基础，也在他心中深埋下了修筑城墙的种子，这颗种子随着他的权势不断扩张，最终根深蒂固，再难拔除。在《湮没的帝都》中，潘大明指出："由士兵成长起来的统帅朱元璋，在战争中认识到城墙在军事上的重要性"，并认为"天地山川间，筑城修墙是重要的防御手段"。

1366 年起，夺下江南的朱元璋就开始着手进行南京城墙的修建工作。在他看来，南京的明长城担负着拱卫皇权社稷的重任，是千百年之大计，容不得半点马虎。这项工程涉及的地域颇广，牵涉的百姓无数。在修建城墙的过程中，为了确保城墙固若金汤，朱元璋非常重视建造城墙的砖块质量。明朝城墙砖产地主要来自江苏、安徽、江西、湖北、湖南五省 37 府 170 多个县，为了确保城砖的质量，"城砖落款"的责任追溯制便应运而生。凡是经手砖块的各级人士都需要在砖块上刻下自己的名字，以致一块小小的城墙砖上有时竟刻有十一层负责人名字，从府、州、县的官员，到下面农村的总甲、甲首、小甲，再到窑匠、坯匠、役夫，都一一注明。在城砖上刻名的各级责任人相当于签下了一份"工程质量责任书"，只要发现城砖的质量有问题，上至各级官员，下至烧砖人都得治罪坐牢。有了这种责任制的制约，烧制城砖的每一道工艺都得到了质量保障，用这些"官砖"砌成的城墙，才能在经历了几百年风雨之后，至今依然安稳如山、屹立不倒。南京的明城墙始建于 1366 年，完成于 1393 年，共计二十七年。在此期间，朱元璋完成了称帝登基、颁明律、废丞相、定科举等桩桩大事，明城墙完工后的第五年，朱元璋驾崩。算起来，这位在位三十一年的皇帝，竟用了其帝王生涯八成以上的时间来修筑这条大明都城的防守线。

防御、固守与大明之衰

1368 年，经过多年的摸爬滚打，朱元璋基本击败了元朝和各路竞争对手，如愿以偿地登上了皇帝的宝座。打下江山之后，除了享乐外，自然就是守卫江山、治理江山。

当年刘邦夺得天下以后，颇看不上手无缚鸡之力的儒生，常说："我马上打得天下，要诗书何用！"这套话语遭到了陆贾的反驳："马上得到天下，岂能在马上治理！"也就是说，不能用打天下的思维方式治理天下，国家的治理模式另有一套逻辑。

朱元璋应该是知道马上得之、不能马上治之的道理，但他识字不多，读书有限，这就限制了他的思维和视野。智慧不够，经验来凑。战争年代，城墙起到了非常重要的防御作用，筑城帮朱元璋夺得了江山，他自然想到要依靠城墙帮他守江山、巩固政权。在朱元璋登基之后，天下基本已无战事，城墙的防御作用逐渐开始下降，修建城墙已经失去了夺取政权过程中的意义，可是他却依然执着于此。《湮没的帝都》中提及：朱元璋"命令各府县普遍筑城，小到县治、中到州府、大到边防，都要建城筑墙。在整个明朝历史中，城池得到修缮、扩建和建设"。这不能不说此时朱元璋已有了一种病态的偏执。

比盲目修建城墙更可怕的是朱元璋在治国理政中体现出的"城墙意识"。"城墙意识"是笔者生造的一个词，借此来表达朱元璋治国理政的两个错误：（1）不重开拓、不求创新。筑城是为了防守，是所谓以守为攻。

在筑城建墙的思维方式影响下，朱元璋固守中国自秦汉以来的旧经验，坚持重农轻商政策，打击富商巨贾，抑制商品经济的繁荣发展，实行严格的海禁政策，下令"寸板不许下海"，禁止中国人赴海外经商，也限制外国商人到中国进行贸易；（2）不懂变通，也不许变通。城墙的建设宁"折"不弯，城墙意识也是如此，重规矩、少变通，强调整齐划一，不得参差不齐。朱元璋在城墙意识的影响下，把自己治国思路局限在重构一个有序而稳定的复古农业社会：厚本、重农，"使农不废耕，女不废织，厚本抑末，使游惰皆尽。不力田亩，则为者疾，而食者寡，自然家给人足，积蓄富盛"。朱元璋还把自己这套治国理政的经验制成"祖训""宝训""御制大诰"，要他的子孙世代遵守，"一字不可改易"，"无作聪明，乱我已成之法"。

潘大明指出："墨守成规，必无可救药。"朱元璋这个曾到处云游、乞讨的和尚参加农民起义军之后，靠自己的才智与运气当上了皇帝，在君主神圣、全知全能的荒诞逻辑下，他把打江山时筑城的经验绝对化、神圣化，结果城墙意识成了钳制他的思维枷锁，使他在治国理政时不能随着时移世易而与时俱进，"他的这些错误决策，使洪武年间的社会经济和文化建设受到制约，束缚了新的生产力和生产关系的发展，从那时起，明朝的悲剧命运似乎已经被注定了"。

"朱元璋以及他子孙维系的明朝，二百七十多年的战略认知一直停留在冷兵器时代，看重建城筑墙，设阵布局的操练，他们的套路，无法战胜来自草原的快马利刀。"明朝统治者不仅仅对城墙的认知停留在冷兵器时代，与外界交流的认知也停留在了冷兵器时代。作为一种象征意义的符号，高悬"万世根本"的城楼、坚不可摧的城墙，共同构建了一幅皇权威严的政治意象。这既彰显着皇权对于臣民至高无上的主宰，也牢固地树立起了华夏与夷狄的界别。当世界发展的大趋势正在悄悄转向，明朝却因为高高树立的心墙固守集权和农本经济，限制商业贸易，实行严格的海禁，浪费了当时中国领先世界的造船和航海技术，错失了与世界接轨的重要转型机遇。

（原载《书城》　2021 年 6 月）

"寻访上海成长轨迹之旅"从上海市历史博物馆启程

徐翌晟

　　昨天，"寻访上海成长轨迹之旅"系列活动在上海市历史博物馆启动，一批在上海创业的新上海人和市民参加了本次活动，开始通过行走进一步了解城市。

　　吴越文化和楚文化曾经覆盖在这片土地上，秦汉以后府县治制的建立，1843年后上海成为对外开放的商埠并迅速发展成为远东第一大城市；上海是中国共产党的诞生之地，留有大量红色印迹，反映早期共产党人的艰苦卓绝的奋斗历程；新中国成立后上海得到长足的发展，尤其是改革开放以来的腾飞，使这座城市屹立在世界都市之林。

　　据活动策划者、文化学者潘大明介绍，生活在这座城市里的不少市民，对上海城市形成、成长过程并不十分了解；许多新上海人对此了解更少。这种状况的改变，用简单的说教的方法告知，效果并不好，请新上海人和市民亲身参与寻访它的成长轨迹，获得感受，从中得到启发，不失为良策。"我们为寻访路线设置了寻根篇、百年建筑篇、近代工业篇、红色记忆篇、腾飞篇、美丽乡村篇等六个系列，基本上能够展示上海发展的脉络。以历史进程为线索深度解读上海，目的是让市民形象、生动地了解这座城市、热爱这座城市。"青浦崧泽博物馆、松江广富林、市区内的大镜阁、杨浦近代工业遗迹、普陀苏州河沿岸的工业遗址、五卅运动纪念碑、中共一大会址等都在寻访范围内。

　　一位参加启动仪式的新上海人在参观了上海历史博物馆的陈列后表示："寻访活动的第一站，就使我了解到上海的历史原来与我的故乡滁州一样悠长。我还会继续参加后续的寻访，增强自己在上海拓展事业的信心。"本次活动由文汇报社、上海市地方志办公室主办，上海万联文化传播有限公司联合上海市历史博物馆、上海通志馆、青浦区文联、中共四大纪念馆、上海市滁州商会、徐汇区图书馆等举办。整个系列活动将于今年底结束。

　　　　　　　　　　　　　　（原载《新民晚报》 2021 年 6 月 7 日）

发现城市发展脉络，"寻访上海成长轨迹之旅"启动

沈文敏

6月6日，"寻访上海成长轨迹之旅"系列活动启动仪式在上海市历史博物馆举行，吸引了一批在上海创业的新上海人和市民积极参与。

上海有着悠久的历史，留有大量的史前人类活动的痕迹，吴越文化和楚文化覆盖在这片土地上，秦汉以后府县治制的建立，1843年后成为对外开放的商埠并迅速发展成为远东第一大城市；上海又是中国共产党的诞生之地，饱含着红色基因，留有大量的红色印迹，反映出早期共产党人的艰苦卓绝的奋斗历程；新中国成立后上海得到长足的发展，尤其是改革开放以来的腾飞，使这座城市屹立在世界都市之林中光彩夺目，这是中国共产党人领导人民取得的成果。

据活动策划者、文化学者潘大明介绍，生活在这座城市里的不少市民，对它的成长过程并不十分了解；许多新上海人对此了解更少。这种状况的改变，简单地用说教方法告知，效果并不好，请新上海人和市民亲身参与寻访其成长轨迹，获得感受，从中得到启发，不失为良策。"我们设置了寻根篇、百年建筑篇、近代工业篇、红色记忆篇、腾飞篇、美丽乡村篇等六个系列，基本上能够展示上海发展的脉络。以历史进程为线索深度地解读上海，目的是让市民形象、生动地了解这座城市、热爱这座城市。"

一位参加启动仪式的新上海人在参观了上海历史博物馆的陈列后表

示："寻访活动的第一站,就使我了解到上海的历史原来与我的故乡滁州一样悠长。同时,也让我看到数代共产党人在这片土地上的奋斗,造就这座伟大的城市。我将参加后续的寻访,在亲身体验中获取很多的感悟。增加自己在上海拓展事业的信心,为这座城市的腾飞添砖加瓦。"

本次活动由文汇报社、上海市地方志办公室主办,上海万联文化传播有限公司联合上海市历史博物馆、上海通志馆、青浦区文联、中共四大纪念馆、上海市滁州商会、徐汇区图书馆等举办。整个系列活动将持续到今年底。

(原载人民日报客户端上海频道 2021 年 6 月 6 日)

在文与史之间，《湮没的帝都》如何做到专业又好看？

徐萧

"在明清时代，徽州商人、绍兴师爷、凤阳乞丐、苏州清客，这些重要的区域人群现象对全国特别是江南社会具有重要的影响，反过来又塑造了各地不同的区域社会。正因如此，对淮河流域的历史、文化、生态需要有多学科、多角度地深入剖析和研究。"

3月26日，在上海辞书出版社举行的《湮没的帝都：淮河访古行纪》出版座谈会上，复旦大学历史地理研究所教授王振忠对该书给予了很高的评价，称"以实地走访的方式，采用深入浅出的散文化写作，对淮河流域做了生动细致的考察，有细节，又有对国家命运的思考"，是一种"别开生面的写作"。

潘大明具有学者、作家、媒体人等多重身份，初至淮河流域考察，是为筹备一部以明中都城为题材的历史文献片。后来，这个计划搁浅，但潘大明对淮河流域历史文化的兴趣一发不可收拾，"好题材难得，在行走和阅读中所遇到的人和事，看到的历史和现实，值得记录下来"。

潘大明一共进行了17次的实地田野考察，深入凤阳、定远、明光、来安、蒙城、盱眙等地，在广泛研读史料和历史文献的基础上深挖、比较、分析、思考，长篇非虚构文学作品《湮没的帝都：淮河访古行纪》由此诞生。

作为中国三条重要的由西向东流向的河流之一，淮河夹在长江、黄河之间，流经河南、安徽、江苏三省，流域覆盖 20 万平方公里。历史上，淮河的沉浮与明王朝的命运息息相关。《湮没的帝都：淮河访古行纪》以朱元璋和建设在淮河边的明中都城为支点，讲述了淮河文化及其变迁。作者的行迹遍及南京、淮安、盱眙、凤阳、定远、蒙城、来安、明光、蚌埠、滁州、苏州、常州、嘉兴、诸暨、青田等市县，串联起淮河文化、江南文化的缘起、发展，探究两者形成的不同特质。

新书座谈会上，多位专家认为，作为一部面向大众读者的史话类作品，《湮没的帝都》创作角度新颖，结构上不乏创新之处。作者以淮河为写作主线索，拉开地理空间，先给予读者清晰的空间定位，之后叠加时间线索，引入历史、政治与社会演进过程，突出人文故事的讲述，展开多元叙事，以事件建构叙事空间，重点关注和展现淮河流域的历史、人文和生活形态，在忠于史实、还原真相的同时，融入丰富的艺术想象。

上海社科院原副院长何建华将《湮没的帝都》视为"跨界融合的典范"，既有史家的功力，社会学田野考察的风格，也有记者的视角，此外还融合了很多艺术特征。复旦大学新闻学院教授黄瑚则将这种跨界融合称之为"艺文史话"："尽管并非历史专著，但作者做了有一定深度的研究工作，并将文学、艺术元素融入历史写作，发掘出历史之于今人的新的价值。"

"我们历史学家写明中都往往是从考古实证的角度来写，比较枯燥的。但是潘大明的写法，是带给我一种时空交融的故事性写法，叫人耳目一新。阅读的过程，仿佛是跟着摄像机镜头一起缓行慢步，一点也没有审美疲劳。"复旦大学历史系教授张海英表示，更加让她感到触动的是书中对淮河文明的思考。

"以前我们对淮河流域的认识停留于气候、风物、习俗，但是《湮没的帝都》提到淮河文明既有楚文化的浪漫，又有中原文化的厚重，从文明和历史的角度给予读者新的思考方向，这种提法对我个人来说，提供了非常新颖的视角。"张海英说道。

出版人、同济大学教授王国伟认为，《湮没的帝都：淮河访古行纪》以正史研究与实地考察为主，辅以民间传说故事，笔记体的文学叙事，既有事件描述，又有地理文化的介绍，具有当代视野和本土文本价值，"关注和解析淮河流域文化生态，既是传统文化的有效发掘和弘扬，也是文化自信的直接印证"。

在王振忠看来，《湮没的帝都》很好地处理了历史与文学的关系。"历史必须求真，文学表述拥有很多人的情感因素，所以在文学表述中如何处理史实的问题，是很难的。"王振忠认为，现在市面上很多戏说历史的书籍，"说实话，历史学者是不大看得上的。但是这本书做得就相当好，既能忠于史实，又能以独特的表达方式来展现自己的作品风格"。此外，《湮没的帝都》非常娴熟地切换历史与现实的场景，使其既有历史的纵深感，又有相当深入的现实关怀，让读者产生共鸣和思考。

"从地域角度来看，淮河文化是长江文化和黄河文化之间的连接点，但关于淮河文化的研究一直以来相对边缘化。《湮没的帝都》提供了关于淮河历史文化的重要补白与钩沉，有助于丰富读者与学界对长三角区域文化的认知。"世纪出版集团总裁阚宁辉说。

（原载澎湃新闻 2021 年 3 月 28 日）

这些有关淮河文化的"密码"，你都知道吗？

徐翌晟

由上海学者潘大明创作的长篇非虚构文学作品《湮没的帝都——淮河访古行纪》近期由中西书局出版，昨天，来自上海出版界、社科院、复旦大学、同济大学以及凤阳朱元璋研究会的二十余位教授、专家、学者在上海辞书出版社座谈，大家提及最多的，莫过于淮河文化的历史与现在。

潘大明具有学者、作家、媒体人等多重身份，初至淮河流域考察，是为筹备一部历史文献片，后来，这个计划搁浅，但潘大明对淮河流域历史文化的兴趣却一发不可收拾，因此《湮没的帝都——淮河访古行纪》的写作有时空交融的方法，探讨古与今的关系，进行历史与现实的思考。

淮河夹在长江、黄河之间，流经河南、安徽、江苏三省，流域覆盖 20 万平方公里。历史上，淮河的沉浮与明朝的命运息息相关。作者以淮河为框架，朱元璋和他建设在淮河边的明中都城为支点，讲述了淮河文化的变迁过程，通过明中都城的兴废，折射出明朝的命运。全书以事件建构叙事空间，关注和展现淮河流域的历史、人文和生活形态，随文附有作者自拍的 157 张照片和创作的 34 幅书画作品。潘大明在介绍创作过程时说："淮河边的意外总是让人惊喜，因为《湮没的帝都：淮河访古行纪》就是一个意外。"

说起这部作品，复旦大学教授张海英认为，书中有针对淮河文明有深入的探讨和现实性思考，"淮河文明夹杂在楚文化和中原文化的浪漫中，有其文化的开放性和包容性"。出版人、同济大学教授王国伟认为，"关注和解析淮河流域文化生态，既是传统文化的有效发掘和弘扬，也是文化自信的直接印证"。"从地域角度来看，淮河文化是长江文化与黄河文化之间的连接点，但相关的研究却始终比较边缘化。《湮没的帝都：淮河访古行纪》有助于丰富读者与学界对区域文化的认知。"世纪出版集团总裁阚宁辉说。

（原载《新民晚报》 2021 年 3 月 27 日）

上海学者潘大明作品《湮没的帝都——淮河访古行纪》 出版座谈会在沪举行

许婧

中新网 上海新闻3月26日电（记者 许婧）上海学者潘大明十多次行走淮河流域，深入凤阳、定远、明光、来安、蒙城、盱眙等地乡村进行田野调查和民间了解和体验；广泛研读史料和历史文献，进行深挖、比较、分析、思考，创作的长篇非虚构文学作品《湮没的帝都——淮河访古行纪》出版后引起社会反响。

26日，上海市出版协会与上海世纪出版集团、上海万联文化传播有限公司、中西书局联合举办该书出版座谈会，来自上海出版界、社科院、复旦大学、同济大学以及凤阳朱元璋研究会的二十余位教授、专家、学者出席座谈会，对该书的出版给予肯定。

与会人士认为该书是一部视角独特、见解新颖、旁征博引、议论风生的非虚构文学作品，对于促进淮河流域历史文化研究、普及历史知识、总结明王朝兴亡的历史教训具有积极意义。

座谈会上，潘大明介绍了创作过程。他回忆道，当时，滁州一家文化研究团体正着手拍摄以明中都城为题材的历史文献片，邀请作者做脚本，却没能进入拍摄阶段，不了了之。他以为碰到这样的题材是不好轻易放手的，尤其在行走和阅读中，所遇到的人和事，看到的历史与现实，觉得自己应该记录下来，写好这些时空交融、穿越反复的故事。

2020 年初，新冠疫情爆发时期，作者便想到这部没完成的书稿。于是，几乎每天两点一线地从家里跑到办公室，写稿改稿统稿，独自闷在办公室里写稿改稿统稿，无非重新搭框架、砌新墙、批腻子、喷涂料，使书稿呈现全新的面貌。友人来电话询问在干什么，答复是在做"泥水匠"。中午吃些方便面，馋酒时添一些花生仁之类的坚果，独自小酌。这时，坊间有传言说酒能抵御新冠，行文时的小酌也顺理成章了。

病毒在人们共同阻击下，范围缩小，中招的人数下降。这时，这部书稿已经到了出版社编辑的手里，并列入上海文化发展基金文化艺术资助项目。这样一部反映中部地区的历史与现实，关注乡村发展和未来的书稿，得到了上海的重视，显示出沪上海纳百川的情怀。

作者以淮河为框架，朱元璋和他建设在淮河边的明中都城为支点，生动地讲述了淮河文化、变迁与朱元璋产生的关系，通过明中都城的兴废，折射出大明王朝的命运。大明王朝是中国 2000 多年封建社会的一个重要阶段，其治国兴邦、开疆拓土有许多经验教训可总结。明中都城的兴废，是明朝乃至中国历史上的一件大事。作者多年来屡次对明中都遗址做实地考察，研究历史文献，与同行专家切磋交流，然后以文学笔法娓娓道来，写出所见所闻、所思所想，读来既增长见识，也给人启迪。在此基础上，作者对朱元璋执政的理念、行政的举措，及其对历史发展所起的作用作了探讨研判，不乏真知灼见。

创作角度新颖，结构上有创新。以淮河为写作主线索，先拉开地理空间，给读者一个清晰的空间定位，对接各自的知识经验，便于阅读和理解。同时，在空间定位划出的地理方位上，叠加时间线索，引入历史、政治与社会演进过程，突出人文故事的讲述，展开丰富的多元叙事。

以事件建构叙事空间。关注和展现淮河流域的历史、人文和生活形态，忠于史实，还原真相，又展开艺术想象。在人物和故事选择上，突出核心人物和重要事件，以事件展开故事，内容取舍合适。史实翔实，资料丰富。

作者长达数年的田野调查和深入考察，广泛阅读史料和历史文本，并深入民间了解和体验。以正史研究与实地考察为主，辅以民间传说故事，书稿资料丰富翔实。独特的叙事。笔记体的文学叙事，夹叙夹议，既有事件描述，又有地理文化的介绍，再结合自身感受和体验连接起古代与当代，有严谨的写作态度。

该书还呈现另一个特点，随文附有作者自拍的 157 张照片和创作的 34 幅书画作品，图文并茂，相映成趣。从中可以读到作者对书法、绘画、艺术、摄影的造诣。

（原载中新网上海 2021 年 03 月 26 日）

流经河南安徽江苏的这条大河，"明朝那些事儿"由此缘起

施晨露

"行走淮河流域十余次，今天淮河流经之处的风貌令人耳目一新。历史与现实对照产生的震撼，是我完成这部书稿的原始动力。"上海学者潘大明行走淮河流域，深入凤阳、定远、明光、来安、蒙城、盱眙等地田野调查、走访体验，在广泛研读史料和历史文献的基础上深挖、比较、分析、思考，长篇非虚构文学作品《湮没的帝都：淮河访古行纪》由此诞生。

3月26日，该书出版座谈会在上海辞书出版社举行，潘大明回忆创作初衷感慨道："望着已呈浅蓝色的淮水，不由觉得淮河边的意外总让人惊喜，《湮没的帝都：淮河访古行纪》就是一个意外的产物。"

潘大明具有学者、作家、媒体人等多重身份，初至淮河流域考察，是为筹备一部以明中都城为题材的历史文献片。后来，这个计划搁浅，但潘大明对淮河流域历史文化的兴趣一发不可收拾，"好题材难得，在行走和阅读中所遇到的人和事，看到的历史和现实，值得记录下来"。

作为中国三条重要的由西向东流向的河流之一，淮河夹在长江、黄河之间，流经河南、安徽、江苏三省，流域覆盖20万平方公里。历史上，淮河的沉浮与明王朝的命运息息相关。《湮没的帝都：淮河访古行纪》以朱元璋和建设在淮河边的明中都城为支点，讲述了淮河文化及其变迁。作者的行迹遍及南京、淮安、盱眙、凤阳、定远、蒙城、来安、明光、蚌埠、

滁州、苏州、常州、嘉兴、诸暨、青田等市县，串联起淮河文化、江南文化的缘起、发展，探究两者形成的不同特质。

新书座谈会上，多位专家认为，作为一部面向大众读者的史话类作品，《湮没的帝都：淮河访古行纪》创作角度新颖，结构上不乏创新之处。作者以淮河为写作主线索，拉开地理空间，先给予读者清晰的空间定位，之后叠加时间线索，引入历史、政治与社会演进过程，突出人文故事的讲述，展开多元叙事，以事件建构叙事空间，重点关注和展现淮河流域的历史、人文和生活形态，在忠于史实、还原真相的同时，融入丰富的艺术想象。

"田野考古、实地考察、情感注入、学理分析，形成了这部书稿的鲜明特征。"上海社科院原副院长何建华认为，《湮没的帝都：淮河访古行纪》的写作跨越历史时空，可读性强，具有一定文化积淀。

复旦大学历史地理研究中心教授王振忠认为，历史行走类写作近年来成为一种风气，如何在文学表述与历史求真之间取得平衡，无论是对史料的取舍、史实的推敲还是民间故事的吸取、优秀传统文化的吸收等方面，均能反映出作者见识的高下。

"尽管并非历史专著，但作者做了有一定深度的研究工作，并将文学、艺术元素融入历史写作，发掘出历史之于今人的新的价值。"复旦大学新闻学院教授黄瑚说。

复旦大学马克思主义学院教授杨宏雨肯定了书中采取的对话形式，为读者提供了读解历史的多条思路。"全书行文娓娓道来，令人不感到审美疲惫。"复旦大学历史系教授张海英说，人们过去对淮河流域的认识停留于气候、风物、习俗，比如"淮南为橘，淮北为枳"，《湮没的帝都：淮河访古行纪》提到淮河文化既有楚文化的浪漫，又有中原文化的厚重，从文明和历史的角度给予读者新的思考方向。

"从自然地理和文化维度上看，淮河曾与长江、黄河一起共同建构了中原的地理概念和文化区域概念，但淮河的边界一直不如长江、黄河清晰可辨。"出版人、同济大学教授王国伟认为，《湮没的帝都：淮河访古行纪》以正史研究与实地考察为主，辅以民间传说故事，笔记体的文学叙事，既有事件描述，又有地理文化的介绍，具有当代视野和本土文本价值，"关注和解析淮河流域文化生态，既是传统文化的有效发掘和弘扬，也是文化自信的直接印证"。

"从地域角度来看，淮河文化是长江文化和黄河文化之间的连接点，但关于淮河文化的研究一直以来相对边缘化。《湮没的帝都：淮河访古行纪》提供了关于淮河历史文化的重要补白与钩沉，有助于丰富读者与学界对长三角区域文化的认知。"世纪出版集团总裁阚宁辉说。

（原载《解放日报》上观新闻 2021 年 03 月 26 日）

湮没的帝都与大明的兴亡

杨宏雨

皇权的逻辑与中都的兴建

明朝的都城不止一个，与上都北京和下都南京相比，坐落在凤阳的明中都，知晓的人寥寥无几。

1368年，朱元璋在应天府（南京）称帝，建立大明王朝，次年决定在自己的家乡凤阳这个人口稀少、交通不便、经济落后的地方营建中都。不少人认为，这是因为朱元璋当了皇帝，想振兴家乡。在家乡营建帝都，既能答谢当年照拂自己的亲戚、邻里，又可以借机衣锦还乡，一举两得。潘大明先生认为这一想法之错在于以今人的思维去揣度古人的心理，以庶人的见识去理解帝王的思想，"乡情与虚荣能左右朱元璋的抉择吗？若止于此，显然低估了这位帝王的智商"。朱元璋虽然读书不多，但应该晓得"沐猴而冠"这个成语当初是对项羽富贵还乡的讥讽。退一步说，即使朱元璋真不知道这个故事，他的幕僚也不是酒囊饭袋，难道没有一个懂得的吗？因而中都的兴建不是出于虚荣心，其背后必然有皇权的逻辑作支撑。

皇权的逻辑首先是君权神授的迷信。君权神授在古代中国是获得大众普遍认同的政治信仰。从夏朝开始，没有哪一朝的开国故事不带着神迹的传奇，诸如"玄鸟生商""凤鸣岐山""赤帝子斩白蛇"等。这些传奇经过一代代的添加敷衍，更加丰满，让人深信不疑。朱元璋曾是一个食不果腹、四处云游乞讨的和尚，他在掷筊占卜得上上签后参加了红巾军，经过十多年的摸爬滚打，居然成了一代开国君主！从社会底层到王朝制高点，梦幻般的人生转折使他相信自己就是那个被神选中的真命天子。于是"其先帝颛顼之后，周武王封其苗裔于邾"，其母"梦神馈药如丸，烨烨有光"等故事就浮现出来了。这些故事大多是他人为了讨好朱元璋而编，但正合帝王心思，无论朱元璋内心是否真信，他的皇权需要这些传奇来获取和提升正当性。

皇权的逻辑还包含了万世永传的迷梦。以天下为家业，这是中国古代皇权政治的重要特征。几乎每一个开国的君主，都想着"受命于天，既寿永昌"，让自己依靠无数人的头颅和鲜血夺得的江山能传至子孙万代。朱元璋也不例外。这个识字不多的和尚称帝以后，经常思考的就是如何巩固政权，让朱家的子孙永葆这份家业。中都的兴建，就是朱元璋这一思想的产物。

迷信迷信，越迷越信，越信越迷。朱元璋在南京登基，但南京并不是他理想的国都。除了因为南京地势上"无险可守"，且"偏于东南，与中原地区相距遥远"外，更让他焦虑不安的是，从前定都南京的六七个朝代"国运都不长久"，"与他试图实现的万世朱氏江山相悖"。所以，他把目光投向了龙兴之地凤阳。凤阳有山"势如凤凰，斯飞鸣而朝阳"，在地理上"前江后淮，以险可守，以水可漕"，具备"背山面水，居中天下，便于控制国家的自然条件"。为了朱姓江山永固永昌，朱元璋决意在此建造中都。

皇权的煊赫与中都的堂皇

皇权是一种高度的集权，具有无限无上的特征。君主"尊无上矣"(《荀子·正论》)，独占天下，"普天之下，莫非王土，率土之滨，莫非王臣"(《诗经·北山》)。六合之内的一切都是君主的私有财产，可以由他随意处置。尽管凤阳并不具备作为都城的经济能力，但这难不倒朱元璋，他可以用至尊的皇权来实现自己的理想。

洪武三年，明中都的营造工作正式开始。来自全国的工匠、民夫、移民、罪犯、士兵云集凤阳，一时间此地车水马龙，人声鼎沸，热闹异常。为了营建中都，明朝政府在凤阳周围构建窑场，烧制城砖、瓦当，并从全国各地征调各种石料、建材。凤阳周围缺少珍贵的楠木，就从千里之外的四川调运。"由于运输营建的木料巨大，所以陆运时要装在特制的三十二轮大车上，二百人才能拉得动。"大木太重，木轮易碎，不得不在木轮上"兜一个铁圈"，但带铁圈的木轮在石路上滚动时，又因摩擦"火星直冒"，走不了多远就得更换铁圈。结果"一辆拉大木的车，除用两百人拉拽外，还要有两百人肩扛铁圈跟着走，不时停下来换圈修车，一天才能走十里地"。据当代学者的计算，为了营建中都，大明王朝每年动用的劳动力在 100 至 150 万人之间。

举全国之力，六年后，一座气势宏伟的都城在凤阳拔地而起。据《明史》记载，中都的外城，有九门，"周五十里四百四十三步（29.51 千米）"。城内有"街二十四条，坊一百零四条"，以及"三市、四营、二关厢、十八水关"。从残存的遗址可以看出，当时营建的中都皇城，周长 3.6 千米，占地 85 万平方米，比北京的故宫大出 1.2 万平方米。中都皇城的午门、东华门、西华门、宣武门的基部须弥座上，都有大量精美的浮雕，而"南京和北京的故宫午门基部须弥座上，仅嵌有少量花饰"。一些现代学者、专家通过对遗址的考察，得出结论说：凤阳的明中都堪称"东方巴比伦"，是在"总结两千多年来我国都城建筑经验之大成"的基础上，"悉心营建的一座最为豪华侈丽的都城"。这些看得见的事实无疑证明了煊赫的皇权无所不能、无往不利。

"六王毕，四海一；蜀山兀，阿房出。覆压三百余里，隔离天日。骊山北构而西折，直走咸阳。二川溶溶，流入宫墙。五步一楼，十步一阁；廊腰缦回，檐牙高啄；各抱地势，钩心斗角。盘盘焉，困困焉，蜂房水涡，矗不知其几千万落！长桥卧波，未云何龙？复道行空，不霁何虹？高低冥迷，不知西东……"杜牧在《阿房宫赋》中借助自己的想象描绘出了阿房宫昔日的辉煌，道出了秦王的骄奢淫逸。今天，从田野中捡一块记载当年历史的瓦当碎片，踏着明中都的断壁残垣，站到残存的皇城建筑上，登高远眺，不难想象当年中都的恢宏气势。"虎踞龙盘圣祖乡，金城玉垒动秋芳。芙蓉池苑风光转，榆柳宫墙露气凉。仙掌承来云汉润，玉沟流出广寒香。镐京北望三千里，天地皇明社稷长。"明景泰年间凤阳府临淮儒学训导沈镣虽无杜牧的才情，但从他游中都后留下的这首赞诗中，我们仍能感受到朱元璋这一大手笔的堂皇与侈丽。

皇权的悖论与中都的湮没

中国古代的皇权政治理论包含了不少显而易见的悖论。

一是作民父母与家天下的矛盾。中国历代帝王都认同"王者以天下为家"的理念，皇帝是君父，是民之父母。但是皇位，除了与皇帝有血缘关系的子孙可以继承外，皇帝民间的"子民们"是不能奢望的。一旦动了念头，或者让人觉得你有窥视宝座的可能和野心，那么等待你的就是杀身灭门之祸。

二是对臣民"忠"的要求与"顺"的规范之间的矛盾。《说文解字》对"臣"字的解释是"牵也。事君也。象屈服之形"。在君为臣纲、君尊臣卑的政治文化中，恭顺、服从是臣民基本规范。与此同时，中国政治文化又要求臣子"忠"。这个"忠"不是对君主个人尽忠，而是要为王朝的千秋大业着想，能"直言极谏"以矫君之过。"正谏死节，臣下之则也。"（《管子·形势解》）为了江山社稷，忠臣不能屈从君主的权威，要勇于做"诤臣""拂臣"。"忠"与"顺"的矛盾之下，敢于直言进谏的臣下到底属于乱臣贼子还是忠良诤臣，全在皇帝一念之间。

这两个明显的悖论，正是崛起的中都走向湮灭的原因。

从第一点看，朱元璋需要人帮他打江山，却不愿跟他人共享江山。中都兴建之初，明王朝的战事尚未结束，朱元璋想的是"笼络同为故乡人的淮西功臣，滞留公侯在身边，便于监视和管理，以图政权的长久稳固"。几年之后，坐稳了江山的朱元璋不仅"不需要过分依赖淮西集团"，而且此时李善长、徐达等人已经变得"专横跋扈，不可一世"，如果再以凤阳为首都，"长期处于弱势的江南文人集团举家北迁，与具有地域优势的淮西集团朝夕相处，必然加深固有的矛盾"。为了平衡不同的政治势力，维护朱明王朝的政治稳定，即将大功告成的中都被紧急叫停。沾满黎民血泪的中都，其兴废浮沉都是出于帝王永传江山的考量，丝毫不涉及百姓的苦乐。

从第二点看，朱元璋是个极端的皇权主义者。他识字不多，又刚愎自用，把君主应乾纲独断的思想发挥到了极致。在计划修建中都时，深谙风水的刘基以"中都曼衍，非天子居也"进行劝谏，不少大臣也认为凤阳"地势平旷，无险可守"，不是理想的建都之地。但朱元璋大手一挥，决意兴建中都。作为臣子，刘基等人也只能抱着"谏而不争"的态度，以免获罪。朱元璋最终醒悟过来，凤阳虽是龙兴之地，但不宜为都。"没有高山屏障的凤阳，地形具有军事上的不利因素，而且交通不便，资源贫乏，要成为全国的政治、经济、文化中心，控制全国，存在诸多不利因素。"1375 年，就在快要竣工之际，朱元璋出人意料地罢建明中都。此后，城里的部分建筑变成了看管皇族罪犯的豪华监狱，相当于后来清朝的宗人府。

为什么大明王朝花六年时间、动用全国人力物力营建的中都，最终成了一个巨大的烂尾工程？一个重要原因在于缺乏合理性，用今天的话说就是兴建之前没有通过可行性论证，叫停之后也没有研讨过如何统筹整改、开发利用。独裁，造就了堂皇的中都，又湮灭了帝都，是造成凤阳历史上这一幕荒诞剧的总根源。

大明王朝有合法性吗？这是书中多次讨论的问题。合法性是一个现代术语，是对英文 Legitimacy 的翻译，是正当性和正义性的意思。严格来讲，用一个现代术语去讨论古代王朝政权并不合适。潘先生深谙这一点，所以在和相关学者讨论时，多次认为应该用合理性而不是合法性来讨论朱明政权。大明王朝有合理性吗？有一点，但不多，这一点就是中国传统的打江山——坐江山——传江山的逻辑。黄宗羲在《原君》中曾深刻地揭示过这一逻辑背后的血腥、残酷与荒谬。"其未得之也，荼毒天下之肝脑，离散天下之子女，以博我一人之产业，曾不惨然。曰：'我固为子孙创业也。'其既得之也，敲剥天下之骨髓，离散天下之子女，以奉我一人之淫乐，视为当然，曰：'此我产业之花息也。'然则为天下之大害者，君而已矣！"因此，任何专制皇权都不具有合法性。朱元璋曾迎小明王韩林儿之驾，奉其"龙凤"正朔，后来派人杀之，不可谓忠；罗织罪名、滥杀功臣，制造胡惟庸、蓝玉等案，致使开国元勋大多死于非命，不可谓义；大兴文字狱，导致读书人唯唯诺诺，奴性十足，不可谓智；为了一家之私，劳民伤财，修建中都，不可谓仁……凡此种种，不仅不符合以正义与正当为核心的合法性，而且有悖于儒家的仁爱思想。一定要说符合什么理的话，那就是君主一人独尊、决事独裁之理。

朱元璋靠专制皇权打造出一个明中都，又因独裁导致了它的湮灭。同样，他把秦汉以来皇权主义的糟粕发挥到极致，造成了一个所谓"治隆唐宋"的专制帝国，但这个帝国除了走向王朝政治的死胡同外，别无其他出路。从世界范围看，朱明王朝建立之时正是欧洲进入文艺复兴，逐步走出中世纪的时代。明不明、清不清，明清两代的统治者除了把中国传统的专制主义推向了巅峰，造成了中华文明的停滞与淤塞外，无可圈点。

《湮灭的帝都》出版之际，适逢电视剧《大秦赋》热播。虽然该剧的立场、观点受到部分学者的猛烈抨击，但追捧者仍如过江之鲫，这说明皇权文化并没有随着共和政治的建立在中华大地消逝。潘大明先生此书通过闲适的语言、睿智的对话、深刻的思考，道出了皇权主义的局限与问题。希望随着该书的出版、传播，警醒越来越多的人，让中华民族能在自由、民主、法治的大道上走得更顺畅一些。

（原载《哈尔滨师范大学社会科学学报》 2021 年第 1 期）

明中都：淮河流域的极权迷梦

王晓冉

"鼓钟将将，淮水汤汤。"（《诗经·小雅》）淮河被尊为古四渎之一，它的名字刻在龟甲兽骨上，也流传在中国最古老的诗集里。古代淮河流域一度十分繁荣。然而，随着黄河夺淮、宋金以淮为界分而治之，淮河流域灾害频仍、战乱不息，逐渐衰落。元朝末年，一场波及全国的农民大起义在淮河流域爆发。最终，"凤阳游僧"朱元璋以淮右布衣的身份，扫靖群雄，开基立国。学者潘大明的新书《湮灭的帝都——淮河访古行纪》，通过探访淮河流域的重要古迹，以明中都的兴废为支点，一幅大明王朝兴衰变迁的历史画卷在我们面前徐徐展开。

一、帝都之兴：万世永续的迷梦

学者潘大明在淮河流域的探访尤重凤阳。凤阳古称钟离，在淮河流域并无什么名气。朱元璋这位濠梁之民的发迹，使凤阳的地位发生了翻天覆地的变化。

在推翻了元朝统治后，朱元璋以南京为都，建立了明朝。然而，定都金陵的王朝，多是偏安，国祚不久，期望帝业万世永续的朱元璋显然不会将南京作为唯一选择。在选定都城的会议上，朱元璋的理由冠冕堂皇：南京"去中原颇远,控制北方良难",而"有天下者非都中原不能控制奸顽"（《中都告祭天地祝文》,朱元璋:《明太祖集》,合肥:黄山书社,1991 年,第 399 页）。他宣称,凤阳"前江后淮,以险可恃,以水可漕"（《明太祖实录》卷 45,洪武二年九月癸卯）,以之作为中都,可以补救定都南京的不足。朱元璋决定建都后的第一件事,便是组织人选,利用堪舆之术,卜选中都城址。这些儒臣与术士将"万岁山""日精""月华"等一系列吉祥的词汇堆砌在凤阳这块狭小的土地上,用来赞颂新都城的风水。事实上,沿用前朝都城或者选择一些已有的都邑作首都,是历代帝王最常见的选择。选择在家乡建都始于武则天,她在位时曾将家乡并州升为北都。"圣心思念帝乡,欲久居凤阳"（《致仕指挥尹令等再疏》,天启《凤阳新书》卷 7）,对家乡的深厚感情与衣锦还乡的狭隘心理,成为朱元璋定都凤阳未宣于口的又一大理由。出身淮西濠州的开国功臣们,自然对建都家乡、荣耀门楣之事不胜欢喜。亲缘情感、乡土意识与强大皇权相结合,加上淮左功臣们的强力支持,最终,在经济落后、无险可守的穷乡僻壤,一座气势雄伟的精美都城拔地而起,矗立在了淮河南岸这个籍籍无名的地方。

朱元璋在实际修建中都时,尽铺张之能事。学者潘大明深入到中都旧址作实地考察,将考古发现、史料记载生动地串联在自己的访古之旅中,从俯身拾得的旧帝都琉璃瓦片,一路述说到中都城兴建背后"工匠死,骸骨暴露"的悲惨历史。《湮没的帝都》中提到,修建中都时,每年动用的劳动力大致在 100 万—150 万之间,所需的费用,大致相当于当时全国六年税收的总和（《湮没的帝都——淮河访古行纪》,第 122 页）。在百业凋零、民穷国困的洪武初年,百姓还未从战乱中喘息过来,就如此兴师动众、大兴土木,显然是与当时社会急需的休养生息的要求背道而驰。但帝王富贵还乡的人生理想显然比百姓的辛酸苦难更为重要,皇权的专制下,无论国家兴亡,百姓皆苦。在帝王的极权迷梦里,百姓作为其财产,自然该做出牺牲。

二、帝都之废：极权下的猜忌与专断

然而，这个调用全国巨大物资、动用百万工匠、修建时间达六年之久、华美程度堪称"东方巴比伦"的巨大工程，却在甫近完成之时，又被朱元璋一纸诏令突然叫停，甚至连一个正规敕令都没有颁布。《明太祖实录》中也只载了寥寥几个字，"诏罢中都役作，上欲如周、汉之制，营建两京，至是以劳资罢之"。（《中都告祭天地祝文》，朱元璋：《明太祖集》，合肥：黄山书社，1991年，第399页）在工程接近尾声、役重劳费已成定局之时，所谓"役重伤人"显然只是一种托词。从流血漂橹中一路走来的朱元璋，又怎么会因此而猝然罢工。

从残存下来的史料我们可以看到，中都修建之时，盛暑炎热，伙食不足，工期急促，大量的工匠不堪劳累，病无所养，死无所归。怨嗟愁苦之心使工匠们冒被杀头的风险在殿脊上搞据说能招神鬼作怪的厌镇法，以发泄他们心中的积怨。朱元璋在视察时得知此消息，"百端于心弗宁"（《明太祖实录》卷75，洪武五年七月戊申）。但这毕竟是一个偶发因素，说因这件小事而罢建中都，未免牵强。

事实上，所谓"叠生奸弊""愈觉尤甚"（《中都告祭天地祝文》，朱元璋：《明太祖集》，合肥：黄山书社，1991年，第399页），除工匠的厌镇外，对淮西集团的猜忌是更重要的一环。刘基曾劝告朱元璋"凤阳非建都地"，"中都曼衍，非天子居也"（《国榷》卷4，洪武四年正月庚寅）。所谓"中都曼衍"一方面指地理条件，另一方面也隐含着对以李善长为首的淮西集团的担忧。在中都修建的同时，凤阳籍的公侯们，"恃帝故人，营第宅逾制"的现象不在少数，刘基谓"中都曼衍"，也是在暗

指凤阳功臣们的人心曼衍。一旦在凤阳定都，淮西集团联合起来的力量，必将成为朱明政权的一大威胁。事实上，如何削弱功臣们的权力，巩固新王朝的统治，是朱元璋一直在思考的难题。如果说朱元璋一开始还抱着衣锦还乡、与故友们共同维护统治的念头，淮西集团的日渐跋扈、新建的中都王侯之家冠盖如云的景象让朱元璋不得不抛弃衣锦还乡的观念。朱元璋生性多疑，在争夺天下时为牵制将士，就选择把诸将家人留于后方，选址在凤阳这样一个开国功勋的大本营建都，盘根错节的宗族势力集聚，显然与此相悖。为了彰显皇权的煊赫，朱元璋可以不惜民力修建华美异常的中都，而这个工程一旦有损害其万世江山的可能性，一纸诏令将其废除也理所当然。

三、极权下的贫穷悖论

由于战乱与水灾，凤阳人烟稀少、土地荒芜，为了挽救帝乡的贫困落后，营建明中都的诏令下达后，朱元璋开启了充实明中都的人口迁徙计划：从苏州等富庶之地迁徙数十万民，散于濠州乡村居住。

通过一系列的移民措施，明初淮河流域的人口呈现直线上升的态势，为明朝前期淮河流域的开发与发展奠定了雄厚的物质基础。但是，正如《湮没的帝都》中所问的："强迫迁来的人口能有多少生产能动性？"（《湮没的帝都——淮河访古行纪》，第 280 页）这些强迁来的人口，开始时还带有成为明中都皇城脚下第一批子民的期望。伴随着中都罢建，凤阳重新成为一般州府，希望随之破灭。帝乡之下，王侯之家的甲第相望，土生土长的凤阳人被同乡的皇帝免除了税赋，而移民们的生存环境却极其恶劣，只能依靠硗薄的田地维持生存。"旱地惟是缦种，无有井溇，无有吊槔，无有翻车，但靠天时；雨则稻之年，地无污漫则二麦之候。遇大雨当大旱，而民争食树皮。"（《湮没的帝都——淮河访古行纪》，第280页）与严苛的生存环境相伴的，还有不同文化之间的冲突，移民们祖辈延续的文化在凤阳受到冲击与排斥，更加深了他们的愤懑与痛苦。在水旱灾害的侵袭下，在繁苛的赋役压榨下，大批百姓外逃，"背起花鼓走四方"。"说凤阳，道凤阳，凤阳本是个好地方，自从出了个朱皇帝，十年倒有九年荒。大户人家卖骡马，小户人家卖儿郎；奴家没有儿郎卖，身背花鼓走四方。"这是悲愤的呐喊，这是对朱元璋极权统治的血泪控诉。

正如《湮没的帝都》中总结的："在淮河泛滥不解决的前提下，单纯的人口导入，根本上解决不了淮河流域的贫困；中都的罢建又使这片土地失去了一次发展机会，无数的被配置过去的人力资源，发挥着低效能，继续着贫困。"（《湮没的帝都——淮河访古行纪》，第280页）凤阳出了个朱皇帝，在这里，贫穷造就出了一位开国皇帝，而这位皇帝给予家乡的特殊恩惠，最终也还原成了贫穷。

（原载《中华读书周报》 2021年4月7日）

不该被历史风尘遮蔽的淮河文明

王国伟

面对淮河，我们该平移时空维度，才能看清并读懂淮河的尴尬与苦难。如今，长江、黄河甚至大运河，都在时代宏大叙事中光辉闪耀，淮河却依然低调处于一隅，完全不在大众关注的视野之内。因此，潘大明先生的《湮没的帝都：淮河访古行纪》的出版，就补上了这个缺憾。历史和现实结合叙事，是本书写作最大的视角创新。除了历史资料的爬梳，更需要现实感受的补充，有了当代视野，文本才能可感，历史才会活起来。作者数年的淮河行走和探究，通过大量的感受细节弥补了淮河历史叙事的不足，也拉近了我们与淮河的距离。

扭曲的水道

作为中国三条重要的由西向东流向的河流之一，淮河夹在长江、黄河之间，并行不悖。虽然流长和覆盖面积不如长江、黄河，淮河也流经河南、安徽、江苏三省，流域覆盖了 20 万平方千米，也承担着自然对人类和社会哺育的使命。但是，淮河流域的自然地理安排，却一直受到政治和文化地理的影响和冲击，始终处在命运跌宕、落差极大的历史和现实困境中。早在"1194 年，南宋绍熙五年，黄河决口，洪水汹涌，通过泗水强势侵入淮河",淮河就变得暴躁起来。历史上最大的伤害,是明弘治六年(1493年),黄河张秋堤防决口,皇上派刘大夏(主事郎中)治理黄河,筑太行堤阻北向黄河水,而南支黄河水流再次夺淮河入海,淮河分流了黄河洪水的压力,自身却陷入更大的险境,开始了淮河替其他水系背锅的历史。从此淮河河道紊乱,河水出口无序,其干流不得不经江苏扬州借道长江入海。淮河水也开始忙乱分流,分流的水系就成为许多河流和湖泊的主要水源。彻底断了水脉流向的淮河,也就没有了大河自然顺畅的底气。随后,淮河流域中下游地区连年水灾,基本处在旱涝交替的晦暗之中。以至于到"清康熙十九年,大洪水将明祖陵和泗州城彻底吞没,被沉于洪泽湖底"。淮河似乎用尽了全部力气,输给洪泽湖70%的水量,成就了中国第六大湖洪泽湖。

从自然地理和文化维度上看,淮河与长江、黄河一起曾共同建构了中原的地理概念和文化区域概念,但淮河的边界一直不如长江黄河清晰可辨。长期以来,民间都习惯以淮河分界南北。确实,生活方式和文化方式上隔一条淮河,如同两个世界。"南岸吃稻米,北岸食麦子;南岸砖木结构建筑为主,北岸依然典型夯土建筑;语言上也差异大,南岸平舌发音,北岸却十足的卷舌发音。"这些明确的事理证据,足以证明两岸分属南北两个不同的区域。而幅员辽阔的国土,历史上最宏大的区域划分,就是南北之分,其中包含了自然、气候、生活方式以及文化评价等众多因素。中国长达数千年的历史变迁,政治、经济、文化中心不断迁移,其走势基本是政治中心逐渐北移,文化和经济中心却向南向东靠近。与政治经济对应的是生活方式和生活质量也一直在动态调整和转移,淮河流域逐渐走低的政治与经济,也使得人口开始大量流失,生活和文化质量连带走低。淮河流域就被彻底边缘化了。即使朱元璋为了巩固政权,打击江南豪族,曾强令江南富商移民淮河流域,但依然于事无补。因为,淮河已经元气大伤,生态贫瘠，根本无法短期恢复。看似你中有我、我中有你的两岸交流，但"三不管地区"结局就是无人问津，形成地理学上的边际负效应，淮河一直以地理生态流变的灾难和痛苦承受者示众。

骄奢的王道

淮河的沉浮跟明王朝的命运息息相关。朱元璋在其不惑之年（1368年）登上权力顶峰，"完成赤贫到皇上的逆袭，建元洪武，立都南京，开启延续200多年的大明王朝"。从朱元璋登基开始，明王朝权力运作的核心要务，就是巩固朱家王朝的权力基业。朱元璋登基初始，首要解决的问题是政权的合法性依据。农耕文明的政治逻辑，血缘不但是最根本的生命连接依据，也衍生出政治接续的法理和道义依据。寻根问祖就是最直接、最有效、最有说服力的路径。作为三代赤贫的朱家，淮河流域曾经是他体验贫穷最深刻的地方，也是他政治起步的地方，但实在没有光耀的祖宗遗迹可拜。为了创造一个够得上权力顶峰的血缘脉象，朱元璋决定不惜工本，在一个全无皇家气象的地方，凭空修建祖庭，打造够规格的基因条件。这不但暴露了他光宗耀祖的心理满足和虚荣心，也开启了陵墓修建的规模化和层级化的先河。但是，这儿确实够不上皇家气象应有的条件，朱家王朝的阴界构造，要让其父辈归位在淮河流域，为朱家注释一个血缘出处。从朱元璋开始，并未一以贯之守在这片过于寂寥的土地上，作为明王朝开朝皇帝朱元璋就长眠在南京明孝陵，朱棣迁都北京后，其子孙都落葬在北京的十三陵。

与朱家王朝阴界构造平行的是都城的建造与迁移，依然受控于权力运作思维的主导。朱元璋的皇宫建筑权力话语的现实实践，是选定淮河边的凤阳为都城，为了给开启鸿运的明王朝贴上合法的标签，彰显其合法性，取"国朝启运……，势如凤凰，斯飞鸣而朝阳"之寓意，故曰"凤阳"。在凤阳大兴土木，建设都城。朱元璋与四子朱棣两代接力，花费30多年，才基本完成明中都的框架建设。但是，这儿实在无法承载权力中心需要的物质和文化条件，所以，明中都从开始就带有乌托邦般的虚构性质，都城并未起驾，就被无限搁置了。但是如此宏大的建筑，总归有个交代吧，脑袋一拍，就成为皇家子孙犯戒软禁惩罚专有之地。但凤阳宏大的明中都的规划与空间布局，确是实实在在影响了后来南京的明宫和北京都城的建设，一度被誉为最为豪华的都城。这一连串的都城迁移和重建，都是明王朝权力意向的外在方式。作为权力发出的中心，自然会对都城的空间布局提出要求，落定在什么时空，场所的权力控制和暗示，都需要被充分落实和展开。因此，明王朝初期在凤阳闹剧式的行为结束后，就弃身远去，再也没有回眸，却给淮河流域保留了一个破碎的皇城梦。

沉寂的文道

如果我们要使淮河流域文明复兴，首先需要穿越明王朝留下的那个梦。在历史沉淀中，去打捞和整理那些更重要的文化基因和气脉。虽然，"史前历史证明了在黄河、长江两大文明之间，曾有过淮河文明"，考古发现文物也一再给我们提供着族群和有说服力的文化证据，但事实上，作为身处长江、黄河两大强势文明夹缝中的弱势文明，淮河尴尬的自然地理位置，再加上社会演进中、权力和利益博弈中，被一次次牺牲的结果，随着政治、经济的衰退，文化也逐渐式微。可是，事物总有其两面性，边界模糊，就会有新的气象出现，文化交互与多元、文化的互补与融合，就会相对充分。南来北往、南腔北调，自然会有失文化身份的危险与尴尬，但也给新的文化生长带来机会。历史上淮河文明与楚文明的气质融合，就是这种机会的成功把握。

民间传说此地是老子的出生与成道圣地，丰富、纵横交错的水系，使得老子犹如获得天启。道学取水为道之性格依据，"水善利万物而不争"，就非常准确契合顺势而为、与世无争和无为而治的道学理念。纵观中国古典史，基本是依靠强力建构政权的历史，但在获得政权后，就有治理模式的取舍。但凡战后元气大伤的社会，选择无为而治、休养生息的治理模式，社会就会快速复原，哪怕是权宜之计的短暂的无为而治，也会带来文化的适时生长。

历史上淮河文明与楚文明的合流，并不是政治运作的结果，而是自然、文化与审美实践中的对接，对接的基础是水性文化共同的趣味与价值。在崇尚强力政治的主流话语下，淮河文化与楚文化有着类似的命运，水性性格，过于阴柔的文化方式，处于非主流的状态，都追求内心感受和细节化的审美，也是去政治化的文化特征，这一定在政治层面处于弱势，但在文化层面却往往变得强壮起来。政治上的被动与文化上的主动，是淮河文明发展历史相悖的两极，也成为造就这个区域曾经有过短暂文化高度的社会历史背景。虽然，政治、经济走低，文化大概率也是弱势和守势，基本结局要么被同化，或者被异化，但是，历史上的淮河流域文化因为其多元，并不缺乏文化资源和文明高度，而是缺乏系统的整合和梳理。民间碎片化的传说，与史书里散落的记忆，需要进入学术和精英的视野。特别是那些极有文化含量和文明高度的闪光点，比如老子和道文化，水性文化与艺术创造，农耕文明造就的生活方式和文化方式等，梳理并还原出有高度的地方文化系统，淮河文明就不会陨落。

很多年前，我的同事、社会学家邓伟志教授，面对安徽人、河南人、江苏人、山东人都称老乡，我十分好奇问他原因，他诙谐地告诉我，他老家是一个四省交界的地方，身份的多义，就有了老乡遍天下的优势。淮河流域的位置和地理相对模糊，反而使得淮河有一种神秘感。因此，何日揭开它神秘的面纱，就是我们开始膜拜淮河文明的时刻，相信淮河文明不会被永远遮蔽。

（原载《解放日报》 2021 年 1 月 23 日）

知识的身体感

胡一峰

近来，内地又有新冠病例零星出现，不少活动再次转移到网上。网络自然是便捷的生活工具，对于知识获取而言，尤其如此。回想起来，网络最初让我们大开眼界，就因其信息之丰富，获取之便捷。

不过，知识获取的方式有时比知识本身更重要。有些知识内在於某种感受，非动手动脚不得了解透彻，比如历史知识，读史，史书、志书、地图自为必需，晚近益重实物、图像以至于影像。不过，观史要在参悟兴亡。而这一点，不到旧都、故道、古战场走走看看，只对着屏幕或纸堆，很难做到。

手头刚读完上海学者潘大明的新书《湮没的帝都》。作者探访淮河流域重要史迹，尤重凤阳，也就是明中都所在，后来又遽然废弃的地方。正史、野史、见闻、视觉影像，书中融为一体，强烈的视觉感之下是立体的历史书写，一派"我注六经"的气象。掩卷而思，历史如何被记忆，记忆又怎样变成历史；物质空间怎样叠加，思想观念又如何层累。这些问题仅从纸面上找不到答案，实地踏访方有所得。

写《八月炮火》的美国作家巴巴拉也曾跑遍比利时和法国的古战场，看到昔日被铁骑蹂躏的田野如今谷穗累累，遥想当年法军看到失地之心情。我想，中国古人所谓黍离之悲，大约也是此类感受。几年前读过北大教授罗新的《从大都到上都》，此书记录了作者亲走元帝候鸟往返之路的过程。这条路，是我出城休闲或办事时常驶过的。道路及风景早非元代模样。但读完罗新书后，每见"龙虎台"三字，想到曾是元帝"捺钵"，就有些不一样的感受。

近年来以"历史行走"为主题的书似不少，除了潘、罗两本，还如陆波的《北京的隐秘角落》《寻迹北京问年华》。"反者道之动"，重视知识之身体感，是否为在线活动繁盛之下人心的无意识反拨？我不敢断言。不过，古人早将读万卷书与行万里路并提，于此或可加深理解吧。

（原载《大公报》 2021 年 1 月 6 日）

原来，鲁迅在生前最后一次接受采访时说了这些

徐翌晟

　　鲁迅一生接受过多家报纸采访，1935 年 5 月 18 日，他接受了《救亡情报》记者芬君的采访，并刊登在 5 月 30 日的报纸上。文章发表 4 个月后，鲁迅先生就去世了。今天在虹口区海派文化中心开展的担当·回归——爱国七君子图文实物展上，可以看到 1936 年 5 月 30 日出版的《救亡情报》上发表的《前进思想家——鲁迅访问记》一文。这篇不足千字的采访，是鲁迅先生生前最后一次接受媒体的公开采访，真实反映了鲁迅对抗战的独特见解，和对文学革命、汉字改革的建议，具有较高的史料价值。

　　鲁迅这次重要的谈话，在当时产生很大的影响，邹韬奋主编的《生活日报》等报刊杂志进行了转载。但是，新中国成立以后出版的《鲁迅全集》、《集外集拾遗补遗》等，均未收这个谈话，出版的多种版本的《鲁迅年谱》，也鲜有提及。

　　据策展人、七君子事件研究者潘大明介绍，1935 年末成立的救国会，与鲁迅生前联系不多，救国会的团结御侮的政治纲领，鲁迅并未公开站出来支持，他对统一战线的建立有着自己的主张。救国会一直在努力争取获得鲁迅的支持。在救国会机关报——《救亡情报》创刊不久，便派出笔名为芬君的记者采访他，问及他对救国会提出的"联合战线"的看法，鲁迅发表了如下的谈话："民族危难到了现在这样的地步，联合战线这口号的

提出，当然也是必要的。但我始终认为在民族解放斗争这条联合战线上，对于那些狭义的不正确的国民主义者，尤其是翻来覆去的投机主义者，希望他们能够改正心思，因为所谓民族解放斗争，在战略的运用上讲，有岳飞、文天祥式的，也是最正确的，最现代的，我们现在所应当采取的，究竟是前者，还是后者呢！这种地方，我们不能不特别重视，在战斗过程中，决不能在战略上或任何方面，有一点忽略，因为即便是小小的忽略，毫厘的错误，都是整个战斗失败的源泉啊！"

由于刊登这篇文章的《救亡情报》，被收藏者潘大明封存了三十多年，完整的文章在八十余年后的今天，以复制的方式第一次呈现在参观者面前。

芬君是著名记者陆诒当时的笔名，陆诒当时的身份是《救亡情报》的编委兼记者。在二十世纪八十年代中期，潘大明与陆诒偶遇时，陆诒告诉了潘大明，自己是鲁迅生前最后的采访者。报道刊登前，鲁迅先生还作了校阅。这次展览同时展出了由李公朴女儿、民盟常州市委提供的《李公朴致沈钧儒函》《张曼筠于李公朴火化日致沈钧儒函》等，都是第一次公之于众。

此次展览以1948年沈钧儒等人响应中共中央"五一口号"，从香港抵达北平，参加了新政协的筹建工作，10月1日登上天安门，出席开国大典，为新中国的经济、司法、教育建设立下汗马功劳为切入点，展示他们波澜壮阔的人生，并通过近千幅图片和相关实物，集中反映出他们在各个历史阶段的奋斗和担当。

本次展览由上海市政协文史资料委员会、中共虹口委区宣传部、虹口区文化和旅游局、中共四大纪念馆、海派文化中心、上海万联文化传播有限公司主承办，将于8月20日结束。

（原载《新民晚报》 2019年7月1日）

《血色担当——爱国七君子图片实物展》开展，邹韬奋李公朴史良等展品首次公布

风铃

《血色担当——爱国七君子图片实物展》7月7日—7月10日在上海举行。

今年是中国全面抗战爆发和"七君子事件"当事人获释80周年，1937年7月末，沈钧儒、章乃器、邹韬奋、李公朴、王造时、史良、沙千里在炮火声中，走出牢房迎接全面抗战时期的到来。

1936年，国内全面抗战的局面尚未形成，中华民族到了最危险的时刻。以沈钧儒、章乃器、邹韬奋、李公朴、王造时、史良、沙千里为代表的知识分子发起成立救国会，他们不计个人得失、毁家纾难，致力于全国团结一致御侮的局面形成，遭到统治当局的拘捕、关押，史称"七君子事件"。事件激起国内外的强烈反响，得到包括中国共产党人、宋庆龄、爱因斯坦、杜威、罗素等在内的声援、营救，成了引发"西安事变"的原因之一，有效地促进了全面抗战的局面及时形成，为全民抗战的实现做出了难以磨灭的历史贡献。

时光如梭、光阴似箭，八十年来，我们伟大的民族历经苦难，不屈不挠，发奋拼搏，走向新生，这是那个时代敢于担当的先贤们作出的贡献，让今天的我们为此感动且引以自豪，在缅怀他们的同时，激发出为实现中华民族伟大复兴的中国梦而努力的巨大动力。

七君子身上体现出的随着社会发展而不断调整人生的轨迹，服务于人群和社会需要的求真务实的精神；敢于坚持自己的思想，不畏强权，勇于表达和斗争的精神；不向艰难困苦屈服，敢于向命运挑战，始终保持昂扬向上的精神以及他们经过拼搏为社会、为祖国的繁荣作出贡献的精神，是中西优秀文化在他们身上交融的体现，是我们民族精神财富的重要组成部分，值得我们这个时代倡导。为了弘扬他们的精神，在上海市新闻出版局指导下，上海韬奋纪念馆携手上海万联文化传播有限公司，民盟常州市委、余江县委宣传部、沈钧儒纪念馆、青田县章乃器研究会、史良故居、李公朴故居等单位，举办《血色担当——爱国七君子图片实物展》。

据本次展览策展人、七君子事件研究专家潘大明的介绍，这个展览经过半年多时间的精心准备，对七君子的故乡、出生地和主要活动地进行考察，深入研究，以独特的视角、大量的图片、丰富的实物和复制品，生动地再现了这一段历史，理性地揭示七君子事件发生的必然和当事人的成长心路。展览使用的历史图片达五百余幅，其中一部分极为珍贵，系首次公开面世；展出的邹韬奋的烈士证书、李公朴手稿《韬奋与愈之》、王造时学习收藏的外文版图书、史良生前使用的生活用品，都是第一次与公众见面。以展览形式展示七君子事件、他们的成就以及研究成果，应该说是一种创新和尝试。

展览在上海展出后，还将在江苏、浙江、江西等地作巡回展。

（原载《新民晚报》 2017 年 7 月 7 日）

历史长河传秋歌

毕晓燕

1936 年 11 月 22 日，充满寒意的冬夜，在一片月静中，潜伏着伺机而动的猛兽。

正在睡梦当中的邹韬奋被急促的敲门声惊醒，他屏息听了一会，立刻明白将要发生的是什么。柔声安慰妻子后，他镇定地随来人走出家门。

李公朴的女儿恐惧地瞪大眼睛，看着父亲被国民党的警察和法租界的巡捕押进囚车。

银须飘拂的沈钧儒步履矫健地走出家门，他回头轻松地对儿子说："我去去就来。"

史良从容不迫地穿上旅行服，好像要出门旅行的样子，在黑沉沉的夜里踏上警车，消失在迷雾之中。

王造时披上皮袍，吻别四个年幼的孩子，在孩子的哭泣声中登上警车。

几个彪形大汉严厉而急迫地大叫："开门！开门！"随后一拥而入沙干里的家中，厉声催促沙千里离家。

同样被猛烈的敲门声打乱寂静的还有章乃器的家。开门后，十多个警探一下子把章乃器团团围住。搜罗了几捆救国会的宣传品后，裹挟着章乃器将其带上警车。

这就是震惊民国的"七君子事件"。七位"救国会"领袖的命运在这个夜晚发生了改变，由此影响中国历史的进程。因为，"七人事件成了西安事变的导火索，改变了国共两党第二次合作和谈止步不前的局面，奠定了中华民族在日寇发动全面侵华战争时迅速实行全民抗日的基础"。

这也是潘大明所著的《长河秋歌七君子》的内核。从这个内核散发，过去与未来，个体与国家命运紧密交织，构成一个环环相扣、层层相因的严密结构。

本书的叙述使我们将目光投射到了以往乏人关注的地方。比如，"七君子事件"中为什么是此七人，而非其他人？其中，是否纯属巧合，还是有历史的必然？再比如，这七人是如何汇聚到此内核，为什么是此事件，而非彼事件？这样的切入角度与追溯目光，使本书跳出了之前有关"七君子事件"泛泛而谈的陈述、先入为主的结论。

而从这个内核向后延伸，本书作者的目光一路追随至七人生命的终结及生命终结后的余韵。"七君子事件"在七人的一生中占据着怎样的位置，它又是如何影响和改变了七人的命运轨迹？七人的生命秩序是不同的。然而，在此事件之后，不同的抉择终将七人逐渐引到各自的生存处境，短暂的交集之后走入命运的相望与分别。

历史的长河波澜不息地前行，在切身经历的当下，人们不会想到"七君子事件"将成为后来的知识分子群体谱写的一曲秋歌，一曲犹如秋日晴空一般神圣、光洁、深远的秋歌。作者在书中写道，"今天的人们，不该忘却1936年，以及灾难深重的民族史册的一页。历史用它如椽的大笔写道，忘却苦难过去的民族不会成熟，未来的辉煌不可能属于他们"。而今，借由作者的笔，我们看到了"七君子事件"真实的面貌和潜藏的力量，也看到了抽象条目下鲜活生命的跃动轨迹。

（原载《文学报》 2017 年 1 月 26 日）

他们身上，是上海的血性担当

顾学文

今天是"七君子事件"发生 80 周年。学者潘大明所著《长河秋歌：1936 年七君子事件与他们的命运》一书，不同以往为七君子分别立传的写作传统，而以七人为集合体，通过对事实真相的挖掘，展开了一场对现代知识分子心路历程的探索。

80 年前的中国处在抗战前夜，中华民族到了最危险的时刻。这时，在上海诞生了以沈钧儒、章乃器、邹韬奋、李公朴、王造时、史良、沙千里等为代表的知识分子发起的救国会。他们不计个人得失，致力于团结一致、抗日救国的全国统一战线，却在 1936 年 11 月 23 日遭到统治当局的拘捕、关押。

事件导致国内外强烈反响，声援、营救活动持续不绝，宋庆龄、爱因斯坦、杜威等中外著名人士也加入其中，更引发了西安事变，继而促进了国共两党交流和其他社会力量联合抗战局面的形成。

学者潘大明所著《长河秋歌：1936 年七君子事件与他们的命运》一书，不同以往为七君子分别立传的写作传统，而以七人为集合体，通过对事实真相的挖掘，展开了一场对现代知识分子心路历程的探索。

既有很强的故事性，又有史论观点的支撑，这样的书写既是对先辈最好的纪念，也让人们看到，张爱玲笔下二十世纪三十年代的上海风情，并不是上海的全部。

强调知识分子属性

解放日报·上观新闻：今年是"七君子事件"发生80周年，但纪念的气氛似乎并不是很浓。

潘大明：人们常说，先辈们的精神长存，精神长存是对活着的人提出的要求，后人要为先辈做些什么，精神长存才不至于成为一句空话。

解放日报·上观新闻：听说您在二十多年前就开始了对七君子事件的研究？

潘大明：20多年前，我还是一个年轻人，在韬奋基金会工作，有机会采访邹韬奋的亲属故友，通过他们，我又采访到了七君子中其他六人的亲属故友，积累了丰富的口述资料。同时，又花了大量时间泡在档案馆、藏书楼、图书馆，查阅了很多文献史料，还曾出了一本《七君子之死》的书。

解放日报·上观新闻：今天的这本《长河秋歌七君子》是旧作的修订版吗？

潘大明：不是。旧作只用了史料的一小部分，相当部分没用，我一直引为憾事，这次可以说得到了弥补。另外，这二十多年里出现了一些关于此事件的新史料、新成果，也在书中得到了运用。而最为重要的是，20年中，我对这一事件的认识在不断加深，我希望新作不是简单地记录和还原史实，而能体现我的个人史观。

解放日报·上观新闻：什么样的史观？

潘大明：人们通常把七君子看成是社会活动家、爱国人士，在关注他们的政治属性的同时，忽略了他们另一个重要身份——知识分子。这一次，《长河秋歌》则强调了七君子作为中层阶级知识分子的社会属性。七君子中每位都是社会贤达，有法学家、经济学家、新闻出版家、历史学家，他们代表着有独立经济能力和相当话语权的中层阶级。而且，他们都有着深厚的传统文化的底子，又接受过西方教育，东西优秀文化在他们身上得以交融。

他们是一个以天下为己任的知识分子集合体，这一集合体的发生、发展到辉煌、解体，与中国近现代社会发展进程紧密相连，又由于他们的奋斗而加速了某些历史进程，这是他们对现代中国的贡献。

我觉得，从这个角度理解和表现这个群体，或许对今天的知识分子有所启发。

当成报告文学来写

解放日报·上观新闻：对七君子，传统的书写方式是为他们分别立传,您在本书里却将之作为一个集合体,这样显然增加了写作的难度,为什么？

潘大明：针对七君子的单个传记、研究著作，前前后后都有一些出版，关于邹韬奋的比较多，后来章乃器、王造时的也多了起来。从写作角度来说，我需要创新，而从写作的立体性、丰满性来说，更需要把他们视为集合体。说到底，他们本来就是同时同地同案被捕的，他们不是简单的七个人，而是一个历史事件。

解放日报·上观新闻：在您看来，他们七人身上有着怎样的共同点？

潘大明：他们随着社会进程而不断调整自己的人生轨迹，服从于人群和社会的需要；他们敢于坚持自己的思想，不畏于强权，不屈于困苦；他们具有国际的视野，前瞻的眼光，强烈的爱国主义，求真务实的作风，这些都是他们能够走到一起的内在原因。

解放日报·上观新闻：书的开卷便突出了1936年这个中国现代史上

十分重要的年份，突出了七君子事件的历史意义，令人印象深刻。

潘大明：如果从七个人小时候写起，一直写到他们生命的终结，我想这会是很平庸的。一开始就让读者理解那个时代、那个年份，认识事件对历史进程产生的影响，可以造成一种震撼；然后再从他们的童年、青少年时期入手，逆流而上，寻找他们的人生轨迹，探寻使他们走到一起的背后的力量；继而再回到事件中，表现他们在狱中的抗争，与同期在狱外发生的国内、国际社会的营救；终了时又顺势而下，写到他们的聚散离合，写出他们的生命终结。

这本书不是纯粹的学术作品，我更倾向于把它当成报告文学来写。

需要力量凝聚人心

解放日报·上观新闻：您在书中表达了这样一个观点：七君子事件发生在 1936 年并非偶然，为什么？

潘大明：对当时的许多百姓来说，1936 年是一个恐慌年。这一年，日本在政治、军事上都完成了对华发动全面战争的准备，民族危在旦夕；国共两党已经开始秘密谈判，南京政府也在部署抵抗，但全民联合抗战的局面尚未形成，亟需有一股力量来促进其成。

解放日报·上观新闻：七君子事件发生在上海，是否也是一种历史的必然？

潘大明：是的。七君子当时都工作、生活在上海，他们既为上海的繁荣作出了贡献，上海这座城市也为他们的发展提供了平台。

而更重要的是，上海一直是国内外各种思想文化的汇集、碰撞之地。在这一点上，这些年来我们是认识不够的，往往眼睛里只看到邬达克的建筑、海派的旗袍，仿佛上海就是个情调都市，而对上海的担当和血性缺少了解。

第一次淞沪抗战结束后，上海似乎已经不是抗战的第一线了，但是，上海人民对日寇的残暴行径记忆犹新，要求抗战的呼声日益高涨。上海的虹口是当时的日人集聚地，日本浪人经常骚扰中国百姓。上海集中了一些日资纱厂，华人劳工与日方资本家的矛盾也日趋白热化。所以，1935年底上海出现各类救国会，以至于后来诞生了全国性的救国会组织。

"九一八"事变后，七君子一边从事着新文化的教育和普及工作，发表了大量的文章，出版了著作，办了报刊；一边高度关注民族存亡问题，基本形成了只有全民联合才能御敌的共识。于是，他们代表国人发声，但当时的南京政府害怕七君子这样号召全民抗战会激怒日本，加速战争的到来。尤其，在七君子支持上海日本纱厂工人大罢工后，直接触动了他们的利益，在日本政府要挟下，南京政府会同租界当局逮捕了他们。

声音嘶哑仍要继续

解放日报·上观新闻：书中的"法庭戏"十分精彩。

潘大明：七君子中，沈钧儒、史良都是当时著名的律师。沈钧儒等人坚持抗日救国立场，在狱中和法庭上进行了不屈的申诉。其中，最精彩的环节要数沈钧儒舌战审判长。

审判长问："你赞成共产主义吗？"沈钧儒回答："赞成不赞成共产主义，这是很滑稽的。我们从不谈所谓主义。起诉书竟指被告等宣传与三民主义不相容的主义，不知检察官何所依据？如果一定要说被告宣传什么主义的话，那么，我们的主义就是抗日主义，就是救国主义。"审判长自以为沈钧儒已上他的套路，再追问一句就可以让他中圈套，承认救国会是中共领导下的一个反政府组织，便又问"抗日救国不是共产党的口号吗？"

沈钧儒悠然回答，"共产党吃饭，我们也吃饭；难道共产党抗日，我们就不能抗日吗？审判长的话，被告不能明白"。

沈钧儒所代表的七君子，以战士的身姿和犀利的话语，与法官、检察官作斗争。

解放日报·上观新闻：您是怎么获得这些史料的？

潘大明：当时的庭审记录，一部分发表在报纸上，一部分在沙千里、邹韬奋狱中撰写的回忆录中，但更多的资料来自采访。

其实，当年采访并不是为了写书，而完全是出于自己的兴趣。因为我觉得七君子健在的妻子、战友、同事，大都垂垂老矣，录下他们的口述是件非常紧迫的事。

我采访了罗淑章、沈粹缜、陆诒、徐雪寒、吴大琨等许多老人。采访时，罗淑章已经 91 岁高龄了，她当年是上海妇女界救国会理事，参加了营救七君子的活动。当时她大腿骨折，刚拆去石膏，见到年轻人来打听这事，特别开心。

采访完不久，就传来了她去世的噩耗。现在想来，我的采访大概是她生前接受的最后一个采访了。

七君子的战友、新知书店创办人徐雪寒是躺在病床上接受的采访。他说了很久，嗓音都嘶哑了，急得他夫人在一旁连连阻拦，不让他再说话，我也不忍心继续采访，可徐老坚持要说下去。

解放日报·上观新闻：老人们的述说，您的书写，再现了七君子事件，重塑了七君子精神，这在今天的社会有着怎样的现实意义？

潘大明：写书的时候，有很长一段时间里，我也一直在问自己：七君子给今天的我们留下了什么？我想，那就是他们的人格力量。虽然七君子事件已过去 80 年，但七君子在民族危亡时刻，以己所能担起救亡图存的民族使命，这样的精神，可以追溯到我们城市精神的发端，这种担当精神将会继续影响一代又一代的人。

（原载《解放日报》 2016 年 11 月 23 日）

《长河秋歌七君子》将亮相上海书展

孙建东

本报讯 今年是"七君子事件"发生八十周年，学者潘大明著写的《长河秋歌七君子——1936年七君子事件与他们的命运》近期由中西书局出版，将于2016上海书展期间举行首发式。

80年前的中国处在抗战前夜，国内主要政治力量尚处在秘密接触中，全面抗战的局面没有形成，民族到了最危险的时刻。这时，以沈钧儒、章乃器、邹韬奋、李公朴、王造时、史良、沙千里等为代表的中产阶级知识分子发起的救国会在上海诞生，他们不计个人得失、毁家纾难，致力于全国团结一致御侮的局面形成，遭到统治当局的拘捕、关押，事件导致国内外的强烈反响，声援、营救活动持续不断，直接引发"西安事变"发生，有效地促进国共两党交流和其他社会力量的联合抗战局面形成；同时宣传了抗日，促使社会抗战心理的形成和民众战时生存知识的获取。"七君子"因抗战聚合在一起，又由于各种历史原因、政治主张、个性差异而渐行渐远，最终他们又相聚在五星红旗下。

《长河秋歌七君子》以1936年为契机，用纪实的笔法写出了七君子事件的历史背景、事件真相、事件当事人的最后命运；在翔实的史料基础上，从理论上探寻七君子为什么能够走到一起的原因，强调了中西文化经过他们的吸收、过滤和再架构，造就了他们以爱国主义为特征的人格，寻找他们思想发展的共性。作者以七人为集合体的独特视角，采用独家对七人亲属故友的采访录音资料和鲜为人知的文献，对他们的聚散离合以至生命终结，作了分析和描述。该书融散文、纪实、文学创作、历史人物思想研究于一体，创新地走出了一条历史研究和文学创作相融合的路，是一部生动、可读性极强的探索现代知识分子心路历程的著作。

（原载《文学报》 2016 年 8 月 11 日）

离形得似　遗形取神

储有明

　　上海新闻界是藏龙卧虎之所。艺术大师黄宾虹早年在上海的一段新闻从业生涯，不仅是其漫长艺术人生中的一段轨迹、一支插曲，也是其从记者到画家实现华丽转身的新起点。

　　上世纪90年代，已是文化史学者的潘大明加盟上海电视台新闻中心，负责包括美术、文博在内的条线采编，每逢上海美术界有重大活动，总能看到他忙碌的身影。进入新世纪以来，他成为国内文化传播界具有影响力的大型活动组织者和策划人，我国首家民间资金、媒体主办、专业评审的出版基金——文汇·彭心潮优秀图书出版基金，由他策划、组织、资助了五十种图书顺利出版，一批美术绘画理论著作获得资助出版；连续五届担任"环球国际模特大赛"组委会副主任，他参与选拔和评定的佳丽，有的已成为国际一线名模。

　　潘大明自小有个"画家梦"，即使在繁忙的记者生涯中，也不忘与画家、书法家交朋友，向他们时时请益，并忙中偷闲，利用休息日铺笺挥毫，泼墨写意。从事文化传播工作以来，在忙碌和琐碎的事务中，潘大明勤于作画，绘画给了他汪洋恣肆的巨大空间，使他心灵得以慰藉。

　　传统水墨画讲究笔墨，要求画家具有经过长期历练的笔墨功底。潘大明的绘画造型能力，源于他自幼对绘画的酷爱，临摹了许多优秀的绘画作品，以后又自学素描、水粉、油画。青少年时，潘大明爱上了书法，日临池不辍，自"二王"以迄"颜柳欧褚"，涉猎的名帖不下数十种。水墨画与书法之间有着"书画同源"的古训，临池使潘大明获得笔墨功底。传统水墨画通过融入书法的笔墨技艺，以笔墨表达笔意，沟通情与境，把心与物，主观与客观融合起来，从而增强造型的艺术效果，精炼而蕴藉地表达出作品的艺术魅力和画家的丰富想象力。

　　潘大明的水墨人物画，以书法入画，力图从水墨画传统中发掘出富有生命力、表现力的笔墨遗产，传承了传统文人画的笔墨技艺。他从南宋梁楷的减笔人物画中脱颖而出，人物的面部轮廓粗犷着墨，细笔勾出五官，衣褶等皆用阔笔横扫。画中每笔，既有酣畅的墨色，又有淋漓的水分，率尔涂抹而不失之粗，信笔挥洒而不失之野；在纵肆狂放中，充盈着笔情墨趣。在笔情与墨韵的律动中，苍茫的历史感仿佛从画面上喷涌出来，把观看其绘画作品的人笼罩在一个历史与现代交汇的时空中，这是画家诗人气质与学者修养对笔墨所产生的影响。

　　在水墨人物画中，笔墨不仅仅是塑造形象的基本艺术手段，其本身就具有丰富的表达情感的符号作用。他笔下的李白，撷取其好酒、豪放不羁、孤傲任性、不随波逐流的一面，把"李白一斗诗百篇，长安市上酒家眠；天子呼来不上船，自称臣是酒中仙"的戏剧场面，高度概括却又惟妙惟肖地表现出来。画面中的李白，醉态可掬，人物造型不受长期以来固有思维的拘束，与历代画家如出一辙的程式化形象迥异其趣，表现出一种离经叛道的大胆革新精神；而满地狼藉的空酒器，更是形象地烘托出李白与酒的不解之缘。至于同样是表现人物的醉态，他笔下的东晋名士刘伶，就与李白迥异其趣。潘大明娴熟的笔墨技艺，使他能从心所欲不逾矩地从人物的秉性出发，通过不同的笔墨技巧，表现不同人物的不同个性。

　　潘大明的水墨人物画取材于历史人物，如孔丘、孟轲、屈原、陶渊明、谢灵运、李白以及竹林七贤、扬州八怪等，都是中国文化史上的精英人物。从创作之立意，到画面之构成；从人物形象的塑造，到笔墨技巧的锤炼，无不渗透着中国哲学思想的深层智慧。他还善于通过虚实相生的手法，以半虚半实的画面来突出主题：实处气势不凡，虚处更得"意在象外"之趣。他笔下的陶渊明，古貌奇姿，不求形似求其神，以简洁明快的造型手法，寥寥几笔便十分成功地达到形神兼备的艺术效果。画面背景的安排，从细节上反映了画家的深思熟虑和匠心独运：通过菊与竹篱的映衬，以菊之洁净，隐喻陶渊明"不为五斗米折腰"的高风亮节，以及"泰然"和"悠然"的人生哲学，表现了一位世外高人的真实情怀。而潘大明正是试图通过水墨人物画来适度解析中国文化史上的一系列哲学命题的。

潘大明的水墨人物画，追求不似之似的意象表现。他善于通过以意造象的表现技巧，即把画家的主观意会，通过学识修养的积淀与审美趣味的追求，反映于作品的物象之中；把画家对人生的体验与思考，通过作品中人物形象这一载体表现出来。他善于超越形象之外去表现人物的情感、气质、意志；在艺术处理上舍弃纯客观的摹拟和再现，而致力于表现画家主观意绪和对象内在生命的意象。他笔下的人物，以意趣为宗，追求一种"不似之似"的"化境"。为了使作为载体的人物形象能尽可能地容纳画家的主观寓意，从"似"向"不似"过渡，潘大明在落笔纷披之际，会对人物形象进行一番提炼、取舍、夸张与变形，强化其主要特征，弱化其非本质的枝叶末节，达到"以形取神"的艺术境界。潘大明的水墨人物画，追求"意溢于形"的形，善于通过以形取神来处理好形似与神似的关系，这是其文人气质和气概的流露及彰显。

潘大明是从新闻领域进入美术领域的。长期的新闻从业生涯，使他的艺术视野更为开阔。他以独特的艺术语言，以及对传统文化，传统文人的深层次理解，在当今水墨人物画艺术的探索道路上，开创了属于自己的艺术图式；他通过诗性的绘画语言，表达了自己对传统文人命运的关注，以及对传统文化生存价值的体悟。他的水墨人物画作品，传递的不仅仅是单纯的视觉审美，而是蕴蓄着当代知识分子价值取向的精神向往。

（原载《文汇雅聚》 文汇出版社 2014 年 9 月版）

学者潘大明：直面大众文化市场

周其俊

当时代的文化物质产品已相对丰盛时，呼唤的是能够涌现出更多精粹的文化产品，以充实人们的生活，陶冶人们的性情。这种以文化形态为外壳的精神产品的实现，需要一批优秀的文化学者走出书斋，直面大众需要的文化市场，让更多的人感知、体会到他们孕育的文化产品所蕴含的精神价值。一个学者，在他青年时代，把心交给做学问。时值中年，又呕心沥血把渗透他的人生价值趋向和理念，化为社会需要的文化产品反哺社会，他所付出的心智和艰辛，是单纯学者和普通文化商人望而不及的。他就是学者潘大明。1990 年 11 月 6 日，《解放日报》在头版重要位置刊发了一则"韬奋研究首届学术研讨会在沪举行"的报道，其中讲到了青年学者潘大明宣读的《韬奋早期思想论纲》的研究成果，令与会者耳目一新（该文收入上海人民出版社出版的《韬奋研究》第一辑中）。当时，从事新闻史研究仅二年余的潘大明，以他坚持不懈的努力在这一领域取得令人瞩目的成绩。但更多的人并不知道，这个全国性的学术研讨会是在他倡议之下，在各单位鼎力支持下成功举行的。

在这之前，潘大明已完成了几十万字的著作，它们包括小说、散文、论著，且获得了全国性小说奖。得到了当时的著名作家、中国作协书记处常务书记鲍昌的高度评价，并受到时任中共上海市委副书记陈至立的亲切接见。

在狭小简陋的书房里完成的两部著作

二十世纪九十年代初，潘大明的曹村观旭楼书斋经常是灯火通明，在那狭小简陋的书房里，他完成了两部著作。长篇历史报告文学《七君子之死》（河南人民出版社出版）、《韬奋人格发展轨迹》（上海文艺出版社出版）。在著作中，他对二十世纪二三十年代文化精英的涌现作了深刻的剖析，明确提出了中西优秀文化的"兼容并蓄"是那个时代优秀知识分子人格形成的文化基石和走向成功的助力。

同时，他敏锐提出那个时期涌现的优秀知识分子，是那个时代知识分子群体共同努力而孕育出的优质个体。这些个体成功的背后拥有庞大数量的知识分子对传统文化的过滤、西方文化的研究、各种主义的剖析，直接或间接地影响了个体思想的发展。个体思想形成和所取得的成功，在一定意义上而言是那个时代知识分子群体共同努力下的产物。

潘大明的著作缜密、深入、严谨扎实，受到学术界的好评和主流媒体的特别关注。对此，他付出了太多难以言说的艰辛。那时，他经常骑着一辆破旧的自行车，从曹杨新村到徐家汇藏书楼，一去就是一整天，午餐吃的是小铺子买的两个菜包子。他笑着说："那时，精神世界十分充实。每天能看到许多封尘已久的经典书籍与报刊，其中有的已出版了百余年，烙下许多人翻阅后的印痕，透射出纷繁历史背景的信息，我内心好像打了鸡血一样无比地兴奋。"

当记者问他，为什么能在短短的一年间完成两部著作。他说：其实，这两部著作是一部著作，《七君子之死》写的是那个时代沈钧儒、章乃器、邹韬奋等中产阶级的人生起始走向辉煌和最后陨落的过程，致力于他们共性的寻找。但它的缺陷是以历史报告文学形式呈现，许多话说不明、道不清，只能再写成论著，借助韬奋这一个体，对他出现在中国现代史上的原因后果，作理论性的研究。两部著作是相辅相成的一双孪生兄弟，只是形式有所不同。时代的发展，文化价值更趋向于多元，而文化符合时代特征的基本价值在哪里？这是作为文化学者必须思考的问题。在总结历史经验的同时，潘大明认为在肯定人的需求的同时，突破个体自身的局限，积极为社会作出创造性的贡献，是当代人必须具备的人生境界。时代也必将为具有创造性人格特征的个体的成功，创造巨大空间和机会。坐拥过去，困扰在昨日氛围中的人生，无疑可悲可叹，且被历史所淘汰。这些思考，他没有表白，而是驾轻就熟地融合在他的文化事业中，绽放出新花。

唯一由民间出资、媒体主办、专业评审的"出版基金"

这位长期从事新闻出版、文化传播工作的文化学者，自幼迷恋书籍，爱书的经历比他从事的文化研究、实践的经历要长得多。

2007年，一个偶然的机会，他与一位来自海外的友人相见于浦东香格里拉大酒店。面对窗外景色宜人的黄浦江，友人表露想为故土文化事业做一些贡献的心迹。潘大明说设立一个编辑奖或出版基金，鼓励写书人多写好书、编书人多编好书，友人深表赞同。潘大明把这一构想写成策划报告，得到了《文汇报》《文汇读书周报》和一批新闻出版界领导的大力支持。于是，国内唯一个由民间资金、媒体主办、专业评审的"文汇·彭心潮优秀图书出版基金"正式诞生了，在国内知识界、新闻出版界产生了一定的影响。

作为基金的主要策划和运行者之一，潘大明起草基金的章程、资助办法等一系列重要文件，把资助的主要对象定位在学术性、前沿性、民族性与通俗相结合的高度。同时，主张在接受出版社申报的同时，接受个人申报。这些主张得到各方赞同，也充分反映出他对社会、文化现状的认识。

河北青年学者彭秀良撰写的《守望与开新：近代中国的社会工作》，书稿几经出版社婉辞，原因便是经济问题。听说"文汇·彭心潮优秀图书出版基金"后，便申报资助。潘大明在众多的申报中发现该书以独特的角度反映了一个有历史价值的社会现象。涉及的内容是新中国成立后，很少有学者系统研究，并将对当今社会工作发展产生重大的意义。他热心鼓励作者尽快完成书稿，赶上评审周期。获得资助后，彭秀良写道：心里充满了激动，出书的梦想得以成真。

目前，该基金已资助出版二十三种图书，受到资助的《中外文明同时空》《咬文嚼字三百篇》《1956，潘光旦调查行脚》等获得了第11届"上海图书奖"，《藏传佛教艺术发展史》获得国家民委副主任丹珠昂奔高度评价：《藏传佛教艺术发展史》对藏传佛教艺术进行了细密梳理，是一部集大成的、厚重的作品。对有效保护、发展藏传佛教艺术，促进藏学学科走向成熟将起到重要作用。

百场文化性展览的成功设计

书在潘大明的心目中不是单纯的纸质样式，也包括其他形态。

2011年7月末，"爱我中华古玉藏品展"成功开展。作为展览的策划人，在布展设计中渗透了文化价值理念和审美情趣。收藏家们提供的从良渚文化到明清时期的玉器，每一件都凝聚着的民族创造性，加上现代化的设计理念和表达形式，引起社会各界的关注。

其实，在朋友的支持下，在这个不大的展厅里，他已经成功策划、组织、设计了近百场文化性的展览。这些汇集趣味、知识、观赏性于一体的展览，似一部立体的大书，形象生动地展陈在世人面前，散发出浓郁的文化幽香。他说："在经济高速发展的今天，传统意义上的图书变成了小众读物，大众喜欢快速获取有价值的文化养料。展览某种意义上来说是书的核心内涵外形的变异。"这些展览，有的由书演化而来，有的演化成书。鉴于展厅不同于博物馆、美术馆，直接面向社区居民提供文化产品，外部形态必须是通俗、有趣，为他们喜闻乐见，才有机会使他们品味出其中内涵的文化理念和价值趋向，达到策划人的预期目的。从布展方案的确定，到宣传海报的设计，作为策展人的潘大明都仔细过问，许多还是他亲自设计，这样才能正确反映策展人的思想。书的形式是可以变的，但书传播的核心价值不能变。

在举办"环球国际模特大赛"时，潘大明和他的团队努力，把京剧脸谱应用在选手的服饰上，把古老的艺术符号融进时尚，在90后现代年轻人身上，展现古代文化。古老文明与现代文化交融的艺术在后世博的上海舞台上异彩纷呈。潘大明把这一国际赛事的经济运营模式定位为：以上海国际化大都市为中心，辐射东部沿海发展迅速的二、三线城市，提高沿海城市时尚产业的发展水平。

潘大明在接受记者专访时表示：文化发展的兴盛期终将到来，文化产业必将成为国民经济支柱性产业，从事文化产业的个体、机构"更有奔头"。这位土生土长的上海中年男人感慨道，"没有灵魂的文化从业者、机构必然走进死胡同，阳光、健康，战略定位符合时代发展需要的目标，才是文化从业者、机构的生命"。

潘大明认为，时代没有先知先觉者，先贤的伟大在于总结当时有限的经验和对未来有效的预计。未来者不是某个个体，而是一个巨大的群体：不是某个贤人而是群体的贤，用他们的实践和努力、思考与总结，为社会创造出一大笔精神财富，丰富人们的生活。思考大于行动，还是行动大于思考，历史已有结论。且知且行、且行且知，是当代人必须具备的特征。时代，激发每个人的创造力，文化学者只能且学且做，让从书本上或经历中获取的知识、经验融入时代……

（原载《上海经济》 2011 年第 10 期）

写尽"人民喉舌"的心灵轨迹
《韬奋人格发展的轨迹》出版

唐海力

由潘大明著写的《韬奋人格发展的轨迹》一书近日由上海文艺出版社出版。这是一本立意新颖、构思完整的好书。

潘大明是上海电视台的新闻编辑，长期从事文学创作和近代文化史研究，他历时 4 年多时间，对韬奋一生留下的数以百万计的著译进行全面研究，分析了韬奋的思想发展过程出现的两次飞跃，一是在他奠定了以儒学为主体的传统文化基础之后转向全面接受西方文明；二是作者把握住了韬奋在民族危亡之际，由肯定个人的作用转向接受马列主义学说，确定马列主义的伦理道德观，实现人格飞跃，从而全面揭示出韬奋的人格的特征。

潘大明的这本新著篇幅并不浩繁，15 万字却涉及政治、历史、文化、教育、心理、伦理、新闻出版等领域，内涵丰富，准确、周详地揭示了韬奋思想演化和人格形成的全部过程。据有关专家介绍：该书是新中国成立后第一部站在文化史高度全面论述韬奋思想发展、人格特点的著作，填补此项研究的空白。为此，国务院学科评议组成员、中国人民大学新闻史教授方汉奇先生专门给作者写信称该书"从人格发展的轨迹写韬奋，是一个新的角度，写来不落前人窠臼，颇有新意"。

（原载《消费报》 1998 年 11 月）

为思想者造像

姜龙飞

举凡初识潘大明的人，大抵都有点估不透他的年龄，我就是，这当然不仅仅指的是他的面相。四年前我和他相识于同一家新闻单位，善于言谈，诚恳，讲交情，重许诺，并不似某些小记者那般浅薄且张狂，与初出茅庐者相距更遥，以至于我等友辈竟对他的年纪忽略了求证。及至后来相继收到他馈赠的两部专著：《七君子之死》和《韬奋人格发展的轨迹》，对他的年龄更是产生了大大的误解。面对历史的沉思，通常离不开年龄，也就是岁月的铺垫；而要从这沉思中获得感悟，则更需具备学养、见识和经验的积淀——而积淀，绝对是需要时间的。我完全没有想到，书中的主要内容居然大多形成和完成于他30岁之前。这就太有点出乎我的意料之外了。冥冥中，我很难想象一个20来岁的年轻人是怎样端坐书桌，任屋外喧嚣的噪声抢天呼地而充耳不闻，任报章上各种流行的文体流光溢彩而敛心凝神，专注于他所在意的那个遥远而寂寞的岁月，爬梳于盈积案头的故纸堆中孜孜不倦；为他所崇敬的历史人物意守丹田，情动于中，最终操觚不已，构型造像。这，岂是一个缺乏定力的人所能做到的！

《七君子之死》出版有年，传记体的人物写作相对也容易一些（写好当然也不易），在此姑且不论。我这里想说的是《韬奋人格发展的轨迹》一书，单看书名，我们就不难体察其成书的不易和出版的困难。要探寻一位故去的文化伟人的心路轨迹，其中那些微妙而纤细、艰涩或隐晦的思想变更，需要何等敏锐的洞察力方能解析？洋洋洒洒15万字的篇幅，把这位新闻界的前辈贤哲、中国大众文化的鼓吹者的精神成因、或曰思想脉络，前前后后仔仔细细认认真真地触摸了一遍，然后用晚生后辈特有的眼光为之构造一个富于变化与动感的人格框架。我不敢断言其构造的准确，却尤其欣赏他认真地刻画了处于社会变革时期的先贤也曾坠入过思想的迷惘和混乱，也曾无所适从于不同文化背景下的价值观、伦理观时的尴尬与真实。

纵使伟人，也会偶然找不着回家的路。

在一次次思想的吸纳中突围，又在一次次突围后的升华中碰撞、整合、推进，在兼收并蓄中最终达到他所企及的思想高度和人格高度。这，就是大明君心目中的韬奋；这，就是一个最具尊严的思想者凸现在90年代青年学人笔下的生命魅力。

（原载《劳动报》 1998 年 8 月 21 日）

昭示韬奋本质

川页

"如果回眸仅是为了缅怀，那么失缺的必然是对明天的思考"，这是青年学者潘大明在他的新著《韬奋人格发展的轨迹》扉页上写下的一句话。

的确，潘大明并没有在书中刻意为邹韬奋这位现代著名新闻记者、出版家和政论家写传，告诉读者韬奋的事迹和成就，而是把目光投向这位被誉为"人民喉舌"的杰出历史人物走向成功的内在因素——他形成的人格特征。

其实，杰出人物之所以值得人们称道，本质上来说是他的人格发展与时代发展相吻合并超越时代的必然，一味地论功摆好只能是肤浅的思维表现，有识之士应该把目光聚焦在杰出人物的人格上，仔细分析其人格形成的主观原因，加以科学的论述而总结出成功的经验，以示后人而警喻当今，这恐怕才是当今学者应该做的一项有益工作。

可以说，潘大明在他的这本新著中是做到了，他在研究大量韬奋生前留下的著作后，分析了韬奋的思想发展过程出现的两次飞跃：一是在韬奋奠定了以儒学为主体的传统文化基础之后，转向全面接受西方文明，由强调人群的整体利益转向肯定人的作用和需求相对满足才能促进群体的利益增进；二是作者把握住了韬奋在民族危亡之际，由肯定个人的作用转向接受马列主义学说，确定马列主义的伦理道德观，实现人格飞跃，从而全面揭示出韬奋人格的特征。同时，作者依据大量的事实指出，韬奋人格的核心部分——伦理道德观出现的变化，是儒学那种开放和实事求是务实精神的反映，儒学的优秀部分在不同历史时期，为韬奋过滤吸收外来的文明起到了积极作用。作者基于此，认为与韬奋同时代的文化精英们，在提倡批判儒学前，并没有拒绝儒学，他们辉煌的背后，是渊源悠长的儒学精华。

潘大明是严谨的，他论述韬奋人格发展的全部过程十分详尽，比如儒学中哪几个方面在韬奋生活的时代里是作为精华值得肯定并为他所吸收的，他从哪几个方面吸收了资产阶级的伦理道德观，对他人格形成有何积极作用等。潘大明的这本新著篇幅并不浩繁，15 万字却涉及政治、历史、文化、教育、心理、伦理、新闻出版等领域，内涵极为丰富。

在韬奋逝世 54 周年之际，上海文艺出版社出版这本新著，恐怕用意并不单纯是为了纪念，而是编辑者看到作者对韬奋本质的昭示，有益于今人走向成功。

（原载《联合时报》 1998 年 7 月 24 日）

一部民族精英的交响曲——读潘大明的《七君子之死》

毛闽宇

如果把青年学者潘大明的《七君子之死》比作一部激越而悲壮的交响曲，那么强烈的爱国主义精神和不灭的求实态度则是它的主旋律。

泰戈尔说得好："一个民族必须展示存在于自身之中最上乘的东西。那就是这个民族的财富——高洁的灵魂。"潘大明的史学的眼光、文学的笔触，展现了沈钧儒、章乃器、邹韬奋、李公朴、沙千里、史良和王造时等七君子的动人风采，让读者窥见七君子的高洁的灵魂，接受一次爱国主义的洗礼和高尚情操的陶冶，这不能不说是《七君子之死》的思想价值之所在。因为在改革开放和反腐倡廉的 90 年代，我们比以往任何时候都更需要高扬爱国主义的大旗。

以史为鉴，《七君子之死》深刻反映了旧中国三四十年代中产阶级的分流状况。当时多数知识分子是爱国的，饱含挽救民族危亡和振兴祖国的心愿，而七君子正是他们的杰出代表。他们是中国的脊梁，是真正意义上的民族精英。邹韬奋、沙千里由民主主义者转变为共产主义战士；沈钧儒由前清的进士，变成坚强的革命民主主义的斗士，被誉为"民主人士中的一面左派旗帜"；章乃器、史良等在"家长"沈钧儒的带领下，挑起抗日救亡的大梁，积极投入中华人民共和国的创建工作，与共产党肝胆相照、风雨同舟……七君子的宏伟业绩和高风亮节，无疑也是当今中国知识分子学习的楷模。

　　该书从 1936 年七君子入狱起笔，到 1985 年七君子中的最后一位史良的病逝收尾。时间跨度为半个世纪。同时把七君子糅合在一起写，追踪他们的思想发展轨迹，描述他们的人生沉浮，这在同类题材的史传中是绝无仅有的，颇具创新意味，显示了著者在学术上的胆识。潘大明认为"七君子事件"出现在 1936 年的中国，绝不是历史的偶然，"七人短暂的相聚，呈现在史册上无疑是显形的集合，体现出他们的共同精神和追求"，而在这一时期的之前或之后，七人处在一种"隐性的集合状态中"。无疑，这一见解是深刻而独到的，由此相应地采取了"T"学型结构框架，让七人先"合"后"分"。尽管全书的头绪纷繁而错综，但内在思路清晰而鲜明，主调高昂突出，是一部文学性较强的纪传体力作。它的成功之处是，既写出了七君子的共性，又勾勒出他们的个性特征，即使以从事同一职业的几位律师来说，也是各呈风采，如沈钧儒的儒雅风度、史良的大无畏气概、"秘密党员"沙千里淡泊明志和无私奉献……都无不给读者留下深刻的印象。

　　潘大明独辟蹊径，把新著定名为《七君子之死》虽不能涵盖全书的内容，但因侧重于七君子的不同命运、不同人生结局，从而给全书抹上了浓重的悲壮色彩。全书的整体构思角度新颖，融记叙、议论和抒情于一体，采用多种表现手法，如时空交相叠映；夹叙夹议、叙议结合；写到动情处，作者跳出来抒发内心感受等。这一些已突破了人物传记的传统写法，虽有点犯"忌"，但"文无定法"，倒也别具一格。纵观全书，描述得最淋漓酣畅、撼人魂魄的篇章，就是七君子各种不同的人生终端。他们有的牺牲在黑暗的枪口之下；有的在民族危亡、颠沛流离中病逝；有的在"左"的思潮汹涌中含冤而死；有的在举杯声里安详地离开人间。他们的英名却永远刻在历史的丰碑上，令活着的人们敬之、颂之。

　　七君子可歌可泣的传奇式经历，给后代留下了许多引以自豪的东西，回眸过去，正为了更好地走向未来。《七君子之死》熠熠闪耀着爱国主义思想光芒，这是作者献给跨世纪一代的精神厚礼。

（原载《群言》 1995 年第 11 期）

追梦的人

周其俊

"人生是为追逐一个美好的梦。"当青年学者潘大明获全国微型小说奖站在领奖台上时，心中升起了这句话。当他的长篇历史纪实文学《七君子之死》付梓后，心中依然回荡着这声音。

少年时代，潘大明是在上海旧式里弄的一间"灶披间"里度过的。那个时代，书是有限的，好在父母年轻时保存的一批哲学、政治、历史、文学著作传到了他的手中。泛黄的名著诱惑得他手不释卷、乐此不疲。精神世界的富有，使他认识到了人间的真善美、假恶丑，也使他在少年时的心目中就孕育出一个美好的梦——用笔去描绘精彩的世界，诉说心中的美。

文学就像个迷人的少女，使潘大明为之如痴如醉，他开始了笔耕。那年，正值恢复高考不久，同班同学都紧张地投入复习迎考，他却被一个美丽的爱情故事激动得夜不能寐。周文雍、陈铁军在国民党屠刀下举行婚礼的悲壮故事，促使他写下了万余字的电影剧本并大胆地投寄给了著名作家柯灵先生。可是，他对梦的追求没能获得成功，剧本经过辗转又回到了他的手中。为了寻梦，他失去了一次进高校深造的机会。

碰壁后，寻梦本该终结。然而，潘大明非但没有为梦画上句号，却更加痴情地眷恋着心中的梦。他边在技校学习机械设计、力学理论、高等数学，边到华东师大中文函授班进修。几年的苦读，他不但获得了大学毕业证书，还涉猎了当时中文系学生尚未学过的社会学、政治学、心理学、自然科学史等，又作了近百万字的读书札记。

应该说潘大明的道路是多彩的，他做过工人、机关干部、新闻史研究者、记者、电视台编辑，使他引以为自豪的是：跨出的每一步，都是朝着自己"梦"的方向前进。

梦，毕竟是梦，虽然它有时会给人带来告慰、喜悦但总是转瞬即逝。潘大明深感人生的路还很长，寻梦绝非是一桩轻而易举的事。

为此，那时节，住在他家附近的朋友常会发现他书桌前的灯光要亮到子夜。经过无数个日日夜夜的拼搏，他饱含热情地演绎出了近 100 万字的文学作品。虽然其中的一部分得到了发表、获了奖，但还有不少静静地躺在书柜里，成了他追梦的铺路石。

他撰写的电视专题文学剧本《精诚·热血》在中央电视台、上海电视台、南通电视台播出后，上海大学法律系的一位学生曾慕名找到他，向他请教作文章的诀窍。潘大明伸出右手，让对方摸一下由于长期执笔中指上长出的一块硬茧，"我智商不高，靠的是勤奋、毅力"。

潘大明曾有过多次深造的机会，一位著名的新闻史教授曾当面表示愿收他为研究生，攻读硕士、博士，可由于他钟情于创作，机遇最终还是与他失之交臂。

1988 年，他撰写的论文《韬奋早期思想论纲》，在首届全国韬奋新闻出版思想研讨会上引起了京、沪等地专家的好评和新闻界的关注，他荣幸地被中国新闻史学会吸收为会员。

艰辛地付出，必有回报。到 1994 年，潘大明已出版、发表了 40 余万字的作品，与人合作著的《神的故事》由远东出版社出版，成为畅销书；由河南人民出版社出版的他的新作《七君子之死》，以一个现代人回眸历史的独特视角，写出了沈钧儒、章乃器、邹韬奋等知识分子在民族危亡之际表现出的强烈的爱国热情和他们的个性。与此同时，一部近 20 万字的论述"五四"文化精英人物的专著也完稿并送进出版社，被列入出版计划。

有位朋友问他："你为什么要写《七君子之死》？"他沉吟片刻："是他们的事迹感染了我，同时我又找到了写历史人物的新方法，自然，就非动笔不可了。"

他没有把自己的著作写成枯燥乏味的史录，而是用一支擅长抒情的笔，对七君子的历史现象作了纪实性的描写，抒发了内心的独特感受。他明白，没有突破，就无所谓追求；只有创新，才能体现出人的存在价值。

少年时代的梦美好如虹，至今也依然遥远。它诠释了潘大明将成为一个永远追梦的人。

（原载《青年一代》113 期）

以独特视角回眸过去
——青年学者潘大明与其新著《七君子之死》

川页

当今的青年知识分子以怎样的目光看待先贤？没有因先贤惊天地泣鬼神的伟绩匍匐在地，而是在敬佩之中以一种平视的角度，追寻他们思想发展的轨迹、人生过程、走向辉煌的法则。

他在这本新著中对先贤作了一项深层次的"采访"，他说："这种生者对亡灵的采访，是在显微镜下进行的，窥得他们内心深处的秘密。"书中告诉人们沈钧儒、章乃器、邹韬奋等七君子的成长道路、实现人生价值的思想基础、把握人生走向成功的经验。

他把命运不同、结局不同的七人放在一起研究，找出他们的思想共性，寻找掩映在不同结局背后客观存在的一致——一切的荣辱誉毁，均来自他们强烈的爱国主义精神以及不灭的求实态度。视角不可不谓独特。

这本历史纪实作品，融入了文学的特质，对七君子现象作了纪实性的描写论述，甚至抒发他内心独特的感受，而后者恰被史家视为大忌。对此他认为："不敢突破，怎能有所贡献，存在的价值又有多少？"而对七君子全方位的剖析，让读者看到的是活生生的人在特定历史环境中的作为，这种审视的角度更客观地揭示了历史人物的本质。

（原载《青年报》 1995 年 5 月 10 日）

纪念邹韬奋先生诞生 95 周年
上海举行韬奋研究学术讨论会（节选）

姜小玲

　　本报讯　由中国韬奋基金会等单位联合主办的"韬奋研究届学术讨论会"昨天在前卫农场闭幕，这是为纪念伟大的爱国者、我国现代史上杰出的新闻记者、政论家、出版家邹韬奋先生诞生九十五周年而举办的，它也表明了我国对韬奋的研究又有了新的开拓；一支研究韬奋的理论队伍已经形成。

　　与会的五十余位专家学者共递交了论文 19 篇。这些论文围绕韬奋的爱国思想和关于新闻出版的基本思想等专题展开了学术性的探讨。讨论会的气氛活泼热烈，中青年学者交流的论文观点新，有独到见解，显示了韬奋研究后继有人。其中潘大明、陈挥分别论述了韬奋的早期思想和韬奋由民主主义向共产主义的伟大转变。雷群明则认为韬奋同时是一个卓有成效的管理工作者，他的"集体管理""为公择人""激发职工作最大贡献"的科学管理思想在今天仍有现实指导意义。胡文龙、黄瑚等分别探讨了韬奋新闻评论实践和关于新闻报道"研究化"的理论及方法。

（原载《解放日报》　1990 年 10 月 16 日）

评委的话（节选）

鲍昌

本世纪20年代到30年代，英美新批评派的兰色姆（J.C.Ransom）认为，科学论文只有构架，基本上没有细节；文学的特点则是肌质与构架分立，肌质更为重要。肌质是诗中无法用散文转述的、非逻辑的部分，可以给读者留下独立思索、联想，带来艺术含蓄的效果。

其实，兰色姆的肌质说也适用于小说，尤其适用于带有散文诗的韵味的微型小说。在"第二届全国微型小说大赛"的获奖作品中，有几篇是带有散文诗韵味的。例如潘大明的《纤绳》，主人公是个返乡的知识青年，他没考上高中，只能回来同"光脚板"的乡亲们一起去拉纤。他也许有着某种未能"飞离了"的遗憾，但在粗犷悲壮的纤夫号子中，他重新找到并固定了自己的位置。这实际上是一首诗，作者点彩画式的交叠了蓝天、鹰隼、沙滩、歌声等一组意象，而竟没有刻画任何逼真的细节，亦且没有通常人们期望读到的"故事"。正如兰色姆说的，"构架"在这里隐形了，"肌质"却赋予作品以诗的含蓄。我认为，这是一种文章的经济，是小说的一种特殊形态。微型小说特别需要它，因为没有足够的篇幅供作者去做铺陈的挥霍。

（原载《小说界》 1988年第5期）

后　记

　　这四卷本的文集经过一年多的收集、整理、编辑，终于得以出版，是一桩令人高兴的事情。

　　作者潘大明老师长期工作在文化、新闻、出版、传媒行业，经历不同寻常。壮年时，离开体制，成了体制外的人，不从属于任何公营机构，比如高校、研究机构、媒体出版单位，相继创办了文化传播教育类的企业，举办各类大型文化活动，推出上百余项文化艺术展览，出版书籍，向社会提供文化教育产品，成了养活自己的"社会人"。他说，自己是一个胆怯的人，中年时下海，得益于文化的力量——历史人物的启示，以及时代的要求、个人的判断和图强。那会儿，他常会想到邹韬奋在过街楼里，以两个半的人力，办《生活周刊》，后来成就了著名的周刊和同名的书店。当然，时代不同了，邹韬奋的当年，一定不是今天的模样。

　　"时代激发每个人的创造力，文化学者只能且做且学，让书本上或经历中获取的知识经验融入时代"，这是潘大明老师在五十岁时对一家杂刊记者采访时说的话。他的思想是自由的，这正是他的需要。在他看来，没有思想的自由，难有一定程度的财务自由，没有财务的自由，很难实现思想的持续自由。他是一个善于思考，勤于践行的人。在践行前，他往往花费许多时间进行思考，使得践行时意志坚强，行动大胆，步伐坚定，表现出低调、耐久、务实、创新的作风和特立独行的风格。

下海后，他没有沉缅于经营活动，而是热忱地投身公益性的文化事业。2008 年，他与朋友们一道发起成立了国内唯一的"民间资金、媒体主办、专业评审"的文汇·彭心潮优秀图书出版基金，十年间资助出版的图书大部分获得国家、省市级奖项和相关基金的资助，令人欣慰。他先后向贵州贫困地区小学，上海徐汇区、浙江青田、安徽天长图书馆捐赠大批图书。同时，在市民中发起组织"寻访上海城市发展轨迹之旅""发现您身边的美丽系列寻访动""淮河流域系列寻访活动"等体验式文化活动，受到市民的青睐和好评。

他始终保持学者的底色，笔耕不辍，从第一篇小说发表，已有四十个年头，积累的作品和文章丰富，部分出版发表过，尚有许多处于手稿状态。当初，编者只是想把他所写的作品与文章汇编成集子，以庆贺他从事文化工作四十载。

这看似容易的事情，做起来有诸多困难。由于时隔比较长，发表的文章，到底在哪一期、哪一时间已经模糊，散文随笔特写发表的报刊更为分散，这样就为收集带来了困难；大量的手稿则呈现于文行半途，或者为片断，甚至是素材，需要完善，补充成篇；一些已付梓的文章发表时间过早，出版时间较久，某些观点比较含糊，需要重新确定边界，进行梳理和系统阐述。还有，要删去一些不能收录文集的文稿，包括两个部分，一是作者工作中形成的简报、讲话稿、总结、调查报告、新闻稿，即使文化艺术性强的电影剧本、电视专题片脚本，也没有录入；另一种就是不合时宜发表的文字。作者的敝帚自珍，往往与编者发生争执，最后相互妥协，形成了这套一百余万字的文集。同时，在征求业内人士的意见后，选择了部分相关报道、评论，作为附录放在书中，以方便读者了解他和他的作品、文章。

文集以文体分类，分为小说、纪实文学、文论、散文随笔特写四卷，这四种文体差别化的显现，综合起来可以完整地反映作者的思想感情，对人与事的认知、理解和看法，以及创作写作过程。说实在的，这样的归类有些牵强，某些文章难以用文体归纳，原因是作者笔下的文章有一些文体难辨，无非是编辑所需不得而为之。

在编排上采取创作写作和发表时间，由近及远的排列方法，这与其他的文集编排不同，大多采用的是由远及近。由当下到过去的编排，可以使读者能够更好地了解作者最新的创作和研究成果。在编辑过程当中，小说、纪实文学、文论卷收录的作品和文章，不做同一类题材或者同一人物、事件的归类性分编，比如写石库门的、写工厂的、写机关的；研究某一历史人物的评传与轶事没设置专编。散文随笔特写卷分散文随笔编、特写编和附录（部分评论与报道）三个部分来编。此外，没有再做更仔细的分类，例如散文随笔编继续细分为生活感悟、文史思考、书评等，可能会给阅读带来不便。不过，编者以为还是粗线条些为好。否则，作茧自缚。

在编辑的过程，潘大明老师花了许多心血进行文稿修订、完善、重写，这个工作量巨大。据编者统计小说卷，仅五六篇在报刊上发表，大部分为首度公开出版；纪实文学卷，半数在报刊上发表过；文论卷，绝大部分仅在会议内部论文集中刊出，可以视为首次公开出版；散文随笔特写卷，相当部分未发表过，一部分见于报刊。这就需要他动笔进行处理，下一番功夫，非一般可为。同时，他还要为编辑工作，付出劳动，整体的策划和编排；提供写作发表的时间线索，具体的文章归类等。

文集做成后，每卷约二十六万字，一百四十余篇，长则数万字短则百余字。这些作品与文章，反映、研究发生在上海的重大历史事件、产生的人物以及普通市民的生活情状、心态变化，尤其是在不同历史转折期，出现的思潮和他们的心路历程，散发出浓郁的地域文化气息，是深度认识、研究上海的一种补充，也是对那些渐行渐远的大历史的细节诠释。同时，反映出作者观察细致，体悟敏灵，形象塑造生动；思想深刻，多维思考严密；擅长使用多种写作方法表达。而他笔端流露出的对上海的挚爱，正是他完成这一系列作品与文章的动力所在。

该书从策划编辑，到排版设计，得到文化教育、新闻出版界人士的关心和支持，他们提出了许多很好的意见和建议，使编者汲取到一种力量，能够继续编完。中共上海市委宣传部、世纪出版集团、上海市出版协会相关领导，中华全国新闻工作者协会原副主席贾树枚，著名出版人、同济大学教授王国伟等先生，对文集的编辑给予热情鼓励，提出了意见和建议。中新网以《百万字〈海上四书〉编辑成功》为题目，报道了编辑过程。

在本书文稿的收集、出版过程中，《解放日报》总编辑陈颂清先生给予了热心帮助；书籍装帧艺术家张天志先生亲自参与了设计。同时，这套书的出版得到上海三联书店的总编辑黄韬先生与他的编辑团队的大力支持，在此一并表示感谢。

编者识

2025 年 7 月 18 日

图书在版编目（CIP）数据

海上四书 / 潘大明著． --上海：上海三联书店，
2025.8． --（潘大明文集系列丛书）． --ISBN 978-7-
5426-8946-7

Ⅰ.Ⅰ217.2

中国国家版本馆CIP数据核字第2025PP5193号

潘大明文集系列丛书
海上四书

著　　者 / 潘大明
责任编辑 / 张静乔　徐心童
封面设计 / 徐　徐
排　　版 / 万联文传
监　　制 / 姚　军
责任校对 / 王凌霄
出版发行 / 上海三联书店
　　　　　　（200041）中国上海市静安区威海路755号30楼
邮　　箱 / sdxsanlian@sina.com
联系电话 / 编辑部：021-22895517
　　　　　　发行部：021-22895559
印　　刷 / 上海盛通时代印刷有限公司

版　　次 / 2025年8月第1版
印　　次 / 2025年8月第1次印刷
开　　本 / 710mm×1000mm　1/16
字　　数 / 1350千字
印　　张 / 105.25
书　　号 / ISBN 978-7-5426-8946-7 / Ⅰ·1943
定　　价 / 398.00元（全四册）

敬启读者，如发现本书有印装质量问题，请与印刷厂联系021-37910000